Luna funesta

Michael Connelly
Luna funesta

Traducido del inglés por Javier Guerrero

 TUBOLSILLO

Título original: *Void Moon*
Publicado por acuerdo con Little, Brown and Company (Inc.), New
York, New York, U.S.A. Todos los derechos reservados.

Primera edición en TuBolsillo: mayo de 2026

Diseño de colección: REGA
Diseño de cubierta: Elsa Suárez Girard / www.elsasuarez.com
Imagen: Freepick

PAPEL DE FIBRA
CERTIFICADA

Copyright © 2000 by Hieronymus, Inc.
© de la traducción: Javier Guerrero, 2012, 2026
© de esta edición: TuBolsillo (Grupo Anaya, S. A.), 2026
Calle Valentín Beato, 21
28037 Madrid

ISBN: 979-13-87739-33-1
Depósito legal: M-3079-2026
Printed in Spain

A Linda,
por los primeros quince

Alrededor de ellos la algarabía de la codicia continuaba en sus más extremos y gloriosos excesos. Pero apenas podía mellar su mundo.

Ella interrumpió el contacto visual solo el tiempo preciso para buscar su vaso y luego levantarlo de la mesa. Estaba vacío, salvo por el hielo y la guinda, aunque eso no importaba. Él respondió alzando el suyo, en el que quizá no quedaba más que un trago de cerveza y espuma.

—Hasta el final —dijo ella.

Él sonrió y asintió. Él la amaba, y ella lo sabía.

—Hasta el final —repitió él y, tras una pausa, añadió—: Hasta el lugar donde el desierto es océano.

Ella le devolvió la sonrisa cuando entrechocaron las copas. Se acercó la suya a los labios y la guinda rodó hasta su boca. Lo miró de un modo insinuante mientras él se limpiaba la cerveza del bigote. Ella lo amaba. Eran los dos contra todo el puto mundo, pero no le parecía un combate desigual.

Entonces pensó en que lo había hecho todo mal y su sonrisa se esfumó. Debería haber previsto su reacción, debería haber imaginado que no la dejaría subir. Tendría que haber esperado a que todo concluyera para contárselo.

—Max —dijo ella—, déjame hacerlo. Lo digo en serio. Solo una vez más.

—Ni hablar. Subiré yo.

Se produjo un ruido en la planta del casino, lo suficientemente alto para romper la barrera que los envolvía. Ella se fijó en un tejano con sombrero vaquero que bailaba en el extremo de una de las mesas de dados, justo debajo del púlpito que aso-

9

maba a la planta del casino. El tejano tenía una acompañante de pago a su lado, una mujer con melena que ya frecuentaba los casinos cuando Cassie empezó a trabajar de crupier en el Trop.

Cassie volvió a mirar a Max.

–Me muero de ganas de que nos vayamos de aquí para siempre. Déjame, al menos, que lo echemos a suertes.

Max negó lentamente con la cabeza.

–Ni lo sueñes. Lo haré yo.

Max se levantó y ella lo miró. Era guapo y moreno. A Cassie le gustaba la pequeña cicatriz que tenía bajo la barbilla, donde nunca le crecía pelo.

–Creo que ya es hora –dijo Max.

Él echó un vistazo al casino, pero su mirada no se detuvo en nada hasta que llegó al púlpito. Los ojos de Cassie siguieron a los de Max. Había un hombre allí, vestido de oscuro, que miraba hacia abajo como un párroco mira a sus feligreses.

Ella trató de sonreír, pero los labios no le respondieron. Algo iba mal. Era el cambio de planes. Se dio cuenta de hasta qué punto deseaba subir y de cuánto iba a echar de menos la inyección de adrenalina. Entonces comprendió que se trataba de ella, no de Max. No estaba siendo protectora con él, estaba siendo egoísta. Deseaba esa sensación euforizante una vez más.

–Si pasa algo –dijo Max–, ya nos veremos.

Esta vez ella frunció el ceño con claridad. Un adiós así, una actitud negativa semejante, nunca había formado parte del ritual.

–¿Qué pasa, Max? ¿Por qué estás tan nervioso?

Max la miró y se encogió de hombros.

–Supongo que porque es el final.

Max trató de sonreír, le acarició la cara y se inclinó hacia ella. La besó en la mejilla y enseguida movió sus labios hasta los de la joven. Pasó la mano por debajo de la mesa, donde na-

die podía verlo, y subió un dedo por el muslo de ella, siguiendo la costura de los tejanos. Entonces, sin que mediara palabra, se volvió y salió del salón. Empezó a caminar por el casino hacia los ascensores, y ella lo vio desaparecer. Él no miró atrás. No mirar atrás formaba parte del ritual.

1

La casa de Lookout Mountain Road estaba apartada de la calle, acurrucada contra el empinado terraplén del cañón. Eso le permitía disponer de una considerable extensión plana de césped desde el amplio porche hasta la cerca blanca que lindaba con la acera. No era habitual en Laurel Canyon contar con un jardín tan inmenso, y menos tan plano, ni por delante ni por detrás. El césped sería el principal atractivo de la propiedad.

La casa, según se había anunciado en la sección inmobiliaria del *Times,* iba a mostrarse desde las dos hasta las cinco de la tarde. Cassie Black aparcó junto al bordillo diez minutos antes de las dos y no vio ningún coche en el sendero de entrada ni señales de actividad en la vivienda. El Volvo blanco familiar que pertenecía a los propietarios, y que solía verse aparcado fuera, no estaba. No sabía nada del otro coche, el BMW negro, porque el pequeño garaje de una plaza contiguo a la casa permanecía cerrado. En cualquier caso, interpretó la ausencia del Volvo como una prueba de que los propietarios iban a pasar el día fuera y no estarían presentes cuando enseñaran la casa. Eso estaba bien. Cassie lo prefería, porque no sabía cómo reaccionaría si al entrar se encontraba con la familia.

Cassie se quedó en el Boxster hasta las dos, y a partir de entonces empezó a preocuparse. Llegó a la conclusión de que había anotado mal la hora o, peor aún, de que la casa ya había sido vendida y las visitas canceladas. Abrió la sección inmobiliaria en el asiento de la derecha y repasó el anuncio. No se había equivocado. Miró entonces el cartel de «En venta», clavado en el césped de la entrada, y verificó que el nombre de la agente coincidía con el del anuncio. Sacó el móvil de la mochila y llamó a la oficina de la inmobiliaria, pero no logró comunicarse. Esto no la sorprendió. Estaba en Laurel Canyon, en los barrios de las colinas de Los Ángeles, y conseguir una señal de móvil nítida siempre parecía una misión imposible.

Sin nada mejor que hacer que esperar y dominar sus miedos, contempló la casa que se alzaba tras el letrero de «En venta». Según el anuncio era un bungaló California Craftsman construido en 1931. No solo estaba apartado de la calle y pegado a la colina, sino que, a diferencia de los inmuebles más nuevos edificados a ambos lados, también hacía gala de una acusada personalidad. Era más pequeña que la mayoría de las viviendas vecinas; los arquitectos obviamente priorizaron el amplio jardín y el carácter abierto de la propiedad. Las casas nuevas del barrio habían sido construidas hasta el límite de la superficie edificable, siguiendo la filosofía de que lo principal es el espacio interior.

El viejo bungaló tenía un gran tejado gris inclinado, al cual asomaban las ventanas de dos dormitorios. Cassie supuso que uno lo compartía la pareja y el otro pertenecía a la niña. Los laterales estaban pintados de un marrón rojizo y un gran porche ocupaba la fachada, cuya puerta de entrada era una cristalera con una sola luz. La familia acostumbraba a bajar las persianas sobre la puerta de cristal, pero ese día se hallaban subidas, tanto esas como las del ventanal, y nada impedía a Cassie la visión de la sala de estar. Habían dejado una luz encendida.

El jardín delantero era, sin lugar a dudas, la zona de juego. El césped siempre se mantenía bien recortado y sobre el límite izquierdo del terreno había un columpio de madera y una estructura de barras. Cassie sabía que la niña que vivía allí prefería columpiarse de espaldas a la casa, mirando a la calle. Había meditado sobre esto a menudo, preguntándose si algo en esa costumbre podía interpretarse como una pista psicológica.

El columpio vacío no se movía ni un ápice. Cassie vio una pelota y un camión rojo en la hierba, también a la espera de recibir la atención de la niña. Pensó que la zona de juegos podía ser uno de los motivos por los que la familia se mudaba. A pesar de que en Los Ángeles todo era relativo, Laurel Canyon constituía un remanso de razonable sosiego en una ciudad de crecimiento descontrolado. Aun así, en ningún barrio era recomendable que los niños jugaran en el jardín delantero, tan cerca de la calle, el lugar donde el peligro acechaba, donde podían resultar lastimados.

El anuncio, claro está, no mencionaba este potencial problema. Cassie bajó la mirada y lo leyó otra vez:

SE ESTUDIAN TODAS LAS OFERTAS
California Craftsman Clásico de 1931
2 habitaciones y 2 salones espaciosos
¡Urge venta!
¡Precio rebajado!

Cassie se había fijado en el letrero de «En venta» tres semanas antes, en uno de sus paseos de rutina. Este hecho había sembrado su vida de desconcierto, un desconcierto que se traducía en insomnio y falta de atención en el trabajo. No había vendido ni un solo automóvil en las tres semanas, un hecho insólito.

Por lo que sabía, se trataba del primer día de visita, así que el texto del anuncio le resultó curioso. Se preguntó por qué los propietarios estarían tan ansiosos por vender, hasta el punto de haber rebajado el precio después de solo tres semanas en el mercado. Le extrañaba.

Tres minutos después de la hora señalada para el inicio de las visitas, un coche que Cassie no reconoció, un sedán granate marca Volvo, aparcó en la entrada de la casa. Una mujer delgada y rubia, de cuarenta y tantos años, salió del vehículo. Iba bien vestida, aunque de modo informal. Abrió el maletero y sacó un letrero que cargó hasta la acera: «Día de visita». Cassie se miró el peinado en el retrovisor y se ajustó la peluca. Salió del Porsche y se aproximó a la mujer mientras esta enderezaba el cartel.

–¿Es usted Laura LeValley? –preguntó Cassie, mientras leía el nombre en la parte inferior del cartel de «En venta».

–La misma. ¿Ha venido a ver la casa?

–Sí, me gustaría.

–Muy bien. Déjeme abrir y empezamos. Bonito coche; ¿es nuevo?

La mujer señaló la placa en blanco del concesionario en la parte delantera del Porsche. Cassie había quitado las matrículas en el garaje de su casa antes de salir como medida de precaución. No sabía si los vendedores de casas anotaban las matrículas como forma de seguir la pista o pedir informes de potenciales compradores. Ella no quería que le siguieran la pista. Por ese mismo motivo llevaba peluca.

–Ah, sí –dijo–. Me lo acabo de comprar, aunque ya tiene un año.

–Es muy bonito.

El Boxster tenía un aspecto prístino por fuera, pero en realidad había sido recuperado por el concesionario por falta de pago. Ya había superado los cincuenta mil kilómetros, entraba agua por el techo descapotable y los cedés saltaban en el equipo a la primera que el conductor pillaba el menor bache de la carretera. El jefe de Cassie, Ray Morales, le dejaba usarlo hasta final de mes, mientras vencía el plazo que había dado al propietario para que cancelase la deuda, antes de ponerlo en venta definitivamente. Cassie suponía que nunca verían ni un centavo del tipo. Era un aprovechado de tomo y lomo. Ella había leído en el expediente que el comprador se había retrasado en el pago de las seis primeras cuotas y luego se había saltado las seis siguientes. Ray había cometido el error de financiarle él mismo el coche después de que el individuo no obtuviera un préstamo. Eso ya era un indicio claro. Sin embargo, el tipo había convencido a Ray para que lo financiara y le diera las llaves. Le irritaba tanto que se hubiese reído de él que salió personalmente con la grúa cuando localizaron el Boxster en la puerta de la casa del aprovechado, en la colina que daba a Sunset Plaza.

La mujer de la inmobiliaria fue a buscar un maletín a su coche y acompañó a Cassie por el sendero de piedra que conducía al porche.

–¿Están en casa los propietarios? –preguntó Cassie.

–No, es mejor que no haya nadie, así la gente mira lo que quiere y dice lo que le parece sin que nadie se sienta ofendido. Ya sabe que sobre gustos no hay nada escrito. Una persona piensa que algo es precioso y a otra le parece espantoso.

Cassie sonrió por educación. Llegaron a la puerta de entrada y LeValley sacó un sobrecito blanco del maletín y extrajo una llave. Mientras abría la puerta, continuó con la charla.

–¿Tiene un agente inmobiliario?

–No, de momento solo estoy mirando.

–Bueno, ayuda saber qué hay en el mercado. ¿Es propietaria actualmente?

–¿Disculpe?

–Que si es propietaria, que si pretende vender algo.

–Ah, no. Yo vivo de alquiler, aunque tengo intención de comprar algo pequeño, como esto.

–¿Tiene hijos?

–Vivo sola.

LeValley abrió la puerta y gritó un «¡Hola!» para asegurarse de que la casa estaba vacía. Al no recibir respuesta invitó a Cassie a entrar.

–Esta casa es ideal. Solo tiene dos dormitorios, pero las salas de estar son grandes y muy abiertas. A mí me parece encantadora, ya verá.

Entraron en la casa. LeValley dejó el maletín, extendió la mano y se presentó.

–Karen Palty –mintió Cassie al saludar a la agente inmobiliaria.

LeValley llevó a cabo una breve descripción de las características y virtudes de la casa. Sacó del maletín una pila de folletos con información de la propiedad y le dio uno a Cassie sin dejar de hablar. Cassie asintió varias veces, aunque apenas prestaba atención a las explicaciones. Se concentraba en la cuidadosa observación de los muebles y otras pertenencias de la familia que habitaba la casa. Echó varias miradas furtivas a las fotos de las paredes, los arcones y las mesas. LeValley la invitó a continuar sola mientras ella preparaba la hoja de visita en la mesa del comedor.

La casa estaba muy bien cuidada, y Cassie se preguntó hasta qué punto se debía al hecho de que iba a ser mostrada a potenciales compradores. Entró en una salita y luego subió la escalera que conducía al piso superior, ocupado por los dos dormitorios y el baño. Se adentró en la habitación de matrimonio y echó un vistazo. El cuarto tenía una ventana en saliente con vistas a la escarpada colina de la parte de atrás de la casa. LeValley habló desde abajo, creyendo adivinar lo que Cassie miraba y pensaba.

–No tema por los corrimientos de tierra. La colina es de granito de extrusión. Probablemente está ahí desde hace diez mil años y, créame, no se va a ir a ninguna parte. Aunque si de verdad le interesa la casa, le sugiero que pida un informe geológico. Si compra, le ayudará a dormir mejor por la noche.

–Buena idea –gritó Cassie.

Cassie ya había visto bastante. Salió de la habitación y cruzó el pasillo hasta el dormitorio de la niña. También estaba ordenado, pero lleno de animales de peluche, muñecas Barbie y otros juguetes. En una esquina había un caballete de pintor con un dibujo hecho con lápices de colores de un autobús escolar con muchas figuras de palitos pegadas a las ventanillas. El autobús estaba detenido junto a un edificio donde había un camión rojo estacionado en el garaje: un parque de bomberos. La niña dibujaba bien.

Cassie salió al pasillo para asegurarse de que LeValley aún no había subido y se acercó al caballete. Hojeó algunos dibujos anteriores. Uno de ellos mostraba una casa con un gran jardín delantero. Había un letrero de «En venta» al frente y, junto a él, la figura con palitos de una niña. De la boca de la niña salía un bocadillo que decía: «¡Bua!». Cassie examinó un buen rato el dibujo antes de dejarlo y mirar el resto de la habitación.

En la pared de la izquierda había un cartel enmarcado de la película *La Sirenita* y unas letras grandes de madera, cada una pintada de un color diferente del arco iris, que formaban el nombre de la niña: «Jodie Shaw». Cassie, de pie y en silencio en medio de la habitación, trató de aprehender todos los detalles. Una foto enmarcada, en el escritorio blanco de la pequeña, captó su atención. Mostraba a una niña sonriente junto a Mickey Mouse en medio de una muchedumbre, en Disneylandia.

–Es la habitación de la niña.

Cassie casi dio un brinco al oír la voz tras ella.

Se volvió. Laura LeValley estaba de pie en el umbral. Cassie no había oído sus pasos y se preguntó si la agente inmobiliaria había sospechado de ella y, deliberadamente, había subido la escalera con sigilo para atraparla robando o haciendo algo malo.

–Una niña muy guapa –comentó LeValley, sin mostrar señal alguna de sospecha–. La vi cuando me hice cargo de la venta. Creo que tiene seis o siete años.

–Cinco, casi seis.

–¿Perdón?

Cassie señaló rápidamente la foto del escritorio.

–Supongo, si esa foto es reciente. –Se volvió y levantó una mano como para abarcar la habitación–. Tengo una sobrina de cinco años y esta podría ser su habitación.

Ella esperó, pero LeValley no hizo más preguntas. Cassie bendijo su suerte por salir bien librada de semejante resbalón.

–Bueno –dijo LeValley–. Me gustaría que rellenara la ficha para que tuviéramos su nombre y su número. ¿Alguna pregunta? Incluso tengo un formulario de ofertas por si quiere hacer una.

Sonrió al decir la última frase y Cassie le devolvió la sonrisa.

–Todavía, no –dijo ella–. Pero la casa me gusta.

LeValley se encaminó a la escalera y bajó. Cassie se acercó a la puerta para seguirla. Al salir al pasillo se volvió a mirar la colección de animales de peluche de la estantería que colgaba sobre la cama. La niña mostraba una preferencia por los perros. Cassie observó una vez más el dibujo del caballete.

Abajo, en la sala de estar, LeValley le ofreció una tablilla portapapeles con una ficha. Cassie escribió el nombre de Karen Palty, una vieja amiga de cuando repartía cartas en las mesas de *blackjack,* inventó un número de teléfono con el código de área de Hollywood y facilitó una dirección de Nichols Canyon Road. LeValley leyó el formulario cuando ella se lo devolvió.

—Karen, si esta casa no es lo que está buscando dispongo de muchas otras en esta zona que le enseñaría con mucho gusto.

—Bueno, eso estaría bien. Pero deje que antes piense en esta.

—Ah, claro. Avíseme cuando quiera. Tome una tarjeta.

LeValley le ofreció su tarjeta y Cassie se la guardó. Por la ventana de la sala vio que un coche aparcaba detrás del Boxster: otro potencial comprador. Decidió que era su oportunidad de hacer preguntas.

—El anuncio del periódico decía que a los Shaw les urgía vender. ¿Le importa que le pregunte cuál es la razón? Quiero decir, ¿hay algún problema con la casa?

A media pregunta, Cassie cayó en la cuenta de que había utilizado el nombre de los propietarios. Entonces recordó las letras de madera en la pared de la habitación de la niña: una protección en el caso de que LeValley reparara en su patinazo.

—Oh, no, no tiene nada que ver con la casa —dijo LeValley—. A él lo han enviado a otro sitio y están ansiosos por mudarse e instalarse en su nuevo destino. Si venden pronto podrán mudarse juntos y él no tendrá que andar yendo y viniendo. Es un viaje muy largo.

Cassie sintió que necesitaba sentarse, pero permaneció de pie. Una terrible amenaza ensombreció su corazón. Trató de mantenerse erguida, apoyándose en el hogar de piedra, pero supo que no había ocultado el impacto de las palabras que acababa de escuchar.

«Es un viaje muy largo».

—¿Está bien? —preguntó LeValley.

—Sí, es que estuve con gripe la semana pasada y...

—Ya sé. Yo también la pasé hace unas semanas. Fue horrible.

23

Cassie volvió la cara y actuó como si examinara el enladrillado de la chimenea.

—¿Y se van muy lejos? —preguntó con la máxima indiferencia que pudo, teniendo en cuenta los miedos que manaban en su interior.

Cerró los ojos y esperó, convencida de que LeValley ya sabía que no había venido a ver la casa.

—A París. Él trabaja en una empresa importadora de ropa y quieren que se instale allí durante un tiempo. Pensaron conservar la casa; alquilarla tal vez. Pero creo que se dieron cuenta de que es probable que no vuelvan. Es París, nada menos. ¿A quién no le gustaría vivir allí?

Cassie abrió los ojos y asintió.

—París...

LeValley continuó en un tono casi de conspiración.

—Por ese motivo están muy interesados en cualquier tipo de oferta. La empresa de él le cubre si vende por debajo del precio de tasación, dentro de unos límites razonables, claro. Así que, es probable que acepten una oferta rápida, aunque sea baja. Quieren trasladarse para que la niña empiece con las clases de francés este verano, para que aprenda el idioma y así pueda integrarse al comienzo del curso.

Cassie no estaba escuchando el discursito comercial. Tenía la mirada fija en la oscuridad de la chimenea. En ella habían ardido mil fuegos que habían calentado la casa, pero en ese momento los ladrillos estaban negros y fríos, y Cassie sintió que contemplaba su propia alma.

En ese momento comprendió que todo estaba cambiando en su vida. Durante mucho tiempo había vivido día a día, evitando cuidadosamente pensar en el desesperado plan que flotaba en el horizonte como un sueño.

De pronto, supo que había llegado la hora de poner rumbo al horizonte.

2

El lunes siguiente a la visita a la casa, Cassie llegó a Hollywood
Porsche a las diez, como era habitual, y pasó el resto de la mañana en su pequeño despacho situado junto al salón de exposi-
ciones, mientras revisaba la lista de llamadas, estudiaba el inventario actualizado, contestaba peticiones formuladas por
internet y realizaba una búsqueda para un cliente interesado
en un Speedster de época. Sin embargo, sus pensamientos
permanecían concentrados en la información que había obtenido durante su visita a la casa de Laurel Canyon.

Los lunes siempre eran el día de menos trabajo en el concesionario. En ocasiones caía algún cliente al que no habían
podido atender el fin de semana y trabajo burocrático acumulado, pero se recibían pocas primeras visitas de potenciales
compradores. El concesionario estaba en Sunset Boulevard,
a media manzana del Cinerama Dome, y a veces había tan
poco movimiento los lunes que Ray Morales dejaba que Cassie se pasara a ver una película por la tarde, siempre y cuando
llevara el busca encendido por si las cosas se ponían en marcha. Ray le daba cuartelillo a Cassie. Para empezar, le había
ofrecido el puesto sin que tuviera experiencia. Ella sabía que
sus motivos no eran enteramente altruistas, que solo era cues-

tión de tiempo que pasara a cobrar. De hecho, a Cassie le sorprendía que aún no hubiera dado ningún paso en los diez meses transcurridos.

Hollywood Porsche vendía coches nuevos y usados. Por ser la más novata del equipo de seis vendedores, a Cassie le tocaba el turno de los lunes y manejar los negocios relacionados con internet. Esto último no le molestaba, porque había dado clases de informática en la institución penitenciaria para mujeres de High Desert y el trabajo le agradaba. Prefería tratar con clientes y vendedores de otros concesionarios a través de la red que hacerlo en persona.

Su búsqueda de un Speedster de las características solicitadas resultó satisfactoria. Localizó un descapotable del 58 en perfecto estado en San José y lo arregló todo para que le mandaran fotos y los detalles técnicos al día siguiente. Le dejó un mensaje al cliente en el que le decía que podía pasarse por la tarde a ver las fotos o que se las mandaría a su despacho en cuanto las recibiera.

La única prueba de conducción del día llegó poco después de comer. El cliente era uno de los que Ray denominaba «empalmados de Hollywood», un nombre que se le había ocurrido pensando en sí mismo.

Ray revisaba de un modo casi religioso el *Hollywood Reporter* y el *Daily Variety* en busca de historias de don nadies que se habían hecho un nombre de la noche a la mañana. La mayoría de las veces se trataba de escritores rescatados de una oscuridad miserable y convertidos en ricos y famosos, al menos por un día, gracias a la venta de un libro o de un guion a un estudio. Elegido el objetivo, Ray obtenía su dirección del Sindicato de Guionistas o de un amigo que tenía en el censo electoral. Entonces pedía al Sunset Liquor Deli que le mandara una botella de Macallan junto con su tarjeta y una nota de felicitación. Algo más de la mitad de las veces funcionaba.

El interesado contestaba con una llamada a Ray y una posterior visita al concesionario. Poseer un Porsche constituía casi un rito iniciático en Hollywood, sobre todo para los hombres veinteañeros, grupo en el que, al parecer, se inscribían todos los guionistas. Ray pasaba estos clientes a su personal comercial y se repartía con ellos la comisión de cualquier posible venta, una vez descontado el coste del whisky escocés.

La prueba que Cassie tenía el lunes era con un escritor que acababa de firmar un acuerdo millonario con la Paramount. Ray, consciente de que Cassie no había vendido ni un solo coche en tres semanas, se lo pasó a ella. El nombre del escritor era Joe Michaels y estaba interesado en un Carrera cabriolet nuevo, un automóvil que costaría casi cien mil dólares, completamente equipado. Con la comisión, Cassie cubriría su presupuesto de todo el mes.

Con Joe en el asiento de la derecha, Cassie tomó Nichols Canyon hasta Mulholland Drive y luego se dirigió hacia el este por la serpenteante carretera. Seguía la rutina que habían establecido, porque allí arriba, en Mulholland, era donde el coche, la potencia y el sexo se fundían en la imaginación. A los clientes les quedaba muy claro qué estaba vendiendo.

El tráfico, como de costumbre, era fluido; salvo por los ocasionales grupitos de moteros, la carretera era suya. Cassie hizo alarde de sus habilidades, reduciendo al entrar en las curvas y acelerando a la salida. De cuando en cuando miraba de reojo a Michaels, para ver si tenía esa expresión en la cara que indicaba que el trato estaba cerrado.

–¿Estás trabajando en una película ahora mismo? –preguntó.

–Estoy reescribiendo un filme policiaco.

Una buena señal, que llamara a la película filme. Sobre todo, una de polis. Los que se tomaban a sí mismos demasiado en serio –y tenían dinero– los llamaban filmes.

–¿Quién la hace?

–Aún no se conoce el reparto. La estoy reescribiendo porque los diálogos eran de pena.

Como preparación para la prueba de conducción, Cassie había leído el artículo de *Variety* sobre el contrato de primera opción. Decía que Michaels acababa de licenciarse en la escuela de cine de la Universidad del Sur de California y que el corto de quince minutos que había rodado había obtenido un premio patrocinado por un estudio. No aparentaba más de veinticinco años. Cassie se preguntó de dónde sacaría los diálogos. No tenía pinta de haberse cruzado con un poli en su vida, y menos aún con delincuentes. Era muy probable que los diálogos se basaran en lo que hubiese visto en la televisión o en otras pelis, pensó.

–¿Quieres conducir ahora, John?

–Es Joe.

Genial. Lo había llamado John a propósito, para ver si la corregía; el hecho de que lo hiciera le confirmó que era serio y ególatra, una buena combinación cuando se trataba de comprar y vender automóviles serios y ególatras.

–Joe, entonces.

Aparcó en un mirador con vistas al Hollywood Bowl. Paró el motor, echó el freno de mano y salió. No se volvió a mirar a Michaels mientras caminaba hasta el borde del precipicio, ponía un pie encima de la barrera de seguridad, se ataba las Dr. Martens y miraba hacia abajo, al Bowl vacío. Llevaba unos vaqueros negros ajustados y una camiseta blanca sin mangas debajo de una camisa de etiqueta azul desabotonada. Cassie sabía que era atractiva y su radar le decía que Michaels la miraba a ella y no al coche. Se pasó los dedos por el cabello rubio recién cortado, muy corto, para llevar la peluca, y al volverse abruptamente lo pilló observándola. Él enseguida miró por encima de ella, hacia el centro de la ciudad, que se adivinaba entre la nube rosada de contaminación.

–Bueno, ¿qué te parece? –preguntó ella.

–Creo que me gusta –dijo Michaels–, pero hay que conducirlo para estar seguro.

Él sonrió. Ella sonrió. Decididamente sintonizaban.

–Entonces, hagámoslo –dijo ella, sin abandonar el juego de dobles sentidos.

Volvieron al Porsche y Cassie se sentó en el asiento del acompañante, un poco de lado para mirar a Joe. Michaels llevó la mano derecha por debajo del volante y buscó la llave de contacto.

–En el otro lado –dijo ella.

Él encontró la llave de contacto en el salpicadero, a la izquierda del volante.

–Es una tradición de Porsche –explicó ella–. Desde que hacían coches de carreras. Así podías poner en marcha el motor con la izquierda y mantener la derecha en la palanca del cambio. Un arranque rápido.

Michaels asintió. Cassie sabía que esta anécdota siempre funcionaba con los hombres. Ni siquiera estaba segura de que fuera cierta –se la había contado Ray–, pero la soltaba siempre. Supuso que Michaels se estaba imaginando a sí mismo contándoselo a alguna preciosidad que se hubiera ligado en Sunset Strip.

Él arrancó, dio la vuelta y condujo de nuevo hacia Mulholland, con el motor revolucionado en exceso. Después de unas cuantas curvas, comprendió las sutilezas del cambio de marchas y empezó a conducir con más suavidad. Cassie advirtió que él intentaba no sonreír cuando pillaba una recta y en solo unos segundos el velocímetro se ponía a ciento veinte. Era algo que no podía evitar: la satisfacción se reflejaba en su cara. Conocía esa cara y su significado. Algunos la obtenían de la velocidad y la potencia; otros, de modo distinto. Cassie pensó en lo mucho que hacía que ella no sentía esa descarga eléctrica corriendo por su sangre.

Cassie miró en su pequeño despacho para ver si le habían dejado alguna nota en el escritorio. No había ninguna. Avanzó por el concesionario, recorrió con el dedo un clásico alerón de cola de ballena y pasó junto al despacho financiero hasta la oficina del jefe. Ray Morales levantó la cabeza de los papeles cuando ella entró y colgó las llaves del Carrera en el gancho correspondiente. Cassie sabía que él esperaba que le contase cómo le había ido. Después de todo, había invertido más de cien dólares en un whisky escocés.

–Va a tomarse un par de días para pensarlo –dijo, sin mirar a Ray–. Lo llamaré el miércoles.

Cuando Cassie se disponía a salir, Ray dejó el bolígrafo y apartó la silla del escritorio.

–Mierda, Cassie, ¿qué te pasa? Este tío era un *empalmado*. ¿Cómo has podido perderlo?

–No lo he perdido –le corrigió Cassie, con un exagerado tono de protesta–. Ha dicho que se lo va a pensar. No todo el mundo se compra un coche después de conducirlo una sola vez, Ray. Este coche cuesta cien de los grandes.

–Estos tipos lo hacen. Con un Porsche lo hacen. No piensan, se lo compran. Joder, Cassie, estaba a punto; lo noté cuando hablé con él por teléfono. ¿Sabes qué creo que estás haciendo? Que los estás ahuyentando. Has de acercarte a ellos como si fueran el próximo Cecil B. DeMille, no hacerles sentir mal por lo que hacen o por lo que quieren.

Cassie se puso en jarras, indignada.

–Ray, no sé de qué estás hablando. Yo trato de vender el coche, no de quitarles la idea de la cabeza. No hago que se sientan mal. Y ninguno de estos tíos tiene ni idea de quién era Cecil B. DeMille.

–Pues Spielberg, Lucas o quien sea. Me da igual. Esto es un arte, Cassie. Esto es lo que estoy intentando decirte y lo que he tratado de enseñarte. Es cuestión de tacto, de sexo, de ponérsela dura. Cuando llegaste aquí lo hacías. Movías, ¿cuántos?, cinco o seis coches al mes. Ahora, no sé qué estás haciendo.

Cassie bajó un momento la mirada antes de responder. Se metió las manos en los bolsillos. Sabía que Ray tenía razón.

–Vale, Ray, tienes razón. Mejoraré. Creo que estoy un poco descentrada.

–¿Cómo es eso?

–No estoy segura.

–¿Quieres tomarte unos días?

–No, estoy bien. Pero mañana entraré tarde. Tengo mi control de pipí en Van Nuys.

–Claro, no te preocupes. ¿Cómo te va? Aquella señora no ha vuelto a aparecer por aquí; tampoco ha llamado por teléfono.

–Va bien. Seguramente no sabrás nada de ella a no ser que la cague.

–Bueno, pues no lo hagas.

Había algo en el tono de voz de Ray que la molestaba, pero lo dejó pasar. Apartó la mirada y la fijó en el escritorio. Vio que había un albarán de entrada en una pila de papeles, a un lado de la mesa.

–¿Va a venir un camión? –preguntó.

Ray siguió la mirada de ella hasta el albarán y asintió.

–El martes próximo. Cuatro Boxster, tres Carrera; dos de ellos cabriolets.

–Bien. ¿Ya sabes de qué colores son?

—Los Carrera son blancos. Los Boxster vienen en ártico, blanco, negro y creo que amarillo. —Levantó el albarán y lo leyó—. Sí, amarillo. Estaría bien apalabrarlos antes de que lleguen. Meehan ya tiene un pedido para uno de los cabriolets.

—Veré qué puedo hacer.

Ray le guiñó un ojo y sonrió.

—Esa es mi chica.

El tonito estaba presente otra vez. Y el guiño. Cassie supuso que Ray por fin se preparaba para cobrarse sus actos de beneficencia. Quizá había estado esperando una mala racha de ella para, de este modo, dejarle menos capacidad de maniobra. Cassie sabía que haría algún movimiento pronto y tenía que pensar cómo manejarlo. Pero su cabeza estaba ocupada por cuestiones más importantes. Dejó al jefe en su despacho y se encaminó hacia el suyo.

3

Las oficinas del Departamento de Libertad Condicional y Servicios a la Comunidad de California se hallaban embutidas en un edificio gris de una sola planta de hormigón prefundido que se alzaba a la sombra del Tribunal Municipal, en Van Nuys. El anodino aspecto exterior parecía en sintonía con su propósito: la pausada reintegración en la sociedad de los reclusos.

El interior del inmueble seguía el ejemplo de los parques de atracciones en cuanto a control de la multitud; aunque en este caso los que esperaban no siempre estaban tan ansiosos por llegar al final de la fila. Los expresidiarios se acumulaban como ganado en un laberinto de filas acordonadas que se doblaban una y otra vez llenando pasillos y salas. Había filas de convictos esperando para sellar, filas de espera para las pruebas de orina, filas de espera para entrevistas con los agentes de la condicional: filas en los cuatro cuadrantes del edificio.

Para Cassie Black la oficina de la condicional era más deprimente de lo que había sido la cárcel. En High Desert había permanecido en una suerte de estasis, como esos personajes de las películas de ciencia ficción que se sumen en una especie de hibernación después de un largo viaje de regreso a la

Tierra. Así lo veía Cassie. En prisión respiraba, pero no vivía, se limitaba a sobrevivir con la esperanza de que el final de su condena llegara más pronto que tarde.

Esa ilusión en el futuro y el fervor de su constante sueño de libertad le permitieron superar cualquier depresión. Pero la oficina de la condicional era ese futuro. Era la cruda realidad de haber salido, una realidad sórdida, masificada, inhumana. Olía a desesperación e ilusiones perdidas, a ausencia de futuro. La mayoría de los que la rodeaban no lo conseguirían. Cada cual, a su tiempo, regresaría a la cárcel.

Formaba parte de la vida que habían escogido. Pocos lo conseguían, pocos salían con vida. Y para Cassie, que se había prometido a sí misma que sería una de las elegidas, la zambullida mensual en este mundo siempre la deprimía profundamente.

A las diez en punto del martes por la mañana ya había sellado y se acercaba al final de la cola del pipí. Llevaba en la mano el recipiente de plástico sobre el que debía acuclillarse y llenar de orina mientras una oficial novata, apodada «la bruja» por la naturaleza de su misión de vigilancia, observaba para asegurarse de que era su propia orina la que caía en el recipiente.

Cassie no miraba a nadie ni hablaba con nadie durante la espera. Cuando la fila se movía y la empujaban, ella se limitaba a dejarse arrastrar por la corriente. Pensaba en el tiempo pasado en High Desert, en cómo podía callarse cuando lo necesitaba y conducir aquella nave de regreso a la Tierra en piloto automático. Era la única manera de sobrevivir en la cárcel. Y también en aquella oficina.

Cassie se metió en el cubículo que su agente de la condicional, Thelma Kibble, llamaba despacho. Respiraba con menos dificultad, porque se aproximaba al final. Kibble era la última parada de la jornada.

–Aquí está ella... –dijo Kibble–. ¿Cómo te va ahí fuera, Cassie Black?

–Bien, Thelma. ¿Y tú qué tal?

Kibble era una negra obesa, cuya edad Cassie nunca había tratado de determinar. Su amplio rostro siempre mostraba una expresión agradable, y a Cassie le caía bien a pesar de las circunstancias. Kibble no era fácil, pero era legal. Cassie sabía que había tenido suerte de ser asignada a Kibble desde Nevada.

–No me puedo quejar –dijo Kibble–. No me puedo quejar en absoluto.

Cassie se sentó en la silla que había junto al escritorio, el cual estaba lleno de pilas de expedientes, algunos de ellos de dos dedos de grosor. En el lado izquierdo del escritorio había un archivador vertical con una etiqueta que ponía «DAP» y que siempre atraía la atención de Cassie. DAP significaba «devuelto a prisión» y los archivos allí guardados correspondían a los perdedores, a los que volvían. El archivador vertical siempre parecía lleno y su presencia constituía un elemento disuasorio tan poderoso como cualquier otro del proceso de la condicional.

Kibble tenía delante el expediente de Cassie y estaba cumplimentando el informe mensual. Este breve cara a cara antes de que Kibble abordara las preguntas del cuestionario formaba parte del ritual.

–¿Qué te has hecho en el pelo? –preguntó Kibble sin levantar la mirada de los papeles.

–Me apetecía un cambio y me lo corté.

–¿Un cambio? ¿Acaso estás tan aburrida que tienes que hacer cambios de repente?

–No, es solo que...

Se encogió de hombros con la esperanza de cambiar de tema. Debería haber sabido que la palabra cambio pondría en alerta a una agente de la condicional.

Kibble giró levemente la muñeca para consultar su reloj. Era hora de seguir.

—¿Va a haber algún problema con el pipí?

—No.

—Bien, ¿hay algo de lo que quieras hablar?

—No.

—¿Cómo va el trabajo?

—Es un trabajo, supongo que va como van los trabajos.

Kibble enarcó las cejas y Cassie lamentó no haber seguido con los monosílabos. Había hecho saltar la segunda alarma.

—Te dedicas a conducir unos coches impresionantes —dijo Kibble—. La mayoría de los que entran aquí los lavan y no se quejan.

—Yo no me estoy quejando.

—¿Entonces qué?

—Entonces nada. Sí, conduzco coches de lujo, pero no son míos. Los vendo. No es lo mismo.

Kibble levantó la mirada del expediente y se fijó un momento en Cassie. De las filas de cubículos surgía una algarabía de voces.

—Muy bien, ¿qué te preocupa, niña? No tengo tiempo para tonterías. Tengo mis casos difíciles y mis casos sencillos y me voy a cabrear si tengo que pasarte a los CE. No tengo tiempo para eso.

Kibble agarró una pila de gruesas carpetas para recalcar sus palabras.

Cassie sabía que CE significaba «control estricto». Ella estaba en observación mínima. Pasar a CE suponía más visitas a la oficina de la condicional, controles telefónicos diarios y más visitas de Kibble a su casa. La condicional se convertiría en una extensión de su móvil y Cassie sabía que no podría soportarlo. Se apresuró a levantar las manos para pedir calma.

–Lo siento, lo siento. No pasa nada, ¿vale? Es solo que tengo... Estoy pasando una mala racha, ¿sabes?

–No, no lo sé. ¿De qué racha estás hablando? Cuéntame.

–No puedo. No sé expresarlo con palabras. Siento que..., que cada día es como el anterior. No hay futuro porque todo es lo mismo.

–Oye, recuerda lo que te dije la primera vez que entraste aquí. Te dije que ocurriría esto. La repetición alimenta la rutina, y la rutina es aburrida, pero te evita pensar y te mantiene alejada de los problemas. No quieres tener problemas, ¿verdad?

–Claro que no, Thelma. Pero es como si, a pesar de haber dejado atrás la cárcel, una parte de mí no hubiera salido nunca de allí. No es...

–¿No es qué?

–No lo sé. No es justo.

En uno de los cubículos, un convicto perdió los estribos y empezó a protestar en voz alta. Kibble se levantó para mirar por encima de las mamparas. Cassie no se movió; no le importaba porque sabía de qué se trataba: alguien iría al calabozo mientras se decidía la revocación de su condicional. Cada día pasaba una o dos veces. Nadie se resignaba pacíficamente. Cassie había dejado de mirar esas escenas tiempo atrás, porque en ese lugar no podía preocuparse de nadie que no fuera ella misma.

Kibble no tardó en sentarse y centrar de nuevo su atención en Cassie, quien tenía la esperanza de que la interrupción hubiera logrado que la agente de la condicional olvidara de qué estaban hablando.

No tuvo esa suerte.

–¿Has visto eso? –preguntó Kibble.

–Lo he oído. Con eso basta.

–Eso espero, porque a la mínima que la cagues podrías ser tú. Lo entiendes, ¿verdad?

–Perfectamente, Thelma. Sé lo que ocurre.

–Bien, porque no se trata de ser justo, por usar tus palabras. La justicia no tiene nada que ver. Estás bajo el peso de la ley, encanto, y estás controlada. Me estás asustando, niña, y deberías asustarte a ti misma. Solo llevas diez meses de una condicional de dos años, y no es buena señal que te pongas ansiosa tan pronto.

–Lo sé, lo siento.

–Joder, hay gente aquí con condicionales de cuatro, cinco y seis años. Algunos incluso más largas.

Cassie asintió.

–Ya sé, ya sé, tengo suerte. Lo que pasa es que no puedo dejar de pensar en cosas, ¿sabes?

–No, no lo sé.

Kibble plegó sus gruesos brazos ante el pecho y se recostó en la silla. Cassie temió que esta no aguantara el peso, pero era resistente. La agente la miró con severidad. Cassie sabía que había cometido un error al tratar de sincerarse con ella. En efecto, estaba invitando a Kibble a meterse en su vida aún más, pero decidió que, ya que se había pasado de la raya, lo más coherente era ir hasta las últimas consecuencias.

–Thelma, ¿puedo preguntarte algo?

–Para eso estoy aquí.

–¿Sabes si hay algún..., algún tratado internacional o acuerdos para transferencias de condicionales?

Kibble cerró los ojos.

–¿De qué coño estás hablando?

–De si podría vivir en Londres o en París.

Kibble abrió los ojos, negó con la cabeza y la miró estupefacta. Volcó el peso hacia adelante y la silla se posó de un modo brusco.

–¿Tiene esto pinta de agencia de viajes? Eres una convicta, niña. ¿Lo entiendes? No puedes decidir que no te gusta estar aquí y pensar: «Bueno, ahora probaré en París». ¿Te estás oyendo? Esto no es un Club Méditerranée.

–Vale, solo...

–Conseguiste la transferencia de Nevada, y fue porque tuviste la suerte de tener ese amigo en el concesionario. Pero eso es todo. Estás clavada aquí, niña. Durante al menos catorce meses, o puede que más si sigues por este camino.

–Vale. Solo pensé que...

–Fin de la historia.

–Vale, se acabó.

Kibble se inclinó para anotar algo en el expediente de Cassie.

–No sé qué hacer contigo –dijo mientras escribía–. Debería ponerte un 3056, y ver si en un par de días te olvidabas de tanta tontería, pero...

–No tienes que hacerlo, Thelma. Yo...

–... están las celdas llenas.

Un 3056 era una suspensión de la condicional, una orden que ponía al sujeto bajo custodia hasta que se celebrara la vista para revocarla. El agente podía retirar los cargos en el último momento y el preso quedaría en libertad. Entre tanto, la visita a los calabozos servía de advertencia. Se trataba de la amenaza más dura de que disponía Kibble y solo mencionarla bastó para asustar a Cassie.

–Estoy bien, Thelma, de verdad. Solo estaba desahogándome un poco, ¿vale? Por favor, no me hagas eso. –Esperaba haber puesto un buen tono de súplica en su voz.

Kibble negó con la cabeza.

–Lo único que sé es que te tenía en la lista A, niña. Ahora no sé. Creo que al menos voy a tener que pasar a hacerte una visita un día de estos para ver de qué vas. Te lo advierto, Cassie Black, será mejor que tengas cuidado conmigo. No soy la Thelma gorda y vieja que en cualquier momento se va a caer de la silla. No soy alguien de quien te puedas reír, y si crees eso acabarás con estos chicos. —Pasó el extremo del bolígrafo por los bordes de los expedientes DAP que tenía a su izquierda—. Ellos te dirán que no soy alguien con quien se pueda jugar.

Cassie se limitó a asentir. Se fijó en la gruesa mujer durante un rato. Necesitaba distender el ambiente y que el rostro de Kibble recobrara la sonrisa o, como mínimo que desapareciera el ceño fruncido.

—Si vienes, Thelma, creo que te veré antes que tú a mí.

Kibble la miró de inmediato, pero Cassie notó que su rostro se relajaba. La apuesta le salió bien, porque Kibble se tomó el comentario con buen humor, e incluso empezó a reírse entre dientes, lo cual provocó que sus anchos hombros y luego el escritorio se sacudieran.

—Bueno, eso ya lo veremos —dijo Kibble—. Te sorprenderías.

4

Cassie sintió que le quitaban un peso de encima al salir de las oficinas de la condicional. No solo porque el suplicio mensual había pasado, sino también porque allí dentro había comenzado a conocer algo de sí misma. En su lucha en pos de una explicación de sus sentimientos a Kibble, había llegado a una conclusión esencial. Estaba esperando una oportunidad, y podía hacerlo a la manera de ellos o a la suya. La visita a la casa de Laurel Canyon no había sido la causa de esto, sino un simple revulsivo: gasolina para un fuego ya encendido. Había tomado una decisión clara y en esa claridad cabían sentimientos de alivio y miedo. El fuego ardía con fuerza. En su interior, comenzó a sentir el leve goteo del agua de deshielo proveniente del lago helado que durante tanto tiempo había sido su corazón.

Caminó entre los juzgados municipal y del condado y atravesó la plaza que quedaba frente a la comisaría del Departamento de Policía de Los Ángeles en Van Nuys. Allí había una fila de teléfonos públicos, junto a las escaleras que conducían a la entrada de la comisaría, en el segundo piso. Levantó el auricular de uno de ellos, echó una moneda de veinticinco centavos y una de diez y marcó un número que había memorizado hacía más de un año, cuando aún estaba en High Desert. Le había llegado en una nota escondida en un tampón.

El teléfono sonó tres veces antes de que un hombre contestara.

–¿Sí?

Hacía más de seis años que Cassie no oía aquella voz, pero le sonó auténtica y familiar. Contuvo la respiración.

–¿Sí?

–¿Eh?, sí, ¿está...?, ¿está el señor Reilly?

–No, se equivoca.

–¿Es la perrera Reilly? Estaba llamando al... –Dirigió la mirada hacia abajo y leyó el número de teléfono desde el cual hablaba.

–¿Qué clase de estupidez es esta? Esto no es ninguna perrera; su número está equivocado.

El hombre colgó, y Cassie hizo lo mismo. Entonces ella se volvió y caminó hasta un banco de la plaza situado a cinco metros de los teléfonos. Lo compartió con un hombre despeinado, quien leía un periódico tan amarillento que sin duda era de hacía meses.

Cassie esperó casi cuarenta minutos. Cuando el teléfono por fin empezó a sonar, se hallaba en medio de una conversación a una sola banda con el tipo despeinado acerca de la calidad del servicio de comidas en la prisión de Van Nuys. Se levantó y se apresuró a contestar, mientras el tipo le gritaba una última queja.

–Las hamburguesas eran tan duras que jugábamos al *hockey* con ellas.

Ella levantó el auricular al sexto timbrazo.

–¿Leo?

Una pausa.

–No uses mi nombre. ¿Cómo estás, cielo?

–Estoy bien. ¿Cómo estás...?

–Llevas cosa de un año fuera, ¿verdad?

–Oh, en realidad...

–Y no me has dicho ni hola. Pensaba que tendría noticias tuyas antes. Tienes suerte de que aún me acuerde de ese numerito de la perrera.

–Diez meses, llevo diez meses en la calle.

–¿Y qué tal te va?

–Supongo que bien. De hecho, muy bien.

–No si me estás llamando.

–Ya lo sé.

Se produjo un largo silencio. Cassie oyó ruido de tráfico al otro lado de la línea. Supuso que Leo había salido de casa y había buscado un teléfono público en algún lugar de Ventura Boulevard, probablemente cerca de su restaurante habitual.

–Bueno, así que me has llamado tú primera –apuntó Leo.

–Eso es, sí. Estaba pensando... –Hizo una pausa y lo repensó todo una vez más–. Sí, necesito trabajo, Leo.

–No utilices mi nombre.

–Perdón. –Pero sonrió: el viejo Leo de siempre.

–Ya sabes que soy un paranoico clásico.

–En eso estaba pensando.

–Muy bien... así que estás buscando algo. Dame alguna pista, ¿de qué hablamos?

–Efectivo. Solo un trabajo.

–¿Solo un trabajo? –Sonaba sorprendido, decepcionado incluso–. ¿Cómo de gordo?

–Lo bastante como para desaparecer. Para tener un buen punto de partida.

–No debe de irte muy bien, entonces.

–Lo que pasa es que están pasando cosas. No puedo... –Negó con la cabeza y no terminó la frase.

43

–¿Seguro que estás bien?

–Sí. De hecho, me siento genial ahora que lo sé.

–Sé a qué te refieres. Recuerdo cuando me decidí de una vez por todas, cuando dije, qué cojones, esto es lo que hago. Y, joder, entonces solo me llevaba los *airbags* de los Chryslers. He recorrido un largo camino, y tú también.

Cassie se volvió y miró al viejo del banco. Continuaba con su conversación. En realidad, Cassie no le hacía ninguna falta.

–Sabes que, con esos parámetros, probablemente estés hablando de Las Vegas. Quiero decir que podría enviarte a Hollywood Park o a una de las salas indias, pero allí no verías mucho efectivo. Estamos hablando de quince o veinte por golpe. Pero si me das tiempo para preparar algo en Las Vegas podría aumentar la recaudación.

Cassie pensó un momento. Cuando el autobús a High Desert salió de Las Vegas seis años antes juró que no volvería a pisar aquel lugar, pero sabía que lo que Leo decía era exacto. El dinero estaba en Las Vegas.

–Las Vegas está bien –dijo abruptamente–, pero no tardes demasiado.

–¿Quién está hablando detrás de ti?

–Un viejo que tomó demasiado aguardiente en el trullo.

–¿Dónde estás?

–Acabo de salir de la oficina de la condicional.

Leo rio.

–No hay nada como mear dentro de un vaso para que uno vea las posibilidades de la vida. Mira, te diré una cosa: voy a estar pendiente por si sale algo. Me han dado un soplo de que va a surgir algo más o menos la próxima semana. Tú serías perfecta. Te avisaré si se concreta. ¿Dónde puedo localizarte?

Cassie le dio el número del concesionario, el general, no la línea directa ni el número de su móvil. No quería que le encontraran con esos números en su posesión si lo detenían.

—Una cosa más —dijo ella—. ¿Todavía puedes conseguir pasaportes?

—Puedo. Dame dos o tres semanas, porque los pido fuera, pero puedo conseguirte uno. Estará de puta madre. Un pasaporte te costará uno de los grandes, y el juego completo, dos mil quinientos. Viene con carné de conducir, Visa y American Express. Con esta última acumulas millas en Delta Air Lines.

—Vale. Querré el completo para mí y además un segundo pasaporte.

—¿Cómo que dos? Te digo que el primero será perfecto. No necesitarás otro...

—No son los dos para mí. El segundo es para otra persona. ¿Quieres que te mande las fotos a casa o tienes un apartado de correos?

Leo le pidió que mandara las fotos a una dirección postal en Burbank, luego le preguntó para quién era el segundo pasaporte y qué nombres quería utilizar en los documentos falsos. Ella ya había anticipado las preguntas y había elegido los nombres. Ofreció enviar el dinero junto con las fotos, pero Leo le dijo que de momento podía asumir el gasto. Argumentó que se trataba de un acto de buena voluntad, en vista de que iban a volver a trabajar juntos.

—Bueno —dijo Leo, volviendo al principal asunto que los ocupaba—. ¿Estarás lista para esto? Ha pasado mucho tiempo. La gente se acartona. Ya sabes que me la juego mandándote ahí.

—Ya lo sé. No tienes que preocuparte; estaré preparada.

—Muy bien, pues. Te llamaré.

—Gracias, nos vemos.

—Ah, encanto.

—¿Qué?

—Me alegro de que hayas vuelto. Será como en los viejos tiempos.

—No, Leo. Sin Max nunca volverá a ser lo mismo.

Esta vez Leo no protestó porque ella utilizara su nombre. Ambos colgaron y Cassie se alejó de los teléfonos. El hombre del banco le gritó algo, pero ella no lo entendió.

Cassie tuvo que caminar hasta Victory Boulevard para llegar al Boxster. No había encontrado ningún sitio para aparcar más cerca del complejo de justicia penal. Por el camino pensó en Max Freeling. Recordó sus últimos momentos juntos: la barra del Cleo, la espuma de cerveza en su bigote, la pequeña cicatriz en su barbilla donde no le crecía pelo.

Max hizo un brindis y Cassie lo repitió, ahora en silencio. «Hasta el final, hasta el lugar donde el desierto es océano».

Pensar en lo que ocurrió después la deprimió y la enfadó, incluso al cabo de tantos años. Decidió que antes de volver al concesionario pasaría por la escuela primaria Wonderland a la hora de la pausa para comer: era la mejor manera que conocía de sacudirse la tristeza.

Al llegar al Boxster vio que la habían multado porque habían transcurrido más de dos horas de parquímetro. Sacó la multa del limpiaparabrisas y la arrojó al asiento del copiloto. El coche seguía a nombre del moroso al que se lo habían embargado. Así que, si no pagaba, la reclamación municipal le llegaría a él. Seguro que sabría manejarlo.

Cassie se metió en el coche y tomó Van Nuys Boulevard en dirección sur, hacia la 101. El bulevar estaba lleno de concesionarios de coches nuevos. Cassie a veces pensaba en el valle de San Fernando como un gran aparcamiento.

Intentó escuchar un cedé de Lucinda Williams, pero el equipo no paraba de saltar y tuvo que conformarse con la radio. Sonaba una vieja canción de Roseanne Cash, que hablaba de un dolor que ya duraba siete años.

Sí, pensó Cassie. Roseanne sabía de lo que hablaba. Siete años. Pero la canción no decía nada de lo que pasaría tras esos siete años. ¿Desaparecería el dolor? Cassie creía que no, que no lo haría nunca.

5

Durante los días que siguieron, mientras esperaba noticias de Leo, Cassie Black se descubrió a sí misma cayendo en el ritmo de la preparación, un ritmo que le resultaba al mismo tiempo familiar y reconfortante. Pero, sobre todo, era apasionante; ponía una emoción en su vida que llevaba años sin sentir.

La preparación también constituía un tiempo de introspección. Examinó su resolución repetidamente, desde todos los ángulos, y no halló fisuras, dudas ni remordimientos. Lo complicado había sido hacer la elección. Con la decisión tomada, esta solo le proporcionaba alivio y una intensa sensación de libertad. Percibía la excitación del peligro y la anticipación que años de cárcel le habían robado de la memoria. Había olvidado hasta qué punto resultaba adictiva la inyección de adrenalina. Max lo llamaba «el combustible de la ilegalidad» porque no podía expresar sus sentimientos con palabras. En aquellos días de preparación, Cassie llegó a comprender que el verdadero motivo del encarcelamiento iba dirigido a borrar, incluso de la memoria, esa sensación. Si ese era el caso, cinco años a la sombra habían fracasado con ella. El combustible de la ilegalidad le hervía en la sangre, golpeando en sus venas como agua caliente a través de las cañerías congeladas del invierno.

Cassie empezó por alterar su reloj biológico y redujo drásticamente sus horas de sueño. Compensaba la falta de descanso con un régimen vitamínico para aumentar su energía y alguna siesta ocasional en el sofá a media tarde. En una semana pasó de dormir siete horas a hacerlo cuatro, sin que se notara un impacto en su concentración ni en su productividad.

Por la noche empezó a conducir por la serpenteante y peligrosa Mulholland Drive con el objeto de agudizar su permanente estado de alerta. En casa se movía con las luces apagadas para adaptar la vista a los contornos de las sombras. Sabía que podría usar gafas de visión nocturna en el golpe, pero también era consciente de la necesidad de estar preparada para cualquier eventualidad.

En sus horas diurnas fuera del concesionario, se dedicó a reunir el material que podría necesitar y a confeccionar las herramientas que emplearía. Después de escribir una lista de cualquier cosa concebible que pudiera ayudarla a superar un obstáculo, memorizó su contenido y la destruyó: tener en su poder una lista semejante bastaba para que le revocaran la condicional. Entonces dedicó un día entero a visitar distintas ferreterías y otros comercios para adquirir los objetos de la lista y repartir sus compras en efectivo por toda la ciudad, para que las piezas dispersas de su plan nunca pudieran reconstruirse en su totalidad.

Compró martillos, destornilladores, limas de hierro y sierras de arco para metales; alambre para empacar, cordel de nailon y pulpos. Compró una caja de guantes de látex, un tubito de cera para enganchar, una navaja suiza y una espátula con una hoja de ocho centímetros. Adquirió también un soplete de acetileno y visitó tres ferreterías distintas antes de encontrar un taladro multiuso a pilas lo suficientemente pequeño. Compró alicates con punta de goma, cortaalambres y cizallas de aluminio. Añadió una Polaroid y la parte de arriba de un traje de buzo de manga larga de hombre. Compró linternas grandes y pequeñas, un par de rodilleras y una pistola eléctrica incapacitante. Se hizo con una mochila de cuero negra, una riñonera negra y varias bolsas con cremallera de distintos tamaños que podía llevar en los bolsillos de la mochila. Por último, en cada una de las tiendas compró un candado con llave, atesorando de este modo una colección de siete candados de distintos fabricantes que, por consiguiente, tenían mecanismos de cierre ligeramente diferentes.

En el pequeño apartamento que alquilaba en Selma, cerca de la autovía 101, en Hollywood, desparramó sus compras sobre una mesa de formica de la cocina y preparó el equipo, para lo que usó guantes mientras manipulaba cada objeto.

Con las cizallas y el soplete se fabricó ganzúas a partir del alambre de valla y las hojas de sierra de arco. Hizo dos juegos de tres ganzúas diferentes. Puso un juego en una bolsa de cierre fácil y la enterró en el jardín trasero. El otro lo guardó con el resto de herramientas destinadas al asunto para el cual esperaba que Leo la llamara pronto.

Cortó media manga del traje de neopreno y la utilizó para revestir el taladro, cosiendo la goma bien ajustada con hilo de nailon a fin de que amortiguara el ruido. Del resto del traje de neopreno hizo un estuche para llevar cómodamente su equipo de ladrona hecho a medida.

Cuando tuvo preparadas todas las herramientas las enrolló en el estuche, las aseguró con pulpos y las ocultó en el hueco del guardabarros derecho del Boxster, sujetándolas de la suspensión con más pulpos. No había dejado ni una huella, así que, si Thelma Kibble o algún otro agente del orden encontraba el estuche con las herramientas, Cassie tendría la posibilidad de negarlo todo, lo que quizá la librara de la cárcel. El coche no era suyo. Sin huellas en las herramientas ni pruebas de que ella las hubiera comprado o fabricado, en última instancia no podría demostrarse que le pertenecieran. Podrían retenerla en custodia y presionarla, pero al final tendrían que dejarla en libertad.

Cassie se sirvió de los siete candados para practicar. Los cerró en torno a una percha de madera y dejó las llaves en una taza de café, en un armario de la cocina. Por la noche se sentaba a oscuras en la sala de estar y manipulaba a ciegas los candados con el juego adicional de ganzúas. Tardó en recuperar las sutilezas del arte de forzar un candado. Le llevó cuatro días abrir los siete. Entonces, volvió a ponerlos en la percha y comenzó de nuevo, esta vez llevando puestos guantes de látex. Transcurridas dos semanas, se cronometraba con asiduidad y era capaz de abrir los siete candados con los guantes puestos en doce minutos.

Ella lo supo desde el primer momento: su acción era, sobre todo, preparación psicológica, recuperar el ritmo, el modo de pensar. Max, su maestro, siempre le decía que la preparación más importante era el ritmo, el ritual. No se le escapaba que era poco probable que tuviera que forzar una cerradura en el negocio que le había reservado Leo. La mayoría de hoteles de Las Vegas y de otras ciudades habían instalado tarjetas programadas en la última década. Quebrar las protecciones electrónicas ya era otro asunto. Requería ayuda desde dentro o una habilidad especial en el arte de manipular, lo que abarcaba desde el timo en recepción hasta los gestos calculados con el servicio de habitaciones.

El tiempo de preparación le trajo recuerdos de Max, el hombre que había sido su mentor y su amante. Eran recuerdos agridulces porque no podía pensar en los buenos tiempos sin recordar lo mal que acabó todo en el Cleopatra. Incluso cuando estaba tranquila, a menudo se encontraba a sí misma riendo a carcajadas en la oscuridad de su casa, con la percha llena de candados en el regazo y las manos sudando bajo los ajustados guantes de látex.

Se rio con más ganas al recordar una treta típica de manipulación que Max había ejecutado a la perfección en el Golden Nugget. Necesitaban entrar en una habitación de la quinta planta. Max esperó hasta ver un carrito en el pasillo, se metió en una habitación de servicio y se quitó toda la ropa. Se despeinó y caminó hacia el carrito de la camarera cubriéndose sus partes con las manos. Después de sobresaltar a la mujer, le explicó que se había quedado dormido y que, al levantarse para ir al baño, se había equivocado de puerta y había salido de la habitación, con tan mala suerte que la puerta se había cerrado tras él. La camarera, que no quería prolongar su encuentro con un hombre desnudo, le dio la llave magnética. ¡Estaban dentro!

Lo que más gracia le hacía a Cassie era que, una vez en la habitación, Max tenía que vestirse y devolverle la llave a la camarera para completar la jugada, y como su ropa estaba escondida en el cuarto de servicio tenía que ponerse la de su objetivo. El hombre que habían elegido era ligeramente más bajo que Max, y muy delgado; pesaba al menos veinte kilos menos que él. Además, era abiertamente homosexual y su manera de vestir era la indicada para anunciárselo al mundo. Max se acercó de nuevo a la camarera por el pasillo, ataviado con una camisa rosa abierta hasta el ombligo y unos pantalones de cuero negro tan ajustados que ni podía doblar las rodillas.

Cada noche, tras haber terminado su entrenamiento y antes de irse a dormir, Cassie volvía a enterrar el segundo juego de ganzúas y ponía un abrigo de invierno en la percha para ocultar los candados. Luego cerraba la cremallera del abrigo y devolvía la percha al armario del pasillo. No dejaba ninguna pista en su casa que pudiera relacionarla con lo que estaba tramando, siempre consciente de que Thelma Kibble podía cumplir su amenaza y presentarse por sorpresa.

Sin embargo, nunca vio señal alguna de la presencia de Kibble. Al parecer, la agente de la condicional ni siquiera realizó una llamada de seguimiento a Ray Morales para preguntar por el comportamiento y la situación laboral de Cassie. Cassie suponía que, sencillamente, a la mujer le sobraban casos y que, a pesar de las palabras severas que le dedicó, probablemente tenía decenas de casos complicados que merecían más una visita que el suyo.

Mientras llegaba la llamada de Leo, Cassie mantenía sus viejas rutinas. Cada mañana iba corriendo al embalse de Hollywood, rodeando el lago y cruzando dos veces la presa de Mulholland. Aquel esfuerzo era la expiación por el ritual matutino que lo precedía: la parada en el mercado rural de Fairfax para tomarse un café y unos dónuts en Bob's. Luego desayunaba dentro del coche, mientras ascendía por las lomas de Laurel Canyon, y se detenía, si había aparcamiento, cerca del parque infantil de la escuela Wonderland.

Mientras se comía los dónuts y se tomaba el café negro y humeante, miraba a los niños que llegaban acompañados por sus padres y se ponían a jugar en el patio antes de que sonara la campana. Observaba el recinto vallado hasta que localizaba el grupito de las niñas del jardín de infancia, por lo general reunidas en torno a la maestra, una mujer con aspecto de ser amable y cuidadosa. Cada mañana, Cassie buscaba entre el grupo el mismo rostro, el de la niña que llevaba la mochila con una carita sonriente que ponía: «Que pases un buen día». Miraba hasta que localizaba la mochila amarilla brillante y no le quitaba ojo hasta que sonaba la campana y los niños entraban en tropel en las aulas. Solo entonces arrugaba la bolsa de dónuts y ponía en marcha el coche para dirigirse al embalse, para hacer trabajar el cuerpo y la mente hasta la extenuación antes de que el día apenas hubiera comenzado.

6

Quince días después de que Cassie contactara con Leo, obtuvo la llamada de respuesta. Estaba sentada en su despacho repasando unos albaranes cuando sonó el teléfono. Con la mente puesta en lo que estaba haciendo, descolgó sin pensar en ello.

—Soy Cassie Black, ¿puede esperar un momento?

—Claro.

Bastó una palabra para que reconociera la voz. Sintió cómo un escalofrío le recorría la espalda y pulsó el botón de espera. En su pecho se abrió paso un nerviosismo palpable.

—¿Estás bien? —preguntó Morales.

—Sí, claro. Pero tengo que atender esta llamada.

—Adelante.

—Quiero decir, sola. Es personal.

—Ah, de acuerdo.

Ray pareció sentirse rechazado e incluso enfadado. Para él, personal probablemente significaba que Cassie tuviera un novio nuevo que la llamaba. Ella le había dado calabazas con sutileza un par de días antes, cuando la invitó a cenar al salir del trabajo. Se había decidido demasiado tarde. Cassie esperaba noticias de Leo y no iba a complicarse la vida con Ray. Además, si todo salía como ella había planeado, le estaba haciendo un favor al no liarse con él. Así no tendría ningún secreto que ocultar cuando se presentara la policía.

Ray dijo que estaría en su despacho si quería acabar de revisar los albaranes. Salió del habitáculo de ella y cerró la puerta tras de sí sin necesidad de que Cassie tuviera que pedírselo. Ella se inclinó para mirar por encima del escritorio hasta la ranura inferior de la puerta y vio que Ray estaba justo al otro lado.

–¡Ray!

El jefe no respondió, pero Cassie vio que los pies se alejaban. Pulsó el botón de espera en el teléfono.

–¿Hola?

–¿Has ido a dar una vuelta en coche con un cliente o qué?

–Lo siento.

–Bueno, tengo algo para ti.

De entrada, Cassie no respondió. La inyección de adrenalina en la sangre era fuerte: el combustible de la ilegalidad. Se sentía al borde de un abismo. Era el momento de ponerse en marcha. O en ese momento o nunca. Esos tipos que se metían en barriles acolchados y se lanzaban por cataratas no sabían lo que eran las emociones fuertes.

Leo rompió el silencio, y también el hechizo.

–No estoy seguro de que vaya a gustarte.

Cassie contuvo el temblor en su voz.

–¿Cómo es eso?

–Hablaremos cuando nos veamos.

–¿Cuándo y dónde?

–Pásate por aquí, pero hazlo pronto. Esta noche o mañana a primera hora. Hay que actuar mañana por la noche o lo perderemos.

–Muy bien; me paso hoy después de trabajar. ¿Sigues en el mismo sitio?

–Siempre. Ah, una última cosa. Voy a activar el botón de grabación en el contestador para que esto quede registrado. Niña, ya sabes que te quiero, pero ha pasado mucho tiempo. No te ofendas, porque es solo una precaución. Desde lo de Linda Tripp y Monica Lewinsky se ha convertido en rutina. Allá va. ¿Colaboras en estos momentos con la policía o con alguna agencia judicial?

–Leo...

–No digas mi nombre, solo contéstame. Lo siento, pero es una precaución que tengo que tomar. La gente no para de montar trampas.

–No, Leo, no. Si hubiera querido liártela lo habría hecho antes de pasarme cinco años en High Desert. Entonces, todos, sin excepción, querían que llegara a un acuerdo. Pero me negué.

–Ya sé que no lo hiciste, y sabes que lo valoro. ¿Acaso no he cuidado de ti mientras he podido? ¿Qué me dices del detective privado que quisiste contratar? Me costó cinco mil, ¿sabes?

–Te has preocupado por mí, Leo. Y nunca lo olvidaré.

–Pues espero que te olvides de usar mi nombre de una maldita vez.

–Lo siento.

–Vale, muy bien. La grabación ha llegado a su fin. Listos para ponernos en marcha. Te veo dentro de un rato. Ten...

–¿Tienes los pasaportes?

Se produjo una pausa.

–Todavía no. La próxima vez que salga haré una llamada para ver cómo va eso. ¿De acuerdo?

–Vale, pero los necesito.

–Pasaré el mensaje. Hasta luego. Toma las precauciones habituales.

Tras colgar, los ojos de Cassie subieron por la pared situada junto a la puerta. Su mirada se fijó en el cartel pegado frente a ella. Se veía a una mujer en biquini caminando por una playa bañada por el sol. Tras ella, la palabra «Tahití» aparecía garabateada en la arena, fuera del alcance de las olas.

—Al lugar donde el desierto es océano —dijo Cassie en voz alta.

7

Cassie se dirigió hacia el oeste por Sunset, con el techo descapotable del Porsche bajado. Le encantaba el repiqueteo del motor que subía a través del asiento y los tonos profundos y guturales que oía en las curvas. En Beverly Glen dobló hacia el norte y siguió la sinuosa carretera que discurría por el cañón, salvaba la colina y descendía hacia el valle de San Fernando.

Leo Renfro vivía en Tarzana, en los llanos que quedan al norte de Ventura Boulevard, en una calle orientada a la autovía 101. Su casa era un pequeño chalet de posguerra carente de un estilo definido. No se diferenciaba en nada de las casas vecinas y esa era precisamente la voluntad de Leo, que siempre había sobrevivido por saber pasar desapercibido, por saber mezclarse.

Cassie pasó junto a la casa sin frenar y continuó yendo arriba y abajo por las manzanas circundantes, estudiando los vehículos aparcados que pasaba en busca del detalle revelador de un automóvil de vigilancia: furgonetas con ventanas ahumadas, coches con más de una antena o con remolque. Un vehículo llamó su atención. La furgoneta de un fontanero, según el letrero del panel lateral. Estaba detenida junto al bordillo, enfrente de una casa situada a un centenar de metros de la de Leo. Cassie la pasó sin detenerse, pero luego dio la vuelta y aparcó a media manzana de la furgoneta. Se sentó allí a observar el vehículo en busca de movimiento tras el cristal: un hundimiento de la suspensión cuando la gente se moviera en el interior, cualquier signo de vida... No ocurrió nada, aun así, Cassie mantuvo la vigilancia durante casi diez minutos antes de ver que un hombre con mono azul salía de la casa, se aproximaba a la furgoneta y entraba por la puerta lateral. Instantes después bajó a la calle con cuidado una máquina desatascadora. Cerró el vehículo con llave y empujó la máquina hasta el portal de la casa. A Cassie no le pareció sospechoso. Arrancó de nuevo, dio una vuelta más por el barrio y regresó a la casa de Leo. Aparcó al otro lado de la calle y se recordó a sí misma que no debía dejarse llevar por la susceptibilidad paranoide de Leo. Se acordaba de todas las reglas y precauciones que imponía a Max y a ella antes de dar un golpe: no apostar al negro antes de un trabajo, no comer pollo antes de un trabajo, nunca llevar un sombrero rojo, y un largo etcétera. En lo que a Cassie concernía eran un sinfín de historias del estilo «si pasas bajo la escalera...».

Hasta aquella noche en el Cleopatra.

Cuando Cassie llegó a la puerta de entrada levantó la vista hacia las vigas del voladizo y vio que la cámara de ojo de pez seguía en su sitio. Se preguntó si todavía funcionaba y obtuvo su respuesta cuando Leo abrió la puerta antes de que ella llamara.

–Parece que aún funciona.

–Por supuesto. Lleva funcionando, ¿cuánto?, ¿ocho años? La persona que la colocó garantizó que duraba toda la vida y es para creérselo. –Sonrió–. ¿Cómo estás, Cassie? Adelante.

Dio un paso atrás para franquearle la entrada. Leo Renfro, de complexión esbelta y estatura media, tenía cuarenta y pocos. El escaso pelo que le quedaba ya estaba gris. Era gris desde que Cassie lo conocía, hacía ya casi una década. Él le había contado que era porque había tenido que crecer demasiado deprisa. Prácticamente había criado a Max, su hermanastro, después de que la madre de ambos muriera en un accidente cuando conducía borracha. El padre de Leo era un desconocido, pero no así el de Max, que cumplía una condena de entre diez y veinticinco años por atraco a mano armada.

Cassie entró en la casa y Leo la atrajo para darle un abrazo de oso. A ella le gustó: fue reconfortante, con sabor a hogar.

—Eh, niña —dijo en tono sombrío y cariñoso.

—Leo —dijo ella, y entonces se apartó de él con una mirada de preocupación—. Puedo llamarte por tu nombre ahora, ¿verdad?

Él rio, señaló hacia atrás y empezó a guiarla hacia donde, como bien sabía Cassie, tenía su despacho, en un estudio de madera, junto a la piscina.

—Tienes buen aspecto, Cassie. Muy bueno. ¿El pelo corto es un aire marimacho que traes de High Desert? ¿Cómo llamaban allí a las bolleras? ¿Las zampabollos del desierto? —Miró a Cassie y le hizo un guiño.

—Tú también tienes buen aspecto, Leo. Igual que siempre.

Él la miró de nuevo y ambos sonrieron. Hacía años que Cassie no lo veía. Sin embargo, Leo apenas había cambiado. Quizá algo menos de pelo, pero todavía peinaba mechones negros y un buen corte. Supuso que seguiría con su régimen de yoga y unos largos de piscina cada mañana para mantenerse en forma.

En la sala de estar tuvieron que rodear un sofá situado en un ángulo curioso, orientado hacia una esquina de la habitación en lugar de encarado hacia la chimenea. Esto provocó que Cassie se fijara en el resto de la habitación y reparara en que todos los muebles estaban colocados de un modo extraño, como si la chimenea, el centro obvio de la sala, no estuviera allí.

—No te olvides de pasarme el teléfono de tu interiorista antes de que me marche —dijo ella—. ¿Qué estilo es este? ¿Asaltapisos posmoderno?

—Sí, ya sé. He aplicado un poco de Feng Shui, y esto es lo mejor que he conseguido por ahora.

—¿Feng qué?

—Feng Shui, el arte chino de la distribución armoniosa.

—Ah.

Cassie recordó haber leído algo acerca de que era lo último de lo último entre los cósmicamente iluminados de Los Ángeles.

—Este sitio no tiene remedio —dijo Leo—. Hay malas vibraciones en todas direcciones. Me siento como Dick van Dyke, entrando por la puerta y tropezando con todos los muebles. Debería largarme. Pero llevo tanto tiempo en esta casa... y tengo la piscina aquí mismo y todo. ¡No sé qué voy a hacer!

Entraron en el despacho. El escritorio de Leo estaba al fondo, junto a las puertas correderas de cristal que daban a la piscina. Alineadas en la pared opuesta había decenas de cajas de champán. Ver la pila de cajas dio que pensar a Cassie. El Leo que conocía y para el que había trabajado nunca habría guardado mercancía robada en su propia casa. Él era un intermediario que organizaba robos y arreglaba la posterior venta de la mercancía, pero casi nunca entraba en contacto con esta, a no ser que se tratara de dinero en efectivo. Al ver el champán en el despacho, Cassie se preguntó qué estaba haciendo allí. Quizá Leo había cambiado desde lo de Max. Cassie se quedó en el umbral, temerosa de entrar.

Leo se situó tras el escritorio y la miró. No se sentó.

—¿Qué ocurre?

Ella señaló las cajas que tapaban por completo la pared. Habría, a ojo de buen cubero, unas cincuenta cajas.

–Leo, tú nunca guardabas el botín en casa. Además de ser peligroso es una estupidez. Tú...

–Cálmate, ¿quieres? Es todo completamente legal. Las he comprado a un distribuidor. Es una inversión.

–¿Qué?

–Invierto en el futuro. La celebración del milenio acabará con las reservas de champán en todo el mundo, ya verás. El precio se disparará y yo estaré aquí esperando a que vengan a visitarme de todos los putos restaurantes de la ciudad. Deberías ver mi garaje. He acaparado quinientas cajas: seis mil botellas. Voy a doblar el precio, me ganaré doscientos mil como mínimo. ¿Quieres poner pasta en esto? Acepto inversores.

Cassie entró en la estancia y miró la superficie trémula de la piscina al otro lado de los cristales. Estaba iluminada desde abajo y brillaba como un neón azul en la noche.

–No puedo permitirme ese lujo.

Vio la aspiradora automática avanzando con lentitud por el fondo, el tubo arrastrándose y la bolsa elevándose, y ondeando en el agua como un fantasma.

Oía el siseo de fondo de la autovía cercana, tan semejante al de su casa de Hollywood. Se preguntó si era casualidad que ambos hubieran elegido vivir tan cerca de la autovía o si era una necesidad de los ladrones sentir que la vía de escape estaba próxima.

–Podrás invertir después del golpe –dijo Leo–. Siéntate, vamos.

Él se sentó, abrió el cajón de en medio del escritorio, sacó unas gafas de lectura y se las puso. Había una carpeta sobre la mesa. Leo estaba en modo estrictamente profesional. Con la misma compostura podría haberse dispuesto a revisar una declaración de la renta para un cliente que a analizar los pormenores de un robo con allanamiento. De hecho, estudió contabilidad en la UCLA hasta que se dio cuenta de que quería manejar su propio dinero y no el ajeno.

Cassie se acercó y se sentó frente a Leo, en la silla con acolchado de cuero. Observó un colgante de monedas rojas que pendía del techo, justo encima de la mesa. Leo captó su mirada e hizo una señal hacia las mismas.

–Ese es el antídoto, el remedio.

–¿El antídoto para qué?

–Es por el Feng Shui. Son monedas del I Ching: solucionan la falta de armonía; por eso las he colgado aquí. Mi lugar de trabajo es lo más importante de la casa. –Hizo un ademán hacia el escritorio y abrió la carpeta.

–Leo, siempre has sido un paranoico, pero me parece que has perdido la cordura definitivamente.

–Creo en esto. ¡Y funciona! Y la otra cosa son las estrellas. Ahora consulto los astros antes de hacer un plan.

–No me inspiras confianza. ¿Quieres decir que le pides a un astrólogo que bendiga tus pasos? Leo, no te parece...

–No le pregunto ni le cuento nada a nadie. Lo hago yo, ¿ves?

Se volvió y señaló una hilera de volúmenes sostenidos entre sujetalibros en un aparador situado tras él. Los títulos no dejaban lugar a dudas: *Calendario de lunas vacías de curso* e *Invertir en las estrellas* eran dos ejemplos.

–Leo: antes te limitabas a citar a tu abuelo judío que decía cosas como «nunca cojas un penique con la cara hacia abajo». ¿Qué pasa con él?

–Sigo creyendo en él. Creo en todo. Lo importante es creer en algo. No confiar, sino creer. Es distinto. Creo en estas cosas y eso me ayuda a hacer lo que sea para conseguir lo que me propongo.

Cassie pensó que esa filosofía no podía haber surgido en ningún otro lugar que no fuera en California.

—Eso es lo hermoso —decía Leo—. Estoy protegido en todas las direcciones. Es bueno contar con ventaja, Cass. Max siempre lo decía, ¿recuerdas?

Cassie asintió con gravedad.

—Lo recuerdo.

Se instaló una pausa de incómodo silencio y recuerdos tristes. Cassie miró hacia la piscina y se acordó de una noche en la que se echó a nadar con Max después de que creyeran que Leo dormía. Entonces la luz de la piscina se encendió e iluminó sus cuerpos desnudos.

Por fin miró a Leo, que había abierto la carpeta. Había un fajo de billetes de cien dólares de más de medio centímetro de grosor, junto con una página de notas indescifrables garabateadas en hojas arrancadas de un bloc. Una de las precauciones de Leo consistía en tomar notas en un lenguaje codificado que solo él conocía.

—Bueno, ¿por dónde empiezo? —se preguntó a sí mismo.

—¿Qué tal si empiezas por el motivo por el cual no me iba a gustar?

Leo se reclinó en su silla y miró a Cassie durante unos segundos.

—En fin —dijo Cassie al cabo—. ¿Vas a decírmelo o está escrito en las estrellas para que yo lo lea?

Leo no hizo caso de la burla.

—Este es el trato. Como te avisé, lo vamos a hacer en Las Vegas y me han dicho que se trata de mucho dinero en efectivo. Pero es un encargo y...

—¿De quién?

—De una gente; es todo lo que necesitas saber. Todo el mundo tiene su parte, y nadie se conoce entre sí. Ni siquiera yo los conozco. Tenemos a un tipo vigilando al objetivo ahora mismo y para mí es solo una voz al teléfono que me cuenta cosas. No tengo ni idea de quién es. A mí me conoce por teléfono y no sabe nada de ti, ¿entiendes? De esta manera es más seguro. Los diferentes participantes tienen distintas piezas del puzle, pero nadie lo ve completo, solo la pieza que debe colocar.

—Está bien, Leo, pero no me refiero a los pequeños participantes. Tú conoces a las personas que han encargado esto, ¿verdad?

—Sí. Hice negocios con ellos en el pasado. Son gente de fiar. De hecho, son inversores. —Señaló a las cajas de champán de la pared.

—De acuerdo —dijo Cassie—, siempre y cuando tú respondas por ellos. ¿Qué más no iba a gustarme de esta historia?

—¿Qué más? Pues que es en el Cleo.

—¡Joder!

—Lo sé, lo sé.

Leo levantó las manos como para dar a entender que se rendía, luego se reclinó sobre la silla y se quitó las gafas. Se puso una de las patillas en la comisura de los labios y dejó que las gafas colgaran de su boca.

—Leo, ¿acaso esperas que vuelva a Las Vegas y que además vaya a ese sitio después de lo que pasó?

—Lo sé.

—No pienso volver a poner los pies en ese maldito lugar jamás.

—Ya, ya.

Cassie se levantó y se quedó de pie con la cara a pocos centímetros de una puerta corredera. Volvió a mirar hacia la piscina, donde la aspiradora seguía a lo suyo. El constante movimiento adelante y atrás le recordó su propia existencia.

Leo volvió a ponerse las gafas y le habló con sosiego y mesura.

–¿Puedo decir algo?

Ella le dio permiso para continuar con un ademán, pero siguió sin mirarle a la cara.

–Recordemos algo. Fuiste tú quien me llamó, y no al revés. Me pediste que preparase un trabajo y me dijiste que querías que fuera algo gordo y pronto. Y querías que fuera efectivo. Te he conseguido todo lo que has pedido, ¿no es cierto? –Esperó una respuesta, pero esta no llegó–. Tomaré tu silencio como un sí. Bueno, Cass, este es el trabajo.

Ella se volvió para mirarlo.

–Pero no dije que...

Leo levantó la mano para interrumpirla.

–Déjame terminar. Lo único que digo es que te lo ofrezco para que lo consideres. Si no te interesa, no pasa nada. Haré algunas llamadas y conseguiré a otra persona. Pero, chiquilla, tú eres la mejor que he conocido en este oficio. Si alguna vez he conocido a una auténtica artista, esa eres tú. Incluso Max habría estado de acuerdo. Él era el maestro, pero la alumna salió aventajada. Por eso, cuando esos tipos me hablaron de este asunto, empecé a pensar que tú eras la persona adecuada. Pero yo no te fuerzo a hacer nada; ya surgirá otra cosa y te llamaré. No sé cuándo será, pero tú seguirás siendo la primera de mi lista. Siempre serás la primera, Cassie. Siempre.

Ella regresó despacio a su silla y tomó asiento.

–Tú eres el artista, Leo. Un gran artista de la mentira. Este discursito es tu manera de decir que debería hacerlo, ¿verdad?

–Yo no he dicho eso.

–No hace falta. Es solo que tú crees en tus astros, en tus monedas del I Ching y en todo eso. Lo único en lo que yo creo es que aquella noche..., allí había un fantasma o algo. Una maldición. Y estaba en nosotros o en el lugar. Durante seis

67

años he intentado convencerme de que el problema no era nuestro, sino del lugar. Y ahora tú..., quieres que vuelva allí.

Leo cerró la carpeta. Cassie vio que el fajo de billetes desaparecía.

—No quiero que hagas nada contra tu voluntad. Ahora tengo que hacer algunas llamadas, Cass. Necesito preparar esto con alguien, porque el trabajo hay que hacerlo mañana por la noche sí o só. Se supone que el objetivo se va el jueves por la mañana.

Cassie tuvo la extraña sensación de que si dejaba pasar ese trabajo ya no habría ningún otro, y no sabía bien si era porque Leo no iba a confiar en ella o por otro motivo. Era una especie de premonición. Por su cabeza pasó la escena de una playa y de una ola que rompía y borraba las letras escritas en la arena. Antes de que Cassie las hubiera leído ya no estaban, pero conocía el mensaje: acepta el trabajo.

—¿Cuál es mi parte si acepto?

Leo la miró y vaciló.

—¿Estás segura de que quieres saberlo?

Ella asintió. Leo abrió de nuevo la carpeta y extrajo la hoja de debajo del fajo de billetes. Habló mientras revisaba sus notas.

—Muy bien, este es el trato. Nos quedamos los primeros cien mil y el cuarenta por ciento del resto. Ellos han estado vigilándolo. Creen que lleva quinientos mil en un maletín, todo en efectivo. Si esto es así, nos corresponderían doscientos sesenta mil. Lo repartiría contigo sesenta/cuarenta; para ti la mejor parte. Más de ciento cincuenta mil para ti. No sé si es lo bastante para desaparecer de manera permanente, pero es un punto de partida de puta madre y no está nada mal para una noche de trabajo. —Leo miró a Cassie.

—Tampoco está nada mal para ellos —dijo ella—. Doscientos cuarenta por el morro.

–Por el morro no. Ellos encontraron al objetivo. Eso es lo más importante, y también tienen a alguien dentro que te facilitará las cosas. –Hizo una pausa para que ella asimilara los detalles del caso y las cantidades de las que estaban hablando–. ¿Te interesa?

Cassie pensó un momento.

–No sabes cuándo tendrás otra cosa, ¿no?

–Eso nunca lo sé. Ahora mismo es lo que tengo, y para ser sincero no contaría con que el próximo sea tan gordo como este. Probablemente harán falta dos o tres acciones para juntar tanto dinero. Este es el gordo, el que querías.

Leo se recostó en la silla, la miró por encima de las gafas y aguardó. Ella comprendió que Leo había sabido jugar sus cartas. La dejó alejarse, pero ahora tiraba de nuevo de la cuerda. Estaba atrapada, y él lo sabía. Un trabajo con un beneficio potencial de ciento cincuenta mil no se presentaba a menudo. Lo máximo que Max y ella sacaron fueron sesenta mil dólares que le robaron al ayudante de un sultán de Brunei. Para el sultán era calderilla, pero ellos lo celebraron hasta el amanecer en el club Aces and Eights, al norte de Las Vegas.

–De acuerdo –dijo ella por fin–. Me interesa. Hablemos de ello.

8

Leo se inclinó sobre la encimera y habló sin mirar las notas ni a Cassie.

—La víctima está registrada con el nombre de Diego Hernandez. Es un profesional, un tex-mex de Houston. Lo suyo es el bacará, y por lo que se sabe juega limpio. Simplemente, es bueno. Pasa unos días en cada casino y sigue su rumbo; así nunca saca demasiado de un mismo sitio y no llama la atención. Lo siguen desde el Nugget. De allí pasó al Stardust y ahora al Cleo. Limpia todos los sitios por los que pasa.

Se hallaban en la cocina de la casa de Leo. Cassie estaba sentada a la mesa mientras Leo permanecía de pie ante la encimera y preparaba sándwiches de mantequilla de cacahuete, banana y miel: su especialidad. Utilizaba pan de siete cereales.

—Todas las noches se lleva sus ganancias en efectivo y las guarda en un maletín. Si abandona el edificio lleva consigo el maletín esposado a la muñeca. El único momento en que se aleja de él es cuando está en el casino. Lo lleva al mostrador de recepción y pide que se lo guarden en la caja fuerte mientras juega; luego lo recoge cuando sube a acostarse. Siempre que lleva el maletín lo acompaña un escolta de seguridad. No corre riesgos.

–¿Me estás diciendo que la única forma de llevárnoslo es cuando está durmiendo?

–Exacto.

Leo volvió a la mesa y puso en ella dos platos con dos sándwiches en cada uno de ellos. Entonces fue a la nevera y regresó con dos botellas de Dr Pepper. Se sentó y abrió las botellas mientras hablaban.

–Es probable que en la habitación pase el efectivo del maletín a la caja fuerte a modo de precaución añadida. No es seguro, pero tenemos que estar preparados. ¿Quieres un vaso?

–No. ¿Qué caja es? No lo recuerdo.

Leo bajó la mirada hacia sus notas.

–Es una Halsey Executive de cinco dígitos. Está en el suelo del armario, debajo del perchero, atornillada desde dentro. No puedes moverla. Tendrás que entrar y abrirla mientras el tipo esté allí mismo, en la habitación.

Cassie asintió y cogió medio sándwich. Leo los había cortado en triángulos. Siempre lo hacía de ese modo, y Cassie recordó que una vez se enfadó cuando ella preparó un sándwich y lo cortó a lo largo. Dio un mordisco e inmediatamente sonrió.

–Ñam –dijo con la boca llena de mantequilla de cacahuete–. Había olvidado lo buenos que están, Leo. Recuerdo que nos los preparabas a Max y a mí cuando llegábamos de conducir toda la noche después de un trabajo.

–Le hacía estos sándwiches desde que tenía seis años y siempre fueron sus favoritos.

La mención de Max le borró la sonrisa a Cassie, quien volvió a centrarse en el asunto que los ocupaba.

–La Halsey tiene un teclado frontal. Puedo hacerlo con una cámara: dos para estar más seguros si hay tiempo. Tengo que saber si el objetivo es diestro o zurdo. Lo sabré cuando lo vea en el casino.

Hablaba sobre todo para sus adentros, para visualizar mentalmente la misión. Entonces le surgió una pregunta para Leo.

–¿Le has preguntado a tu hombre por la pintura?

Leo asintió.

–Café suizo. La pintaron hace dos meses, pero es una habitación de fumadores. Nuestro hombre fuma puros.

–Eso ayudará con el olor.

Memorizó el color de la pintura. Decidió comprar medio litro y un aerosol en Laurel Hardware a la mañana siguiente, antes de partir.

–Tengo entendido que es un gordo seboso que no para de roncar –dijo Leo–. Eso facilita las cosas.

–No hay nada fácil en Las Vegas.

La mención de la ciudad le hizo pensar en regresar al Cleopatra y le sobrevino un mal presagio.

–Si se va el jueves, ¿por qué no esperamos a ver adónde va y actuamos en su próximo casino? ¿Por qué tiene que ser en el Cleo?

–Porque no sabemos si va a ir a algún otro sitio. Quizá regrese a Tejas. Su maletín podría estar lleno y quizá vuelva a casa. Además, nuestro hombre infiltrado está en el Cleo. ¿Tendríamos la misma suerte si va a otro sitio?

Cassie asintió. Era consciente de que Leo ya había considerado las posibilidades y había decidido que actuar en el Cleopatra era la única baza.

–He leído que el Cleo se vende –dijo ella, por el mero hecho de decir algo que los alejara de sus pensamientos.

–Sí, la mitad de las tres mil habitaciones están vacías. Es un gran elefante blanco. Tiene siete años y ya está en venta. He oído que Steve Wynn se fijó en él, pero luego lo dejó estar. Algo tiene que estar jodido ahí dentro si no ve la forma de darle la vuelta. Lo que toca, lo convierte en oro.

–Quizá nunca superaron la mala publicidad, por lo de Max, ya sabes.

Leo negó con la cabeza.

–Eso ya es historia. El problema es que construyeron el sitio como si fuera un albergue para vagabundos y ahora se cae a pedazos y nadie quiere hospedarse allí. Por la misma pasta hay muchos otros lugares bonitos en el Strip. Está el Bellagio, el Venetian o el Mandala Bay.

Leo nombraba lugares que ni siquiera existían la última vez que Cassie estuvo en Las Vegas. Ella se acabó el primer sándwich. Inmediatamente tomó un trago de soda fría de la botella y continuó con el otro. Volvió a desarrollar el plan, hablando con la boca llena.

–A no ser que las cosas hayan cambiado, en el Cleo hay llaves magnéticas. Eso significa que tengo que llegar allí mañana temprano para trabajarme a la camarera. Me las apaño para entrar en la habitación, lo preparo todo y vuelvo a colarme por la noche a través del conducto del aire acondicionado, como la última vez. –Tragó y sintió que el bocado le caía en el estómago con un ruido sordo–. No lo sé, Leo. Pueden haber cambiado el diseño de los conductos después de que Max y yo los usáramos.

Ella lo miró. Leo la observaba por encima de las gafas y sonreía.

–¿Qué?

–No me estás escuchando –dijo él–. Te he dicho que el observador está dentro. Olvídate de los conductos. Y también de la camarera. Nada de tretas esta vez. Tendrás un paquete completo esperándote en el mostrador VIP. –Consultó sus notas–. A nombre de Turcello. Tendrás todo lo que...

–¿Por qué Turcello? ¿Quién es ese?

–Ese eres tú. ¿A quién le importa por qué? Es el nombre que me dio el observador. En el paquete hallarás todo lo que

73

necesites. Entrarás a la habitación por la puerta porque tendrás una tarjeta magnética. Y además tendrás una habitación al lado, para que puedas prepararte y esperar. También habrá un busca. Cuando lo conectes oirás un zumbido en cuanto el objetivo baje al casino.

–Una llave magnética solo me lleva hasta la mitad del camino. Tendré que manipular la cerradura interior. Hace tanto tiempo que no recuerdo el modelo. ¿Tienes el...?

–Lo tengo aquí, tranquila. Ya te he dicho que lo tengo todo. Esto no es un trabajo de aficionados. –Consultó sus notas–. La cerradura es una Smithson Commercial. La misma que la última vez. ¿Hay algún problema?

–No lo sabré hasta que esté allí. Como decías, cuando construyeron el hotel ahorraron en todo lo que no se ve. Usaron engranajes de media vuelta. Supongo que en tres mil cerraduras se ahorraron una buena pasta. La cuestión es si las cambiaron todas después de lo de aquella noche con Max.

–¿Y qué si lo hicieron?

–Es un problema. Significa que tengo que sacarlo todo y cortarlo en dos.

–¿En la habitación?

–No. Tendré que salir y volver después. Me llevaré un soplete y lo dejaré en el maletero. Pero si tengo que bajar para usarlo, tendré que encontrar un lugar escondido para hacerlo, y entre tanto el tipo puede volver a la habitación y se acabó la historia.

–¿Y por qué no en la otra habitación? Puedes sacar el pestillo, cortarlo y luego llevarlo a la habitación del objetivo.

Antes de que Cassie pudiera darle la razón, Leo rechazó la posibilidad de que hubieran cambiado las cerraduras.

–Ya te digo que no te preocupes de eso. El hotel ha perdido dinero desde el día en que abrió sus puertas. No iban a cambiar tres mil cerraduras solo porque un tío (que no iba a volver a hacerlo) forzó una cerradura. Olvídalo.

—Para ti es fácil decirlo. Tú te quedas aquí.

Leo no contestó y buscó en el archivo para sacar un montón de dinero que dejó junto a la bandeja de Cassie.

—Nuestros socios son gente seria. Saben que hay gastos de material. Aquí tienes diez mil para comprar cámaras y todo lo que necesites.

—Ya he gastado casi novecientos dólares en lo básico.

—Deja que te pregunte algo. ¿Estás al día en cuanto a cámaras y todo eso? ¿Sabes lo que quieres?

—Iré a ver a mi contacto en Hooten's, si es que sigue allí; ha pasado mucho tiempo.

—Eso es cierto.

—Si no está, iré a Radio Shack. Me he mantenido al corriente. Funcionará, Leo. No te preocupes por esa parte.

Leo la observó de nuevo por encima de las gafas.

—¿Qué ha pasado, Cass? ¿Por qué has tardado tanto en llamarme? Había perdido la esperanza de que volvieras a aparecer.

—No lo sé, Leo. Supongo que primero solo pensé en intentarlo de otra forma, ¿entiendes?

Leo asintió.

—El buen camino —dijo—, pero no lo encontraste.

—Un día todo cambió.

—Bueno, bienvenida. Aquí tenemos un lugar para ti. —Sonrió.

Cassie negó con la cabeza.

—Leo: lo haré solo esta vez. No estoy en tu equipo, lo digo en serio. Voy a desaparecer después de este golpe.

Ella sabía que no tendría suficiente dinero, que solo sería un punto de partida. Pero no necesitaba nada más que la promesa de un nuevo comienzo.

Leo asintió y se fijó en sus notas.

–Bueno, este trabajito te llevará a donde quieras ir.

–¿Has solucionado lo de los pasaportes?

Leo levantó la mirada hacia ella sin alzar la cabeza.

–Me han dicho que están en camino. Luego revisaré el correo. Me gusta ir tarde, después de que cierren el mostrador.

–Gracias, Leo.

–No hay de qué. Quiero que vayas a donde quieras ir.

Ella recogió el dinero y se levantó.

–Será mejor que me ponga en marcha si vamos a hacerlo mañana. Tengo que...

–Espera, una última cosa. Es importante.

Leo apartó su bandeja, pese a que ni siquiera había probado su segundo sándwich, y sacó una pequeña agenda del bolsillo trasero del pantalón. Era del tamaño de un talonario, aunque más gruesa. Sacó la goma elástica que la rodeaba y la abrió por una página señalada con un pósit rosa. Cassie vio que se trataba del mes en curso. La caligrafía de Leo llenaba muchos de los espacios dedicados a los días. Él pasó el dedo por la página hasta dar con lo que estaba buscando. Habló sin apartar la mirada del papel.

–Quiero que me complazcas en algo cuando estés allí.

–Vale. ¿De qué se trata?

–Prométemelo.

–No voy a prometerte nada hasta que no sepa de qué estás hablando. ¿Qué es, Leo?

–Muy bien. Hagas lo que hagas, y ocurra lo que ocurra, no estés en la habitación de ese tipo entre las tres y veintidós y las tres y treinta y ocho de la mañana, ¿de acuerdo? La noche del miércoles al jueves. Apúntatelo si crees que puedes olvidarlo.

Cassie sintió que una sonrisa de desconcierto se dibujaba en su rostro.

–¿De qué estás hablando?

–La luna estará vacía de curso.

–¿Luna vacía de curso?

–Mira. Este es mi calendario astrológico. Trabajo con los libros que te mostré en mi despacho y anoto algunas cosas, incluidas las fases de la luna.

–Muy bien, ¿y qué es una luna vacía de curso?

–Es una situación astrológica. Verás, cuando la luna se mueve de una casa a otra en las constelaciones, en ocasiones no está en ninguna casa. Cuando esto ocurre la luna está vacía de curso hasta que finalmente entra en una casa. Y, como te he dicho, en la noche del miércoles al jueves habrá una luna vacía de curso durante dieciséis minutos. Estará allí colgada entre Cáncer y Leo, perdida en el camino entre las tres veintidós y las tres treinta y ocho. Lo he calculado todo aquí.

Cerró el calendario y se lo tendió a Cassie como si se tratara de un libro sagrado.

–¿Y?

–Y eso supone mala suerte, Cass. Puede pasar cualquier cosa durante una luna vacía de curso. Cualquier desastre. Asegúrate de que no haces nada en ese rato.

Cassie lo examinó un momento y se dio cuenta de que su mirada era completamente sincera. Leo siempre había tenido una fe inquebrantable en aquello en lo que elegía creer.

–Será complicado –dijo ella–. Depende de cuándo decida bajar el tipo. Tengo que entrar dos horas después de que se acueste. Al menos dos horas para estar segura.

–Entonces, entra después de que la luna llegue a Leo. No bromeo, Cass. ¿Sabes que Lincoln, McKinley y Kennedy fueron investidos presidentes durante una luna vacía de curso? Los tres y ya ves lo que les ocurrió. Clinton también, y teniendo en cuenta lo que le pasó habría sido mejor que le hubiesen pegado un tiro.

Hizo un gesto de asentimiento con gravedad y levantó de nuevo la agenda como si por sí misma constituyera la prueba de algo. Cassie sentía simpatía por esta convicción ferviente, quizá porque ella ya no estaba segura de creer en nada.

–Lo digo en serio –afirmó Leo–. Puedes revisarlo remontándote hacia atrás todo lo que quieras.

Cassie dio un paso hacia la mesa y extendió el brazo. Sin embargo, cuando Leo le ofreció la agenda, ella retiró la mano. Deseaba preguntar algo, pero no estaba segura de querer conocer la respuesta.

Leo la entendió sin necesidad de palabras y asintió con gesto severo.

–Sí –dijo–, lo he comprobado. Aquella noche con Max, hace seis años, la luna también estaba vacía de curso.

Ella se limitó a mirarlo.

–¿Recuerdas lo que dijiste antes de que tuviste mala suerte? Fue la luna, Cass. Ese fue el gafe.

En la puerta, Leo le deseó buena suerte y dijo que la vería una vez concluido el trabajo. Cassie vaciló en los peldaños de la entrada. La discusión sobre la luna vacía de curso y Max había revestido todo con una pátina sombría. Se estremeció como si hubiera pillado un resfriado.

–¿Qué pasa? –preguntó Leo.

Ella sacudió la cabeza como para desestimar la pregunta y preguntó a su vez.

–Leo, ¿piensas en Max?

Leo tardó en responder. Traspuso el umbral de la casa y miró al cielo nocturno. La luna colgaba pálida en el cielo, como un huevo.

–Habrá luna llena dentro de un par de días. Brillante y bonita. –Siguió mirando el cielo un momento y luego posó sus ojos en Cassie–. No pasa un solo día sin que piense en él –agregó–. Ni uno solo.

Cassie asintió.

–Todavía lo echo mucho de menos, Leo.

–Yo también, Cass, así que ten cuidado. No quiero perderte también de la misma forma.

9

A mediodía del miércoles, realizadas ya las últimas paradas para comprar pintura y materiales, Cassie cruzaba el desierto, con el sol reflejándose en la carrocería plateada del Porsche y las ondas de calor levantándose del asfalto ante ella. Aunque la carretera estaba razonablemente despejada y ella conducía un coche con potencia suficiente para circular a ciento ochenta kilómetros por hora, mantenía el Boxster a una velocidad constante, justo por debajo del límite. Era algo así como llevar un purasangre a medio galope, pero sus motivos eran sólidos: desde el momento en que salió del condado de Los Ángeles ya estaba violando la libertad condicional. Si una patrulla de autopistas la paraba, el resultado podía ser su encarcelación inmediata.

Al cruzar el límite del condado tomó conciencia de que las apuestas eran altas y que su vida estaba en riesgo. Cualquier encuentro con las fuerzas del orden conllevaría su retorno a prisión. Le habían dado la condicional en una condena de siete a doce años por homicidio sin premeditación. Si la detenían regresaría a la cárcel por un mínimo de dos años, probablemente incluso más.

Puso un compacto de Lucinda Williams en el equipo de música del coche y lo escuchó una y otra vez durante el viaje.

El cedé rara vez saltaba circulando por el suelo liso de las autopistas. A Cassie le gustaba el espíritu forajido de las canciones, los sentimientos de ansia y búsqueda de algo que Lucinda ponía en cada tema. Uno de ellos hacía llorar a Cassie cada vez que lo escuchaba. Hablaba de un amor perdido que había regresado a Lake Charles para morir.

¿Acaso un ángel te susurró al oído,
te abrazó y te liberó de todo temor
durante esos últimos y eternos momentos?

La pregunta que planteaba la canción era un fantasma que no cesaba de acosar a Cassie. Ella quería creer que un ángel también se acercó a Max.

Cassie distinguió las siluetas afiladas de los casinos a las tres y sintió una inconfundible mezcla de emoción e inquietud. Durante años se había convencido de que no volvería a ver el lugar en el que creció y donde vivió con Max. Había aceptado sin problemas dejar Las Vegas tras de sí. Y su regreso le hizo pensar en dolor, lamentaciones y fantasmas, pero aun así no pudo evitar maravillarse con la genialidad del lugar. Si alguna vez algo se construyó de la nada, eso eran Las Vegas.

Mientras circulaba a baja velocidad por el Strip descubrió los nada desdeñables cambios que la avenida había experimentado en su ausencia. En cada manzana había brotado un nuevo complejo, un nuevo testamento a la codicia y el exceso. Pasó junto a un rascacielos que imitaba a los de Nueva York, el colosal MGM Grand y el nuevo Bellagio. Vio reproducciones de la torre Eiffel y de la plaza de San Marcos de Venecia. Había lugares y monumentos que no había visto nunca, pero que de pronto estaban ahí mismo, en Las Vegas Strip. Recordó una frase de Max: «Al final, todo y todos terminarán en Las Vegas, y ya no habrá motivos para ir a ningún otro sitio».

Luego ellos fueron a una isla y supieron que había al menos un lugar que no podía corromperse.

Al llegar al Cleopatra, la atención de Cassie se centró en las torres gemelas llamadas Tigris y Euphrates. Su mirada se paseó por el cristal de espejo de la última planta de la Euphrates Tower y se detuvo por un momento en una de las ventanas.

Luego centró su atención en el atrio triangular de cristal que cubría el casino, el cual se extendía veinte pisos más abajo. El reflejo del sol en el cristal destellaba con la nitidez de un diamante. El complejo se alzaba retirado casi cien metros del Strip y el camino de entrada conducía al visitante por una serie de piscinas a distintos niveles, desde las cuales se elevaban fuentes de agua en una coreografiada danza acuática. De la superficie espejada de las piscinas surgían estatuas blancas de niños que jugaban bajo la mirada benevolente de Cleopatra, sentada en un trono levantado al borde de la piscina más alta. Tras ella destacaba un motivo egipcio integrado en el diseño moderno del exterior color arena del hotel y el casino.

Cassie pasó de largo y esperó con el tráfico, que doblaba por Flamingo y se encaminaba al laberinto industrial de la zona oeste de la ciudad. No pudo evitar pensar en Max, en el tiempo que compartieron allí y en su final. Le sorprendió un dolor punzante y se arrepintió de haber regresado. El paisaje siempre cambiante de Las Vegas se reinventaba sin cesar y ella no esperaba que una urbe que no era más que una fachada ejerciera tantas resonancias nostálgicas. Pero así era y así dolía. No había estado con ningún hombre desde que Max falleció y estaba segura de que nunca lo estaría. Quizá, pensó, debería abrazar ese dolor porque nunca tendría otra cosa.

Pero entonces recordó que había algo más: un plan en el horizonte.

Hooten's Lighting & Supplies estaba enclavado en un complejo industrial próximo a una sección elevada de la autovía. Llevaba cuarenta años en ese mismo lugar, aunque el negocio había cambiado considerablemente a lo largo de ese periodo y lo que había empezado como mayorista de luces para los casinos se había convertido en un comercio centrado en la electrónica, que no solo vendía, sino que también fabricaba. HLS producía y comercializaba gran parte de los sofisticados equipos de vigilancia utilizados en los casinos de Nevada y en las salas de juego de las reservas indias dispersas en todo el Oeste.

Lo que desconocían los propietarios de HLS y los casinos que adquirían los equipos de seguridad era que dentro de la empresa había al menos una persona que ponía la misma tecnología a disposición de aquellos que trataban de burlar los sistemas de seguridad que la compañía instalaba en los casinos.

Cassie estacionó el Boxster en el aparcamiento vallado de la parte de atrás, donde los instaladores dejaban sus camiones por la noche, y accedió al local por la puerta trasera. Una vez dentro, Cassie se quedó quieta un instante mientras sus ojos se acostumbraban a la penumbra. Cuando logró ver con claridad, se fijó en el largo mostrador que ocupaba toda la parte derecha de la austera sala de equipamientos y catálogos. Tras él, media docena de hombres atendían a los clientes o hablaban por teléfono. La mayoría tomaba pedidos con un ejemplar del grueso catálogo de HLS abierto ante ellos. El lugar apenas había cambiado y en la pared de detrás del mostrador seguía el mismo eslogan de siete años atrás:

Cassie tardó unos segundos en localizar a Jersey Paltz, que hablaba por teléfono en un extremo del mostrador. Se había dejado barba y tenía el pelo más canoso, pero mantenía la cola de caballo y el aro de plata en la oreja. Era él.

Paltz colgó justo cuando Cassie se acercó al mostrador, aunque no la miró. Terminó de escribir notas en la parte superior de un talonario de pedidos. Cassie leyó boca abajo, vio que era un pedido del Tropicana y habló mientras Paltz seguía apuntando.

–¿Qué, Jersey, estás demasiado ocupado para saludar a una vieja amiga?

Paltz terminó de anotar y levantó la cabeza, sonriente. Titubeó un instante hasta que su rostro mostró un leve registro de reconocimiento.

–¿Cassie Black?

Cassie asintió y sonrió.

–Eh, niña, ha pasado mucho tiempo. ¿Cuándo has..., eh...?

–Hace diez meses. Aún no había estado por aquí. Desde High Desert me mudé a California. Me gusta, la temperatura solo rompe el termómetro un par de veces al año.

Paltz asintió, pero Cassie se apercibió de su vacilación. Él sabía que ella no había ido a recordar viejos tiempos, en primer lugar, porque entre ambos nunca había existido otra relación que la profesional. Cassie miró en torno a sí para asegurarse de que nadie los escuchaba y entonces se inclinó sobre el mostrador y puso los codos en el catálogo abierto.

–Necesito un equipo completo. Al menos tres cámaras y una ha de ser verde.

Paltz se puso el lápiz que había estado usando tras la oreja y negó con la cabeza sin mirarla.

–Necesitaré un par de gafas de visión nocturna y un rollo de cinta conductora –agregó Cassie–. He pasado por Radio Shack de camino hacia aquí y ya no vendían cinta. El resto de las herramientas las he traído yo.

–Eso puede ser un problema –dijo Paltz.

–¿Las gafas o la cinta?

–Todo. Ya no... Quiero decir que ya no estoy metido en esa clase de...

–Mira, Jersey. ¿No crees que si hubiera querido tenderte una trampa ya lo habría hecho hace seis años, cuando pude sacar algún provecho? Sabes que ganaste un montón de dinero con Max y conmigo. Lo recuerdas, ¿verdad?

Paltz asintió de mala gana.

–Es que las cosas han cambiado en esta ciudad. Si cruzas la línea van a por ti. Lo que quiero decir es que van a por ti en serio.

Cassie se enderezó.

–No has de convencerme de eso. Ni a Max tampoco.

–Lo siento, ya lo sé. –Apoyó las manos en el mostrador.

–Entonces, ¿qué te parece, Jersey? Tengo dinero y estoy lista.

Cassie se descolgó la mochila y la abrió para dejar a la vista los fajos de billetes de cien que Leo le había dado. Ella sabía que al otro lado de la ley la confianza y la lealtad eran una cosa y mostrar el dinero otra bien distinta.

–Tengo que saberlo ahora, porque si no vas a ayudarme he de encontrar a otro.

Paltz asintió y Cassie advirtió que el dinero le había hecho cambiar de opinión.

–¿Sabes qué? –dijo–. Quizá pueda hacer algo por ti. ¿De cuánto tiempo estamos hablando?

–Lo necesito ya, Jersey. Esta noche. Estoy aquí y tengo trabajo.

Él la miró, y mantuvo las manos en el mostrador. Se cercioró de que su conversación seguía siendo privada.

–Muy bien. Trabajo hasta las cinco. ¿Qué tal en el Aces and Eights a las seis?

–¿Ese antro sigue abierto?

–Claro.

–Nos vemos a las seis.

Ella empezó a alejarse del mostrador, pero Paltz silbó suavemente y Cassie se volvió de nuevo. Paltz escribió en una libreta con el lápiz que llevaba tras la oreja, arrancó la hoja y se la tendió.

–Tendrás que llevar esto encima.

Ella miró el papel.

8.500 $

Pensó que era caro. Había leído lo suficiente sobre nuevas tecnologías para saber que el coste de lo que necesitaba rondaba los cinco mil dólares, contando con un buen margen de beneficio para Paltz. Antes de que dijera nada, Paltz interpretó sus pensamientos.

–Mira –susurró–, vas a tener que pagar bastante. Lo que te vendo es exclusivo y si te detienen con esto sabrán de dónde ha salido. Vendértelo no es ilegal, pero pueden empapelarme por colaboración. Ahora presentan cargos así, como si nada. Además, perdería el trabajo, así que tienes que pagar por el riesgo que asumo. Ese es el precio; lo tomas o lo dejas.

Cassie cayó en la cuenta de que había cometido un error al mostrarle el efectivo antes de cerrar el trato.

–Muy bien –dijo ella por fin–. Voy con gastos pagados.

–Te veo a las seis.

–Hasta entonces.

10

Cassie disponía de dos horas libres antes de su cita con Jersey Paltz. Pensó en ir al Cleo a recoger el paquete que la esperaba en recepción, pero descartó la idea porque suponía tener que salir de nuevo para ir al Aces and Eights y luego regresar: dos pasos más bajo las cámaras. No quería dar dos oportunidades más a quienes estaban al otro lado de las cámaras de que pudieran reconocerla.

De modo que permaneció alejada del Strip. Primero se detuvo en un salón de manicura en Flamingo y pidió que le cortaran las uñas lo más cortas que se pudiera. No estaba muy de moda, pero la manicura, que era asiática, probablemente vietnamita, no hizo preguntas y Cassie le dejó una buena propina.

Luego se dirigió hacia el este desde Flamingo, pasó la Universidad de Nevada y se metió en el barrio en el que había vivido hasta que cumplió los once años. En el camino desde Los Ángeles había llegado a la conclusión de que quería verlo una última vez.

Pasó el 7-Eleven donde su padre la llevaba a comprar caramelos, y la parada de autobús en la que bajaba al volver de la escuela. La casita que había pertenecido a sus padres en

Bloom Street seguía pintada de rosa, si bien Cassie se fijó en que habían hecho algunos cambios durante las dos décadas transcurridas desde que ellos se mudaron. Habían sustituido el pozo de refrigeración del tejado por un enorme aparato de aire acondicionado. El garaje había sido anexionado a la vivienda y el patio trasero estaba vallado, igual que en el resto de las casas de la manzana. Cassie se preguntó si continuaría viviendo allí la misma familia que la había adquirido en una subasta después de la ejecución. Sintió la urgencia de golpear la puerta y preguntar si le permitían echar un vistazo a su vieja habitación. Le pareció que fue allí la última vez que se había sentido completamente segura y sabía que sería bonito experimentar esa sensación. Evocar su cuarto tal y como era en su infancia le hizo pensar por un instante en la colección de perros de peluche del estante que había sobre la cama de Jodie Shaw, pero pronto rechazó esa imagen y recuperó sus propios recuerdos.

Mientras miraba la casa, pensó en el día que volvió de la escuela y se encontró a su madre llorando mientras un hombre de uniforme clavaba una orden de desahucio en la puerta de la calle. El hombre dijo que tenía que estar a la vista del público, pero en cuanto se fue, su madre arrancó el papel y la metió a ella en el Chevette. Su madre condujo con imprudencia hasta el Strip y aparcó, con dos ruedas subidas al bordillo, frente al Riviera. Arrastrando a Cassie de la mano, encontró a su marido en una de las mesas de *blackjack* y le lanzó el aviso de ejecución a la cara. El papel cayó sobre la camisa hawaiana de su padre. Cassie siempre recordaba esa camisa con bailarinas de hula en *topless* que se cubrían los pechos con los brazos mientras bailaban. Su madre maldijo a su padre y lo llamó cobarde, y otras cosas que Cassie ya no recordaba, hasta que los vigilantes de seguridad la echaron del casino.

Cassie no se acordaba de todas las palabras, pero recordaba vívidamente la escena acontecida ante sus ojos infantiles. Su padre se limitó a quedarse sentado en el taburete sin abandonar su lugar en la mesa de juego. Miraba a la mujer que lloraba ante él como si se tratase de una desconocida. Una leve sonrisa asomó en su rostro y nunca dijo una palabra.

Su padre no volvió a casa aquella noche y tampoco lo hizo en las que siguieron. Cassie solo volvió a verlo una vez más, cuando ella repartía cartas en la mesa de *blackjack* del Tropicana. Pero para entonces él estaba completamente alcoholizado y ni la reconoció. Y a ella le faltó valor para presentarse.

Cassie apartó la mirada de la casa y de nuevo se entrometieron en su mente imágenes del bungaló de Lookout Mountain Road. Pensó en el dibujo del caballete del dormitorio de Jodie Shaw. La niña del cuadro lloraba porque dejaba atrás su hogar.

Cassie sabía exactamente cómo se sentía.

11

El tráfico en North Las Vegas era exasperante y Cassie llegó al Aces and Eights un cuarto de hora tarde. Sin embargo, antes de entrar se tomó el tiempo de sentarse en el coche y ponerse la peluca que había comprado para visitar la casa de Lookout Mountain Road. Bajó la visera y se sirvió del espejo para acomodarse la peluca y oscurecerse las cejas. Para terminar, se puso unas gafas con cristales rosados que había comprado en un *drugstore* Thrifty.

El Aces and Eights era un bar al que acudían los residentes y Cassie había sido una habitual hasta seis años antes. La mayoría de los clientes se ganaban la vida en el negocio de los casinos —no siempre de forma legal— y si existía un lugar en el que podían reconocerla tras una ausencia tan larga ese era el Aces and Eights. Cassie estuvo a punto de decirle a Jersey Paltz que eligiera otro lugar de encuentro, pero respetó su elección para no asustarlo. Además, debía admitir que experimentaba cierta nostalgia y quería ver si el viejo antro había cambiado.

Tras revisar su imagen una vez más en el espejo, bajó del Boxster y entró en el local. Llevaba la mochila colgada de un hombro. Vio a varios hombres en la barra y supo en qué casinos trabajaban por sus uniformes o por el color de sus delantales de crupier. Había un par de mujeres con vestido corto y tacones con el teléfono móvil y el busca sobre la barra: prostitutas a la espera de un trabajo que no se molestaban en disimular. En el Aces and Eights a nadie le importaba.

Vio a Paltz en un reservado circular, en la esquina más alejada del bar, en penumbra. Estaba inclinado sobre un bol de chile. Cassie recordó que el chile era lo único del menú que los habituales se atrevían a pedir, pero ella no pensaba probarlo otra vez, ni ahí ni en ninguna otra parte después de haber tenido que comérselo todos los miércoles durante cinco años en High Desert. Se acercó. Ya estaba metiéndose en el reservado cuando Paltz empezó a protestar.

–Cielo, estoy esperando a...

–Soy yo.

Paltz levantó la mirada y la reconoció.

–Es algo pronto para carnaval, ¿no crees?

–Pensé que podría haber gente aquí que me reconociera.

–Joder, te has pasado seis años fuera de circulación. En Las Vegas eso es historia antigua. Ya estaba a punto de irme, pero entonces supuse que si hacía seis o siete años que no venías no sabrías lo mal que se ha puesto el tráfico.

–Acabo de enterarme. Creí que Los Ángeles era malo, pero esto es...

–Joder, al lado de esto Los Ángeles parece una autopista. Hacen falta otras tres autovías con todo lo que están construyendo.

Cassie no tenía ganas de hablar del tráfico ni del tiempo, así que fue al grano.

–¿Me has traído lo que te pedí?

–Lo primero es lo primero.

Paltz se deslizó por el banco del reservado hasta colocarse junto a Cassie; movió la mano izquierda por debajo de la mesa y empezó a manosearla. Cassie se puso tensa de inmediato.

–Siempre quise hacer esto –dijo Paltz con una sonrisa–, desde que te vi con Max la primera vez.

Su aliento olía a chile y cebolla. Cassie se apartó y miró hacia la barra.

–Estás perdiendo el tiempo. Yo no...

Ella se detuvo cuando él le subió la mano por el torso hasta sus pechos. Le apartó la mano.

–Vale, vale –dijo Paltz–. No hay que ser tan prudente, ¿sabes? ¿Llevas los ochenta y cinco abejorros en la bolsa?

Ella miró de nuevo hacia la barra para asegurarse de que nadie los observaba. Estaban a salvo. Si la gente se fijaba en sus miradas serias, las pasaría por alto como una negociación entre una puta con melena y un cliente. Nada importante. Incluso el manoseo podía interpretarse como parte de la negociación: un cliente tenía que asegurarse de la calidad y el género del producto en los tiempos que corrían.

–He traído lo que me has pedido –dijo ella–. ¿Dónde está el equipo?

–En la furgoneta. Enséñame lo que yo necesito ver y daremos una vuelta.

–Ya lo has visto –protestó Cassie–. Aléjate.

Paltz se deslizó de nuevo a su sitio. Se metió en la boca un poco más de chile y se tomó un buen trago de la botella de Miller High Life.

Cassie colocó la mochila en el asiento que había entre ambos y levantó la tapa hasta la mitad. Su estuche de herramientas de goma estaba en la bolsa y encima el fajo de billetes. Billetes de cien, o abejorros, como los llamaban los habitantes de Las Vegas de toda la vida. Era argot de Las Vegas con varios años de solera, de cuando miles de fichas falsas de cien dólares inundaron los bajos fondos de la ciudad. Eran copias perfectas de las fichas blancas y negras de cien dólares que utilizaban en el Sands: las llamaban «abejorros». La falsificación era tan buena que el casino tuvo que cambiar el diseño y el color de sus fichas. Ya hacía tiempo que el Sands había sido demolido y reemplazado por un nuevo casino, pero el código del hampa de llamar abejorros a los billetes o las fichas de cien dólares se mantenía. Cualquiera que utilizara ese término, llevaba años en la ciudad.

Cassie se aseguró de que Paltz echaba un buen vistazo al dinero y enseguida cerró la mochila, justo cuando una camarera llegó a la mesa.

–¿Le traigo algo? –le preguntó a Cassie.

Paltz contestó por ella.

–No, está bien –dijo–. Vamos a salir un momento y yo vuelvo enseguida. Necesitaré otra cerveza entonces, encanto.

La camarera se retiró y Paltz sonrió, consciente de que lo que acababa de decir convencería a la camarera de que iban a salir a completar una transacción sexual. Eso no molestó a Cassie porque contribuía a construir su tapadera; en cambio, le irritó que llamara encanto a la camarera. A Cassie siempre le desagradaba que los hombres llamaran con apelativos cariñosos que no sentían a mujeres que no conocían. Ella se tragó las ganas de meterse con Paltz por eso y empezó a salir del reservado.

–Hagámoslo ya –dijo.

Una vez salieron, Paltz la condujo hasta una furgoneta que tenía aparcada al lado del bar. Se sacó una serie de llaves de una trabilla del pantalón y abrió la puerta corredera de la derecha. El vehículo se hallaba estacionado de manera que la puerta abierta quedaba a solo unos metros de la pared lateral del bar. Nadie podía ver la furgoneta sin llegar hasta allí. Cassie pensó que aquello era bueno si Paltz pensaba ser legal con ella y malo si trataba de engañarla.

Paltz subió a la furgoneta y le indicó a Cassie que lo siguiera. La cabina estaba separada por un tablero de contrachapado, y en la zona de carga había dos bancos enfrentados, uno a cada lado de un área de trabajo. Diversas herramientas colgaban en ganchos de un tablón clavado a las paredes y había cubos de veinte litros con más herramientas, equipamiento y trapos. Cassie vaciló un instante en el quicio de la puerta. Llevaba casi diez mil dólares en efectivo en la mochila y estaba siendo invitada a entrar en una furgoneta por un hombre al que no había visto, y mucho menos tratado, en más de seis años.

–Bueno, ¿lo quieres o no? No tengo toda la noche, y creo que tú tampoco.

Paltz señaló una maleta American Tourister de tamaño mediano que se hallaba en el suelo. La levantó, se sentó en un banco con ella en el regazo y la abrió. Dejó la tapa contra su pecho, de manera que Cassie viera el equipo cuidadosamente dispuesto con gomaespuma en la maleta.

Cassie asintió y subió a la furgoneta.

–Cierra la puerta –dijo Paltz.

Ella la deslizó hasta cerrarla, aunque sin apartar la mirada de Paltz.

–Démonos prisa –dijo–. No me gusta estar aquí.

–Tranquila, no voy a morderte.

–No me asusta que me muerdas.

Cassie examinó la maleta desde más cerca. El material electrónico estaba protegido con piezas recortadas para que no se moviera durante el transporte. Reconoció la mayoría de los elementos por haberlos utilizado antes o de las revistas y catálogos de artículos electrónicos: cámaras *pinhole,* un transmisor de microondas, un receptor y varias piezas de equipamiento relacionadas. Había también un par de gafas de visión nocturna.

Como un vendedor a domicilio, Paltz pasó una mano sobre la mercancía y empezó su perorata.

–¿Quieres que te lo explique todo o ya sabes de qué va?

–Muéstramelo todo menos las gafas. Ha pasado bastante tiempo.

–Muy bien; vamos entonces de la captura a la entrega de imágenes. Para empezar, las cámaras.

Señaló la mitad superior del maletín, donde entre la gomaespuma se veían cuatro cuadraditos negros con circuitos al descubierto y una lente en el centro.

–Aquí tienes cuatro cámaras de chip: bastan para cualquier trabajo. Cuando hemos hablado antes no me has dicho si las necesitabas en color, pero...

–No necesito color ni sonido, solo claridad. Tengo que leer números.

–Lo suponía. Estas son todas en blanco y negro. Las tres primeras que ves son las *pinhole* de placa estándar. Cuando digo estándar, me refiero al estándar de Hooten's. Nadie fabrica nada mejor actualmente. Te dan una resolución de cuatrocientas líneas desde un iris lineal electrónico. Muy claro. Duran de cuatro a seis horas con una pila barata. ¿Te basta?

–Perfectamente.

Cassie sintió que empezaba a entusiasmarse. Mantenerse al día con revistas de electrónica era una cosa, pero ver aquel equipo ante ella le ponía las pilas. Sentía el latido de la sangre en las sienes.

Paltz continuó con su *show*.

–Muy bien. Esta cuarta placa es tu cámara verde. Se llama ALI, como Muhammad Ali. Por eso la llamamos en nuestro catálogo «la mejor camarita de todos los tiempos». Puedes ver con las luces apagadas o encendidas. Cuando utilizas infrarrojos a veces se producen fogonazos en el visor si se encienden las luces; por eso desarrollamos la ALI. Opera con la luz que haya en la sala y te permite ver lo que tengas que ver: formas, sombras, movimiento. El campo visual es verde, como siempre. ¿Sabes? Esta noche habrá luna llena... Si tú...

—Y también vacía de curso.

—¿Qué?

—No importa, sigue.

—Te estaba diciendo que con que haya un poco de luz de luna en la zona en la que grabas, basta para que la cámara funcione.

—Genial; suena bien.

Cassie solo necesitaba ver lo suficiente para ubicar al objetivo en la habitación, a oscuras. La ALI parecía idónea.

—Bueno, sigo. Puedes usar cualquiera de estas placas en cualquiera de las cubiertas que tengo aquí.

Sacó un falso detector de humos con un pequeño agujero en la tapa practicado con un taladro y le mostró cómo encajar la placa alineando la lente con el agujero.

—Ahora, si necesitas un ángulo más bajo...

Le mostró un enchufe falso, tras cuya ranura superior podía instalarse la placa de la cámara. Se la tendió a Cassie y ella se maravilló de lo pequeña que era.

—Es fantástico.

—Pero un poco arriesgado. El tipo podría intentar conectar algo y descubrir la puta cámara en su habitación. Así que si usas esta piensa en un lugar en el que no vaya a conectar su portátil, su máquina de afeitar o lo que sea.

—Entendido.

—Muy bien. Lo que necesitas es conectar las cámaras a las pilas; así. —Paltz puso tres pilas de botón en su receptáculo, conectado con cables a las cámaras de placa—. Una vez lo instalas has de conectar las cámaras al transmisor. Va a ser una distancia corta, ¿verdad?

Cassie asintió.

–Sí, dos metros y medio o tres como mucho, probablemente menos.

Él sacó un rollo de lo que parecía celo y lo levantó.

–Cinta conductora. Ya la has usado, ¿verdad?

–Sí, hace tiempo, en algunos trabajos.

Paltz continuó con su explicación como si Cassie le hubiera dicho lo contrario.

–Es tu cinta mágica, tía. Tiene dos conductores; uno es para vídeo y el otro es la toma de tierra. Se conecta de la cámara al transmisor. Pero no olvides que la conexión tiene que ser corta; cuanto más larga sea la distancia, mayor será la distorsión. Y eso no te va a gustar si tienes que leer números.

–Vale, lo recordaré.

Empezaba a formarse sudor en el nacimiento del pelo de Paltz y le corría por ambas mejillas. A Cassie no le parecía que hiciera tanto calor en el interior de la furgoneta para semejante reacción. Observó que levantaba un brazo y se secaba la cara.

–¿Te pasa algo?

–Nada –dijo Paltz mientras rebuscaba en la maleta–. Es que esto parece un horno. Esto es un transmisor de cuatro canales.

Sacó una caja plana del tamaño de un teléfono móvil de su correspondiente lugar en la espuma. Incorporaba una antena de quince centímetros.

–Es omnidireccional; da lo mismo en qué ángulo la sitúes; solo importa que esté cerca de las cámaras para que la señal sea clara. Ya ves que no tiene ningún disfraz. Como no es una cámara, puedes esconderla donde quieras: debajo de la cama o en un armario, por ejemplo. También lleva una pila que dura lo mismo que las de las cámaras. ¿De acuerdo?

–Entendido.

–Pues bien, lo que este transmisor hace es enviar las imágenes capturadas al remoto. Esta preciosidad.

Sacó del maletín el elemento más grande del equipo, que parecía un ordenador portátil o una fiambrera de la era espacial. Paltz abrió una pantalla y desplegó otro cabo de antena.

–Este es tu receptor-grabador de microondas. En función de las interferencias puede llegar a tener un alcance de doscientos metros y aun así ofrecer una imagen decente.

–¿Qué provoca las interferencias?

–Nada por lo que tengas que preocuparte. El agua, sobre todo. La savia de los árboles también provoca caídas de línea. No vas a trabajar cerca de un bosque, ¿verdad?

–¿Hay algún bosque en Las Vegas, Jersey?

–Yo no lo he visto nunca.

–Así que no hay bosque, ni árboles, ni savia.

La actitud y el nerviosismo de Jersey empezaban a impacientar a Cassie, como si de algo contagioso se tratara. Se dio cuenta de que, al no haber ventanas en la parte trasera de la furgoneta, ella no podía saber si habría alguien esperándolos –o esperándola– cuando abrieran la puerta. La cita había sido un error.

–¿Y la piscina? –preguntó Paltz.

La pregunta pilló a Cassie desprevenida. Pensó un momento y recordó que la piscina del Cleopatra estaba al nivel del suelo.

–No hay piscina.

–Bien. El acero y el hormigón no son problema. Si te quedas dentro, debería funcionar a la perfección.

Paltz empezó a toquetear los botones del receptor-grabador. Lo encendió y la pantalla apareció llena de electricidad estática; pulsó un botón rojo situado en la parte derecha del miniteclado.

—Este es el botón de grabación. Puedes grabarlo todo o limitarte a mirarlo. Puedes dividir la cámara en cuatro y controlar cuatro cámaras al mismo tiempo.

Pulsó una serie de botones y la pantalla se dividió en dos, aunque seguía mostrando cuatro ventanas.

—No ves nada porque no tenemos las cámaras conectadas, pero las he probado antes y funcionan perfectamente.

—Vale, Jersey, es un equipo fantástico. ¿Tienes que enseñarme algo más? He de irme.

—Es todo. Ahora, si me pagas lo que acordamos, podrás irte y yo regresaré a mi chile, aunque ya se habrá enfriado.

Cassie se puso la mochila en el regazo.

—¿Trabajas sola en esto, Cassie?

—Sí —contestó ella sin pensar.

Ella abrió la mochila, justo cuando Paltz cerró la maleta y levantó su otra mano, revelando que empuñaba una pistola con la que apuntaba al pecho de Cassie.

—¿Qué haces?

—Estúpida —dijo.

Cassie empezó a levantarse, pero él le hizo una señal con la pistola para que volviera a sentarse.

—Mira, tío. Voy a pagarte. Tengo el dinero aquí, ¿qué te pasa?

Paltz se cambió la pistola de mano y dejó la maleta en el suelo de la furgoneta. Entonces alcanzó la mochila.

—Ya lo cojo yo.

Le arrebató la mochila sin contemplaciones.

—Jersey, hemos hecho un trato. Hemos...

—Cierra la puta boca.

Cassie trató de mantener la calma mientras observaba cómo él buscaba el dinero. Sin mover un músculo quitó todo el peso de la pierna izquierda y empezó a levantarla lentamente. Paltz estaba sentado justo enfrente de ella, con las rodillas separadas treinta centímetros. Ella habló con tranquilidad y mesura.

–¿Qué haces, Jersey? ¿Por qué has juntado todo el equipo si solo pretendías robarme?

–Tenía que asegurarme de que estabas sola en esto, no fuera a ser que hubieras conseguido un sustituto para Max.

Cassie sintió que la rabia crecía en su interior. El tipo le había tomado el pelo, la había contemplado como una víctima desde el primer momento, como alguien a quien podía robar si iba sola.

–¿Y sabes qué? –dijo Paltz, casi mareado después de robarle la mochila con el dinero–. Ahora que lo pienso, podría llevarme una buena mamada de regalo. Dame algo de eso que le reservabas a Max. Después de cinco años en la trena no te vendrá mal un poco de práctica en comer pollas. –Hizo una mueca.

–Te equivocas, Jersey. Estoy sola aquí, pero trabajo para gente. ¿Crees que he venido a la ciudad y he elegido un objetivo al azar? Si me jodes a mí, los jodes a ellos, y no les va a gustar, así que ¿por qué no cerramos el trato y lo dejamos así? Tú te llevas el dinero y yo me llevo el equipo. Me olvido de esa pistola y de lo que acabas de hacer y decir.

–¡Ja!

Sin quitarle ojo a Cassie, Paltz empezó a hurgar en la mochila en busca del dinero. Inmediatamente sonó un zumbido electrónico y Paltz dejó escapar un aullido. Su mano retrocedió y Cassie aprovechó la ocasión para lanzar su pierna izquierda y pegarle una patada en la entrepierna con la gruesa suela de sus Dr. Martens. Paltz se dobló en dos dejando escapar un sonoro gruñido y apretó el gatillo.

Cassie oyó el ruido ensordecedor del disparo y notó un ligero tirón en la peluca cuando la bala atravesaba su falsa cabellera. Sintió la quemazón de la pólvora y los gases de la descarga en el cuello y las mejillas. Saltó hacia Paltz y agarró la pistola con las dos manos, luego se giró sobre él hasta casi quedar sentada en su regazo. Le levantó la mano con la que él sostenía la pistola y le mordió con todas sus fuerzas, movida no por el miedo, sino por la rabia.

Paltz gritó y soltó la pistola. Cassie la agarró y rodó lejos de él. Apuntó con la pistola al rostro del tipo desde una distancia de medio metro; era una Glock de nueve milímetros.

–Estúpido hijo de puta –gritó–. ¿Quieres morir en esta puta furgoneta?

Paltz jadeaba y esperaba que el dolor de sus testículos se aliviara. Cassie se llevó una mano a la cara y se recorrió la piel en busca de sangre. Estaba segura de que el disparo no le había dado, pero siempre había oído decir que a veces ni siquiera te das cuenta de que te han dado de refilón.

Estiró el brazo y comprobó que tampoco tenía sangre en la mano, aunque no por eso dejó de maldecir en voz alta. El estúpido intento de robo de Paltz lo complicaba todo. Trató de pensar con claridad, pero le zumbaba el oído y le picaba la garganta a consecuencia de la quemadura superficial.

–¡Túmbate! –ordenó–. ¡Al suelo, violador de mierda! ¡Tendría que meterte esta pistola por el culo!

–Lo siento –gimió Paltz–. Estaba asustado. Yo...

–¡Qué coño! ¡Túmbate en el suelo, boca abajo! ¡Ahora mismo!

Paltz se arrodilló poco a poco y luego apoyó el torso en el suelo.

–¿Qué vas a hacer? –gimoteó.

Cassie colocó un pie a cada lado de su cuerpo, se agachó y apretó la boca de la pistola en la nuca de él. Amartilló el arma y el sonido hizo que los hombros de Paltz se estremecieran.

–¿Qué tal, Jersey? ¿Qué te parece? ¿Quieres que te la chupe ahora? ¿Crees que se te va a levantar?

–Oh, Dios...

Cassie observó los cubos de equipo y herramientas que había en la furgoneta. Sacó una brida para sujetar cables de uno de ellos y ordenó a Paltz que pusiera las manos a la espalda. Él obedeció y Cassie advirtió que una de las terminales de la pistola le había dejado una marca de quemadura en el dorso de la mano. Pasó la brida de plástico por las muñecas y a través del cierre, apretando con fuerza, hasta el punto de cortarle la piel. Entonces dejó la pistola en el suelo de la furgoneta y agarró más bridas para atarle las piernas y los tobillos.

–Espero que tengas bastante chile, cabrón. Va a pasar un tiempo hasta que repitas.

–Tengo que mear, Cassie. Me he bebido dos cervezas mientras te esperaba.

–Yo no voy a impedírtelo.

–Joder, Cassie, por favor, no me hagas esto.

Cassie agarró un trapo de uno de los cubos, se dejó caer de rodillas sobre la espalda de Paltz y se inclinó hasta su oído.

–Recuerda que esto ha sido cosa tuya, cabrón. Ahora voy a hacerte una pregunta y será mejor que me des una buena respuesta porque está en juego tu vida. ¿Entendido?

–Sí.

–¿Voy a encontrarme a algún colega tuyo esperándome cuando abra esta puerta?

–No, a nadie.

Ella levantó la pistola y apoyó con fuerza la boca del cañón en la mejilla de él.

–Será mejor que no me engañes. Si abro la puerta y veo a alguien, voy a vaciar el cargador en tu puta cabeza.

–No hay nadie. Estoy solo.

–Entonces abre bien la boca.

–¿Qué...?

Cassie le metió el trapo en la boca y lo silenció de inmediato. Cruzó dos bridas y se las pasó alrededor de la cabeza y la boca abierta para mantener la mordaza en su lugar. Los ojos de Paltz se abrieron como platos cuando ella tensó las bridas.

–Respira por la nariz, Jersey. Si respiras por la nariz no te pasará nada.

Cassie sacó las llaves de la furgoneta de la trabilla del pantalón de Paltz, se apartó de él y extrajo una bolsa de deporte negra del interior de su mochila. La desplegó y empezó a llenarla con los objetos de la maleta.

–Muy bien; este es el trato –dijo–. Me llevo tu furgoneta y me voy a trabajar.

Paltz trató de protestar, pero la mordaza le hacía farfullar.

–Genial, Jersey. Me alegro de que estés de acuerdo.

Una vez transferido todo a la bolsa, se colgó la mochila de un hombro y se acercó a la puerta corredera. Apagó la luz del techo y luego abrió la puerta con una mano mientras empuñaba la pistola con la otra.

No había nadie. Saltó de la furgoneta, agarró la bolsa de deporte y cerró la puerta con llave, todavía con la pistola en la mano. El aparcamiento estaba lleno de coches, pero no vio a nadie que esperara en alguno de ellos ni que vigilara desde las inmediaciones.

Abrió la puerta del conductor y, antes de subir, extrajo el cargador de la Glock y dejó que las balas cayeran al asfalto. Luego, sacó la bala de la recámara y lanzó la pistola y el cargador al tejado plano del Aces and Eights.

Se metió en la furgoneta, arrancó y salió del aparcamiento. Advirtió que había un agujero en la radio del salpicadero. La bala disparada por Paltz había atravesado la división de contrachapado y se había incrustado allí. Esto le recordó el ardor en el cuello y la mejilla. Encendió la luz interior y se miró en el espejo. Tenía la piel enrojecida y llena de manchas, como si tuviese urticaria.

A continuación, consultó su reloj. El jueguecito de Paltz la había retrasado. Apagó la luz y puso rumbo a las luces de neón del Strip, cuyo brillo se veía desde la distancia.

12

Koval Road corría paralela a Las Vegas Boulevard y ofrecía un acceso más sencillo a los garajes situados tras los grandes complejos del siempre atestado bulevar, al que todo el mundo conocía como el Strip. Cassie pasó junto al Koval Suites, el edificio que alquilaba apartamentos por meses y en donde ella y Max habían mantenido en una ocasión un piso franco, y dobló hacia el garaje adjunto al casino y al complejo del Flamingo. Cassie nunca aparcaba en el estacionamiento del casino del objetivo y el del Flamingo quedaba cerca de las salas de juego de la zona central del Strip. Aparcó la furgoneta de Paltz en el tejado del garaje de ocho plantas, porque sabía que allí habría menos coches y, por tanto, menos posibilidades de que encontraran a su pasajero atado y amordazado. Prefirió no utilizar el ascensor y bajó por las escaleras hasta la pasarela que conducía al casino.

Entró por la puerta trasera del Flamingo, con la mochila negra al hombro y la bolsa de deporte al costado, y atravesó el casino hasta llegar a la puerta principal. En el camino se detuvo brevemente en una de las tiendas del vestíbulo para comprar un paquete de cigarrillos, por si tenía que hacer que se disparara una alarma de incendios, y un paquete de cartas de recuerdo con las que pasar el rato mientras esperaba que el objetivo se durmiera. Al salir, cruzó Las Vegas Boulevard y luego caminó las dos manzanas que la separaban del Cleopatra.

Una cinta transportadora, que llevaba a los jugadores hasta la puerta del casino, trasladó a Cassie junto a las piscinas. Reparó en que no había ninguna cinta que sacara a los jugadores del casino hasta la calle después de que hubieran perdido su dinero.

Las paredes de la fachada del Cleopatra estaban llenas de jeroglíficos, los cuales mostraban figuras de antiguos egipcios con tocados que jugaban a las cartas o tiraban los dados. Cassie se preguntó si los dibujos tenían alguna justificación histórica, si bien nada en Las Vegas la tenía.

Más allá de los dibujos, las paredes estaban dedicadas al Club Cleo: fotografías de los más afortunados del año anterior. Cassie advirtió que muchos de los ganadores posaban delante de la tragaperras que les había dado el premio y sonreían de un modo que hacía suponer que ocultaban dientes que les faltaban. Se preguntó cuántos habrían invertido el dinero en un dentista y cuántos lo habrían vuelto a tirar a las máquinas allí mismo.

Cuando por fin llegó a la planta del casino, hizo una pausa para memorizar el local, siempre evitando mirar a las cámaras que vigilaban desde arriba. Un miedo visceral se apoderó de ella. No era por el trabajo que tenía por delante esa noche, sino por el recuerdo de la última jornada que había pasado en el casino del Cleopatra, la noche en la que todo en su vida se alteró con la irreversible huella de la muerte.

El casino no le pareció cambiado: el mismo diseño y jugadores intercambiables en pos de sueños desesperados. La cacofonía del dinero, de las máquinas y de las voces humanas de alegría y angustia era casi ensordecedora. Cassie se sobrepuso y siguió adelante, abriéndose paso a través de un campo de fútbol lleno de tragaperras y mesas de juego de fieltro azul. Era consciente de que todos sus movimientos se grababan desde arriba; por eso mantuvo la cabeza recta, cuando no ligeramente inclinada hacia el suelo. Se bajó el ala ancha del sombrero sobre las cejas. Las gafas del *drugstore* completaban su camuflaje. Tenía el cuero cabelludo caliente y húmedo bajo la peluca, pero sabía que habrían de pasar horas antes de que pudiera sentir algún alivio.

Mientras recorría los pasillos de jugadores de cartas y dados, vio a bastantes hombres, y también a alguna mujer, con el uniforme azul de los vigilantes de seguridad del casino. Daban la sensación de estar clavados en cada una de las columnas y al final de cada una de las filas de mesas. Vio señales que conducían al vestíbulo y las siguió. Miró hacia arriba un momento, aunque sin levantar la barbilla.

El techo se elevaba en un atrio acristalado tres pisos por encima de las mesas de juego. La primera vez que abrió sus puertas, hacía siete años, el Cleopatra había sido bautizado como la «catedral de cristal de los casinos», en referencia a la imitación del atrio y otros elementos de un templo californiano que estaba de moda en los programas de televisión de carácter religioso. Bajo el techo parcialmente acristalado, las vigas de hierro se extendían de pared a pared y sostenían filas de luces y cámaras. Una peculiaridad del Cleopatra era que permitía que la luz natural penetrara en la sala de juego. Tampoco se esforzaban en ocultar las cámaras que lo vigilaban todo desde arriba. Otros casinos preferían la luz artificial y situaban las cámaras tras espejos y globos del techo, aunque ninguno de los jugadores dudaba de que todos y cada uno de los movimientos que realizaban, así como el dinero que se movía en las mesas, eran vigilados de cerca.

La platea alta, que se extendía como dos brazos unidos sobre las mesas de juego, atrajo la mirada de Cassie. En sus extremos formaban algo parecido a la cofa de un barco: la atalaya desde la que un hombre de facciones curtidas observaba la planta de juego. Tenía el pelo blanco y vestía un traje oscuro, en lugar del *blazer* azul. Cassie supuso que sería una de las personas a cargo del local, quizá el jefe en persona, y no pudo evitar preguntarse si ocupaba aquella suerte de púlpito hacía seis años, la última noche en que ella estuvo en el casino.

Pasadas las mesas, Cassie llegó al vestíbulo y se dirigió al extremo del largo mostrador, donde se hallaba el cartel de invitados y vips. No había nadie haciendo cola. Se aproximó. Una mujer, que vestía algún tipo de túnica, cuyo aspecto solo era vagamente egipcio, le sonrió.

—Hola —dijo Cassie—. Debería haber un paquete para mí. Está a nombre de Turcello.

—Un momento.

La mujer se alejó del mostrador y retrocedió hasta una puerta situada a su espalda. Cassie sintió que su respiración se tornaba más lenta y que la atenazaba la paranoia del ladrón. Si todo había sido una trampa, era el momento de que los hombres del *blazer* azul salieran por esa puerta para detenerla.

Pero quien salió fue la mujer de la túnica. Llevaba un sobre grueso con el logo del Cleopatra —el perfil de un rostro de mujer dibujado con trazos simples, coronado por un tocado con una serpiente que se elevaba— y se lo tendió con una sonrisa.

—Muchas gracias —dijo la empleada.

—No, gracias a usted —replicó Cassie.

Se llevó el paquete sin siquiera hasta una zona de teléfonos públicos. No había nadie allí. Fue hasta el teléfono de la esquina y se acurrucó cerca del aparato, utilizando su espalda para ocultarle a cualquier persona o cámara lo que estaba haciendo.

Cassie rasgó el sobre y vació el contenido en el mostrador de mármol situado bajo el teléfono. Un busca negro con pantalla digital cayó junto con una llave magnética, una fotografía y una nota arrancada de uno de los blocs del Cleopatra. Cassie examinó brevemente el busca y se lo colocó en el cinturón. Luego deslizó la llave magnética en el bolsillo trasero de sus vaqueros negros y leyó la nota.

Ático Euphrates

Él: 2014

Tú: 2015

Devuelve el sobre con todo su contenido en el mostrador VIP

Cassie sintió un nudo en el estómago al leer la primera línea. Apoyó la cabeza en el teléfono. Conocía la última planta de la torre Euphrates: era el lugar en el que habían muerto sus sueños y sus esperanzas. Una cosa era volver a Las Vegas y otra volver al Cleo. Pero regresar al ático... Cassie sintió la necesidad de echar a correr, pero recordó todo lo que estaba en juego. Había llegado muy lejos para abandonar en ese punto.

Trató de pensar en otra cosa. Volvió a mirar la nota y agarró la llave magnética. Había una sola tarjeta para dos habitaciones, lo que implicaba que se trataba de una llave maestra y a la vez explicaba la última instrucción de la nota. La tarjeta debía ser devuelta porque probablemente había que dar cuenta de todas las llaves maestras. Si se llevaba a cabo una investigación después del delito que estaba a punto de cometer, se realizaría un inventario de las llaves maestras.

Arrugó la nota en una mano y miró la foto. Se veía una mesa de bacará con un único jugador: un individuo obeso vestido con traje y una pila alta de fichas ante sí. Diego Hernandez. La fecha y la hora estampadas en una esquina indicaban que la foto había sido tomada esa misma tarde, y Cassie entendió a la primera que procedía de una cámara de vigilancia. La llave maestra y la foto revelaron a Cassie que el observador proporcionado por los socios de Leo estaba más metido de lo que ella había supuesto.

Memorizó la imagen del hombre grueso y volvió a poner la fotografía y la nota arrugada en el sobre. Lo dobló dos veces y lo metió en un bolsillo con cremallera de su mochila. Luego regresó a la planta del casino.

Observó los carteles de las mesas sin levantar la cabeza hasta que localizó el que estaba situado sobre el salón del bacará. Tomó el camino más largo y rodeó los límites de la zona de juego hasta llegar a la balaustrada que recorría el perímetro del salón de bacará. Apoyó un codo y un brazo en la barandilla y se recostó con aire despreocupado para observar el casino. No vio que nadie se fijara en ella. Estaba a salvo. Poco a poco se volvió, como si reparara por primera vez en el salón que tenía detrás, y varió su posición para mirar.

El objetivo, Diego Hernandez, continuaba allí. El hombre era bajo y obeso, con un vientre tan voluminoso que parecía sentado a distancia de la mesa. Vestía con excesiva elegancia, con un traje oscuro suelto y corbata. Cassie advirtió que jugaba con una contención física absoluta. Su cabeza permanecía inmóvil mientras sus ojos examinaban constantemente el tapete, donde, frente a él, se alzaban varias torres de fichas de cien. Cassie calculó que tenía un mínimo de diez mil dólares sobre la mesa.

Observó varias manos, pero nunca sostuvo la mirada en Hernandez más de unos segundos. En un momento dado, él levantó la vista hacia la barandilla y Cassie giró el cuello con rapidez. Cuando de nuevo miró a hurtadillas, los ojos de Hernandez ya estaban fijos en la mesa. Al parecer, no le había prestado demasiada atención.

Ella solo necesitaba una cosa de Hernandez antes de subir al ático. Centró su atención en las manos del jugador mientras este movía las fichas y manejaba las cartas. En menos de un minuto determinó que utilizaba preferentemente la izquierda. El factor determinante se produjo cuando al engancharse el traje en el borde de la mesa dejó al descubierto un reloj en su mano derecha. Cassie no necesitaba más: Hernandez era zurdo. Se alejó de la barandilla y se encaminó, con la cabeza gacha, hacia los ascensores de la torre Euphrates.

Cuando Cassie entró en uno de los ascensores vio que era preciso introducir una llave magnética en el panel antes de pulsar el botón del ático: una medida de seguridad añadida después de su última estancia en el hotel. Sacó la llave maestra del bolsillo trasero y pulsó el botón. Permaneció junto a las puertas y contuvo el impulso de mirar los números iluminados, suponiendo que en algún lugar habría una cámara. Consultó el reloj: eran casi las nueve. Necesitaba al menos una hora en la habitación, y eso si se apuraba.

Cassie salió del ascensor en la planta veinte, miró a ambos lados del pasillo y se dio cuenta de que quizá había empezado a tener suerte. No había ningún carro de limpieza, porque aparentemente el servicio había concluido en la zona VIP. Lo único que había en el pasillo era una mesa del servicio de habitaciones, con su correspondiente mantel y los restos de una cena a la luz de las velas, incluida una botella vacía de champán que flotaba boca abajo en una cubeta plateada.

Cassie se dirigió hacia su derecha para buscar la habitación 2015, pero cuando vio la 2001 la rehuyó, dando toda la vuelta hacia la izquierda por el pasillo y sin mirar aquella puerta y el recuerdo que se escondía tras ella. Pronunció una silenciosa oración para pedirle a Max que estuviera a su lado esa noche.

El pasillo se hallaba poco iluminado mediante apliques situados a la izquierda de cada una de las puertas. Encontró las habitaciones 2014 y 2015, una frente a la otra, cerca del final del pasillo y de la salida de emergencia. Eso estaba bien; en caso de que algo se torciera, tenía las escaleras allí mismo. Cassie golpeó la puerta de la 2014 y también pulsó el botón brillante situado junto al marco izquierdo. Oyó un leve repique del otro lado de la puerta y aguardó.

Como esperaba, nadie contestó. Volvió a sacar la llave magnética del bolsillo trasero del pantalón, miró una vez más a ambos lados del pasillo y abrió la puerta.

En cuanto cruzó el umbral sintió una descarga de adrenalina en las venas, como un poderoso río interior a punto de desbordarse y llevarse por delante todo lo que se interpusiera en su camino.

13

Cassie cerró la puerta y, tras encender la luz con el codo, se dejó caer de rodillas y puso la bolsa de deporte en el suelo. Acto seguido se sacudió la mochila hasta que esta quedó delante de ella. Extrajo un par de guantes de látex del bolsillito delantero y se los enfundó cuidadosamente, asegurándose de que quedaban bien estirados en torno a cada uno de los dedos y de sus uñas recién cortadas.

Sacó rápidamente el estuche de goma que contenía sus herramientas y lo desató. Después de desenrollarlo en el suelo y asegurarse de que no faltaba nada, extrajo la Polaroid de la bolsa de deporte, se levantó e inició un reconocimiento de la *suite*.

Era un alojamiento VIP, de los que se ofrecían a los invitados al casino. La amplia sala de estar contaba con puertas dobles que conducían al dormitorio, situado a la derecha. Los muebles eran lujosos y ella sabía que en la mayoría de los hoteles los restauraban cada año con el fin de mantener su aspecto inmaculado y que los huéspedes se creyeran entre los contados elegidos que disfrutaban de los privilegios de una invitación.

Reparó en el fuerte olor a puro que impregnaba el aire; Hernandez la estaba ayudando sin siquiera saberlo. Pasó al dormitorio, porque era allí donde debía realizar su trabajo. Al encender la luz, vio un gran dormitorio con una cama *king size,* un buró, un pequeño escritorio y un mueble para la televisión de suelo a techo. Advirtió que la camarera ya había limpiado la habitación. Las colchas estaban pulcramente plegadas en una de las esquinas y había un caramelo de menta junto a un formulario del servicio de habitaciones para dejar colgado en la manija de la puerta.

A la derecha se hallaba un distribuidor con una puerta abierta al baño en uno de los lados y un juego de puertas de lamas en el otro. Cassie las abrió para revelar un armario ancho y profundo. Al hacerlo, una luz se encendió de manera automática. Se agachó y vio la caja fuerte anclada al suelo, parcialmente tapada por una chaqueta de *sport* y varias camisas largas y sueltas que Hernandez había colocado en los colgadores.

Antes de tocar nada de lo que había en el armario, retrocedió y fotografió las prendas con la Polaroid. Luego se acuclilló y tomó una segunda imagen de un par de zapatos y una pila de ropa sucia tirada en el suelo del armario.

Desanduvo sus pasos hasta el dormitorio y puso las fotos sobre la cama para que terminaran de revelarse. Entonces empezó a fotografiar todo el dormitorio, cubriendo cada ángulo de la habitación con las ocho fotos que le quedaban en el carrete.

Después de asegurarse de haber documentado a conciencia todas las zonas de la *suite* que podía perturbar, volvió al armario, arrinconó la ropa y observó la caja fuerte. La información que le habían proporcionado a Leo era exacta. Se trataba de una Halsey con combinación de cinco dígitos, cuya pantalla de cristal líquido indicaba que estaba cerrada. A pesar de esto, probó a abrirla. Nada.

Al regresar al dormitorio, la mirada de Cassie subió por las paredes hasta el techo, donde había un detector de humo, justo encima de la cabecera de la cama. Concluyó que un segundo detector no resultaría extraño en una habitación tan grande. Optó por instalar la cámara sobre la entrada al distribuidor que daba al armario y al cuarto de baño. Esta disposición le proporcionaría una vista completa del dormitorio y solo supondría un corto tramo de cinta conductora en el ropero.

Tomada la decisión, continuó con el registro de la *suite*. Buscó entre los cajones y estantes armas o dispositivos de defensa que Hernandez pudiera haber traído consigo y encontró una alarma en un anaquel situado sobre la nevera de la sala de estar. Se trataba de un aparatito electrónico de bajo coste, de los que se conectan al pomo de la puerta y que suenan de un modo ensordecedor si cae un clip colocado en la jamba.

Cassie sabía que, como la alarma era tan ruidosa, la mayoría de usuarios nunca comprobaba su funcionamiento antes de insertar el clip en la jamba, y se limitaban a confiar en la luz roja que indicaba que la batería no se había consumido. Retiró la tapa con un pequeño destornillador y procedió a cortar el cable conductor y el de tierra con unos alicates. Luego peló medio centímetro de cada uno de ellos y los unió, cerrando el circuito que normalmente cerraba el clip cuando se colocaba en la jamba.

Conectó el dispositivo y se encendió la luz que indicaba que había batería. el clip no estaba en su lugar. Lo apagó y volvió a dejarlo en su sitio, en el estante.

Cassie fue a sentarse en el suelo del recibidor de la *suite*. Sacó las rodilleras de la mochila y se las ajustó por encima de los vaqueros negros antes de arrodillarse frente a la puerta y ponerse manos a la obra. Puso la punta del destornillador de estrella en el taladro y empezó a quitar los tornillos de la tapa de la cerradura, así como los de la ruedecilla que desplazaba el pestillo. La capucha casera del taladro amortiguaba considerablemente el sonido. Ella supuso que sería preciso que alguien pusiera el oído al otro lado de la puerta para escuchar algo.

Cuando extrajo la tapa, se colocó una linterna de boli en la boca y apuntó el haz de luz hacia el interior de la cerradura, mientras usaba un destornillador para quitar la arandela del pasador. Entonces agarró la rueda que accionaba el pestillo con un par de alicates con la punta de goma y lo extrajo de la cerradura, valiéndose de ambas manos. Se inclinó y miró de cerca el interior del mecanismo.

Cassie se quitó la linterna de la boca y exhaló un leve suspiro de alivio. Leo había acertado en que el mecanismo de cierre se basaba en un engranaje de media vuelta para desplazar el pestillo. Pese a saber que eso constituyó un problema hacía seis años, los directivos y los servicios de seguridad del hotel optaron por no asumir el gasto de cambiar las cerraduras de las tres mil habitaciones. Esa antigua decisión permitiría a Cassie quedarse en la *suite* y completar la instalación. Si hubieran instalado un engranaje de vuelta entera en el mecanismo de cierre, habría tenido que arrancarlo y llevárselo a otro lugar —quizá a la bañera de la habitación que quedaba al otro lado del pasillo— y cortarlo con el soplete de acetileno. Solo entonces reparó en lo afortunada que había sido, pues había olvidado el soplete en el maletero del Boxster, en el Aces and Eights.

Cassie volvió a ponerse la linterna en la boca. Colocó la cabeza del destornillador en la ranura del cilindro e hizo girar el engranaje hacia la derecha, un cuarto de vuelta. Luego comprobó su trabajo bajo el haz de luz y colocó el pestillo de nuevo a su lugar. Accionó la cerradura y miró la jamba. El bulón se extendía hacia fuera, pero se quedaba justo a las puertas de la placa receptora en el otro lado del quicio. Al avanzar el engranaje, se redujo a la mitad el número de dientes que movían el pestillo, con lo cual este llegaba hasta el marco pero no bloqueaba la puerta.

Hernandez solo podría apercibirse de este hecho si se arrodillaba y miraba la rendija, algo sin duda extremadamente poco probable.

Cassie se levantó y observó a través de la mirilla para asegurarse de que no había nadie en el pasillo. Solo entonces abrió la puerta. El pestillo apenas entraba en la jamba, pero hacía un leve sonido. Cassie agarró la lima de acero y la pasó con rapidez de un lado a otro sobre la marca de rozadura que el cerrojo había dejado en el marco de la puerta. Entonces soltó la lima, miró de nuevo al pasillo y una vez más cerró y abrió la puerta. En esta ocasión no se produjo sonido alguno.

Después de cerrar la habitación, se puso a trabajar en el cerrojo interior. Quitó los cuatro tornillos que fijaban la armella a la jamba y la sacó. Luego pasó el taladro por los agujeros dejados por los tornillos con objeto de ensancharlos. Extrajo de la bolsa el tubo de cera para enganchar y aplicó una pizca en la parte posterior de la armella para volver a fijarla en la jamba. Luego se sirvió de más cera de secado rápido para sostener los tornillos en los agujeros ensanchados.

Cassie se sentó sobre los talones y observó la puerta. No había ninguna señal externa de que las cerraduras hubieran sido manipuladas. Ahora, con la tarjeta que guardaba en el bolsillo trasero, podría entrar en la habitación por más que Hernandez utilizara las cerraduras adicionales y su alarma portátil.

El primer paso de preparación de la *suite* estaba completado.

Cassie consultó su reloj y vio que eran casi las nueve y media. Enrolló el estuche de herramientas y se lo llevó a la habitación junto con la bolsa de deporte y la mochila. Dejó todo en el suelo y se puso manos a la obra. Sacó la cinta conductora y la cámara ALI, que colocó en el interior de la tapa de un detector de humo. Luego conectó la pila, la cerró y retiró la hoja adhesiva de la parte posterior. Separó la silla del escritorio, se subió a ella para alcanzar la pared situada sobre la entrada al distribuidor que daba acceso al armario y el cuarto de baño y enganchó el detector de humo en la pared, a una distancia aproximada de treinta centímetros del techo.

El rollo de cinta conductora era tan pequeño como uno de cinta aislante. Era de color claro y tenía dos finos cables de cobre que recorrían la cinta incrustados en el adhesivo. Envolvió el borne del conector con uno de los extremos de la cinta y luego cerró la tapa del detector. Pasó la cinta por la pared hasta el techo más bajo del distribuidor y luego por este hasta la pared situada sobre el armario. A continuación, lo pasó sobre el marco de la puerta y lo metió en el armario, por cuyo interior lo bajó pegado a la puerta hasta el suelo, y luego por el zócalo hasta un lugar oculto detrás de la caja fuerte.

Cassie sacó el transmisor de una de las bolsas y lo colocó detrás de la caja, donde era poco probable que Hernandez tuviera motivo alguno para mirar. Cortó la cinta conductora y la enrolló alrededor de uno de los terminales de recepción del transmisor. A continuación, conectó el transmisor y volvió a donde se hallaba su equipo. Allí sacó el receptor-grabador y lo abrió en el suelo. Lo puso en marcha y examinó la tira de cinta adhesiva protectora que Paltz había colocado bajo una línea de botones de frecuencia. Pulsó el botón marcado ALI (I) y en el monitor apareció una panorámica de la habitación con ella misma sentada en el suelo. La imagen era nítida y cubría casi la totalidad de la estancia. Lo más importante era la cama, y proporcionaba una vista perfecta de la misma. Se levantó, se acercó a la puerta y apagó las luces, dejando la habitación en una oscuridad solo rota por la luz de los reflectores en las torres del Cleopatra, que se filtraba por las cortinas.

Retrocedió para examinar de cerca la pantalla. La silueta de la cama resultaba apenas visible en la imagen teñida de verde. No era tan buena como había asegurado Paltz, pero tendría que conformarse con eso. Se levantó de nuevo y se acercó a la cortina. La descorrió un par de centímetros para permitir que una esquirla de luz iluminara el centro de la habitación.

La luz añadida bastó para que los detalles de la habitación se definieran de forma más nítida en la pantalla. A Cassie solo le faltaba encomendarse para que Hernandez no notara la pequeña abertura de la cortina y la cerrara antes de acostarse.

Encendió una vez más la luz y regresó con rapidez al armario. Primero debía asegurarse de que en el momento decisivo ella podría meterse en el armario en el que se hallaba la caja fuerte sin que la luz interior se encendiera automáticamente y, posiblemente, despertara al objetivo y la expusiera a ella. No podía limitarse a aflojar la bombilla del techo del armario porque Hernandez podría notarlo y sustituirla o, peor aún, empezar a sospechar. También necesitaba que la luz funcionara para las cámaras que planeaba instalar dentro del armario para grabar a Hernandez mientras abría la caja fuerte.

Las puertas de lamas del armario se superponían levemente, y un listón de madera de la hoja izquierda cubría la unión entre ambos batientes. Esto significaba que se podía abrir la puerta izquierda sin necesidad de tocar la derecha. En cambio, si se trataba de abrir solo la derecha, la izquierda se abriría ruidosamente unos centímetros a causa del listón superpuesto. El problema residía en que el interruptor automático de la luz se hallaba en el interior del marco de la hoja izquierda. Un botoncito apretado por el marco superior se soltaba en cuanto la puerta se abría, cerrando el circuito eléctrico que alimentaba la luz.

Cassie abrió el cajón del escritorio y buscó algo con lo que escribir. Encontró un lápiz bien afilado y volvió al armario. En la moldura del marco dibujó una línea vertical en el punto en que se hallaba el interruptor automático.

Sacó una espátula de su utillaje, cerró las puertas del armario y colocó la herramienta plana en la marca de lápiz. Deslizó la espátula hacia abajo, ajustada a la pared, y luego presionó en dirección al marco. Con la otra mano abrió la puerta izquierda unos centímetros y luego abrió por completo la derecha, una vez liberada del listón. Entonces cerró el lado izquierdo, retiró la espátula y entró al armario por el lado derecho.

Había entrado al armario sin que se encendiese la luz, pero sabía que no tenía tiempo para celebrarlo. Abrió otra vez la puerta izquierda y la luz del armario se encendió. Se inclinó sobre el frontal de la caja como si se dispusiera a abrirla con la mano izquierda. Entonces miró a su derecha y puso el dedo en el punto de la pared desde el cual pensaba que una cámara ofrecería la mejor imagen del teclado de combinación. Hizo una señal con el lápiz y luego regresó a la bolsa del equipo, de la cual extrajo la tapa del enchufe de la pared y una de las cámaras de placa.

Rápidamente colocó la cámara en el falso enchufe, conectó una pila y cinta conductora a las dos patillas y lo fijó a la pared mediante el tornillo central. Ajustó la tapa para que quedara nivelada y luego bajó la cinta por la pared hasta el zócalo y de nuevo al transmisor, por detrás de la caja.

Fuera del armario comprobó el receptor-grabador. Pulsó los botones necesarios para poner la cámara de la toma de corriente en pantalla. La localización y el enfoque de la cámara eran insuperables. Miraban hacia el teclado de combinación y podía leer los números. Era perfecta. Sintió la excitación en su interior, pero esta se cortó rápidamente por la vibración del busca contra su estómago.

Cassie se quedó sin respiración. Sacó el busca del cinturón y miró la pantalla digital.

CANJEANDO FICHAS. EN CAMINO

–¡Mierda! –exclamó en un susurro audible, y en lugar de guardarse el busca en el cinturón lo arrojó a su mochila.

El aviso lo cambiaba todo. Abandonó su plan de instalar una segunda cámara en el armario –en este caso, arriba– y se alejó con presteza. El aviso significaba que Hernandez había canjeado las fichas y que había abandonado la mesa del bacará, aunque todavía tenía que ir al mostrador central para recoger su maletín. Eso le daba tiempo para terminar.

Sacó de la bolsa de deporte la bolsa de cierre fácil que contenía el aerosol de pintura y el desodorante, regresó al distribuidor y miró el techo mientras agitaba el envase de pintura. Cuando roció la cinta conductora no quedó igual, pero sí muy parecido. Empezó a pulverizar con pintura en un largo arco, cubriendo así la cinta, pero también la mayor parte del techo. A continuación, siguió la cinta pared abajo hasta el marco de la puerta del armario. En el interior del mismo cubrió con pintura la línea de cinta que unía la falsa toma de corriente con el zócalo y se conformó con eso. Entonces echó desodorante en el armario y el distribuidor y luego por el resto de la *suite* al tiempo que se movía con rapidez.

Después de recoger el equipo en las bolsas, Cassie agarró las polaroids de la cama y regresó al armario. Allí utilizó las fotos como guía para volver a poner la ropa y los zapatos en la misma posición que cuando ella entró en la *suite,* con cuidado de que las prendas no rozaran la parte posterior del armario en la que había pintura fresca.

Mientras colgaba las perchas en la barra, le golpeó algo pesado y duro del interior de una chaqueta de *sport*. Metió la mano en el bolsillo y extrajo una pistola, una Smith & Wesson de nueve milímetros con acabado negro. Sacó el cargador y vio que estaba lleno. Se detuvo, aunque sabía que no disponía de tiempo. ¿Debía dejarla o llevársela? ¿Debía descargarla? Estaban ocurriendo demasiadas cosas para que pudiera sopesar las posibilidades y obtener la respuesta adecuada. Recordó algo que siempre decía Max acerca del efecto onda.

«Recuerda el efecto onda. Si cambias algo en una habitación cambia el universo del trabajo. Creas ondas».

Entonces obtuvo la respuesta. Si se llevaba la pistola, el objetivo podía darse cuenta y el trabajo se habría acabado, y lo mismo podía suceder si la descargaba. No llevar a cabo ninguna acción, en cambio, suponía no generar ninguna onda, ningún cambio en el universo.

Dejó la pistola de nuevo en el bolsillo de la chaqueta y volvió al armario para cotejar su trabajo con las polaroids por última vez. No tenía más tiempo. En su mente vio que Hernandez ya había recogido el maletín y se dirigía hacia el ascensor.

Agarró la bolsa y la mochila, se colgó las correas al hombro y salió hacia el dormitorio. Al llegar a la sala de estar, miró hacia atrás y se detuvo.

Había dejado la silla separada del escritorio.

Ninguna onda, pensó, mientras corría a la habitación y ponía de nuevo la silla en su lugar. Miró en torno a sí, y esta vez todo parecía estar en orden: no tenía tiempo de comprobar el dormitorio con la polaroid. Regresó a la sala de estar y levantó el sombrero que había quedado en el suelo, junto a la puerta de entrada de la *suite*. Apagó la luz y pegó el ojo a la mirilla. El pasillo estaba vacío. No oyó pasos ni ningún otro sonido, de modo que se puso el sombrero, abrió la puerta y salió de la habitación.

Mientras cerraba la puerta, oyó la campanilla que anunciaba la llegada del ascensor al fondo del pasillo. Extrajo rápidamente la llave magnética del bolsillo trasero y cruzó a la habitación 2015.

La abrió y entró. Lo había logrado.

14

El pasillo estaba vacío, pero Cassie esperó apoyada contra la puerta en el interior de la habitación 2015, con el ojo izquierdo pegado a la mirilla. El sombrero cayó al suelo detrás de ella. Oyó voces en el pasillo y empezó a creer que se había confundido y que no se trataba de Hernandez, sino de una pareja que regresaba a su habitación.

Pero allí estaba. Su enorme silueta se movía en su campo visual y la lente convexa de la mirilla hacía que Hernandez pareciera incluso más grande. Se dobló ligeramente para insertar la tarjeta magnética en la puerta con una mano, mientras la otra sostenía el maletín. Siguiéndole de cerca y casi fuera de su campo visual había otro hombre. Cassie se fijó en el *blazer* azul con la insignia del Cleopatra en el bolsillo del pecho: el escolta de seguridad. Se retiró de la mirilla y se acercó más a la jamba para poder escuchar.

—¿Quiere que eche un vistazo, señor?

—No, está bien. Gracias de todos modos.

—En ese caso, buenas noches, señor.

—Buenas noches.

Cassie oyó que se abría la puerta al otro lado del pasillo y regresó a la mirilla. El escolta de seguridad se había marchado y Hernandez se movía hacia la *suite,* pero de repente se detuvo y retrocedió hasta el pasillo.

–Ah, Martin.

Cassie sintió que el corazón le daba un salto. ¿Qué había visto? ¿Qué había olvidado? Trató de repasar su apresurada salida de la habitación 2014, pero no pudo pensar en nada. Miró los dos bultos que tenía a sus pies y empezó a hacer un rápido inventario mental. Apenas había empezado cuando Hernandez se puso a hablar y ella pegó el oído a la jamba de la puerta.

–Casi olvido decirle que me voy mañana. ¿Puede esperar un momento? Quisiera darle algo por cuidar de mí durante estos últimos días.

La voz de Martin llegó de muy cerca de la puerta de Cassie.

–No es necesario, señor Hernandez. Dele las gracias al señor Grimaldi; a él le gusta que todos nuestros huéspedes se sientan seguros y, además, va contra las normas de la casa que acepte...

–¿Y quién va a enterarse? Vincent Grimaldi no lo sabrá a no ser que usted se lo diga. Espere un segundo.

Se oyó el sonido de una puerta al cerrarse y Cassie volvió a mirar. El escolta de seguridad llamado Martin estaba de pie, en el pasillo, con las manos enlazadas ante su regazo. Miró a derecha e izquierda, como si le preocupara que alguien –quizá el citado Vincent Grimaldi– lo viera admitir una propina. Entonces se volvió y miró directamente a la mirilla por la que Cassie lo observaba. Ella se quedó inmóvil, temerosa de que el escolta percibiera un cambio de luz tras el cristal si retrocedía, dándose cuenta de que estaba siendo vigilado.

La puerta de detrás de Martin se abrió y apareció Hernandez.

–Si no le importa, entre y compruebe la habitación –dijo Hernandez–. Huele a gas o algo así.

Cassie se apretó con más fuerza contra la pared y cerró los puños. Observó mientras Martin entraba en la habitación y dejaba la puerta abierta tras de sí.

Solo podía ver una porción de la *suite* del ancho de la puerta. Tanto Hernandez como Martin caminaron hasta salir de su campo visual por la izquierda. Reaparecieron al cabo de unos momentos, cruzando en dirección al dormitorio. Cassie los oyó hablar, pero, aunque pegó el oído a la puerta, no logró entender qué decían. Regresó a la mirilla y, al cabo de unos instantes, Martin, seguido de Hernandez, apareció de nuevo y se encaminó hacia la puerta. La conversación empezó a entenderse a medida que se acercaban.

—... en las habitaciones de fumadores —estaba diciendo Martin— usan un ambientador más fuerte. Tenga en cuenta que no puede abrir las ventanas. No hay ningún hotel en Las Vegas con ventanas que se abran. Hay demasiada gente que salta.

—Vaya, supongo que la cosa ha ido en aumento. Este es mi tercer día aquí, y he fumado bastante. —Echó una risotada.

—Sí, señor —dijo Martin—, pero si eso va a molestarle puedo intentar que le cambien a otra habitación. Estoy convencido de que habrá algo disponible.

«Nooo», estuvo a punto de gritar Cassie, pero fue el propio Hernandez quien acudió en su auxilio.

—No, no es necesario. Solo tengo que encender un puro y ver quién de los dos puede más.

Se rio de nuevo, y en esta ocasión Martin se le unió.

—Buenas noches, señor. Que tenga un buen viaje de regreso.

—Lo tendré. Ah, casi lo olvidaba.

Hernandez sacó la mano del bolsillo y Martin extendió la suya. Cassie oyó el sonido de las fichas del casino que caían

126

en las manos del escolta de seguridad. Sin duda, había un buen montón y eran de gran valor. La exclamación de Martin se oyó fuerte y clara desde el otro lado de la puerta.

—Señor Hernandez, gracias. ¡Gracias!

—No, gracias a usted, que le vaya bien.

—Seguro que con esto me irá mejor que bien.

Hernandez rio y cerró la puerta después de colgar un cartel de «No molesten». Martin salió del campo visual de Cassie. Oyó que Hernandez pasaba el pestillo de la cerradura y luego el clic metálico del pasador del cerrojo interior. Se quedó inmóvil y contuvo la respiración durante cinco segundos. No sucedió nada: su trabajo en la puerta había pasado desapercibido.

Cassie se volvió, se apoyó contra la puerta y se dejó resbalar hasta quedar sentada. Abrió con rapidez la bolsa de deporte negra y sacó el receptor-grabador. En cuanto desplegó la pantalla y levantó la antena, pulsó el botón que ponía en pantalla la imagen registrada por la cámara oculta en el detector de humo.

El dormitorio se hizo visible, aunque la pantalla apareció oscura en buena parte porque la única luz procedía de la leve abertura de las cortinas.

Esperó.

La puerta se abrió y se encendió la luz. Hernandez entró en la habitación, con el maletín todavía a un costado. Cassie se acercó a la pantalla y vio que llevaba el maletín sujeto a la muñeca con una esposa, lo cual le produjo un escalofrío de excitación. El informador de Leo sabía cómo elegirlos.

Hernandez, de pie en el centro de la habitación, se fumaba un puro y exhalaba nubes de humo hacia el techo. No miró a cámara ni una sola vez. Entonces pasó por debajo del falso detector de humos y entró al distribuidor que conducía al armario y el cuarto de baño.

Cassie cambió a la pantalla que mostraba el armario y aguardó. El monitor no aparecía completamente a oscuras, ya que se filtraba luz del dormitorio por los listones. En un momento dado vio las piernas de Hernandez a través de los listones y se abrió la puerta. Cassie pulsó el botón de grabación por si Hernandez abría la caja.

Pero no lo hizo. Aparentemente hurgó entre su ropa, aunque Cassie no consiguió verlo debido al ángulo de la cámara. Entonces salió del armario. Cassie pensó en la pistola y rememoró lo que había hecho con ella. Estaba segura de haberla dejado en el bolsillo de la chaqueta, exactamente en la misma posición en que la había encontrado.

Volvió entonces a la cámara del dormitorio y captó un instante la figura de Hernandez mientras entraba a la sala de estar. Lamentó de inmediato no haber instalado una cámara en la sala, pero pronto pensó que, *a posteriori,* todo el mundo lo sabía todo. El hecho era que de haber instalado una cámara allí quizá no habría tenido tiempo de colocar las del dormitorio y el armario, que eran imprescindibles.

Cassie se levantó con presteza y llevó el receptor-grabador a la mesa de su *suite,* sobre la cual había revistas de turismo, información del hotel y carpetas del servicio de habitaciones, un bloc, un lápiz y una botella de Chardonnay de los viñedos de Robert Long con una tarjeta de bienvenida. Lo apartó todo para disponer de espacio para trabajar.

Cuando volvió a fijarse en la pantalla vio que Hernandez había regresado al dormitorio. Había puesto el maletín sobre la mesa y se disponía a abrirlo con una llave para dejar libre su muñeca. Una vez desembarazado del estorbo se estiró para recoger el caramelo de menta que habían dejado sobre la almohada los del servicio de habitaciones. Se lo comió de un bocado, volvió a colocarse el cigarro en la boca y se dirigió hacia el armario para hurgar en los bolsillos interiores de su traje. Iba sacando grandes fajos de billetes mientras se aproximaba.

Cassie cambió a la pantalla del armario y pulsó el botón de grabación. De eso se trataba: todo su trabajo se había reducido a proporcionarle esa posición privilegiada.

La luz del armario se encendió y el grueso brazo izquierdo de Hernandez, seguido por la parte superior de su cuerpo, llenó la imagen. Se inclinó hacia la combinación y empezó a teclear los números, pero antes de terminar movió su brazo derecho y puso la mano encima de la caja para apoyarse.

«Mierda», quiso gritar Cassie, pero en lugar de hacerlo se llevó el puño cerrado a la boca.

Hernandez abrió la puerta de la caja fuerte, se dejó caer sobre una rodilla y metió el brazo en el interior. Sacó un fajo de billetes de cinco centímetros y lo colocó encima de la caja, luego colocó una pila del mismo grosor que acababa de sacarse del bolsillo. Hurgó en los bolsillos de su chaqueta y sacó otros dos fajos de efectivo. Juntó todo el papel moneda en una pila gruesa que apenas podía sostener con una mano. La sopesó. Cassie no le veía la cara porque el ángulo de la cámara no se lo permitía, pero sabía que estaba sonriendo.

Hernandez puso el dinero en la caja fuerte y la cerró, luego se levantó y cerró el armario, con lo cual se apagó la luz cenital.

Mientras miraba, Cassie se preguntó por la maleta. Parecía demasiado grande para caber en la caja, pero no entendía por qué Hernandez no había sacado el efectivo que contenía para ponerlo a buen recaudo.

Cambió a la cámara del dormitorio, pero allí no había rastro de Hernandez. El maletín estaba plano sobre el suelo. Su inquietud acerca de la decisión de Hernandez de no poner el contenido del maletín en la caja no retuvo su atención por más tiempo. Había una cuestión más importante que resolver. Cambió el receptor-grabador al programa de reproducción y empezó a observar la grabación de la cámara del armario. Cogió el bloc y el lápiz del hotel y pulsó el botón de avance lento justo cuando la mano de Hernandez entraba en imagen.

–Vamos, chico.

Los números eran claramente visibles en pantalla. Los dedos de Hernandez marcaron 4-3-5, pero entonces su brazo derecho, en busca de apoyo en la caja, cruzó el encuadre e impidió distinguir las últimas dos cifras. Rebobinó la grabación y volvió a reproducirla con el mismo resultado. Le faltaban los dos últimos dígitos de la combinación.

–¡Hijo de puta!

Se levantó de la mesa y paseó por la habitación hasta las cortinas. Las abrió y miró el paisaje que se extendía más allá del Strip hasta la oscura silueta de las montañas, lejos de los neones de la ciudad. Levantó la mirada y vio la luna.

Sabía que no podía entrar con solo tres cifras y la esperanza de probar varias combinaciones de las dos últimas para abrir la caja. Las cajas Halsey incorporaban un sistema contra la manipulación. Si se introducían de manera sucesiva tres combinaciones erróneas, el mecanismo de cierre se bloqueaba y era preciso una visita de seguridad y un dispositivo especial para abrir la caja. El dispositivo solía guardarse en la caja de seguridad del director del hotel.

Concluyó que le quedaba una única alternativa: un simulacro de incendio.

15

Cassie miró la pantalla y esperó. La alarma sonaba con estridencia en el pasillo y podía oler el humo, pero Hernandez no mostró intención de abandonar la habitación. Continuaba completamente vestido y recostado en la cama sobre una pila de almohadas. Estaba viendo la tele, pero el ángulo de la cámara del detector de humo no permitía que Cassie supiera qué estaba mirando.

Ella marcó el número de la habitación de Hernandez y vio que este se estiraba perezosamente hasta alcanzar el teléfono de la mesita de noche.

—¿Sí?

—Señor Hernandez, le llamo de seguridad. Nos han avisado de que hay humo en su planta y ha sonado una alarma. Es preciso evacuar la habitación de inmediato.

—¿Un incendio? He oído la alarma. —Se incorporó de forma abrupta.

—Aún no estamos seguros, señor. Hemos enviado a gente allí, pero otros huéspedes han informado de que hay humo en la planta veinte. Por favor, señor, recoja sus objetos de valor y baje por las escaleras de emergencia hasta que podamos evaluar qué está ocurriendo.

–Así lo haré. Adiós.

Hernandez saltó de la cama con una agilidad y una velocidad que sorprendieron a Cassie. Mientras se ponía los zapatos, Cassie cambió a la pantalla del armario y pulsó el botón de grabación. Esperó.

En unos instantes la puerta se abrió y esta vez Hernandez se arrodilló frente a la caja en lugar de inclinarse sobre ella. Alcanzó el teclado electrónico y pulsó los botones a plena vista de la cámara. Cassie vio que la última cifra era un 2 y lo anotó en el bloc del hotel.

Mientras Hernandez se afanaba en sacar el dinero de la caja fuerte y empezaba a llenarse los bolsillos, Cassie exhaló excitada y reprodujo de nuevo la secuencia en el receptor-grabador. Una vez más vio la apertura de la caja a cámara lenta.

Esta vez lo consiguió y anotó la cifra que le faltaba. Ya lo tenía:

4-3-5-1-2.

Volvió a la imagen en directo de la cámara del dormitorio, sin tomarse tiempo para celebrarlo. Hernandez estaba de pie ante el escritorio, sujetándose el maletín a la muñeca. Cassie levantó el teléfono y llamó a su habitación. Hernandez levantó el aparato con rapidez.

–¿Sí?

–Señor Hernandez, le llamo de seguridad. Hemos determinado el problema y no existe ningún riesgo. No es preciso evacuar su habitación.

–¿Qué ha ocurrido?

–Creemos que alguien dejó un cigarrillo en un carrito de servicio, cerca de un detector de humo, y saltó la alarma.

–¿Y pueden apagarla?

–Estamos en ello, señor. Perdón por las moles...

–¿Le ha pedido Vincent que llame a mi habitación?

Cassie estaba momentáneamente en fuera de juego.

—¿Perdón?

—Vincent Grimaldi.

—No, señor. Solo seguimos la rutina habitual. Buenas noches, señor.

Colgó. Era la segunda vez en la última media hora que se mencionaba a Vincent Grimaldi. Cassie estaba segura de haber oído ese nombre antes. Mientras reflexionaba sobre este particular, la alarma del pasillo se desconectó.

Fue a la puerta de la *suite* y escuchó en la jamba. Oyó a hombres que hablaban pasillo abajo. No podía distinguir las palabras, pero supuso que habían encontrado el cigarrillo que ella había dejado encendido en un carrito de servicio, bajo un detector de humo.

Ya solo necesitaba que Hernandez se fuera a dormir.

Cambió el receptor de nuevo a la cámara del dormitorio y vio que Hernandez se había puesto en calzoncillos y en camiseta y estaba otra vez en la cama, viendo la televisión. Todas las luces permanecían apagadas y solo se apreciaba el brillo de la tele. Cassie consultó su reloj; era casi medianoche. Pensó en el nombre repetido por Hernandez y el escolta de seguridad: Vincent Grimaldi. Le sonaba, pero no conseguía ubicarlo.

Levantó el auricular, marcó el número de la operadora del hotel y pidió que le pasaran con Vincent Grimaldi. Al cabo de un instante se estableció la conexión y contestaron al primer timbrazo.

—Seguridad —dijo una voz masculina—. Oficina del señor Grimaldi.

—Ah —dijo Cassie—. Me parece que me han dado mal el número. Quería pedir una línea de crédito en el casino. ¿Lleva ese tema el señor Grimaldi?

El hombre al otro lado del hilo se rio entre dientes.

–Bueno, puede decirse que se encarga de todo eso, pero no lo maneja personalmente. Él es el director de operaciones del casino, señorita. Lo que usted debe hacer es bajar al casino y pedir el crédito en el cajero grande que hay junto a la Esfinge. Allí la atenderán.

–Muy bien, así lo haré. Gracias.

En el momento en que colgaba el aparato, Cassie recordó el nombre de Vincent Grimaldi y quién era. Seis años antes su nombre apareció en todos los periódicos en los días posteriores al último golpe de Max. Había formado parte de la maniobra.

Recordó que en aquel momento Grimaldi ostentaba el cargo de jefe de seguridad del casino en el Cleo. En los seis años transcurridos había ascendido hasta el sillón de director de operaciones, y quizá lo sucedido con Max le supuso un primer empujón.

A Cassie no le extrañó que Hernandez hubiera dejado caer el nombre de Grimaldi. Parecía lógico que un jugador empedernido invitado por el casino conociera al director por su nombre. Trató de apartar este asunto, aunque seguía preocupada por los recuerdos que el nombre de Vincent Grimaldi había conjurado en su mente.

Necesitada de una distracción, Cassie dejó el receptor-grabador en el suelo, junto a la silla en la que se había sentado, y abrió el bolsillo delantero de su mochila para extraer el paquete de cartas que había comprado en el Flamingo. Quitó los comodines de la baraja y volvió a dejarlos en la caja, a un lado.

Empezó con su vieja rutina de calentamiento: cortaba el mazo con una mano, desplegaba las cartas, las volvía a recoger y las barajaba arriba y abajo. Con los guantes de látex puestos barajaba con torpeza y, en una ocasión, los naipes se le escaparon de las manos y cayeron al suelo. Se quitó los guantes y recogió las cartas, luego empezó a repartir a cinco jugadores de *blackjack* inexistentes y a ella misma, la banca. Al hacerlo, repetía mentalmente la típica palabrería del que reparte las cartas mientras les da la vuelta. «Un hombre con un hacha, chico conoce chica, la sota saca cinco...».

Pero pronto su mente vagó hasta el día en que conoció a Max. Siempre lo recordaría como la colisión casual de dos almas gemelas, algo que no solía ocurrir en este mundo, algo que a buen seguro no volvería a sucederle a ella.

Cassie había estado repartiendo cartas de póquer caribeño en el Trop en un turno de medianoche de poco juego y a él le había tocado el asiento dos. Había un jugador más, un viejo asiático, en el siete. Max era un hombre guapo. Tenía presencia y Cassie no podía evitar observar el modo en que manejaba las cartas, ahuecándolas y desplegándolas apenas para dejarlas rápidamente sobre la mesa y hacer su apuesta.

Sin embargo, apostaba de un modo temerario y pronto resultó evidente que no era un jugador experimentado. Perdía dinero, aunque eso no parecía importarle. Después de una docena de manos, Cassie conjeturó que no estaba en la mesa para jugar, sino para observar al otro jugador. Max tramaba algo y eso lo hacía parecer más intrigante a sus ojos. Cuando se tomó su descanso, Cassie esperó junto a la ventana del cajero y comprobó que Max vigilaba al jugador asiático. Finalmente, el objetivo se bajó del taburete y abandonó el juego. Transcurridos unos momentos, Max hizo lo mismo y empezó a seguir al asiático hasta que este entró en el ascensor.

Y fue entonces cuando Cassie dio el paso. Se fue directa hacia él.

—Quiero participar —dijo.

Max se limitó a mirarla desconcertado.

–No sé qué estás haciendo, pero quiero aprender. Quiero que me enseñes. Quiero participar.

Él la miró durante unos instantes más hasta que sus labios se curvaron en una sonrisa.

–Me llamo Max. ¿Quieres tomar algo o va contra las normas?

–Va contra las normas, pero acabo de abandonarlas.

Esta vez Max sonrió abiertamente.

Mientras repartía las cartas en la mesa, Cassie comprobaba periódicamente la pantalla del receptor-grabador. Cuando se fijó, a la una en punto, el brillo de la televisión todavía iluminaba la habitación, pero Hernandez estaba estirado sobre la cama y bajo las sábanas, con la cabeza apartada de la pantalla. Cassie reparó en que la luz de la pantalla estaba fija, sin los parpadeos característicos del cambio de imagen, lo que probaba que él estaba dormido y que la película de pago que había estado viendo ya había concluido. La televisión probablemente solo mostraba una pantalla azul o el menú fijo de la programación.

Cassie consultó su reloj. Supuso que hacia las dos cuarenta y cinco Hernandez estaría en la fase más profunda del ciclo del sueño y decidió entrar a las tres. Eso le daría tiempo de sobra para salir antes de que empezara la luna vacía de curso.

Deslizó los naipes en su caja y la guardó en el bolso. Decidió hacer algo que sabía que le haría correr un riesgo innecesario y que Max nunca habría hecho. Pero sentía que debía hacerlo. Por Max y por ella misma.

16

Cassie se abrió paso a través del todavía repleto casino hasta el salón de cócteles, situado junto al vestíbulo del hotel. También estaba lleno, pero la mesa que ella buscaba seguía libre. Se sentó, y aunque miró hacia la sala de juego, ya no la veía. Se estaba acordando de Max y de la carrera que habían compartido. El *Sun* y el *Review Journal* los bautizó como los «ladrones de los jugadores profesionales» y la Asociación de Casinos de Las Vegas ofreció una recompensa a quien colaborase en su detención y condena. Cassie recordó que el dinero pronto dejó de ser lo principal. Lo que les atraía era la inyección de adrenalina. Recordó que podían pasarse el resto de la noche haciendo el amor después de realizar el trabajo.

–¿Desea algo?

Cassie levantó la mirada hacia la camarera.

–Sí, una Coca-Cola y una cerveza de barril.

La camarera puso una servilleta delante de Cassie y la otra al otro lado de la mesita redonda. Sonrió como quien está hastiado de la vida.

–¿Espera a alguien o la segunda bebida es solo para mantener lejos a los moscones?

Cassie le devolvió la sonrisa y asintió.

–Esta noche me apetece estar sola.

–No la culpo. Hay una fauna bastante mezquina hoy. Debe de ser por la luna.

Cassie la miró.

–¿La luna?

–Hay luna llena, ¿no la ha visto? Brilla más que cualquiera de todos estos neones de alrededor. La luna llena siempre afecta. Llevo aquí mucho tiempo y lo he comprobado.

La camarera concluyó con un gesto de asentimiento, como para cortar cualquier eventual debate sobre el tema. Cassie imitó el gesto. La camarera se fue y ella trató de no hacer caso de lo que acababa de decir y concentrarse en recordar la noche de seis años atrás, cuando se sentó en el mismo lugar de ese mismo bar. Sin embargo, por más que trató de evocar el bello rostro de Max, su mente vagó a todo lo que ocurrió después. Todavía se maravillaba de que un momento entonces tan maravilloso y alegre fuera ahora el mismo que le causaba tanto dolor, pánico y culpa.

La camarera la sacó de su ensoñación al poner las bebidas sobre las servilletas. La mujer dejó la nota y se alejó. Al desdoblarla, Cassie vio que debía cuatro dólares. Sacó un billete de diez y lo dejo allí.

Observó las burbujas que subían a la superficie de la cerveza hasta formar una capa de espuma de un centímetro en la parte superior del vaso. Recordó la espuma en el bigote de Max aquella noche. En lo más hondo de su ser sabía que lo que se disponía a hacer en la noche que tenía por delante tenía mucho que ver con Max. Había llegado al convencimiento de que, de algún modo, obtendría alivio para su culpa, una redención para todo lo que sucedió si esta vez lo hacía bien. Era un pensamiento absurdo, pero se aferró a él secretamente y parecía tener tanto sentido para ella como todos los demás. Estaba segura de que si lo hacía bien podría retroceder en el tiempo y compensar lo ocurrido, aunque solo fuera durante un instante.

Levantó su Coca-Cola y miró en derredor para asegurarse de que nadie la observaba. Vio que una mujer le devolvía la mirada, pero pronto cayó en la cuenta de que estaba contemplando su propio reflejo en la pared acristalada del fondo del salón: por un momento no se reconoció con la peluca, el sombrero y las gafas.

Apartó rápidamente la mirada, levantó el vaso y estiró el brazo para brindar con el vaso de cerveza de Max.

–Hasta el final –dijo lentamente–, hasta el lugar donde el desierto es océano.

Tomó un trago y saboreó el leve toque de la guinda. Luego dejó el vaso en la mesita, se levantó y salió para atravesar de nuevo el casino hasta los ascensores.

Siguió el ritual. No miró atrás.

17

A las 3.05 Cassie Black abrió la puerta de la habitación 2015, miró a ambos lados y salió al pasillo con la silla de despacho. Ya no llevaba disfraz, sino unos vaqueros negros y una camiseta ajustada sin mangas, también negra. Se había ceñido la riñonera con las herramientas que iba a necesitar en torno a la cintura. Colocó la silla bajo el aplique de la pared situado junto a la puerta de la 2014 y se subió a ella. Después de humedecerse con la lengua los dedos enguantados, estiró la mano y aflojó la bombilla. Acto seguido, movió la silla para repetir la operación con el aplique de la 2015. Devolvió entonces la silla a su habitación y salió de nuevo al pasillo con una funda de almohada negra y las gafas de visión nocturna colocadas en el extremo de una cinta que colgaba de su cuello.

Ajustó la puerta de la 2015 con el pestillo pasado para que no se cerrase del todo y cruzó hasta la habitación de Hernandez. Empezó por descolgar el cartel de «No molesten» y dejarlo en el suelo. Luego consultó su reloj y deslizó la tarjeta por el lector electrónico. La lucecita verde situada junto al picaporte se iluminó y Cassie empujó la puerta para abrirla.

Se produjo un ligero clic. Entonces la cera adhesiva hizo un sonido de succión al desprenderse y la armella del cerrojo

140

interior se soltó de la jamba. Los dedos de Cassie pasaron por la rendija y la agarraron antes de que tocara el suelo o hiciera ruido en la puerta. Al mismo tiempo oyó que el clip de la alarma electrónica de Hernandez caía al suelo, pero esta no sonó debido a la manipulación previa. Entró girando en torno a la puerta y la empujó hasta cerrarla silenciosamente. Se quedó quieta un momento mientras sus ojos se ajustaban a la oscuridad de la *suite* y el pulso se le aceleraba. Había pasado mucho tiempo, pero conocía bien esa sensación de absoluta taquicardia, de que la adrenalina le quemaba la sangre. El fino vello rubio de sus brazos daba la sensación de erizarse con una corriente eléctrica.

Finalmente, pasó a la *suite* y examinó la sala de estar. Como esperaba, la encontró vacía y fijó su atención en las dobles puertas que conducían al dormitorio. Una había quedado abierta y de la habitación contigua llegaba el sonido de ronquidos pesados y profundos. Leo había acertado de pleno una vez más, pensó Cassie. Hernandez roncaba y eso era como disponer de un sistema de alerta instalado en la propia víctima.

Entró en la habitación, iluminada con un resplandor azul. Estaba en lo cierto: la televisión había vuelto al menú fijo después de que la película hubiese finalizado. Arrojaba tanta luz en la habitación que decidió prescindir de las gafas de visión nocturna.

Distinguía la silueta del cuerpo grande y orondo de Hernandez, alzándose y descendiendo ante la luz azul. Sus ronquidos eran profundos y resonaban. Cassie se preguntó si estaría casado y si, en ese caso, su mujer podía dormir en la misma habitación que él.

Tras él, sobre la mesita, los números del reloj despedían un brillo rojo. Tenía tiempo de sobra. Junto al despertador, vio el reloj y la billetera de Hernandez... y la pistola. Al parecer, Hernandez la había sacado de la americana para tenerla cerca. Rodeó la cama para acercarse a la mesita, pero en ese momento Hernandez gruñó y empezó a moverse. Cassie se quedó paralizada.

Hernandez levantó la cabeza y la dejó caer, abrió y cerró la boca, y luego acomodó el cuerpo. Estaba tumbado boca arriba, tapado hasta el cuello con la colcha. Los muelles de la cama protestaron ante la redistribución del peso, pero él por fin se sintió cómodo y dejó de moverse.

Después de permanecer un buen rato inmóvil, Cassie dio los últimos tres pasos hasta la mesilla y alcanzó la pistola. Desdobló poco a poco la funda de la almohada y metió el arma dentro. También guardó allí la billetera y cogió el reloj. Le dio la vuelta en la mano con cuidado de que la correa metálica no sonara. Pasó el pulgar sobre la suave tapa trasera de acero inoxidable, pero no notó ninguna variación al tacto que delatara el sello de Rolex estampado sobre el metal. Era falso, de manera que volvió a dejarlo en la mesita sin hacer ruido y, muy despacio, se apartó de la cama.

Tenía que contener la urgencia de ir inmediatamente a por la caja fuerte, agarrar el dinero y salir corriendo. Sabía que debía recuperar las cámaras porque el equipo era de marca y podía conducir a Hooten's L&S, y de ahí, probablemente, a Jersey Paltz y de este a Leo y a ella.

Retiró la silla del escritorio, la situó bajo la cámara del detector de humo y se subió a ella. Abrió la carcasa y cortó la conexión a la cinta conductora con unos pequeños alicates de corte que previamente había sacado de la riñonera. Entonces cerró cuidadosamente la tapa y arrancó el detector de humo. La cinta adhesiva hizo un pequeño sonido al despegarse. Se volvió en lo alto de la silla y miró hacia la cama: Hernandez no se movía.

Al bajar de la silla, Cassie estuvo a punto de gritar al verse reflejada en un espejo de cuerpo entero de la parte de atrás de una de las puertas. Metió el detector de humo en la funda de la almohada y volvió a dejar la silla en su sitio. Dio la espalda a la cama, se acercó el reloj al pecho y pulsó el botón que iluminaba la esfera. Eran las 3.11 y solo le faltaban el armario y la caja fuerte.

Sacó la espátula de la riñonera y se puso las gafas de visión nocturna. Localizó la señal de lápiz en el marco de la puerta y deslizó la hoja de la herramienta por la rendija para seguir el mismo procedimiento que horas antes y abrir el armario sin que la luz interior se encendiera. Una vez dentro, y con las puertas cerradas, apartó cuidadosa y silenciosamente la ropa de Hernandez y se subió a la caja para alcanzar la bombilla del techo. La aflojó y la dejó en el estante, junto a la almohada adicional.

Acuclillada en el suelo, se sirvió de un destornillador para retirar el enchufe que ocultaba la segunda cámara. Arrancó la cinta. Lo siguiente era el transmisor. Buscó detrás de la caja y sacó la antena de su escondrijo. Cortó las conexiones y guardó todo en la funda de la almohada, junto al resto del equipo.

Había llegado la hora de la caja. Respiró hondo, se acercó y tecleó la combinación que había memorizado: 4-3-5-1-2. La caja se abrió, con apenas un sonido sordo, semejante al que se produce al destapar una lata de pelotas de tenis. Se quedó inmóvil y esperó con la oreja izquierda pegada a los listones de la puerta. El ronquido de Hernandez no se había interrumpido.

Cassie abrió la puerta de la caja por completo, antes de variar su postura para situar el cuerpo entre la abertura y la habitación que tenía detrás. Volvió a dejarse las gafas colgadas del cuello y sacó la pequeña linterna de boli de la riñonera. Antes de encenderla la metió en la caja.

La luz iluminó el grueso fajo de billetes que había visto reunir a Hernandez. Junto al dinero había un llavero con cuatro llaves. Y nada más.

Cassie apagó la linterna y se quedó un momento sentada, pensando. ¿Dónde estaba el contenido del maletín? ¿Dónde estaba el medio millón de dólares en efectivo que los socios de Leo habían mencionado?

Volvió a inclinarse sobre la caja, agarró el dinero y extendió los billetes en su regazo. Encendió la linterna un segundo y vio que, al parecer, todo billetes de cien. Calculó a ojo de buen cubero que tenía en sus manos cien mil dólares, sin duda mucho dinero, más de lo que nunca había tenido o robado. Sin embargo, era menos de lo que esperaba, menos de lo que le habían prometido. Algo iba mal. ¿Dónde estaba el maletín?

Se dio cuenta de que no lo había visto mientras recorría las otras estancias de la *suite*. Tendría que volver atrás y encontrarlo. Quizá Hernandez se había vuelto perezoso y había decidido no poner el contenido del maletín en la caja fuerte. Tal vez creía que, con la alarma de la puerta y la pistola, él y el maletín estaban seguros.

Cassie guardó el dinero en la funda de almohada, cerró la caja y se levantó. Se enrolló cuidadosamente la parte abierta de la funda en la mano derecha y la agarró con fuerza para que el contenido no entrechocara. Entonces empujó la puerta derecha y cuando estaba saliendo del armario hacia el brillo azulado de la habitación sonó el teléfono que había junto a la cama.

Cassie se lanzó de nuevo al interior del armario y cerró la puerta con el máximo silencio.

El teléfono sonó una segunda vez y Cassie oyó que Hernandez se removía. Se dio cuenta de que había cometido un error. En lugar de retroceder hasta el armario debería haber salido con rapidez con lo que ya tenía y retirarse a su habitación, al otro lado del pasillo.

Estaba atrapada. Probablemente la llamada provenía de seguridad tras descubrir que alguien había entrado en la habitación 2015.

144

Los muelles de la cama gimieron bajo el peso de Hernandez, que contestó después del cuarto timbrazo.

–¿Sí? –dijo con voz áspera.

Cassie se limitó a cerrar los ojos y escuchar. Estaba indefensa.

–¿Qué coño haces? –dijo Hernandez, enfadado–. ¿Qué hora es?

Cassie abrió los ojos. Se acordó de la pistola y la billetera. Si Hernandez encendía la luz las echaría en falta y entonces iría derecho al armario para ver la caja.

–Hay tres horas de diferencia, estúpido.

Cassie buscó en la riñonera y cerró los dedos en torno a la pistola paralizante. La encendió, todavía dentro de la riñonera, y la sacó con mucho cuidado, sin hacer ningún ruido. En cuanto la extrajo se dio cuenta de que la luz roja no se iluminaba. La apagó y la encendió de nuevo, pero la luz no se encendió. Recordó entonces que no la había apagado después de esconderla en la mochila antes de su encuentro con Jersey Paltz. Haberla dejado encendida y la sacudida que le propinó a Paltz habían agotado la carga almacenada. Era inservible.

Cassie miró por entre las tablillas de la puerta y vio la enorme silueta de Hernandez sentándose al borde de la cama. Entonces dejó la funda de la almohada en el suelo y hurgó en ella.

–Sí, vale, llámame entonces. No me importa lo nervioso que esté, joder. ¿Qué quieres que haga yo a las tres y cuarto de la mañana?

Cassie sacó la pistola.

–Sí, sí, luego. Adiós.

Cassie oyó que colgaba de golpe.

–¡Joder! –exclamó Hernandez.

El brillo azul de la televisión se extinguió y dejó el armario en la más completa oscuridad. Los muelles de la cama sonaron cuando Hernandez trató de ponerse cómodo para volver a dormirse. Estaba colocándose las gafas cuando Hernandez soltó otro taco.

–¡Joder!

Se encendió una luz en el dormitorio. Cassie oyó el ruido de la cama y luego pesados pasos en la moqueta que se acercaban. Hernandez iba hacia el armario. Ella retrocedió lo más que pudo y levantó el arma, empuñándola con las dos manos y con los codos unidos. Se dijo a sí misma que no dispararía, que solo lo obligaría a retroceder hasta que pudiera escapar.

La amplia sombra del jugador eclipsó la luz que entraba entre las tablillas. Cassie se preparó.

Pero entonces la sombra pasó de largo y las puertas del armario no se abrieron. Cassie bajó el arma y se pegó a la puerta. Al cabo de unos instantes oyó que la tapa del inodoro golpeaba el tanque y luego el sonido de Hernandez mientras orinaba. Sintió la urgencia de agarrar la funda de la almohada y salir corriendo. Podría alcanzar la escalera antes de que Hernandez entendiera qué estaba ocurriendo. Además, tenía la pistola, así que él solo podría llamar a seguridad y a esas horas de la noche lograría salir del hotel antes de que alguien fuera capaz de reaccionar.

Sin embargo, se quedó en el armario y esperó. Sabía que la mejor forma de huir era hacerlo sin que la detectaran. Pero esa no era la razón. El maletín era su razón. Quería ese maletín, lo necesitaba.

Después de que descargara la cisterna, pasó otro largo periodo hasta que por fin Hernandez caminó de nuevo ante su punto de vista y regresó a la cama. La luz se apagó sin que él reparase en que la billetera y la pistola no estaban en la mesilla de noche.

Poco a poco, Cassie se deslizó hasta el suelo y se sentó con las rodillas levantadas y la espalda apoyada en la caja. Se acercó la muñeca a la cara y pulsó el botón que iluminaba la esfera del reloj. Eran las 3.20 y sintió una desgarradora sensación de derrota. Cruzó los brazos sobre las rodillas y bajó la cabeza. Sabía que no iba a salir del armario hasta bastante después de que se iniciara la luna vacía de curso. Era demasiado arriesgado.

Cassie pensó en Leo. Se preguntó si estaría despierto a esas horas de la noche y si estaría pensando en la luna vacía de curso. Había dicho que era un mal presagio. Pero para Cassie la mala suerte había venido con la llamada de teléfono, mucho antes de que empezara la luna vacía de curso. Ésa era su mala fortuna. Tendría que decírselo a Leo, debía explicárselo. Seguramente lo entendería, pero si no, ella lo convencería.

18

A las 3.46, Cassie Black abrió los ojos en el armario del dormitorio del hombre a quien trataba de robar. El tipo había empezado a roncar otra vez y Cassie sabía que había llegado la hora de hacer sus últimos movimientos. Lentamente, se levantó y abrió la puerta del armario. Se puso las gafas de visión nocturna y miró a la cama, donde Hernandez continuaba bajo las sábanas, con la cabeza recostada en dos almohadas. Si abría los ojos, la tendría justo delante, pero la respiración profunda y el tono gutural de sus ronquidos indicaban que se hallaba profundamente dormido. Además, a Cassie ya no le importaba que se despertase. Estaba harta de esperar. Era hora de encontrar el maletín, salir de la *suite* y marcharse para siempre de Las Vegas.

Se agachó y se masajeó la pantorrilla izquierda, que se le había acalambrado con la espera. Cuando estuvo lista se enrolló la funda de la almohada en torno a la mano y, de nuevo muy despacio, empujó la puerta del armario para abrirla por completo.

Por un momento, Cassie se quedó quieta en el dormitorio y examinó la mole durmiente de la cama. Observar al objetivo era siempre la parte más extraña de un trabajo; era como conocer un secreto que a uno debería estarle vedado. Barrió con la mirada la habitación en busca del maletín, pero este no estaba a la vista.

Retrocedió y revisó el cuarto de baño. Nada. Regresó de nuevo al dormitorio, se tumbó e iluminó con la linterna de boli bajo la cama. La encendió, pero solo vio unas borras de polvo y un menú del servicio de habitaciones.

Decidió entonces levantarse e ir a la sala de estar, donde inspeccionó cada centímetro cuadrado de la habitación sin dar con nada que insinuara siquiera la localización del maletín. Empezó a sentir pánico y a pensar en su anterior decisión de bajar al bar a pedir una Coca-Cola y a reavivar los recuerdos de sus últimos momentos con Max. Puede que Hernandez se hubiese levantado de la cama durante ese rato, hubiese salido de la *suite* y escondido el maletín para volver a dormirse después. Parecía ridículo, salvo por el hecho de que no conseguía encontrarlo.

De pronto recordó la caja. Las llaves de Hernandez estaban inexplicablemente en su interior. Cassie trató de desentrañar el significado de este hecho y no tardó en llegar a una conclusión. El llavero contenía las llaves que abrían el maletín y las esposas. Si había puesto las llaves en la caja en lugar de tomar medidas para salvaguardar el maletín y su contenido era porque, de algún modo, ya había tomado medidas. Si Hernandez no había abandonado la *suite*, ¿de qué otro modo podía salvaguardar el maletín que metiéndolo en la caja fuerte?

Cassie retrocedió por el dormitorio e inspeccionó la cama. Recordó lo que había visto a través de la mirilla cuando Hernandez abrió la puerta: el maletín atado a su mano derecha. Cassie rodeó la cama hasta situarse a la derecha y, suavemente, presionó con las manos las sábanas revueltas, con cuidado de no tocar los relieves creados por el cuerpo de Hernandez. No respiró mientras lo hacía. Nunca había esta-

149

do tan próxima a un objetivo. Estaba demasiado cerca y todos sus sentidos se concentraban en la cama y en el enorme cuerpo que roncaba bajo las sábanas.

Su mano por fin palpó algo plano y supo que había hallado el maletín. Empezó a levantar la colcha, muy despacio, hasta que lo dejó al descubierto junto con la esposa que lo unía a la muñeca derecha de Hernandez.

Necesitaba las llaves, de manera que regresó al armario y abrió la caja fuerte. Mientras lo hacía reparó en que había dejado la pistola encima de la caja. La agarró, abrió la caja y sacó con cuidado las llaves. Las examinó a la luz verde de las gafas de visión nocturna. Había cuatro llaves y Cassie tenía la suficiente experiencia para saber que la llave pequeña con el tambor redondo era la de las esposas. La separó para poder trabajar sin que las demás tintinearan y salió una vez más del armario en dirección al dormitorio.

Hernandez no se había movido. Cassie dejó la pistola en la cama y, en silencio, colocó la llave en la esposa sujetada a la manija de acero del maletín. La giró y la esposa se abrió produciendo un ruido metálico. Empezó a sacarla justo cuando Hernandez, posiblemente sobresaltado por el ruido, comenzó a removerse.

Cassie sacó en silencio y se enderezó levantando el maletín. Se inclinó y asió la pistola. Hernandez suspiró y empezó a mover las piernas bajo las sábanas. Se estaba desperezando.

Cassie levantó el arma y se dijo a sí misma que podía hacerlo si se veía obligada. Podía culpar al horario errado de una llamada telefónica, a la luna vacía de curso o, simplemente, al destino. No importaba, haría lo que hubiese que hacer. Levantó el arma y apuntó al centro de la masa que se movía en la cama.

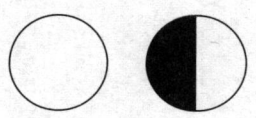

19

Lo primero que notó Jack Karch mientras recorría el casino del Cleopatra fue que la atalaya estaba vacía. Sabía que Vincent Grimaldi no estaría arriba en ese momento, porque conocía el paradero exacto de Grimaldi. No obstante, desde el día de su apertura, tener siempre a alguien en la atalaya había constituido uno de los usos y costumbres del casino. Y siempre significaba veinticuatro horas al día, los siete días de la semana. Cuando no estaba Grimaldi, entonces había algún otro. Karch sabía que todo era imaginería, prestidigitación. La ilusión de seguridad creaba seguridad. No obstante, en ese preciso momento nadie vigilaba desde lo alto, y eso significaba que Vincent lo había llamado para algo muy gordo. Darse cuenta de este hecho despertó a Karch mucho más que la taza de café del 7-Eleven que se había tomado por el camino.

Mientras pasaba entre las mesas de juego, serpenteando entre jugadores borrachos que se cruzaban a ciegas en su camino, Karch mantuvo la mirada en la puerta de detrás del púlpito, como si esperase que, de un momento a otro, alguien saliera de un empujón de la sala de seguridad, ajustándose la corbata mientras ocupaba su posición. Pero no salió nadie y

Karch finalmente bajó la mirada al llegar a los ascensores de la torre Euphrates.

El pasillo estaba vacío, salvo por una mujer que sostenía un vaso de plástico con unas monedas. Miró el rostro severo de Karch y lo volvió enseguida, tapando el vaso con la mano libre, como para salvaguardar su contenido. Karch apoyó el pie en el tarro de arena que había bajo el botón de llamada y se inclinó como si se dispusiera a atarse los cordones. Lo hizo para dar la espalda a la mujer, pero en lugar de anudarse los zapatos hundió el dedo en la arena negra, recién limpiada de colillas y alisada, hasta dar con la llave magnética que habían dejado allí para él. Se enderezó justo cuando la campanilla anunciaba la llegada del ascensor.

Después de entrar en la cabina, tras la mujer, sacudió el polvo de la llave y la utilizó para desbloquear el botón del ático. Antes, la mujer había pulsado el de la sexta planta. De pie, junto a ella, Karch atisbó el contenido del vaso de plástico entre los dedos separados de la mujer. Estaba lleno hasta la mitad de monedas de cinco centavos. Era la última de los últimos, y o no quería que él lo supiese o veía en Karch algo sospechoso. Tendría más o menos su edad y el pelo recio; supuso que habría llegado a Las Vegas procedente del sur. Karch era consciente de que su cara hacía que la gente se mostrase cautelosa con él. Tenía facciones muy marcadas, una tez cetrina, a pesar de haberse pasado toda una vida bajo el sol del desierto, y el pelo negro como una limusina. Pero todos estos rasgos quedaban relegados a un segundo plano al lado de sus ojos. Eran del color del hielo y miraban como los de un cadáver.

Karch hurgó en el bolsillo en busca de los cigarrillos. Manteniendo los dedos de la mano derecha unidos como un escudo contra el reflejo, extrajo dos pitillos, haciendo desaparecer uno mientras se pasaba el segundo a la zurda. Temía que su compañera de trayecto protestase ante la mera visión de un pitillo, pero la mujer no dijo nada. Entonces realizó con maestría el truco oreja-boca que su padre le había enseñado hacía muchos años. Sosteniendo el segundo cigarrillo entre el índice y el pulgar de la mano izquierda, generó la ilusión de meterse un cigarrillo en la oreja y luego, valiéndose de la mano derecha, sacarlo por la boca y colocarlo entre los labios.

Observó el reflejo de la mujer y supo que se había fijado en el truco. Ella se volvió ligeramente, como si estuviese a punto de decir algo, pero se contuvo. La puerta se abrió y la mujer se bajó en la sexta. Cuando se dirigió hacia la izquierda y las puertas del ascensor empezaron a cerrarse, Karch la llamó.

–Háztelo mirar.

Luego rio para sus adentros mientras las puertas se cerraban en el instante en que la mujer se volvía hacia él.

–La próxima vez vete con tu chatarra a Branson –dijo, después de que la cabina reanudara su ascenso.

Karch negó con la cabeza. Hubo un tiempo en que el Cleo era toda una promesa. Sin embargo, se había convertido en el destino de gente de poca monta, un lugar donde la moqueta estaba gastada y la piscina se poblaba de hombres con sandalias y calcetines negros. Se preguntó una vez más qué hacía, cómo y por qué se había vendido a Vincent Grimaldi.

Diez segundos después se bajó en la planta veinte y salió a un pasillo completamente vacío a excepción de un carrito del servicio de habitaciones que alguien había abandonado allí. Al rodearlo para dirigirse hacia la derecha, Karch percibió un olor a rancio.

Se fijó en la primera habitación por la que pasó. Recordaba la 2001 de mucho tiempo atrás. Fue en esa habitación donde cumplió con su primera actuación para Vincent Grimaldi. Karch sintió que había transcurrido mucho tiempo y el recuerdo le molestó. ¿Hasta dónde había llegado desde entonces? No muy lejos. Quizá también era un perdedor en un palacio de perdedores. Sus pensamientos saltaron al púlpito vacío del casino e imaginó cómo se vería la sala de juego desde allí.

Llegó a la 2014 y abrió con la llave magnética.

Al entrar vio a Grimaldi de pie, junto al ventanal de la sala de estar de la *suite*. Daba la impresión de que miraba más allá de la ciudad, al desierto que se extendía ante las montañas de color de chocolate que se perfilaban en el horizonte. Era un día claro y brillante.

Parecía que Grimaldi no había oído entrar a Karch y no se dio la vuelta. Karch cruzó el recibidor hasta la sala. Se fijó en que las puertas que daban al dormitorio estaban cerradas. La estancia olía a cigarro rancio, a desinfectante y a algo más. Trató de identificar ese olor y su corazón dio un brinco al reconocerlo: pólvora quemada. Quizá esta vez Vincent iba a necesitarlo de verdad.

—¿Vincent?

Grimaldi dio la espalda al ventanal. Era un hombre de baja estatura, con un rostro en forma de uve, severo y excesivamente bronceado, y una piel que parecía haberse estirado demasiado en los pómulos. El pelo gris estaba perfectamente peinado hacia atrás y lucía un traje impecable de Hugo Boss. Siempre iba vestido como si el casino y el hotel que dirigía fuera el Mirage, aunque la realidad era que el Cleopatra se había convertido en un complejo de segunda fila y en decadencia. Su ubicación en el Strip era lo único que lo salvaba, y eso por el momento, porque no cabía duda de que Grimaldi era el capitán de una vieja barcaza en un mar de cruceros de lujo con nombres como Bellagio, Mandala Bay o Venetian.

—Jack, no te había oído llegar. ¿Dónde te habías metido?

Karch no hizo caso de la pregunta. Miró el reloj. Eran las ocho y diez; solo habían transcurrido cuarenta minutos desde que recibió el aviso de Grimaldi en el busca, con el código 911 de emergencias al final. Cuarenta minutos no eran muchos, sobre todo si tenía en cuenta la negativa de Grimaldi a adelantarle información por teléfono.

–¿Qué pasa?

–Pues que tenemos un problema muy gordo.

Grimaldi dio un paso adelante y extendió la mano para que Karch le entregara la llave magnética que todavía sostenía. Karch le dio la llave y consideró la posibilidad de encender el cigarrillo, pero decidió esperar.

–Eso me has dicho por teléfono. Ya estoy aquí. ¿Qué se supone que tengo que hacer?, ¿adivinar cuál es el problema, o al final piensas decírmelo?

–No, Jack. Voy a enseñártelo.

Señaló la puerta del dormitorio con la barbilla. Se trataba de un gesto típico de Grimaldi, que siempre economizaba movimientos y palabras.

Karch lo miró un momento, en espera de más explicaciones, pero estas no llegaron. Se acercó a la puerta del dormitorio, la abrió y entró.

La habitación estaba a oscuras. Tan solo una rendija de luz solar se filtraba por la abertura de un par de centímetros de las cortinas corridas. La luz atravesaba la cama en diagonal, donde un hombre obeso yacía boca arriba. Al cadáver le faltaba el globo ocular derecho, destrozado por una bala disparada a quemarropa que había llegado al cerebro a través de la cuenca del ojo. El cabezal de madera y la pared de detrás estaban salpicados de sangre y materia gris y, quince centímetros más arriba del cabezal, había un agujero de bala en la pared.

Karch se situó junto a la cabecera de la cama y examinó el cadáver. La víctima vestía una camiseta blanca y unos calzoncillos tipo bóxer de color celeste. Karch observó un par de esposas en su muñeca derecha: ambas en la misma muñeca. Entre las piernas del muerto había una pistola. Karch se inclinó para examinarla. Era una Smith & Wesson de nueve milímetros con acabado satinado.

Grimaldi se acercó al dormitorio, pero no entró.

–¿Quién lo ha encontrado?

–Yo.

Karch miró por encima del hombro con las cejas enarcadas. No era la respuesta esperada. Suponía que habría sido una camarera la que encontrara el cuerpo, aunque era demasiado temprano para eso. Pero el director de operaciones del casino... Eso no venía a cuento. Grimaldi le ofreció una explicación.

–Tenía que desayunar con él a las siete. Al ver que no se presentaba, telefoneé y como no contestaba vine aquí y me encontré con esto. Por eso te he llamado.

Karch pensó que la cosa se ponía interesante.

–¿Quién es el muerto, Vincent?

–Solo un correo de Miami. Se llama (se llamaba) Hidalgo, pero se había registrado con otro nombre.

Karch aguardó, pero Grimaldi no aportó más información.

–Mira, Vincent, ¿vas a contarme lo que está pasando o quieres que vaya a buscar a Seymour *el Adivino* al salón para que me eche una mano?

Grimaldi expulsó el aire. Karch disfrutó del momento. El viejo estaba metido en un buen lío y lo necesitaba. De una cosa ya estaba seguro: no sabía de qué iba la historia, pero estaba decidido a explotarla al máximo. Y si eso incluía poner a Vincent Grimaldi a sus pies, Karch lo haría sin dudarlo. Pensó en la atalaya y se imaginó encaramado allí. Controlando el dinero, controlándolo todo.

–Sí, voy a decírtelo. –Grimaldi entró en la habitación y miró el cadáver–. Es una cuestión de dinero, Jack. El gordo cabrón llevaba encima dos millones y medio de dólares. Ahora no está el dinero, y me parece que él no puede explicarnos lo que ha pasado.

–¿Dos y medio? ¿Para qué? Supongo que no pensaba jugárselos en una mesa de *blackjack*.

Karch observó que una vena de la sien de Grimaldi empezaba a latir. El viejo estaba enfadado y Karch sabía lo peligroso que resultaba en esas circunstancias. Aun así, él se sentía como un niño pequeño con un palo de escoba ante el árbol de Navidad, y tenía que comprobar si esas bolas de cristal eran de verdad tan frágiles.

–Vino a hacer una entrega –dijo Grimaldi–. La reunión de hoy era para eso. –Hizo un ademán hacia el cadáver–. He subido esta mañana y me encontrado con esto. El capullo se trajo a alguien aquí y el dinero ha desaparecido. Necesitamos recuperarlo, Jack. Está reservado, ¿entiendes? Lo necesitamos pronto. Hemos de...

Karch sacudió la cabeza, tomó el cigarrillo sin encender de la boca y le interrumpió.

–¿Reservado para quién?

–Jack, hay cosas que no es preciso que sepas. Solo tienes que meterte en esto y averiguar quién...

–Cálmate, Vincent. Y buena suerte.

Karch le saludó con la mano y se encaminó hacia la salida. Recorrió toda la sala y se dirigió a la puerta de la *suite* cuando Grimaldi lo alcanzó.

–Muy bien, muy bien. Espera, Jack. Te lo diré, ¿de acuerdo? Te contaré todo lo que crees que debes saber.

Karch se detuvo. Todavía estaba de cara a la puerta, con Grimaldi a su espalda. Se fijó en que faltaba una parte del cerrojo de la puerta. Extendió la mano para tocar el cuadrado sin pintar del marco al que había estado clavado. Había un material cerúleo de color gris en los agujeros de los tornillos.

Frotó un poco entre el índice y el pulgar y pensó que ya lo había visto antes. Se volvió hacia Grimaldi.

–De acuerdo, Vincent, desde el principio. Si quieres que te ayude, tendrás que contármelo todo, hasta el último detalle.

Grimaldi asintió y señaló el sofá. Karch fue a sentarse allí; Grimaldi volvió a ocupar su lugar junto a la pared de cristal de la habitación. Desde la posición de Karch se lo veía completamente enmarcado en el brillo azul del cielo. Era la nube oscura y amenazadora en medio de ese cielo. Karch se guardó el cigarrillo sin encender en el bolsillo de la chaqueta, junto con el que había utilizado en el truco del ascensor.

–Muy bien, esta es la historia –dijo Grimaldi–. Hace dos semanas alguien me dio el soplo de que habría problemas con la transferencia. Había surgido algo en la retaguardia. Lo llamaron un problema de asociación.

Karch asintió. No estaba tan metido en el asunto como Grimaldi, pero su trabajo le proporcionaba algo más que una idea general de lo que sucedía. El complejo y casino del Cleopatra estaban en venta. Un consorcio del ocio de Miami llamado Buena Suerte Group estaba dispuesto a comprarlo. La Unidad de Investigaciones de la Comisión del Juego de Nevada llevaba doce semanas metida en una investigación de los compradores y no tardaría en emitir un informe final en el que recomendaría a la comisión la aprobación o desaprobación de la venta. La comisión –un tribunal designado a tal efecto– casi siempre seguía las recomendaciones de la unidad investigadora, con lo cual el informe constituía el elemento clave en cualquier oferta para comprar o abrir un casino en Nevada.

–¿Y qué ocurrió? –preguntó–. Por lo que yo sé, Buena Suerte estaba limpia.

–No importa lo que sucedió. Lo que importa es el dinero, Jack.

–Todo importa. Quiero saberlo todo.

Grimaldi levantó las manos en un ademán de rendición y frustración.

–Surgió un nombre, ¿vale? Encontraron una conexión entre uno de los directores y un hombre llamado Hector Blanca. Y ahora me preguntarás quién es Hector Blanca. Basta con que te diga que es un socio silencioso y que se esperaba que continuase en la sombra. Y eso es todo lo que voy a decirte de él.

–Déjame adivinar, Vincent. ¿La Cuba Nostra?

Karch lo dijo en un tono de «ya te lo había advertido». Él y Vincent habían hablado antes del híbrido mafioso: soldados de la mafia del noreste formando equipo con exiliados cubanos de Miami para tomar el control del crimen organizado en el sur de Florida. En círculos de la investigación criminal se decía que el grupo había financiado en secreto un referéndum sobre el juego en Florida unos años antes, y el resultado no había sido el esperado. Era lógico, pues, que si no podían tener casinos en Florida buscasen otros lugares donde invertir su dinero.

Esos otros lugares, también por lógica, debían incluir Nevada, donde no se precisaba ningún referéndum de aprobación para llevar a cabo operaciones de juego; bastaba con salvar el obstáculo de la Comisión del Juego y de la corta memoria de los actuales padres de la ciudad. El hecho de que Las Vegas hubiera nacido de un sueño de mafiosos y hubiera estado regida durante décadas por un grupo de hombres afines y asociados a la mafia se había perdido en la amnesia colectiva de la comunidad. Las Vegas había renacido como la ciudad de todos los estadounidenses. Era la urbe de los barcos piratas, las reproducciones a escala de la torre Eiffel, los toboganes acuáticos y las montañas rusas. Bienvenidas las familias; que se abstengan los mafiosos. El problema era que cada vez que se aprobaba una nueva parcelación y se ganaba terreno al desierto, las excavadoras del progreso se acercaban peligrosamente a desenterrar los recuerdos de la verdadera herencia de la ciudad. Y muchos de los hijos y nietos de esos patriarcas –incluso algunos descendientes de los que estaban enterrados en el desierto– no olvidaban la antigua Las Vegas.

–No vamos a hablar de la Cuba Nostra –dijo Grimaldi, pretendiendo poner un acento entre cubano e italiano en sus palabras–. Me juego el cuello y me importa una mierda lo listo que te creas.

–Vale, Vincent; hablemos entonces de tu bonito cuello. ¿Qué pasó?

Grimaldi se volvió y miró por la ventana mientras hablaba.

–Como te decía, me soplaron que se avecinaba un problema. Lo pusieron en mi conocimiento y me informaron de que el problema podía solucionarse al precio adecuado.

–¿Por qué tú?

–¿Qué por qué yo? Porque yo tenía el contacto. Puede que pienses que no valgo una mierda, Jack, pero llevo cuarenta y cinco años trabajando esta ciudad. Ya llevaba media vida aquí cuando tu padre hizo su primera actuación. He visto mucho y sé muchas cosas.

Miró por encima del hombro y observó deliberadamente a Karch mientras pronunciaba esa última frase. Karch lo tomó como un recordatorio de lo que Grimaldi conocía de él y apartó la mirada. De inmediato se arrepintió de haberlo hecho.

–De acuerdo, Vincent. ¿Cuánto iba a costar esta pequeña operación de limpieza?

–Cinco millones. Dos y medio por adelantado y el resto después de que la comisión votase.

–Y supongo que tu intervención al manejar el acuerdo iba a consolidar tu posición aquí entre los nuevos dueños.

–Algo así, Jack. También iba a consolidar la tuya. Todos los que están conmigo me acompañarían en el viaje. Yo iba a ser el nuevo director general y tendría potestad para elegir a mi hombre en las operaciones del casino y poner a quien quisiera en la atalaya.

–¿Y qué hay de Hector Blanca? Supongo que él querría poner a uno de los suyos allí arriba.

–Eso da igual. El acuerdo me daba a mí la elección.

Karch se levantó y se puso junto a Grimaldi en la ventana. Ambos hablaron mientras contemplaban las montañas que se alzaban más allá del desierto.

–Así que el tipo de la cama (Hidalgo) vino con el primer pago y se lo robaron. Parece problema de ellos, Vincent. No tuyo o nuestro.

Grimaldi contestó sin alzar la voz. Sus palabras sonaron mesuradas y severas. Se habían acabado las gracias y Karch sabía que en ese momento era cuando Grimaldi se ponía más peligroso, como un perro con el rabo cortado, que si intentas domesticarlo puede acabar mordiéndote la mano.

–Es mi problema y eso lo convierte en tu problema –dijo Grimaldi–. Yo monté la transacción. Desde que Hidalgo bajó del avión en McCarran, él y el dinero estaban a mi cuidado. De esta manera es como lo ven en Miami, así que es mi cuello lo que está en juego.

Karch enarcó las cejas.

–¿Ya le has contado esto a Miami?

–He hablado con Miami justo antes de hablar contigo. Y no era una llamada que me apeteciera hacer. Me lo han dejado muy claro. El correo no es una gran pérdida, pero el dinero es otro cantar. Me hacen responsable a mí.

Se detuvo un instante y cuando empezó a hablar de nuevo había en su voz una nota de desesperación, casi de súplica. Resultaba apenas apreciable, pero ahí estaba y Karch nunca había percibido ese tono en Vincent Grimaldi durante los muchos años que hacía que se conocían.

–Tengo que recuperar el dinero, Jack. El informe de la comisión se hace público el martes. Después será demasiado tarde para cambiarlo. Tengo que recuperar el dinero y hacer el pago o la venta se irá al carajo, y si eso pasa enviarán a unos tipos desde Miami. –Volvió a utilizar la barbilla para señalar, esta vez hacia el desierto–. Allí es donde van a meterme, junto con el resto de los que fracasaron en esta ciudad. Arena que respira.

Grimaldi sacudió la cabeza una vez, en un movimiento rápido adelante y atrás.

–Tengo sesenta y tres años, Jack. He pasado cuarenta y cinco jodidos años en esta ciudad y así es como voy a acabar.

Karch dejó transcurrir diez segundos de deleite antes de contestar.

–No dejaremos que eso ocurra, Vincent. No lo permitiremos.

Grimaldi asintió y su boca se curvó en una sonrisa forzada.

–Ay, viejo amigo, sabía que podía contar contigo.

20

Karch empezó por estudiar la posición del cadáver y la forma de la salpicadura de sangre en la cabecera de la cama y en la pared. Obviamente, el hombre obeso estaba sentado en la cama cuando recibió el disparo del asesino, y este estaba situado a los pies del lecho.

–Un zurdo –dijo.

–¿Qué? –preguntó Grimaldi.

–Es bastante seguro que el asesino es zurdo.

Se colocó en el lugar que habría ocupado el asesino y extendió el brazo izquierdo. Asintió. Era razonable suponer que, si Hidalgo había sido alcanzado en el ojo izquierdo por una bala procedente de una pistola empuñada por alguien que tenía delante, entonces ese alguien sostenía el arma con su mano izquierda.

Los ojos de Karch subieron por el cuerpo hasta la cabecera y la pared. En su oficina tenía un par de libros sobre manchas de sangre que explicaban, entre otras muchas cosas, cómo interpretar las gotas circulares o elípticas. Sin embargo, él nunca había pasado de los capítulos introductorios, porque el tema era soporífero y de poco probable aplicación en su trabajo. ¿Qué conclusiones podía extraer de la escena que lo ocupaba? No muchas. El tipo estaba vivo y luego muerto. Eso era todo.

–¿Alguien ha oído el disparo? –preguntó.

–No –dijo Grimaldi–, porque quería que estuviera aislado, así que ninguna de las habitaciones de al lado o de enfrente estaban ocupadas. Además, no sé si guarda alguna relación, pero anoche saltó una alarma de incendio.

Karch miró a su interlocutor.

–A eso de las once –explicó Grimaldi–. Alguien dejó un cigarrillo encendido en un carrito del servicio de habitaciones y lo puso justo debajo de un detector de humo.

Karch señaló hacia el cadáver.

–¿Lo evacuaron? ¿Salió de la habitación?

–No que sepamos. He pedido que me preparen las cintas para ver si sacamos agua clara.

Karch asintió, aunque no sabía qué papel desempeñaba la alarma de incendios en todo el asunto. Miró de nuevo el cadáver.

–Lo que veo aquí es un intento chapucero de hacer que esto pareciera un suicidio, pero...

–Esto no es un suicidio. Es un robo, joder.

–Ya lo sé, Vincent, ya lo sé. Escúchame. He dicho un intento de que parezca un suicidio. Un intento muy torpe. Escúchame antes de saltar.

Decidió abandonar su comentario: que Grimaldi sacase sus propias conclusiones. Lo que más le inquietaba de la escena del crimen eran las esposas. No entendía por qué no se las habían quitado.

–Vincent, supongo que has registrado la habitación de arriba abajo en busca del dinero.

–Sí, y no está. El maletín tampoco.

–¿Y qué hay de las llaves?

166

–¿Qué llaves?

–Las llaves. –Señaló la muñeca del cuerpo sin vida con las dos esposas–. La llave de las esposas, ¿dónde está?

–No lo sé, Jack. No he visto ninguna llave. Supongo que quien se haya llevado la pasta se ha llevado las llaves. Pero tienen sorpresa.

–¿Qué sorpresa?

–La llave del maletín no estaba allí. El gordo no la tenía. El señor Blan..., eh, su jefe no quería que la abriera y bajase a las mesas con una parte del dinero. Así que me envió a mí la llave, y yo tenía que abrir el maletín esta mañana. Tengo la llave, pero me falta el puto maletín. Llevaba protección electrónica, como una pistola paralizante. Si alguien intenta abrirlo sin la llave, se va a llevar una buena descarga. Noventa mil voltios.

Karch asintió y sacó una libretita y un boli del bolsillo. Garabateó una nota referida a la llave y el maletín.

–¿Qué estás escribiendo, Jack?

–Solo un par de notas, para mantener el orden.

–No quiero que nada de esta información vaya a parar a manos equivocadas.

Karch se volvió para mirar a Grimaldi, y el gesto bastó para convencerlo.

–Ya sé que serás discreto, Jack.

Karch rodeó la cama y miró el reloj de la mesilla. Parecía un Rolex. Pasó el boli por la correa metálica y lo levantó para poder mirar la tapa de la esfera.

–Quienquiera que hiciera esto es lo bastante listo para saber que el reloj es falso.

–Cualquiera lo sabría, Jack. Los venden por cincuenta pavos en la acera de cualquier lugar de Fremont. Quienquiera que fuese era lo bastante listo para saber que lo que ellos querían era el jodido dinero y punto.

Karch asintió y volvió a dejar el reloj. Se acercó al armario, lo abrió y miró la caja fuerte. La puerta estaba abierta, la caja vacía.

—Háblame de este tipo, Vincent. ¿Cuándo llegó a la ciudad?

—Hace tres días. Yo no estaba seguro de cuándo íbamos a hacer la entrega. El tipo al que pagábamos estaba a cargo de eso. Nosotros teníamos que estar listos con el dinero. Hidalgo vino el lunes y estábamos esperando.

Karch se puso en cuclillas y cerró la puerta de la caja, pero no del todo. Examinó el teclado de combinación.

—¿No salió de la habitación?

—No, pasó mucho tiempo en la planta. Lo invité a jugar y el muy cabrón empezó a desplumarnos. Joder, pensaba que si tardaban mucho en hacer la entrega el tío iba a hacer saltar la banca.

Karch se volvió hacia Grimaldi.

—¿Cuánto ganó, Vincent?

—Le di cincuenta abejorros de la caja el lunes. La última noche los había convertido en más de cien mil. Lo hacía muy bien. Daba propinas de cien dólares como quien reparte papel de váter.

Karch volvió a mirar la caja fuerte y abrió la puerta del todo. Tenía la vista clavada en la caja vacía, pero en realidad no veía nada. Se puso a pensar, dándole vueltas a lo que Grimaldi acababa de decirle.

—¿Te das cuenta de lo que has hecho, Vincent? Lo has provocado tú mismo.

—¿De qué coño hablas?

—Le diste dinero al tipo y él lo convirtió en más dinero. Y se lo mostraba a todo el mundo, y en esta ciudad eso es como echar sangre en el agua. Eso fue lo que atrajo un tiburón hasta el gordo.

–¿Qué dices?, ¿que el que hizo esto lo hizo por los cien mil y no por los dos millones y medio?

–Estoy diciendo que quien lo hizo vino a buscar cien mil y se encontró el resto. El día más feliz de su vida.

–Eso no puede ser, Jack. Eso...

–¿Quién sabía lo del dinero? Quiero decir, ¿quién sabía que estaba aquí y quién lo tenía?

–Solo yo.

–¿Y en Miami? Puede haberse producido una filtración allí.

–No, solo lo sabía una persona.

–Puede que el correo se lo contara a alguien.

–Es muy poco probable, Jack. Trabajaba directamente para la fuente. Si se llevaban el dinero sabía que irían a por él.

–A no ser que acabara muerto. ¿Y qué hay del tipo que iba a recibir el dinero?

–Sabía que estaba aquí, pero no sabía quién lo tenía ni dónde estaba exactamente. Además, ¿por qué robar lo que le íbamos a dar?

–Exactamente. Así que si nadie sabía que estaba aquí, eso avala mi idea, Vincent. Alguien vio que el tipo se llevaba cien de los grandes y vino a por él. Y se llevó el bote.

Desde su posición, en cuclillas, Karch miró el armario. Examinó la ropa de Hidalgo, toda apartada a un lado para que el ladrón pudiera trabajar con la caja. Sus ojos repararon en algo que había detrás, en la pared. Parecía pintura descascarillada. Avanzó sobre sus rodillas y, al observar desde más cerca, vio que no se trataba de pintura que había saltado, sino de cinta pintada. Buscó el extremo inferior de la cinta y tiró de ella hacia arriba. Desde el zócalo del armario, la cinta subía por la puerta, pasaba por encima del marco hasta la pared de encima del armario y luego continuaba por el techo del distribuidor para terminar en la pared.

–¿Qué coño es eso? –preguntó Grimaldi.

–Cinta conductora. Quien haya hecho esto es un profesional, Vincent. Lo estaban vigilando.

–¿Con cámaras?

Karch asintió y volvió al armario. Volvió a escrutar el techo y las paredes y descubrió el pequeño agujero de taladro en la pared de la derecha, junto con más cinta. La arrancó y lo condujo hasta la parte de atrás de la caja.

–Había dos cámaras. Una en la habitación para vigilar al objetivo y otra aquí dentro para ver la combinación. ¡Cojonudo!

–No había vuelto a oír a nadie que usara cámaras desde..., desde la última vez. Max Freeling.

Karch miró a Grimaldi.

–Yo tampoco, pero sabemos que Max no ha sido, ¿verdad?

–En eso tienes razón.

Karch salió del armario y caminó por la *suite* mientras miraba los techos y la parte alta de las paredes. Llegó hasta la puerta de entrada y la abrió. Se agachó de nuevo y examinó el mecanismo de cierre.

–¿Qué me dices de las huellas? –dijo Grimaldi desde detrás.

–No habrá ninguna.

Accionó la cerradura y vio que el pestillo solo salía hasta la mitad. Cerró la puerta con el pestillo extendido. Asintió. Admiraba un trabajo bien hecho. Se levantó, cerró la puerta y miró a Grimaldi. Karch no pudo reprimir la sonrisa.

–¿Qué coño tiene tanta gracia? –se quejó Grimaldi.

–Nada –dijo Karch, mientras su sonrisa se ensanchaba–. Un digno oponente acaba de proporcionarme un subidón, eso es todo. Me alegro de que me llamaras, Vincent. Lo voy a disfrutar.

–Escucha, no es cuestión de que disfrutes o no, es cuestión de que yo recupere mi dinero.

Karch aguantó la reprimenda de Grimaldi. No le preocupaba. Ya entreveía la forma de sacar provecho del trabajo para conseguir lo que siempre había ansiado.

–Tienes un problema, Vincent.

–¡Ya lo sé! ¿Por qué crees que te he llamado?

–Me refiero a un problema dentro del problema. Mira esto.

Karch retrocedió para mostrarle a Grimaldi el mecanismo de cierre de la puerta.

–Manipuló la cerradura. El gordo creyó que estaba cerrado a cal y canto, pero la cerradura y el cerrojo interior estaban manipulados. Igual que esa mierda de alarma que añadió él.

Karch arrancó la alarma electrónica del pomo y la tiró al suelo.

–Pero, verás, todo esto solo funciona con la protección interna. La cerradura principal no estaba manipulada. Eso significa...

–Que tenía llave.

Karch asintió.

–Eres muy listo, Vincent –dijo en un tono que daba a entender lo contrario–. Tenía llave y eso significa que alguien se la dio. Alguien de dentro.

Grimaldi miró al suelo y Karch observó que el color del viejo se volvía más oscuro. Karch no esperó a que el arrebato de ira remitiera.

–Apuesto a que nuestro hombre también tenía la llave de una de las habitaciones vacías de aquí al lado para poder instalar y controlar las cámaras y moverse en el momento justo.

–¿Quieres mirar?

–Sí, claro.

La primera habitación que comprobaron fue la que se hallaba justo al otro lado del pasillo, la *suite* 2015. Nada más entrar que habían encontrado el lugar en el cual el ladrón había aguardado a que el objetivo se fuera a dormir.

—¿Cómo lo sabes? —preguntó Grimaldi.

Karch señaló la mesa. Las revistas, el menú del servicio de habitaciones y la carpeta de información del hotel estaban apilados y apartados a un lado, junto con la botella de vino de bienvenida.

—Esperó aquí.

Karch miró por la *suite,* aunque sin demasiadas esperanzas. Se enfrentaba a un buen rival y las posibilidades de que hubiera cometido un error eran casi nulas. El dormitorio parecía recién arreglado. Se asomó al cuarto de baño, pero tampoco allí vio nada inusual. Si el culpable había usado el váter, incluso había vuelto a bajar la tapa.

Regresó a la sala de estar, donde Grimaldi aguardaba en medio de la habitación con los brazos cruzados. Karch trataba de pensar en algo que decir para hurgar más en la herida, pero entonces reparó en alguna cosa debajo de la mesa, junto a las cortinas. Se acercó y se arrodilló para meterse a gatas bajo la mesa.

—¿Qué has visto, Jack?

—No lo sé.

Había una carta en el suelo, bajo la cortina. El as de corazones. Karch la miró un momento. Se fijó en que dos esquinas opuestas del naipe habían sido cortadas, lo cual indicaba que se trataba de una baraja de recuerdo de un casino. Tras utilizarlas en un casino, cortaban las cartas de este modo y las vendían en la tienda de *souvenirs*. De esta forma se aseguraban de que nadie volviera a introducirlas subrepticiamente en una mesa de juego.

—¿Qué es? —preguntó Grimaldi desde detrás.

—Una carta. El as de corazones.

A Karch le asaltó el recuerdo de su padre, de lo que solía decir acerca del as de corazones. La carta del dinero, la llamaba. Sigue la carta del dinero, le dijo.

–¿El as de corazones? –dijo Grimaldi–. ¿Qué crees que significa eso?

Karch no respondió. Levantó el naipe sosteniéndolo por una punta con el pulgar y el índice. Salió gateando de debajo de la mesa mostrando la carta, luego se puso de pie y giró la muñeca para ver la parte posterior de la misma. Tenía el dibujo de dos flamencos rosas con los cuellos enlazados formando la silueta de un corazón.

–Es del Flamingo –afirmó.

Grimaldi miró la carta.

–¿Qué significa?

Karch se encogió de hombros.

–Quizá nada. Pero nuestro hombre ha tenido que estar aquí mirando las cámaras. Tal vez se echó un solitario para pasar el rato.

–Bueno, si se le cayó el as de corazones no habrá ganado nunca.

–Muy perspicaz, Vincent.

Grimaldi estalló.

–Oye, Jack. ¿Vas a ayudarme con esto o piensas pasarte el día haciendo juegos de palabras y tratando de hacerme quedar como un estúpido? Porque si esa es tu intención buscaré a otro que haga el trabajo sin joderme.

Karch espero bastante antes de responder en un tono muy sosegado.

–Vincent, has venido a buscarme porque sabes muy bien que no hay nadie que pueda manejar esto mejor que yo.

–Entonces deja de hablar y empieza a manejarlo. El reloj corre.

–Muy bien, Vincent, lo que tú digas.

Karch miró la carta que todavía sostenía por una esquina. Sabía que podía pedirle un favor a Iverson en la Metro y buscar las huellas dactilares, pero eso metería a Iverson en un asunto que Karch sospechaba que iba a ponerse turbio. Decidió reservarse la idea como último recurso. Volvió a la mesa y abrió la carpeta que contenía el paquete de información del hotel. Había sobres y papel de carta en uno de los bolsillos. Metió la carta en un sobre y se la guardó en la faltriquera de la chaqueta.

–¿Huellas? –preguntó Grimaldi.

–Puede ser. Voy a probar unas cuantas cosas antes. Cruzaron de nuevo el pasillo para ir a la 2014 y echar un último vistazo mientras discutían las alternativas. Grimaldi decía que a los de Miami no les importaba el correo, y eso dejaba varias opciones abiertas. Podían salir de la habitación y dejar que todo siguiera su curso hasta que la camarera descubriera el cuerpo. O podían llevar un carrito de la lavandería a la habitación, meter dentro el cadáver y bajar por el montacargas hasta el muelle de carga para llevárselo en una furgoneta. Cualquier rastro de la estancia del correo en el hotel podía borrarse del ordenador y las cintas, y el cadáver podía enterrarse en el desierto en cuanto cayera la noche.

–Harán falta cuatro tíos para levantar este saco de mierda –se lamentó Grimaldi.

–Si amplías el círculo de gente al corriente de esto amplías tu exposición –dijo Karch.

–Pero si dejamos que las cosas sigan su curso, tendremos aquí a la Metro y empezarán a hablar del mal agüero del hotel. Ya no recuerdo el último homicidio en un hotel de esta ciudad. Se tirarán encima como se tiró Tyson a por la oreja de Holyfield.

–Eso es cierto, pero quizá sea útil esa presión sobre nuestro hombre. Quizá le fuerce a cometer algún error.

–¿Y qué pasa si los de homicidios de la Metro llegan a él antes que tú?

Karch se limitó a mirar a Grimaldi con expresión de que la idea era absurda.

—Es cosa tuya, Vincent. Estamos perdiendo el tiempo. Quiero ver la cinta y ponerme con esto.

Grimaldi asintió.

—Muy bien, nada de la Metro. Mandaré gente aquí para que se haga cargo de este asunto.

—Buena decisión, Vincent —dijo Karch, pero de un modo que hizo que Grimaldi se preguntara si realmente lo pensaba—. Vamos a ver la cinta.

Ambos salieron de la habitación y dejaron el cadáver en la cama. Grimaldi se aseguró de colgar el cartel de «No molesten» en el pomo.

21

Karch ya había estado en muchas otras ocasiones en el despacho de Grimaldi, en la segunda planta del casino. Mantenía un acuerdo secreto como consultor de seguridad del Cleopatra –sin nóminas, pagos en efectivo–, y en calidad de tal se entrevistaba con Grimaldi en el despacho de este, aunque las tareas que llevaba a cabo normalmente tenían poco que ver con lo que sucedía abajo, en el casino. Karch solía estar implicado en lo que Grimaldi acostumbraba a denominar «cuestiones y problemas de seguridad secundarios». A Karch le gustaba su estatus de trabajador externo. Sabía que nunca sería el tipo de hombre que se siente cómodo con un *blazer* azul con la silueta de la reina de Egipto estampada en el bolsillo del pecho.

El despacho era grande y opulento, con un área de escritorio, una zona de asientos y un bar privado. Se accedía a través del enorme centro de seguridad del casino, donde decenas de técnicos de vídeo se sentaban en filas de cabinas para mirar las pantallas, las cuales mostraban imágenes siempre cambiantes de centenares de cámaras enfocadas a las mesas de juego. La habitación estaba poco iluminada y la temperatura nunca sobrepasaba los dieciocho grados, a fin de cuidar los delicados equipos electrónicos. La mayoría de los técnicos llevaban jersey bajo los inevitables *blazers* azules. En Las Vegas, cuando uno veía a alguien con jersey en verano, sabía que trabajaba en el interior, controlando la pantalla todo el día.

Una pared del despacho de Grimaldi tenía ventanas que daban al centro de seguridad; la otra ofrecía vistas al casino. Y situada justo detrás de Grimaldi estaba la puerta que conducía a la atalaya. Solo se accedía a través de su despacho y este nunca invitó a Karch a admirar desde allí la planta del casino. Este hecho le resultaba molesto a Karch y su frustración se acrecentaba porque creía que Grimaldi lo sabía.

Cuando entraron en el despacho, Karch vio a un hombre sentado tras el escritorio de Grimaldi que trabajaba en la consola de vídeo multiplex de la derecha del escritorio.

–¿Qué has conseguido? –preguntó Grimaldi, mientras cerraba la persiana de la ventana que daba al centro de seguridad.

–Una buena sorpresa, eso es lo que me he llevado –dijo el hombre de detrás del escritorio, sin levantar la mirada de las cuatro pantallas que tenía activas en su consola.

–Cuéntanos.

El uso del plural hizo que el técnico levantara los ojos de las pantallas. Saludó con la cabeza a Karch y volvió a bajar la vista.

–Bueno, parece que a este tipo lo ha desplumado una mujer –dijo.

Grimaldi rodeó el escritorio y miró a las pantallas por encima del hombro del técnico.

–Muéstranos.

Karch permanecía al otro lado del escritorio, pero podía ver las pantallas. Miró, por encima de los otros dos hombres, a la puerta de cristal que conducía a la atalaya. Grimaldi no se molestó en presentarle el técnico a Karch.

Durante los cinco minutos siguientes, el técnico utilizó cintas obtenidas de distintas cámaras cenitales para mostrar de forma intermitente la última noche de Hidalgo en el casino. Lo llamaban «videoseguimiento». Había suficientes cámaras sobre la planta del casino –en cualquier planta de casino de Las Vegas– para no perder de vista a un individuo desde que entraba en la, así llamada, «videogrilla». Los mejores técnicos tenían memorizados los cuadrantes de la grilla y eran capaces de mover los dedos con agilidad sobre el teclado para saltar de una cámara a otra siguiendo a un objetivo.

El técnico de Grimaldi realizó esta operación, con la diferencia de que se trataba de cintas grabadas. Había juntado el videoseguimiento de Hidalgo de la noche anterior. Lo mostró jugando al bacará y al *blackjack;* incluso un par de veces apostó a la ruleta. Sea cual fuere el juego, al parecer su conversación con los compañeros de mesa y los empleados del casino era mínima. Finalmente, cuando el contador de la cinta mostraba que eran las 22.38, vieron que Hidalgo se dirigía al despacho VIP y retiraba el maletín de aluminio de la cámara acorazada. En el escritorio lo esperaba un escolta de seguridad que luego caminó con él hasta los ascensores.

–¿Quién es el escolta? –preguntó Karch.

–Se llama Martin –dijo Grimaldi–. Es supervisor de turno. Lleva aquí un par de años; vino del Nugget. Ha escoltado al gordo toda la semana.

–Tendremos que hablar con él.

–No sé de qué te va a servir, pero no hay ningún problema.

El técnico señaló la nueva pantalla donde continuaba el seguimiento de Hidalgo. Mostraba al gordo y a Martin, con su *blazer* azul, entrando en el ascensor. Hidalgo sacó su llave magnética del bolsillo y Martin la adosó al panel antes de pulsar el botón del ático. Aunque la cinta no tenía audio, quedaba claro que los dos hombres no mantenían conversación alguna.

–Y esta es la última vez que lo vemos –dijo el técnico.

–No hay cámaras en los pasillos, ¿verdad? –dijo Karch.

–No. Lo perdimos en cuanto el ascensor llegó al ático.

–Y ¿qué ocurrió cuando saltó la alarma de incendios más tarde? –preguntó Grimaldi–. ¿Alguna señal de él?

–No –dijo el técnico–. He comprobado todas las cámaras del ascensor y la escalera. No fue evacua...

–Un momento –le interrumpió Karch–. Vuelve atrás, a la cinta del ascensor.

El técnico miró a Grimaldi, y este asintió. Retrocedió la cinta hasta que Karch dijo basta y volvió a reproducirla. Todos miraron en silencio. Quedaba claro que Martin le decía algo a Hidalgo, quien buscaba en el bolsillo y sacaba su llave magnética. Martin la utilizaba entonces para desbloquear el botón del ático.

–Vincent, ¿has dicho que Martin es supervisor de turno?

–Sí.

–¿No tiene llave para ir al ático?

Grimaldi permaneció un momento en silencio mientras procesaba lo que acababa de ver en la cinta y el significado de la pregunta de Karch.

–Hijo de puta. Usó la tarjeta de Hidalgo cuando podría haber usado la suya.

–Porque tal vez no la tenía.

–Porque quizá se dio a... ¿Dónde está esa mujer de la que has hablado?

El técnico pulsó algunos códigos de memoria y la cinta de una de las pantallas se rebobinó hasta un punto prefijado. La pantalla mostraba el salón de bacará. Había una mesa en uso en la que Hidalgo era el único jugador. El técnico avanzó la imagen varios fotogramas por vez con una ruedecita de la consola. Golpeó con el dedo la parte inferior de la pantalla, justo bajo la imagen de una mujer recostada en la barandilla que separaba el salón del resto del casino.

–Ella –dijo.

–¿Qué pasa con ella? –preguntó Grimaldi.

–Trata de disimularlo, pero lo está vigilando.

Continuó moviendo la ruedecita y la imagen avanzó. Los tres hombres contemplaron la pantalla en silencio. Daba la sensación de que la mujer estaba descansando o esperando a alguien. Llevaba una mochila pequeña sobre uno de los hombros y una bolsa de deporte negra en una mano. Parecía que acababa de registrarse y que tal vez esperaba a alguien, quizá a un marido que se había detenido a jugar unas manos de *blackjack* antes de subir a la habitación. Sin embargo, miró al salón dos veces y sus ojos parecieron posarse directamente en Hidalgo. En cada ocasión, su mirada se detuvo un poco más de lo que justificaría una mirada ocasional. A Karch le resultó curioso, pero no le bastaba.

–Es el único tipo que está jugando. ¿A quién más va a mirar?

–Eso es cierto, pero he reconstruido su videoseguimiento.

Expulsó la cinta de la consola e introdujo otra. Grimaldi se acercó más para mirar la pantalla. Karch apoyó las palmas de las manos sobre el escritorio de Grimaldi y se inclinó para ver mejor. La cinta mostraba a la mujer entrando en el casino con la mochila y la bolsa a las ocho de la tarde y dirigiéndose al mostrador VIP, donde le entregaron un sobre.

–Eso tiene que ser la llave –dijo Grimaldi–. ¡La puta llave de Martin!

Karch pensaba lo mismo, pero no dijo nada. También pensaba que los rizos oscuros que enmarcaban el rostro de la mujer –y lo tapaban– tenían que ser de una peluca. Observó mientras ella se acurrucaba contra un teléfono del vestíbulo y probablemente abría el sobre a resguardo de la cámara. Luego se volvía y se encaminaba hacia la planta del casino. Se movía sin dudar, con gran determinación. Las bolsas que cargaba eran aparentemente pesadas, pero las sostenía con firmeza.

Después de detenerse en el salón del bacará, el vídeo la seguía mientras atravesaba el casino y entraba en el ascensor de la torre Euphrates.

–Es muy buena –dijo el técnico–. No miró hacia arriba ni una sola vez. No tenemos nada. Con ese sombrero y ese pelo es como si hubiera caminado bajo un jodido parasol.

Karch sonrió mientras miraba. El técnico tenía razón. Era buena, y después de haber visto lo que había hecho arriba, Karch se descubrió a sí mismo embelesado por la mujer de la pantalla de vídeo. Iba disfrazada, pero en la cinta transmitía la sensación de tener mucha personalidad. Joven, quizá recién entrada en la treintena, con la piel tirante bajo el mentón, y una firme línea de la mandíbula bajo el ala del sombrero. No llevaba pendientes ni otras joyas: ninguna distracción en su camino hacia el objetivo. Karch lamentó no poder verle los ojos, porque sabía que habría algo de información en ellos.

En la pantalla, la mujer del ascensor utilizó la llave magnética del bolsillo trasero para desbloquear el botón del ático.

–Ahí está la llave –dijo Grimaldi.

Karch deseó que se callara y se limitara a mirar, pero no dijo nada.

–Bueno –explicó el técnico mientras tecleaba una nueva orden–. Así que baja del ascensor en la veinte. Pero luego la vemos dos veces más.

–¿Dos veces? –dijo Grimaldi.

–Sí, señor. Primero baja a encontrarse con alguien que no llega a presentarse.

Señaló la pantalla, donde continuaba el seguimiento del vídeo. Los tres hombres observaban en silencio mientras fragmentos de vídeo mostraban a la mujer cruzando el casino hasta el salón, eligiendo una mesa vacía y pidiendo bebidas a una camarera.

El seguimiento saltaba en el tiempo doce minutos y mostraba a la mujer sentada sola, pero con dos bebidas en la mesa.

–¿Qué coño...? –dijo Grimaldi–. Creía que habías dicho que no se presentó nadie.

–Así es –aclaró el técnico–. Pidió las bebidas, pero no vino nadie.

–Dediquémonos a mirar, ¿vale? –propuso Karch, molesto por tanta charla.

En la pantalla, la mujer miraba en torno a sí con indiferencia, como para asegurarse de que nadie se fijaba en ella, y entonces levantaba el vaso que tenía delante. A Karch le pareció Coca-Cola. La mujer se extendió sobre la mesita y entrechocó su vaso con el de cerveza. Karch se acercó a la pantalla y miró sus labios mientras ella obviamente hablaba en voz alta.

–Creo que habéis seguido a la persona equivocada –dijo Grimaldi, alzando la voz a causa de la frustración–. Esta tía está aquí sentada hablando sola. No tenemos tiempo para...

–Espere, señor, mire esto. Ella vuelve a los ascensores y sube a la planta veinte.

Adelantó la cinta.

–Y luego ya no la volvemos a ver hasta las cuatro. Vuelve a bajar, y fíjese en lo que lleva. Sube con dos bolsas y luego baja con dos. Pero algo ha cambiado.

La mujer volvió a aparecer en la planta del casino, moviéndose con rapidez entre el escaso grupo de jugadores empedernidos. Karch vio enseguida que el técnico estaba en lo cierto. Algo había cambiado. Llevaba la correa de la mochila en un hombro, pero una gran bolsa de lona con dos correas había sustituido a la bolsa de deporte. El técnico pulsó una tecla y congeló la imagen. La segunda bolsa contenía un objeto rectangular, cuyas dimensiones se adivinaban con claridad a través de la lona: era el maletín de la víctima.

—Esa zorra se ha llevado mi dinero —dijo Grimaldi con calma.

—¿La seguiste hasta la salida? —preguntó Karch.

El técnico pulsó una tecla para reanudar la reproducción y se limitó a señalar la pantalla. Las cámaras acompañaron a la mujer en su recorrido por el enorme casino hasta el mostrador VIP, donde extrajo un sobre y lo dejó sin hablar con nadie. Luego se encaminó hacia la salida sur. No era la puerta principal. Karch sabía también que no conducía a ningún estacionamiento ni punto de llegada de vehículos, sino hacia la acera que tomaban los peatones para salir a Las Vegas Boulevard.

—No salió por la puerta principal, Vincent —dijo.

Había la suficiente urgencia en el tono para que Grimaldi apartara los ojos de la consola de vídeo. El viejo arqueó las cejas, captando el tono, pero no el significado.

—No aparcó aquí porque no quería que las cámaras grabaran su vehículo —dijo Karch—, así que aparcó en otro lugar y vino caminando.

Karch señaló la pantalla a pesar de que ya no aparecía ninguna imagen.

—La salida sur —dijo—. Iba al Flamingo. Grimaldi asintió, impresionado.

—El as de corazones. ¿Tienes a alguien allí?

Karch asintió.

—No hay problema.

—Entonces, ve.

—Espera un momento, Vincent. ¿Qué pasa con Martin? Deberíamos empezar por él.

—Yo me encargo de él. Tú sigue el dinero, Jack. El dinero es la prioridad y se nos acaba el tiempo.

Karch asintió. Supuso que Grimaldi tenía razón. Pensó en el as de corazones que había encontrado arriba. Sigue el dinero. Sigue la carta del dinero.

—Bueno, ¿a qué estás esperando?

Karch interrumpió sus pensamientos y miró a Grimaldi.

—Ya voy.

Miró por la ventana a la cabina de vigilancia y se dirigió a la salida del despacho. Se detuvo en la puerta.

—Vincent: deberías mandar a alguien arriba a la segunda habitación para comprobar los conductos del aire acondicionado.

—¿Para qué?

—Subió con dos bultos, una mochila y una bolsa de deporte. Bajó con la mochila y el maletín dentro de una bolsa de lona. ¿Dónde está la bolsa de deporte?

Grimaldi se detuvo un momento mientras lo pensaba. Sonrió, impresionado por el hecho de que Karch se hubiera fijado en la bolsa que faltaba.

—Lo haré comprobar. Permanece en contacto. Y recuerda que el reloj corre.

Karch le disparó utilizando su dedo como pistola y salió.

22

Karch abandonó el Cleopatra por la misma ruta que había seguido la mujer del vídeo que acababa de ver. Mientras serpenteaba entre las mesas y rodeaba a los idiotas que se cruzaban perezosamente en su camino, su mente empezó a ocuparse en la mujer del vídeo. Había estado cerca de lograr el golpe perfecto. Una mirada de más y demasiado larga al objetivo desde la barandilla del bacará fue su único error. Sin eso, probablemente todavía estarían rascándose la cabeza. Aun así, no podía menos que admirarla. Ansiaba el momento de encontrarse con ella, y no dudaba que ese momento llegaría. Ella era buena, pero él era mejor. Su cita, sin duda, se produciría.

Empujó con brusquedad a un hombre con bermudas que se había cruzado con suma parsimonia en su camino mientras miraba hacia arriba, a través de los paneles de vidrio del atrio.

–Bueno, bueno... Usted perdone –protestó mientras Karch pasaba.

Karch miró hacia atrás sin frenar su marcha.

–Que te jodan, capullo. Vuelve a perder tu dinero.

–¡Eh! –gritó el hombre tras él.

Karch se detuvo y se volvió hacia el hombre. Este se dio cuenta enseguida de que se estaba metiendo en problemas y empezó a alejarse arrastrando los pies. Karch lo observó hasta que el tipo miró hacia atrás y los ojos de ambos conectaron. Karch sonrió para dar a entender al otro que lo había hecho retroceder como a un niño.

Karch atravesó el vestíbulo del Río Nilo hasta la salida que usó la mujer y pronto estuvo caminando por el Strip hacia el Flamingo, a una manzana de distancia. Al entrar en el venerado y muchas veces renovado y ampliado casino se dio cuenta de que necesitaba efectivo. Se reprochó en silencio no haberle pedido a Grimaldi dinero para gastos y pensó en volver atrás, aunque sabía que el retraso sacaría de sus casillas al director de operaciones. En lugar de eso miró en torno a sí en el Flamingo hasta que encontró un cajero y retiró trescientos dólares, lo máximo que su cuenta le permitía. Por lo general, Don Cannon le cobraba quinientos por un seguimiento, pero tendría que conformarse con trescientos. No creía que Cannon fuese a ponerle pegas. El cajero daba billetes de cien, a diferencia de cualquier otro situado fuera de un casino. De pie, ante la máquina, Karch dobló dos veces los billetes para poder deslizarlos con facilidad y los ocultó en la palma de su mano derecha, que cerró levemente y dejó caer con naturalidad. Pensó en las manos del maestro Miguel Ángel, en la mano derecha del *David* que colgaba sin rigidez a un costado. O en el despreocupado reposo de las manos de la figura que representaba la noche en la tumba de Lorenzo de Médicis. El padre de Karch viajó a Italia en su juventud para estudiar las manos esculpidas por el maestro. Al hijo no le hizo falta: había una réplica a escala real del *David* de Miguel Ángel en la rotonda comercial del Caesar's Palace.

Karch fue a la zona de los teléfonos situada fuera del vestíbulo y eligió un interno. Preguntó por Don Cannon, de seguridad, y la llamada fue transferida a alguien que le preguntó quién era. Esta vez la llamada estuvo en espera más de un minuto, y Karch aprovechó el tiempo para pensar qué iba a decirle. Cannon era supervisor de turno en la sala de pantallas. Karch lo conoció cinco años antes, durante la investigación de un caso de desaparición, y desde entonces cooperaba con él a cambio de dinero. En los doce años que llevaba trabajando en el Strip, Karch había establecido contactos similares en casi todos los casinos. Todo era legal, salvo su relación con Vincent Grimaldi. Y en esta ocasión, de un modo u otro, veía la forma de librarse de las garras de Grimaldi.

–¡Jack Karch! –espetó una voz al otro lado de la línea.

–¿Don? ¿Cómo te va?

–No gasto pólvora en salvas. ¿Qué puedo hacer por ti?

–Estoy trabajando en un caso y tus cámaras podrían ayudarme.

–Necesitas un poco de magia electrónica, ¿eh? ¿Cuál es el caso?

–Típico. Una puta ha desplumado a un tipo en el DI. Me ha llamado a mí porque quiere mantenerlo en secreto, ya sabes. Sin policía, ni registros. El caso es que la furcia se ha llevado algunas joyas (un reloj y un anillo) que tienen valor sentimental. Ya sabes, están grabados y esas cosas. No puede reemplazarlos fácilmente y si vuelve a Memphis mañana sin ellos lo va a pasar mal dándole explicaciones a la mujer.

–Me hago una idea. ¿Qué tiene que ver con el Flamingo?

–Creo que ella aparcó en tu garaje, en el que da a Koval. Mi hombre la conoció en la barra del Bugsy ayer por la noche, luego fueron en taxi al DI. Ella le robó en cuanto él se durmió. Le he seguido la pista en el Desert Inn Casino hasta la acera y creo que vino hacia aquí. Esto fue a las cuatro de la mañana.

–¿Has dicho aquí? ¿Estás aquí ahora?

–Abajo.

–¿Por qué no lo has dicho? Sube.

Colgó antes de que Karch pudiera decir algo más. Karch caminó hasta los ascensores y subió hasta la segunda planta. En el trayecto sacó un pañuelo del bolsillo trasero, lo hizo una bola y se lo metió en el bolsillo del pecho de la americana. Lo empujó para que no se viese, pero todavía servía para mantener el bolsillo abierto un par de centímetros. Entonces buscó cambio en el bolsillo y sacó una moneda de veinticinco centavos y una de diez. Ambas habían sido acuñadas recientemente y eran muy brillantes. Se agachó y se guardó una moneda en cada zapato. Agitó primero una pierna y después la otra para que las monedas quedaran bajo el arco del pie. Esperaba que Cannon no estuviese observándolo mediante una de sus cámaras.

Al salir del ascensor se dirigió a su izquierda, y al llegar a la entrada al complejo de seguridad pulsó el timbre situado junto a la puerta de acero. Había un intercomunicador montado en la pared, encima del timbre, pero permaneció en silencio. Al cabo de cinco segundos oyó un zumbido y abrió la puerta.

Don Cannon era un hombre grande y fornido, con el pelo negro, barba poblada y gafas. Daba la impresión de que lo habían contratado por su envergadura y lo que podía hacer en la planta del casino en caso de necesidad. Con el paso de los años Cannon fue ascendido al trabajo interior, y ya solo veía el casino en los monitores de vídeo que él y sus subordinados manejaban en la denominada sala de pantallas. Estaba esperando a Karch en una pequeña antesala situada al otro lado de la puerta. Ambos hombres se estrecharon la mano y los billetes de cien cambiaron de dueño imperceptiblemente. Como la mayoría de los hoteles del Strip, el Flamingo tenía la política de no aceptar propinas para la empresa ni el personal por proporcionar ayuda en la investigación de delitos. No obstante, Karch conocía el valor de una propina y cómo le ayudaría a que la puerta de acero se abriera la próxima vez que acudiese a llamar al timbre.

–Hoy estoy a dos velas –dijo Karch en voz baja–. Tendré que venir después a pagarte, si te parece bien.

–No hay problema. He cargado el archivo de las cuatro en punto mientras tú subías. Acompáñame.

Karch siguió a Cannon. Este se guardó el dinero en el bolsillo de camino a la sala de pantallas, que no era muy distinta de la del Cleo. Los técnicos de vídeo se sentaban ante filas de consolas de doce pantallas, y sus ojos vagaban sin pausa de una a otra, utilizando teclados y *joysticks* para elegir y manipular los ángulos de las cámaras y las ampliaciones. Lo observaban todo, pero en particular el dinero. Al final todo era cuestión de dinero.

Cannon subió a una tarima situada al fondo de la sala, donde se había instalado una solitaria consola para que el supervisor de turno pudiera controlar las cámaras y a los técnicos de vídeo al mismo tiempo.

–Has dicho que venía del DI, ¿verdad? ¿Vino caminando?

Cannon se sentó en una silla con ruedas y luego la acercó a la consola. Karch se quedó de pie tras él.

–Eso parece, poco después de las cuatro.

–Es un buen paseo. Muy bien, veamos. Empezaremos por la entrada norte.

Sus dedos empezaron a sacudir el teclado mientras introducía las órdenes de búsqueda. Continuó hablando.

–Nos hemos pasado a digital desde la última vez que viniste. ¡Es increíble!

–Genial.

Karch no entendía qué significaba pasarse a digital, pero no le importaba lo más mínimo.

–Veamos... aquí está la puerta desde las cuatro. Lo pondré a doble velocidad hasta que veas algo.

Señaló la gran pantalla maestra situada justo frente a él en la consola. Estaba dividida en una cuadrícula con veinticuatro ángulos de cámara diferentes. Al mover el *joystick,* un puntero cruzó la pantalla hasta uno de los cuadraditos. Cannon pulsó la tecla de retorno y la imagen del cuadradito ocupó toda la pantalla. La cámara estaba situada arriba y en ángulo hacia las puertas de apertura automática. La cinta avanzaba con rapidez: los coches que se veían en la distancia pasaban a toda velocidad y la gente que transitaba por la acera daba la impresión de moverse a un trote ligero. Karch miraba con atención a la pantalla y las figuras de quienes ocasionalmente entraban y salían.

–¡Ahí! –dijo al cabo de casi tres minutos–. Creo que era ella. Retrocede.

–Muy bien.

Cannon movió la imagen digital hasta que la figura que había pasado tan rápido reapareció caminando hacia atrás, hacia la puerta.

–Ahí.

La imagen fue congelada y luego reproducida a cámara lenta. Las puertas se abrieron automáticamente y la mujer que Karch había visto en las cintas del Cleo entró cargada con la mochila y la bolsa de lona que contenía el maletín.

–Es ella.

–No tiene mal aspecto para ser una puta. Demasiado pelo, eso sí. Me pregunto cuánto cobra.

–Cinco billetes como mínimo, me ha dicho mi cliente. Cannon silbó.

–Eso sí que es un robo. No me importa qué aspecto tenga una mujer; ningún culo vale cinco billetes.

Karch rio diligentemente.

–¿También se llevó el equipaje del tío?

–Sí. Pero eso a él le importa poco. Solo quiere el reloj y el anillo.

190

–No sé, lleva esa bolsa como si llevara una caja fuerte metida dentro.

Karch empezó a sudar. Pensaba que Cannon le mostraría el vídeo sin hacer demasiadas interpretaciones.

–Bueno, a ver adónde va –dijo, con la esperanza de que Cannon dejase de analizar lo que veía y se limitase a manejar el equipo.

Al parecer, funcionó. Cannon se sumió en el silencio y siguió a la mujer a través de la cuadrícula de ángulos de cámara, hasta que abandonó el edificio del casino por la entrada de atrás y se metió en el garaje de ocho plantas que ocupaba la parte posterior del complejo, en Koval Road.

–Debe de llevar peluca, pero, aun así, me parece que es nueva –señaló Cannon tras cinco minutos de silencio–. Si quieres podemos buscarla en nuestra carpeta de putas.

–¿Carpeta de putas?

–La llamamos así. Tenemos a la mayoría de las chicas que trabajan en la ciudad en un archivo informático. Quizá podrías averiguar el nombre si reconocemos la foto. El problema es que no ha levantado la cabeza ni una sola vez. De momento no tenemos ninguna imagen clara de ella.

«Ni la tendrás», pensó Karch, pero dijo:

–Bueno, veamos lo que hace y ya nos preocuparemos de eso después.

En el garaje, la mujer cogió el ascensor hasta la octava planta. Luego caminó hasta una furgoneta azul sin inscripciones que estaba aparcada en la esquina más alejada del ascensor. A esa hora de la noche, las plantas superiores del garaje estaban casi vacías. No había ningún otro vehículo a menos de veinte espacios de la furgoneta.

–No lleva matrícula –dijo Cannon–. Parece que la chica toma precauciones. ¿Estás seguro de que es una puta, Jack? Ya te he dicho que no me suena. Además, la mayoría de las chicas tienen chófer. Sobre todo las de quinientos la hora.

Karch no contestó. Miraba fijamente la pantalla. La mujer abrió la puerta del conductor con una llave, cargó las bolsas y subió al vehículo. Las luces se encendieron cuando arrancó el motor. Antes de ponerlo en marcha, la mujer se estiró hacia atrás y golpeó en la partición entre la cabina y la zona de carga. Karch observó que sus labios se movían. Obviamente había alguien en la parte de atrás.

—Don, vuelve a pasar eso, ¿quieres?

—Claro.

Cannon retrocedió la imagen digital y mostró a la mujer golpeando una vez más la partición. Congeló la imagen y tecleó algunas órdenes en un esfuerzo por mejorar la calidad. Entonces cambió al ratón de bola y reprodujo la escena grabada a cámara lenta.

—Dice algo —comentó Cannon—. No sé…, algo así como «¿Cómo estás?». O «¿Cómo vas?».

—«¿Cómo vas ahí atrás?» —dijo Karch.

—Joder, Jack. Creo que tienes razón. Muy bien, tío. Cuando quieras te contratamos aquí.

—En una semana me volvería loco. ¿Puedes conseguir una imagen de la parte de atrás de la furgoneta?

—En cuanto salga.

Cannon volvió a la parrilla, que esta vez solo mostraba las cámaras del garaje, y siguió a la furgoneta en su descenso hasta la salida a Koval. Al pasar por la salida, la parte de atrás del vehículo fue grabada por una cámara a nivel de suelo enfocada a la altura media de las placas de matrícula.

La placa de atrás también faltaba.

—¡Maldición! —soltó Karch, sorprendido de su propia reacción.

—Espera un segundo —dijo Cannon.

Retrocedió la grabación y la reprodujo a cámara lenta. Luego congeló la imagen y la amplió. Karch miró al hombre y luego a la pantalla y por fin entendió qué se proponía. Las placas de matrícula no estaban, pero en la parte izquierda del parachoques llevaba el adhesivo de un *parking*. Cannon se movió con habilidad y amplió la imagen. Las letras y los números se veían con aceptable calidad. Karch leyó el año en el adhesivo y trataba de discernir las letras cuando Cannon silbó.

–¿Qué pasa?

–Me parece que pone HLS.

–A mí también. ¿Qué es eso?

–Hooten's Lighting & Supplies. Es su logo. Ya sabes, la empresa que fabrica todo esto. –Movió las manos por encima de la consola.

–Vaya, vaya.

Karch no supo qué más decir. El hallazgo iba a dejar la tapadera que había inventado para Cannon en evidencia. Por primera vez se dio cuenta del frío que hacía en la sala de pantallas. Cruzó los brazos ante el pecho.

–No lo entiendo –dijo Cannon–. Una puta que conduce ella misma una furgoneta de Hooten's. ¿Estás seguro de que tu cliente te ha contado la verdad?

Levantó la mirada hacia Karch, quien decidió que tenía que zafarse de la situación.

–No. Pero es lo que voy a averiguar antes de seguir con esto. Si el tío me está engañando, lo dejo. Gracias por tu ayuda, Don. Será mejor que vuelva al DI para hablar con ese tipo.

–Sí, me huele a chamusquina. ¿Quieres buscar en la carpeta de las putas de todos modos? Tenemos algunas preciosas.

Karch frunció el ceño y negó con la cabeza.

–No, quizá después. Déjame hablar primero con ese tipo y aclarar las cosas. Ah, y luego paso con lo que te debo por el seguimiento.

Karch señaló la consola con la cabeza.

—Olvídalo. De todos modos, parece que te he abierto más incógnitas de las que te he cerrado. Lo único que te pido es algún juego de manos. ¿Tienes algo que mostrarme?

Karch empezó su actuación simulando que la petición de Cannon lo había pillado con la guardia baja.

—Bueno... —Se dio unas palmaditas en los bolsillos en busca de monedas.

—¿Tienes algo de cambio? ¿Una de veinticinco o algo así?

Cannon se recostó en su silla para introducir la mano en el bolsillo y la sacó llena de monedas. Karch se subió las mangas de la americana y eligió una moneda de veinticinco brillante, que cogió de la palma de Cannon con su derecha. Entonces realizó una variación del clásico torniquete o caída francesa, con un lanzamiento de desaparición añadido copiado de J. B. Bobo. Era un truco de prestidigitación que llevaba practicando desde que tenía doce años, y que por tanto podía hacer incluso dormido. Lo realizó con gran fluidez de movimientos y con la facilidad que proporciona la práctica.

Con la palma de la mano derecha hacia arriba y a la altura del pecho, sostuvo la moneda por el borde entre el pulgar y el índice, inclinándola ligeramente para que Cannon viera la cara. Entonces puso la mano izquierda sobre la moneda como si fuera a llevársela. Mientras acercaba la mano a la moneda, dejó caer esta a la palma de la mano derecha, completando el falso cambio de mano.

Karch cerró el puño izquierdo y lo extendió hacia Cannon. Empezó a manipular los músculos y a apretar el puño como si estuviese reduciendo a polvo la moneda que supuestamente contenía. Al mismo tiempo realizó un movimiento circular con la derecha sobre el puño cerrado sin apartar la vista de la mano izquierda en ningún momento.

—En polvo se convierte, y nadie conoce su suerte.

Amplió cada vez más el círculo que describía con su mano derecha hasta que de repente chasqueó los dedos y abrió ambas manos con las palmas hacia Cannon. La moneda había desaparecido. Los ojos de Cannon se movieron con rapidez de una mano a otra hasta que una amplia sonrisa asomó a su rostro. Era la reacción habitual. El truco se basaba en un doble engaño. El escéptico cree que la moneda nunca abandona la mano derecha, pero queda desconcertado cuando no aparece en ninguna de las dos.

—¡Fantástico! —exclamó Cannon—. ¿Dónde ha ido a parar?

Karch negó con la cabeza.

—Ese es el problema con este truco, uno nunca sabe dónde va a aparecer. Esa parte no la aprendí. Supongo que puedes añadir los veinticinco centavos a mi deuda.

Cannon rio de buena gana.

—Eres bueno, Jack. ¿Quién te lo enseñó, tu padre?

—Sí.

—¿Aún vive?

—No, murió. Hace mucho.

—Y trabajaba en el Strip, ¿verdad?

—Sí, donde podía. En los sesenta. Una semana actuó antes que Joey Bishop, que actuó antes que Sinatra en el Sands. Tengo fotos de los tres.

—Genial. El Rat Pack. Buenos tiempos, ¿eh?

—Sí, hubo momentos buenos.

Karch recordó a su padre volviendo del hospital después del incidente en el Circus Circus. Llevaba las dos manos vendadas y tenía la mirada perdida en algún punto del lejano horizonte.

Karch se dio cuenta de que había perdido la sonrisa y miró a Cannon.

—Bueno, será mejor que me ponga en marcha. Gracias por tu ayuda, Don.

195

Le tendió la mano y Cannon se la estrechó.

—Ya sabes dónde estoy, Jack.

—Encontraré la salida.

Se volvió hacia la escalera y empezó a caminar, pero de pronto se detuvo y se apoyó en la barandilla.

—¿Qué...?

Levantó el pie izquierdo y se quitó el zapato. Sin si quiera volverse hacia Cannon, pero seguro de que él lo observaba, miró en su zapato y lo agitó. Algo sonó en su interior y puso el zapato boca abajo. La moneda de veinticinco centavos que antes había colocado allí le cayó en la mano. Miró a Cannon y se la mostró. El hombretón golpeó la consola con el puño y empezó a sonreír y a sacudir la cabeza.

—La muy maldita. Ya te lo he dicho —explicó Karch—. Nunca sabes dónde puede ir a parar.

Le lanzó la moneda a Cannon, y este la atrapó.

—Esta me la guardo, Jack. ¡Es magia!

Karch saludó y se encaminó a la escalera. Esperó hasta que estuvo fuera del Flamingo y lejos de las cámaras de Cannon antes de meter la mano en el bolsillo del pecho de la americana y sacar el pañuelo y la moneda de veinticinco centavos que había dejado caer mientras movía la mano durante el truco.

Cuando tuviera ocasión de sentarse ya sacaría la moneda de diez centavos del otro zapato.

23

Noventa minutos más tarde, Karch estaba de pie ante el aparcamiento de empleados del Hooten's Lighting & Supplies, con un teléfono móvil en la mano. La furgoneta azul que había sido grabada saliendo del garaje del Flamingo seis horas antes se encontraba aparcada al otro lado de la valla, con la diferencia de que en esta ocasión lucía una placa de matrícula en el parachoques trasero. Karch paseaba ansioso mientras esperaba que le contestaran una llamada. Empezaba a sentir el cosquilleo de la adrenalina en la nuca. Se estaba acercando. Al dinero y a la mujer. Bajó la cabeza, y eso pareció incrementar la emoción que le subía por la columna hasta el cerebro.

El teléfono sonó y de inmediato pulsó el botón con el pulgar.

—Karch.

—Soy Ivy. Lo tengo.

Su interlocutor era un detective de la Metro llamado Iverson, el cual comprobaba números de matrícula para Karch a cambio de cincuenta dólares el nombre. Hacía otras cosas por otros precios, utilizando el poder de su placa para generar ingresos extra. Karch se mostraba cauto con sus peticiones, incluso en los trabajos legales. Con el paso de los años había aprendido a tratar a los polis de la Metro –y a Iverson en concreto– con la misma precaución y distancia que utilizaba con las prostitutas, prestamistas y estafadores de casino con los que trataba asiduamente en sus casos.

Karch ladeó la cabeza y sostuvo el teléfono entre la mejilla y el hombro mientras sacaba el bloc y el boli.

–Muy bien, ¿qué tenemos?

–La matrícula corresponde a Jerome Zander Paltz, cuarenta y siete años. La dirección es tres doce Mission Street. Eso está en North Las Vegas. Lo he buscado en el ordenador de la NCIC, pero no ha salido nada. Lo he hecho gratis, por cierto.

Karch había dejado de escribir después de oír el apellido. Conocía a Jerome Paltz. O al menos estaba casi seguro de ello. Conocía a un Jersey Paltz que trabajaba detrás del mostrador en Hooten's. Siempre había tomado el nombre de Jersey como el lugar del que procedía Paltz, pero al parecer era un juego de palabras entre su primer y segundo nombres.

–¿Estás ahí, jefe?

Karch salió de su divagación en torno a Jersey Paltz.

–Sí. Gracias, Ivy. Esto me aclara las cosas.

–¿De verdad? ¿Qué cosas?

–Oh, es de un asunto en el que estoy trabajando. Una vigilancia de una construcción. El Venetian. La furgoneta se ha presentado varias veces por allí y he empezado a sospechar. Pero Paltz está en la lista de proveedores. Trabaja para Hooten's y están poniendo las cámaras. Así que lo tacho.

–¿Qué problema tienen, un robo?

–Sí, sobre todo de material de construcción. La furgoneta de este Paltz no está pintada, así que pensé que debía investigarlo.

–De vuelta a la casilla uno, ¿eh? Investigando un robo de carretillas.

Karch supuso que Iverson sonreía al otro lado de la línea.

–Eso es. Pero gracias, tío. Esto me ahorrará bastante tiempo.

–Nos vemos.

Karch cerró el móvil y miró a través de la valla a la furgoneta azul, mientras trataba de pensar cuál sería su próximo movimiento.

Que la pista condujera a Paltz daba un giro inesperado a las cosas.

Finalmente abrió de nuevo el móvil, llamó a información y obtuvo el número de Hooten's Lighting & Supplies. Llamó y preguntó por Jersey Paltz, que contestó al cabo de medio minuto.

–¿Jerome Paltz?

Se produjo una pausa.

–Sí, ¿quién...?

–¿Jersey Paltz?

–¿Quién es?

–Soy Jack Karch.

–Ah. ¿Qué es eso de Jerome? Nunca me...

–Es tu nombre, ¿no? Jerome Zander Paltz. De ahí viene lo de Jersey, ¿verdad?

–Bueno, sí, pero nadie...

–Necesito que salgas. Ahora mismo.

–¿De qué estás hablando?

–Te digo que salgas ahora mismo. Estoy esperándote. Sal al *parking* de empleados. He aparcado justo enfrente de tu furgoneta, al otro lado de la valla.

–Dime qué pasa. No voy a...

–Te lo diré cuando estés aquí. Sal ahora mismo. Puede que todavía pueda ayudarte, pero tienes que colaborar y salir ya.

Karch cerró el teléfono antes de que Paltz tuviera tiempo de responder. Entonces se acercó a su coche y se metió dentro. Era un Lincoln negro, un Towncar modelo antiguo, de los que tenían un amplio maletero. Los vidrios estaban tintados de un negro impenetrable. El coche le gustaba, pero el depósito se vaciaba demasiado deprisa y a menudo lo confundían con un chófer de limusina. Ajustó el retrovisor de tal modo que, encogido en el asiento del conductor, podía mantener la vista en la entrada del estacionamiento, cincuenta metros a sus espaldas. Abrió la americana y sacó la Sig Sauer de nueve milímetros de la pistolera. Luego metió la mano en los muelles del asiento y palpó hasta que cerró el puño en torno a un silenciador que había sujetado allí con cinta aislante. Lo soltó, lo acopló al cañón de la Sig Sauer y dejó el arma a su lado, entre su asiento y la puerta.

Después de una espera de cinco minutos, Jersey Paltz entró en el campo visual del retrovisor y empezó a acercarse al Lincoln. Iba fumando un cigarrillo y caminaba con paso firme y aspecto enfadado. Karch sonrió. Iba a pasar un buen rato.

Paltz se sentó en el asiento del pasajero. Tenía mala cara y aliento a *bagel* de cebolla.

—Será mejor que valga la pena, joder. No tengo tiempo.

Karch lo miró y esperó a que Jersey estableciera contacto visual antes de responder.

—Eso espero.

Fue todo lo que dijo. Paltz esperó unos segundos y estalló.

—Bueno, ¿qué coño quieres?

—No lo sé. ¿Qué quieres tú? ¿Por qué me has llamado?

—¿De qué estás hablando? Acabas de llamarme y...

Karch soltó una carcajada que provocó que Paltz se callara, desconcertado. Hizo girar la llave de contacto y arrancó.

Rápidamente puso la marcha y miró por encima del hombro izquierdo para salir a la calzada. Oyó que las puertas se cerraban automáticamente.

–Espera un segundo, joder –protestó Paltz–. No tengo tiempo, tío. No vamos a...

Trató de abrir la puerta, pero el cierre automático lo evitó. Mientras buscaba un botón para desactivarlo, Karch aceleró y se metió en la calzada.

–Cálmate, no puedes abrirlo mientras el coche está en marcha. Es una medida de seguridad. Estaba pensando que Ted Bundy debería haber conducido un Lincoln.

–¡Maldita sea! –se quejó Paltz, levantando las manos–. ¿Adónde vamos?

–Tenemos un problema, Jerome –dijo Karch con calma.

Dobló hacia el oeste en Tropicana. Podía ver las cimas de las montañas que se alzaban sobre los edificios.

–¿De qué estás hablando? No tenemos ningún problema. No he hablado contigo desde hace un año y no me vuelvas a llamar así.

–Jerome Zander Paltz... Jerry Z... JerZee. ¿Qué nombre prefieres en la piedra?

–¿Qué piedra? Acabas de...

–La lápida que pondrán en tu jodida tumba.

Paltz se calló por fin. Karch lo miró y asintió con la cabeza.

–La has cagado bien. Vieron tu furgoneta anoche. La tienen grabada en vídeo.

Paltz empezó a sacudir la cabeza como si tratase de despertarse de una pesadilla.

–No sé de qué me hablas. ¿Adónde vamos?

–A un lugar tranquilo donde podamos hablar.

–No vamos a hablar de nada, tío. Tú eres quien está hablando y yo no sé qué estás diciendo.

–Vale, entonces hablaremos cuando lleguemos.

Al cabo de diez minutos habían pasado la maraña de locales industriales y las construcciones urbanas empezaron a espaciarse a medida que se aproximaban al desierto. Karch miró a Paltz y advirtió que el hombre comenzaba a calibrar la gravedad de su situación. Solía ocurrir cuando se acercaba el desierto. Karch se puso la Sig Sauer en el regazo, con el cañón orientado al torso de Paltz.

–Ah, mierda –dijo Paltz al ver la pistola y comprender bien su situación–. Esa zorra.

Karch sonrió de oreja a oreja.

–¿Quién es ella?

–Se llama Cassie Black –dijo Paltz sin vacilar–. Que se joda, no pienso protegerla.

Karch entrecerró los ojos mientras trataba de pensar. El nombre de Cassie Black le resultaba vagamente familiar, pero no lograba situarlo.

–Estaba con Max Freeling hace seis años.

Karch clavó su mirada en Paltz.

–No miento. ¿No te acuerdas?

Karch negó con la cabeza. Eso no tenía sentido.

–Ella era una informadora, una vigilante, no la que entraba.

–Bueno, supongo que Max le enseñó un par de cosas.

–Pero la trincaron. Fue a High Desert por matarlo.

–Homicidio sin premeditación, Karch. Ya ha salido. Dijo que vivía en California, en Los Ángeles.

Karch pensó en lo que estaba escuchando. Miró el reloj. Habían pasado tres horas desde que se encontró con Grimaldi en la suite 2014 y ya tenía el nombre y la historia. Hizo rodar los hombros y saboreó la creciente excitación, pero pronto se concentró en la persona y el problema que tenía entre manos.

–¿Sabes, Jerome?, creía que habíamos hecho un trato. Pensaba que cada vez que te cruzaras con algo que tuviera que ver con el Cleo ibas a venir a verme con las cartas boca arriba. Y, verás, compruebo los mensajes dos o tres veces al día si no estoy en mi oficina. Y tiene gracia porque no he recibido ninguna llamada tuya esta semana ni la pasada ni nunca que yo recuerde.

–Oye, tío... no sabía que iba a ser en el Cleo y no pude llamarte de todos modos. Porque estaba retenido.

–¿Retenido? ¿Cómo que retenido?

–Me ató en la parte de atrás de la furgoneta.

Paltz se pasó los diez minutos siguientes contándole ansiosamente a Karch su versión de lo ocurrido la noche anterior. Karch escuchó en silencio y tomó mentalmente nota de las incongruencias y conflictos del relato.

–No pude llamarte –dijo Paltz a modo de resumen–. Lo habría hecho, y pensaba hacerlo, pero me tuvo toda la noche en la parte de atrás de la furgoneta. Mira esto, tío.

Se volvió y se inclinó sobre el asiento. Karch alzó la pistola y Paltz levantó las manos en ademán de rendición. Entonces señaló las comisuras de los labios, donde tenía dos heridas simétricas que parecían recientes y dolorosas.

–Esto es de la puta mordaza que me puso. Te digo la verdad, tío.

–Siéntate.

Paltz retrocedió hasta su sitio y avanzaron en silencio mientras Karch meditaba sobre el relato de Paltz.

–No me lo estás contando todo. ¿Ella sabía que fuiste tú quien me vino con el cuento la última vez?

–No. No lo sabía nadie excepto tú.

Karch asintió. Nunca se había celebrado juicio, así que él nunca tuvo que contar la historia en público. Solo a los policías, y uno de los que dirigían la investigación era Iverson.

–¿Con quién trabajaba esta vez?

–Iba por libre. Se presentó ayer en la tienda. No vi a nadie más.

Aun así, el relato de Paltz no terminaba de encajar.

–No me lo estás contando todo. Le hiciste algo. ¿Trataste de robarle?

Paltz no dijo nada y Karch lo tomó como respuesta afirmativa.

–Sí. Viste que iba sola y trataste de quitárselo todo, pero ella estaba preparada y pudo contigo. Y por eso no te dejó irte hasta que terminó el trabajo.

–Muy bien. Sí, lo hice. ¿Y qué?

Karch no contestó. Estaban bien lejos de la ciudad. A Karch le gustaba el lugar, en especial en primavera, antes de que el calor apretara demasiado.

–¿Qué estaba haciendo en Los Ángeles? –preguntó.

–No me lo dijo y tampoco se lo pregunté. ¿Adónde vamos? Te he dicho todo lo que sé.

Karch no respondió.

–Mira, Karch, sé lo que estás haciendo. Crees que he salido sin decirle a nadie a quién iba a ver en el aparcamiento.

Karch lo miró, con expresión de desconcierto.

–Sí, Jersey, eso es exactamente lo que creo que has hecho.

¿A quién quería engañar? Karch sabía que la relación que Paltz y él habían mantenido a lo largo de los años dictaba que este le dijese a su compañero del mostrador que iba a salir a fumar un cigarrillo, y nada más.

El Lincoln dobló a la izquierda por una carretera sin señalizar, pero él sabía que en los planos del condado se llamaba Saddle Ranch Road. Formaba parte de una parcelación delimitada hacía ya tres décadas. Habían abierto algunas carreteras, pero el proyecto se malogró y nunca llegó a construirse vivienda alguna. A la ciudad, pese a su crecimiento desenfrenado, todavía le faltaba una década o más para llegar hasta allí. Entonces construirían casas, pero Karch esperaba no estar cerca cuando lo hicieran.

Detuvo el coche frente a una vieja oficina de ventas abandonada. Las ventanas y la puerta habían desaparecido mucho tiempo atrás. Los agujeros de bala y las pintadas marcaban todas y cada una de las paredes interiores y exteriores, y el suelo de la construcción estaba cubierto de cristales rotos y latas de cerveza. El sol de la mañana iluminaba una telaraña que colgaba de la puerta abierta. Karch miró más allá de la estructura, a la yuca que crecía una decena de metros más atrás. La había plantado él mismo muchos años antes solo para señalizar un lugar y nunca dejaba de sorprenderse al ver que crecía con tanta exuberancia en medio de un paraje tan desolador.

Paró el motor y miró a Paltz, cuyo rostro parecía haberse vaciado de sangre.

—Oye, tío, ya te he contado todo lo que sé de esa zorra y de lo que pasó. No hay necesidad de...

—Sal.

—¿Aquí?

—Sí, vamos.

Mantenía la Sig Sauer levantada a modo de recordatorio. Paltz trató de abrir la puerta. Karch observó divertido cómo las manos de su pasajero buscaban desesperadamente el seguro hasta que por fin lo encontró y abrió la puerta. Salió del coche y Karch lo siguió desde su lado.

Karch rodeó el Lincoln por delante y se acercó a Paltz con la pistola a un costado.

—¿Qué vas a hacer? —preguntó Paltz, mientras levantaba las manos en ademán de rendición.

Karch no hizo caso de la pregunta y oteó los alrededores.

–Este lugar... Hace muchos años que vengo, desde que era niño. Mi padre solía traernos aquí por la noche para que viésemos las estrellas. En invierno nos sentábamos en el capó del Dodge y el motor nos mantenía en calor.

Se volvió y miró atrás en dirección a la ciudad.

–Por la noche mi padre miraba hacia el Strip y distinguía los casinos solo por el color y el brillo de los neones. El Sands, el DI, el Stardust... Entonces me encantaba este sitio. Ahora es solo... Es una puta mierda: parques de atracciones y basura. Ya no hay clase. El grupito de la nariz torcida controlaba la ciudad entonces, pero tenía clase. Ahora es solo... –No terminó la frase. Miró a Paltz como si reparase en su presencia por primera vez–. ¿Cuánto te pagó?

–Nada.

Karch empezó a avanzar hacia él y Paltz escupió una nueva respuesta.

–Ocho mil. Nada más. Por el equipo. No tenía parte de nada, solo me dio los ocho mil y me dejó ir.

A Karch le resultó extraño que Cassie Black hubiera dejado marchar a Paltz –y que incluso le hubiera pagado– después de que matara a Hidalgo. Era un conflicto de modelo de conducta en el que tendría que pensar. En la habitación de hotel había ocurrido algo, y probablemente solo había una persona que podía contarle la verdad.

–¿Dónde están los ocho mil?

–En una caja fuerte. En mi casa. Vamos, te lo enseñaré. Te daré el dinero.

Karch sonrió sin un ápice de humor.

–¿Te habló del trabajo cuando te dejó ir?

–No me dijo ni una palabra, solo me soltó y bajó de la furgoneta. Encontré los ocho mil en el asiento de delante, junto con las llaves.

–¿Y el maletín?

–¿Qué maletín?

Karch hizo una pausa y decidió dejarlo estar. No creía que Cassie Black hubiese compartido su conocimiento del maletín con Paltz. Probablemente reconociera la trampa electrónica y no lo abriera en ese momento.

Karch concluyó que ya no iba a sacarle nada más a Paltz, salvo quizá los ocho mil que tenía en su casa.

–Ven aquí –dijo, señalando al capó del Lincoln–. Pon la cartera y las llaves en el capó.

Paltz obedeció, de pie, frente al coche, mientras Karch se hallaba junto al guardabarros izquierdo.

–Le habéis robado a la gente equivocada. Y ella disparó al hombre equivocado.

Paltz se quedó boquiabierto, pero no tardó en recuperarse.

–No sé de qué coño... Yo no he robado nada. Yo...

–La ayudaste, y eso te convierte en culpable. ¿Lo entiendes?

Paltz cerró los ojos y cuando habló su voz sonó como un lamento desesperado.

–Lo siento mucho. No lo sabía. Por favor, tienes que creerme.

Karch miró a la zona de matorrales que se extendía tras él. Su vista se fijo en la yuca y luego continuó su vagar. El desierto era realmente hermoso en su desolación.

–¿Sabes por qué he venido aquí?

–Sí.

Karch casi se rio.

–No, me refiero a este sitio. Precisamente aquí.

–No.

–Porque hace treinta años, cuando trazaron los planos de este lugar y empezaron a vender parcelas a los infelices tenían todo el terreno nivelado como si todo estuviera a punto, como si fueran a empezar a construirte la casa en cuanto les dieras el dinero. Formaba parte de la estafa y funcionó francamente bien.

Paltz asintió como si el relato le resultase interesante.

–Mi padre compró una parcela...

–Por eso has venido, ¿eh?

El tono de conversación de Paltz era forzado y desesperado. Karch no hizo caso del comentario.

–Treinta años es mucho tiempo. El suelo vuelve a estar muy duro, pero si vas a cualquier otro sitio y empiezas a cavar, sacas un palmo de arena, pero luego es como cavar en roca sólida. La gente cree que es como hacer un hoyo en la playa. Pero no tienen ni idea. La tierra que hay debajo de la arena de la superficie no se ha tocado en millones de años. La puta pala rebota. –Miró a Paltz–. Por eso me gusta esto. No me interpretes mal, sigue siendo un trabajo duro, pero tienes un metro de tierra que puedes sacar. Y tú no necesitas más.

Karch le ofreció una sonrisa cómplice. Paltz echó a correr de repente, tal y como Karch esperaba. Corrió tras la oficina de ventas y luego pasó tras la yuca, tratando de utilizarla como escudo. Eso tampoco era nuevo para Karch. Se apartó del Lincoln y caminó con calma hacia la izquierda de la oficina para conseguir un mejor ángulo. Mientras avanzaba quitó el silenciador de la Sig Sauer, porque ya no iba a necesitarlo y podía afectar su precisión. En la galería de tiro practicaba con la pistola sin silenciador.

Paltz estaba a unos treinta metros, moviéndose de derecha a izquierda y levantando nubecitas de polvo con los pies mientras se alejaba en un desesperado zigzag. Karch se metió el silenciador en el bolsillo de la americana y se detuvo. Separó los pies, alzó el arma y la sostuvo con las dos manos mientras seguía el movimiento de Paltz. Apuntó cuidadosamente y disparó una sola vez. Bajó el arma, observó que los brazos de Paltz se levantaban como aspas de molino y el hombre caía de bruces al suelo. Karch sabía que le había dado en la espalda, quizá incluso en la columna. Esperó a ver si se movía y al cabo de unos instantes comprobó que Paltz pateaba la arena y rodaba. Pero estaba claro que no iba a levantarse.

Buscó el casquillo y lo encontró en la arena. Todavía estaba muy caliente cuando se lo guardó en el bolsillo. Volvió al Lincoln y utilizó el mando a distancia para abrir el maletero. Se quitó la americana y la dobló sobre el parachoques; luego sacó su mono. Primero metió las piernas y pasó los brazos por las mangas, luego se subió la cremallera hasta el cuello. El mono le quedaba suelto y era negro, ideal para el trabajo nocturno.

Entonces agarró la pala y se dirigió al lugar en el que había caído Paltz. Había una flor de un líquido granate en el centro de su espalda. Su rostro estaba embadurnado de arena y polvo. Tenía sangre en los labios y en los dientes, lo cual significaba que la bala le había destrozado un pulmón. Respiraba de un modo acelerado y ronco. No intentaba hablar.

–Muy bien, ya basta –dijo Karch.

Se inclinó hacia Paltz y puso la boca de la Sig Sauer bajo su oreja izquierda. Con la otra mano sostuvo la pala por el cuello de la herramienta y colocó la hoja de forma que bloquease la salpicadura de la sangre. Disparó un tiro al cerebro de Paltz y observó cómo se quedaba quieto. El casquillo rebotó en la pala y cayó en la arena. Karch lo agarró y se lo metió en el bolsillo.

Se bajó la cremallera del mono, puso la Sig Sauer en la pistolera y levantó la vista hacia el cielo. No le gustaba hacer un trabajo así durante el día, y no solo por estar con un mono negro bajo el sol. A veces, cuando había problemas en McCarran ponían a los aviones a esperar dando vueltas a baja altura por esta zona.

De todos modos, empezó a cavar, con la esperanza de que eso no sucedería y preguntándose a su vez si se daría la coincidencia de que su pala golpease otro hueso enterrado anteriormente.

24

Karch estaba de pie ante el espejo interior, ajustándose la corbata. Se había puesto un traje Hollyvogue, con espirales *art déco,* que había pertenecido a su padre: americana de gabardina de dos tonos y pantalones plisados comprados en la tienda de Valentino, en el centro.

El busca sonó y Karch lo levantó del buró. Reconoció el número de Vincent Grimaldi. Lo borró, se colgó el busca en el cinturón y terminó de ajustarse la corbata. No iba a llamar a Grimaldi; pensaba presentarse en persona para informarle de los progresos.

Cuando acabó de ajustarse la corbata, volvió al buró a buscar sus armas. Se colocó la Sig Sauer en la pistolera y abrochó la correílla de seguridad. Luego eligió la pequeña Beretta calibre veinticinco que le cabía en la palma de la mano. Se volvió hacia el espejo y dejó colgar los brazos a los costados, con la Beretta oculta en la mano derecha. Hizo algunos movimientos y gestos, asegurándose de que la pistola quedaba siempre oculta. La mano derecha de David, pensó. La mano derecha de David.

Luego practicó la parte final, moviendo las manos aparentemente vacías como si estuviera conversando y sacando de repente la pistola empuñada hacia su propio reflejo. Tras haber practicado lo suficiente, guardó la pistolita en el bolsillo de seda de mago. Había pedido a un sastre que le cosiese un bolsillo así en la parte de atrás de todos los pares de pantalones que poseía. Luego mostró al espejo ambas manos con las palmas hacia arriba y las juntó como si fuese a rezar. Hizo una reverencia y se retiró del espejo. Fin del espectáculo.

De camino al garaje, Karch se detuvo en la cocina y sacó un tarro de uno de los armarios. Levantó la tapa y tiró en el interior los dos casquillos que había recogido en el desierto. Entonces sostuvo el tarro en alto y lo observó. Estaba lleno de casquillos hasta casi la mitad. Lo agitó y escuchó el tintineo; luego volvió a ponerlo en el armario y sacó una caja de cereales con miel. Tenía hambre. No había comido en todo el día y el esfuerzo físico en el desierto había minado sus fuerzas. Empezó a comer los cereales directamente de la caja, a puñados, pero con cuidado de que no le cayeran migas en la ropa.

Salió al garaje, el cual había sido ilegalmente convertido en oficina, y se sentó al escritorio. No necesitaba un despacho en un edificio comercial como la mayoría de los detectives privados. La mayor parte de su trabajo –la porción legítima– le llegaba por teléfono desde fuera del estado. Su especialidad eran los casos de personas desaparecidas. Pagaba a los detectives que llevaban la correspondiente brigada de la Metro quinientos dólares al mes para que le pasasen clientes. Legalmente, la Metro no podía actuar hasta transcurridas cuarenta y ocho horas desde la denuncia. Esta norma respondía al hecho de que la mayoría de los desaparecidos lo eran por voluntad propia y solían aparecer por sí mismos al cabo de uno o dos días de su supuesta desaparición. En Las Vegas este caso era aún más frecuente. La gente llegaba de vacaciones o para asistir a convenciones y se desmelenaba en una ciudad concebida para acabar con las inhibiciones. Se juntaban con bailarinas de estriptis o prostitutas, perdían el dinero y les daba vergüenza volver a casa, o bien ganaban tanto que perdían las ganas de regresar. Había un sinfín de razones y por eso la policía adoptaba una actitud de esperar y ver.

Sin embargo, la política de las veinticuatro horas y las razones que la justificaban no aplacaban a las preocupadas y a veces histéricas amadas de los supuestos desaparecidos. Era aquí donde entraban en escena Karch y una legión de detectives privados. Pagando a los policías de la Metro, Karch se aseguraba de que su nombre y su número eran sugeridos a menudo a la gente que denunciaba una desaparición y no deseaba esperar las ineludibles veinticuatro horas para poner el caso en marcha.

Los quinientos dólares que Karch depositaba cada mes en una cuenta bancaria a la que tenían acceso los dos policías era una ganga. Recibía mensualmente una docena de llamadas relativas a casos de personas desaparecidas. Cobraba cuatrocientos dólares diarios más gastos, con un mínimo de dos días. A menudo localizaba al supuesto desaparecido en una hora con un simple rastreo de su tarjeta de crédito, aunque nunca se lo contaba a sus clientes. Esperaba a que le giraran el pago a su cuenta bancaria antes de revelar la localización de sus seres queridos. Para Karch era otra forma más de prestidigitación. Mantener las cosas en movimiento, desviando la mirada del espectador y sin revelar nunca lo que tienes en la palma.

Su despacho era todo un santuario de un Las Vegas largo tiempo desaparecido. Las paredes eran un *collage* de fotografías de artistas del espectáculo de los cincuenta y sesenta. Había numerosas fotos de Frank Sinatra, Dean Martin y Sammy Davis Jr., algunas por separado y otras juntos. Tampoco faltaban fotos de bailarinas ni carteles de combates de boxeo enmarcados.

Tenía postales que mostraban complejos de casinos que ya no existían, una colección de fichas de juego: una de cada casino que abrió sus puertas en los cincuenta. También poseía una ampliación de la foto del Sands derrumbándose después de ser dinamitado para dejar sitio al Las Vegas de la nueva era. Muchas fotos estaban autografiadas y dedicadas, pero no a Jack Karch, sino a «El Fabuloso Karch», su padre.

En el centro de la pared que quedaba frente al escritorio colgaba el cuadro más grande de todos. Se trataba de la ampliación de una foto del enorme cartel de neón que había estado a la puerta del Sands. Decía:

Hoy actúan:
FRANK SINATRA
JOEY BISHOP
¡EL FABULOSO KARCH!

Karch miró un buen rato la foto que tenía enfrente antes de ponerse a trabajar. Él tenía nueve años cuando vio el nombre de su padre en el gran cartel. Se lo llevó una noche a ver el espectáculo desde un lado del escenario. Karch estaba de pie, viendo a su padre realizar una ilusión llamada «El Arte de la Capa», cuando alguien lo tocó el hombro. Levantó la mirada y allí estaba Frank Sinatra. El hombre, que era la encarnación de Las Vegas, amagó un puñetazo en la mejilla y le preguntó con una sonrisa si su nombre también se escribía entre signos de admiración. Era el recuerdo más indeleble de toda su niñez. Eso y lo que unos años más tarde le pasó a su padre en el Circus Circus.

Karch apartó la mirada de la foto y comprobó el contestador. Tenía tres mensajes. Pulsó el botón y cogió un lápiz, presto a tomar notas. El primer mensaje era de una mujer llamada Marion Rutter, de Atlanta, quien quería contratar a Karch para que buscara a su marido, Clyde, que no había vuelto a casa después de una convención de artículos de cocina celebrada en Las Vegas. Estaba muy preocupada y deseaba que alguien empezara a buscarlo de inmediato. Karch anotó el nombre y el número, aunque no pensaba llamar, porque de momento estaba comprometido.

Los siguientes dos mensajes eran de Vincent Grimaldi. Se le oía enfadado e insistía en que Karch contactara con él de inmediato.

Karch borró los mensajes y se recostó en su silla de despacho acolchada en cuero. Agarró otro puñado de cereales y examinó las dos pilas de efectivo de su escritorio mientras masticaba. Fue al apartamento de Jersey Paltz desde el desierto y utilizó las llaves del difunto para entrar, abrir la caja de caudales que encontró en un armario y llevarse el dinero. En una pila había 8.000 dólares en billetes de cien. En la otra 4.480 en billetes de veinte. Karch supuso que los ocho mil pertenecían a Grimaldi. Descontó 550 que había acumulado en gastos (500 a Cannon por el seguimiento del Flamingo y 50 a Iverson por la matrícula). Lo redondeó a 600 para pagar la gasolina y otros gastos. Karch pensaba quedarse todo el dinero de la otra pila. No había sido parte del golpe del Cleo, sino, aparentemente, ahorros de Paltz.

Puso lo que era suyo en uno de los cajones del escritorio y lo cerró con llave. Sacó un talonario de recibos genérico preimpreso y extendió uno por los 7.400 que iba a devolverle a Grimaldi. No puso su nombre en ninguna parte. Cuando concluyó dobló el dinero dentro del recibo y lo metió en un sobre que se guardó en el bolsillo.

Se sentó al escritorio durante unos instantes, preguntándose si no debería haber devengado más dinero para cubrir los gastos de su inminente viaje a Los Ángeles. Finalmente decidió que no, se levantó y rodeó el escritorio hasta la fila de archivadores situada bajo la foto ampliada de la demolición del Sands. Abrió un cajón, miró los archivos hasta dar con el que estaba buscando y se lo llevó a la mesa.

La etiqueta del archivo decía: «Freeling, Max». Karch lo abrió sobre el escritorio y esparció su contenido. Había diversos informes de la policía y páginas de notas manuscritas. También incluía un paquete con recortes de periódico amarillentos cuidadosamente doblados. Los abrió y leyó el que tenía el titular más grande. Había ocupado la portada del *Las Vegas Sun* seis años y medio antes.

EL LADRÓN DE LOS JUGADORES PROFESIONALES
MUERE EN UNA CAÍDA
por Darlene Gunter
De la redacción del *Sun*

Un hombre al que las autoridades consideran responsable de una serie de robos en habitaciones de hotel a jugadores profesionales murió el miércoles a primera hora al saltar desde la *suite* de un ático del Complejo Cleopatra cuando se enfrentaba a una captura segura.

A las 4.30, el cuerpo del hombre rompió en su caída el característico techo del atrio, proyectando una lluvia de cristales sobre los jugadores. El cadáver aterrizó en una mesa de dados vacía y el incidente causó momentáneas escenas de pánico entre los asistentes al casino. Sin embargo, las autoridades afirman que nadie más resultó herido en el incidente.

El portavoz de la policía de la Metro afirma que el sospechoso, identificado como Maxwell James Freeling, varón, de 34 años, natural de Las Vegas, se desplomó desde la planta veinte después de romper la ventana de una *suite* del ático del

215

Cleopatra, cuando se enfrentaba a un agente de seguridad que había preparado una trampa para detenerlo.

A última hora del miércoles no estaba claro por qué la policía de la Metro no participó en la operación. Tampoco queda claro por qué Freeling eligió saltar por la ventana en un fatal esfuerzo por evitar su captura.

Vincent Grimaldi, jefe de seguridad del casino, no hizo declaraciones acerca del incidente, si bien expresó su alivio por el hecho de que este ocurriese cuando el casino estaba menos concurrido.

«Hemos tenido suerte de que ocurriera en este momento –declaró Grimaldi–. A esa hora no había mucha gente en el casino. Si se hubiera producido durante un horario de alta ocupación, quién sabe qué habría sucedido».

Grimaldi aseguró que el casino permanecería abierto mientras se llevaban a cabo las obras de reparación del techo del atrio. Comentó que una pequeña área de la zona de juego sería acordonada durante las obras de reparación.

Tras la muerte de Freeling, una mujer de 26 años fue puesta bajo arresto en el hotel y entregada a los agentes de policía. La mujer fue detenida cuando corría hacia el cuerpo de Freeling tras la caída de este.

Las autoridades afirmaron que resultó obvio por sus reacciones que estaba «vinculada» de algún modo con Freeling.

«Si hubiera huido, probablemente nunca habríamos sabido de ella –explicó el detective de la Metro Stan Knapp–, pero se delató al correr hacia la víctima».

La mujer, que la policía no quiso identificar hasta que se presenten cargos, estaba siendo interrogada este miércoles en la jefatura de la Metro.

Según las pesquisas, parece probable que Freeling fuera el habilidoso ladrón responsable de los once golpes perpetrados en los hoteles de los casinos del Strip durante los últimos siete meses. En todos los casos, el ladrón entraba en la habitación de un huésped del casino mientras este dormía y le robaba joyas y dinero.

El fallecido había sido bautizado por la policía como el «ladrón de los jugadores profesionales», porque sus víctimas eran todos «jugadores», invitados del hotel que apostaban y ganaban grandes cantidades de efectivo. El botín de los once golpes superaba los 300.000 dólares, según fuentes policiales.

Según parece, el fallecido usaba diversos medios para entrar en las habitaciones del hotel: desde los conductos del aire acondicionado hasta la obtención de las llaves de las habitaciones de las camareras y empleados del mostrador. Ninguna de las víctimas vio jamás al ladrón, que entraba cuando estas dormían. Una fuente policial declaró que el ladrón podría haber monitorizado a sus víctimas mediante cámaras ocultas, si bien no entró en detalles.

Karch dejó de leer. Al ser el primer artículo sobre el incidente, era el que contaba con menos información. La autora había entretejido varios párrafos a partir de un puñado de hechos. Continuó con el artículo del día siguiente.

CÓMPLICE ACUSADA DE LA MUERTE
DEL LADRÓN DE LOS JUGADORES PROFESIONALES
por Darlene Gunter
de la redacción del *Sun*

Una mujer, que según la policía era informadora del llamado «ladrón de los jugadores profesionales», fue acusada el jueves del homicidio de este, que cayó desde un ático del complejo del hotel y casino Cleopatra.

Cassidy Black, de 26 años, de Las Vegas, ha sido acusada en virtud de la ley de homicidio involuntario de Nevada, que considera responsable de cualquier muerte ocurrida durante la comisión de un delito a todos los implicados en el acto delictivo.

«Aunque Black esperaba a Max Freeling en el vestíbulo del Cleopatra cuando este rompió la ventana de un ático situado veinte pisos más arriba, sigue siendo legalmente responsable de su muerte», afirmó el fiscal del condado de Clark, John Cavallito.

Cavallito aseguró que Black, quien asimismo ha sido acusada de robo con allanamiento y conspiración para la comisión de un delito, podría enfrentarse a una condena de entre 15 años de prisión y cadena perpetua si es declarada culpable de los cargos. La detenida fue recluida en la prisión del condado sin posibilidad de recurrir a fianza.

«Era parte de este incidente y de esta sucesión de delitos tanto como lo era Freeling —dijo Cavallito en conferencia de prensa—. Era una conspiradora más y merece que caiga sobre ella todo el peso de la ley, y así será».

La muerte de Freeling fue calificada de accidente y no de suicidio. Según se informa, saltó a través de una de las ventanas del ático en un intento de evitar su captura.

El jueves, Cavallito y los investigadores de la policía revelaron más detalles sobre el dramático suceso del miércoles a primera hora.

El ladrón de los jugadores profesionales había actuado en el Strip en once ocasiones durante los últimos once meses, lo cual había llevado a la Asociación de Casinos de Las Vegas a ofrecer una recompensa de 50.000 dólares por la captura y condena de un sospechoso.

La policía aseguró que el ladrón se centraba en jugadores profesionales que se llevaban las ganancias en efectivo a sus habitaciones al final del día.

El martes, un detective privado contactó con los dirigentes del Cleopatra con la esperanza de reclamar la recompensa y les dijo que creía que el ladrón de los jugadores profesionales vigilaba a un huésped del hotel y del casino.

El detective, Jack Karch, aceptó entonces servir de señuelo. Cuando el jugador elegido, cuyo nombre no se hizo público, se retiró por la noche, se realizó un cambio y fue Karch –disfrazado del jugador– quien subió a la *suite* del ático.

Dos horas después de que Karch apagase las luces de la *suite* y fingiera estar dormido, Freeling entró en la habitación a través de los conductos del aire acondicionado, a los cuales había accedido desde el falso techo del cuarto de servicio del ático. Cuando Freeling entró en la suite fue sorprendido por Karch, que lo retuvo a punta de pistola y pidió refuerzos por radio a los agentes de seguridad del hotel, que esperaban cerca.

«Antes de que los agentes llegasen a la habitación, Freeling inexplicablemente echó a correr hacia la ventana –informó Cavallito–. Se lanzó hacia ella, la rompió y cayó».

Cavallito dijo que había una pequeña cornisa bajo la ventana y quizá Freeling creyó que podía escapar por ella, desplazándose por la fachada del edificio hasta un cable cercano, que servía para subir y bajar la plataforma utilizada para limpiar los cristales.

Sin embargo, la inercia del cuerpo de Freeling le hizo pasar por encima de la cornisa y precipitarse al vacío. En su caída, rompió la característica cristalera del atrio y sembró el pánico entre los pocos jugadores que a esa hora se encontraban en el casino. Nadie más resultó herido.

En la conferencia de prensa del jueves, Cavallito respondió algunas preguntas y mencionó que se estaba llevando a cabo la investigación y acusación de Black. Se negó a revelar cómo había averiguado Karch, el detective privado, que Freeling tenía por objetivo a un jugador del Cleopatra.

Los intentos de recabar los comentarios de Karch al respecto resultaron vanos, ya que no respondió a los mensajes de su contestador. De niño, Karch actuó en diversas ocasiones en el espectáculo de su padre, el mago, ya fallecido, conocido como «¡El fabuloso Karch!», animador habitual de los casinos y hoteles del Strip desde los cincuenta hasta principios de los setenta.

El joven Karch recibió el apodo de Jota de Picas, por una ilusión en la que su padre lo ataba en una saca de correos cerrada en el interior de una jaula. Lo hacía desaparecer y en su lugar aparecía un naipe: la jota de picas.

Pese a que Cavallito afirmó que Karch había sido exonerado de un cargo de negligencia en relación con la muerte de Freeling, el fiscal criticó la decisión de Karch y de los dirigentes del Cleopatra de poner en marcha la operación trampa sin la participación de la policía.

«Ciertamente, habría sido deseable que hubiesen contactado con el departamento de policía antes de seguir adelante con esto –dijo Cavallito–. Tal vez todo este incidente podría haberse evitado».

Vincent Grimaldi, jefe de seguridad del Cleopatra, rehusó comentar las críticas de Cavallito.

Por otro lado, un portavoz de la Asociación de Casinos no se pronunció acerca de si Karch podía reclamar la recompensa a la luz de la muerte del sospechoso y la detención de su cómplice.

Ayer también se conocieron más detalles referidos a Freeling. Las autoridades informaron de que el sospechoso ya había sido condenado dos veces por robo con allanamiento y había pasado un total de cuatro años en una prisión del estado. Freeling se había criado en Las Vegas y, como Karch, era hijo de un personaje conocido. El padre de Freeling, Carson Freeling, fue condenado en 1963 por su implicación en un audaz robo a mano armada al Royale Casino, un golpe que muchos ciudadanos de Las Vegas creen que se inspiró en la película *La cuadrilla de los once,* protagonizada por Frank Sinatra y otros miembros del llamado Rat Pack.

Maxwell Freeling contaba tres años de edad cuando su padre fue detenido. Carson Freeling murió en prisión en 1981.

Karch examinó la foto que acompañaba el artículo, una foto de archivo policial de Cassidy Black tomada el día de su detención. Su pelo largo y rubio aparecía enmarañado y los ojos se veían rojos e irritados por el llanto. Recordó que se había negado a decir una sola palabra a los policías de la Metro, a pesar de las doce horas que duró el interrogatorio. Se mantuvo firme. Karch la admiraba por eso.

Durante la investigación del incidente de Freeling, Karch nunca se la encontró, ni siquiera estuvo en la misma habitación que ella. Resultaba imposible confirmar que la mujer de la fotografía era la que él vio en los vídeos de vigilancia del Cleo y del Flamingo, aunque su instinto le decía que no se equivocaba.

Revisó el resto de los recortes hasta que llegó al último artículo. Este incluía otra foto de Cassidy Black junto con la historia. Dos alguaciles la sacaban de la sala de un tribunal, con grilletes y vestida con el uniforme de la prisión. Había algo en el ángulo de la mandíbula de Black y en su mirada serena que gustó a Karch. Todavía conservaba su dignidad, a pesar de las esposas, el mono y la situación en la que se hallaba.

Los ojos de Karch se movieron hacia el texto. Se trataba del último artículo de la serie, el resumen, un breve que había ocupado las páginas interiores del *Sun.*

LA LADRONA DE LOS JUGADORES PROFESIONALES,
BLACK, SE DECLARA CULPABLE Y ES
CONDENADA A PRISIÓN
por Darlene Gunter
de la redacción del *Sun.*

Cassidy Black, miembro de los llamados «ladrones de los jugadores profesionales», se declaró el lunes culpable de los cargos relacionados con la serie de delitos y crímenes que concluyeron con la dramática muerte de su compañero, hace ahora dos meses. La convicta fue recluida de inmediato en la prisión del estado.

En un acuerdo negociado con la oficina del fiscal del condado de Clark, la que fuera crupier de *blackjack*, de 26 años, se declaró culpable de un delito de homicidio y de otro de conspiración para cometer robos. La juez del tribunal de Circuit, Barbara Kaylor, la sentenció a cumplir entre cinco y quince años de cárcel.

Black, vestida con un mono amarillo, apenas habló durante la vista. Pronunció la palabra «culpable» después de que Kaylor le leyera cada uno de los cargos y luego aseguró al juez que entendía perfectamente las consecuencias de su declaración.

El abogado de Black, Jack Miller, afirmó que el acuerdo era la mejor salida para Black, considerando las abrumadoras pruebas de su relación con Maxwell James Freeling en una carrera delictiva de siete meses que concluyó con su detención y con la caída de este desde la ventana de un ático del casino y hotel Cleopatra.

«Este acuerdo aún le deja la posibilidad de volver a empezar –comentó Miller–. Si no se mete en problemas puede salir en cinco, seis o siete años. Entonces estará entrando en la treintena y eso le da mucho tiempo para volver a empezar y ser productiva en la sociedad».

Las autoridades aseguran que las pruebas recopiladas contra Black indican que era la observadora e informadora de Freeling en sus robos a jugadores profesionales mientras estos dormían.

Karch dejó el recorte encima de los otros sin leerlo hasta el final. El hecho de que Cassidy Black se declarase culpable había evitado un juicio y le había ahorrado a él testificar acerca de lo acontecido con Freeling en la *suite*. La condena de Black también le permitió reclamar la recompensa, aunque tuvo que demandar a la Asociación de Casinos para cobrarla. Tras pagar al abogado y los impuestos, Karch acabó con veintiséis mil dólares en el bolsillo y la correa de Grimaldi al cuello. Se había convertido en el hombre de Grimaldi en todos sus trabajos sucios: los viajes al desierto con el maletero lleno.

«Todo esto va a cambiar –se dijo Karch–. Muy pronto».

Dobló cuidadosamente los recortes de periódico y cerró la carpeta. Luego, ya de camino a la calle, cerró la caja de los cereales y la llevó a la cocina.

En el recibidor cogió la bolsa del traje que había preparado antes y su sombrero estilo años cincuenta. Miró el forro interior antes de ponérselo. Era color chocolate, un Mallory. La etiqueta interior decía: «La elegancia juvenil». Se lo encasquetó y puso el ala plana, al estilo de un viejo músico de *jazz,* como había visto que lo llevaba Joe Louis cuando era relaciones públicas del Caesar's. Cerró la puerta y lo recibió la brillante luz del sol.

25

Mientras Karch caminaba por el casino del Cleo, se sintió observado. Levantó la cabeza y por debajo del ala del sombrero vio que Vincent Grimaldi lo contemplaba desde la atalaya. El director de operaciones del casino no tuvo que hacer ningún gesto para que Karch supiera que estaba enfadado y que lo esperaba. El detective desvió la mirada y se dirigió a los ascensores con paso algo más ligero.

Dos minutos después, un hombre corpulento lo recibió en el despacho de Grimaldi. Karch sabía que era el matón del jefe. No recordaba su nombre, aunque sí que terminaba en vocal: Franco, Rocco, o algo así.

–Quiere verme –dijo Karch.

–Sí, te hemos buscado durante toda la mañana. Karch notó el uso del plural y la sonrisita condescendiente en el rostro del gorila cuando le indicó el camino hacia la puerta que conducía a la pasarela de la atalaya.

Al rodear el escritorio de Grimaldi, Karch vio un despliegue de herramientas y equipo: un taladro eléctrico, una cámara Polaroid, una linterna grande y un tubito de cera para enganchar. Levantó el taladro y observó que estaba envuelto en goma negra sujetada con hilo de pescar.

–Encontramos todo esto en el conducto del aire de la habitación...

–Dos mil quince –le completó Karch–. Ya lo sé, le dije que lo encontraría allí.

Dejó de nuevo el taladro sobre la mesa y le devolvió la sonrisa condescendiente al matón. Luego salió a la pasarela y cerró la puerta tras de sí, sosteniendo la mirada al hombre que se hallaba al otro lado del cristal.

Grimaldi no se volvió hacia Karch cuando este llegó. Se quedó de pie, aferrado a la barandilla y mirando al mar de jugadores que se extendía más abajo. Karch nunca había estado en la atalaya. Miró en torno a sí y luego a la planta del casino con una sensación de sobrecogimiento y reverencia.

El matón de Grimaldi lo observaba desde el otro lado de la puerta de cristal. Karch se acercó al director de operaciones.

–Hola, Vincent.

–¿Dónde te habías metido, Jack? He estado llamándote.

–Lo siento, Vincent. Estaba a tope.

–¿Haciendo qué, cambiándote de traje? ¿Quién se supone que eres, Bugsy Siegel o Art Pepper?

–Estoy aquí, Vincent. ¿Qué quieres?

Grimaldi lo miró por primera vez con expresión de estar avisándole de algo.

–¿Sabes?, me pregunto si acerté al ponerte al frente de esto. Me juego el cuello y no tengo ni idea de lo que estás haciendo aparte de cambiarte de ropa y ponerte sombreros. Quizá debería haberle encargado esto a Romero. Sé que es bueno.

Karch no perdió la calma. Sabía que Grimaldi solo estaba marcándose un farol.

–Si es eso lo que quieres, Vincent. Pero pensaba que querías recuperar tu dinero.

–¡Eso es lo que quiero, maldita sea!

Unos cuantos jugadores de las mesas de dados levantaron la vista ante el arrebato de Grimaldi. Jugaban en la misma mesa en la que Max Freeling había aterrizado seis años atrás.

Karch decidió dejarse de jueguecitos.

—Mira, Vincent, he estado trabajando en esto, ¿vale? He hecho progresos. Conozco el nombre de la mujer y sé dónde está. Y ya estaría de camino si no me hubieras llamado al teléfono y al busca.

Grimaldi se volvió hacia él, con la excitación claramente reflejada en su rostro.

—¿Tienes un nombre?

—Sí. —Karch señaló las mesas de dados—. Recuerdas lo de Max Freeling, ¿verdad? El saltador de plataforma.

—Claro.

—¿Y te acuerdas de la chica que detuvieron?, su informadora.

—Sí. Le cayeron quince años, creo.

—De cinco a quince, Vincent. Debe de haber sido buena chica, porque cumplió cinco y salió. La de anoche era ella.

—¡Venga ya! Era una informadora. Esta mañana has dicho que esto era cosa de un profesional, de alguien que sabía exactamente lo que hacía.

—Lo sé. Y es ella, créeme.

—Te escuchó.

Karch se pasó diez minutos detallando cómo localizó a Jersey Paltz y su interrogatorio al vendedor de material electrónico.

—Hijo de puta —dijo Grimaldi—. Espero que te hayas ocupado de él.

—No te inquietes por Paltz.

El rostro anguloso y oscuro de Grimaldi dibujó una sonrisa que reveló su blanca dentadura.

–Vaya, vaya. El hombre al que nunca le falta una pala en el maletero.

Karch no hizo caso. Recordó algo y se dio unos golpecitos bajo el bolsillo del pecho.

–Tengo los ocho mil que ella le pagó por el equipo. Menos mis gastos. Te lo dejaré en el escritorio.

–Muy bien, Jack. Y ¿sabes qué? Tengo algo para ti. También tenemos un nombre.

Karch lo miró.

–¿Martin era el infiltrado?

Grimaldi asintió.

–Se hizo el sueco, pero al final se lo sacamos. Nos dijo todo menos el nombre de la chica, porque no lo sabía. Así que, con lo que tú sabes ya lo tenemos todo.

–Cuéntame.

–Esto lo montó un tipo de Los Ángeles llamado Leo Renfro. Él contactó con Martin y reclutó a la chica para el trabajo. Es el intermediario en todo esto.

–¿Cómo conocía a Martin?

–No lo conocía, lo pusieron en contacto con él.

–¿Cómo?

–Aquí es donde se complica la cosa. Resulta que Martin trabajaba para Chicago. Cuando estuvo en el Nugget hace unos años, era la oreja de Joey *el Marcas*. Luego el FBI detuvo al Marcas y su grupo, la gente se dispersó y Martin dejó el Nugget y empezó de nuevo aquí. Por supuesto, yo no sabía nada de eso cuando lo contraté. Da igual... Como te digo, él no conocía a Renfro, pero cuando vio a Hidalgo recogiendo el dinero de la mesa del bacará para subir a la habitación con el maletín esposado a la muñeca, supuso que podían dar un buen golpe. Le pasó el dato a Chicago y ellos lo pusieron en contacto con Renfro para organizarlo.

227

Karch apenas escuchaba. La mención de la participación de la mafia de Chicago en el golpe le zumbaba en los oídos. Sus manos se cerraron en puños.

—Eh, Jack, ¿me sigues?

Karch asintió.

—Estoy aquí.

—Mira, ya sé que con lo que le pasó a tu padre... Solo quería mostrarte todas las cartas.

—Gracias, Vincent. ¿Estás seguro de que Martin solo trabajaba a partir de lo que vio ganar al objetivo? ¿No sabía nada de los dos kilos y medio?

Grimaldi se le acercó un poco más. Tenía una sonrisa forzada en el rostro.

—Digamos que le hemos interrogado a conciencia sobre ese particular. Y la conclusión es que no lo sabía. Chicago no lo sabía. Era solo un golpe de casino, como tú decías, Jack. Cometí un error al darle al tipo para que jugara. Ganó más pasta y eso atrajo a los tiburones: Martin y su gente. Todos los implicados en esto trabajan para Chicago.

Karch se limitó a asentir y mantuvo la boca cerrada.

—Así que, si la chica es de Los Ángeles y Renfro está en Los Ángeles, entonces es allí donde está el dinero. Tienes que ir allí y recuperarlo antes de que llegue a Chicago.

—Probablemente ya haya llegado, Vincent.

—Puede que sí y puede que no. Ella mató al tipo en la cama. Tal vez quieran esperar a ver cómo sigue el asunto antes de dar otro paso. Tenemos que ir allí y asegurarnos. Además, aunque ya hayan pasado el dinero, quiero que te encargues de ellos. Diligencia debida, ya sabes cómo funciona. —Grimaldi hizo un ademán hacia su reloj—. Pero creo que todavía tenemos una oportunidad con el dinero. Llevamos seis horas en esto y ya lo sabemos todo. Ve allí y consíguelo. ¿Sabes dónde encontrar a la chica?

–Todavía no. Si viene de Los Ángeles, eso significa que se ha saltado la condicional. Puedo comprobarlo para estar seguro, pero eso pondría a la policía sobre la pista. No creo que quieras eso de momento, Vincent.

–Desde luego que no. Guárdalo como último recurso. Quizá deberías partir de Renfro.

Karch asintió.

–¿Tienes alguna dirección?

Grimaldi negó con la cabeza.

–Tenemos un teléfono móvil. Martin solo sabía el nombre y el número. Tendrás que rastrearlo desde ahí. Romero lo tiene apuntado. También te dará el nombre de un tipo que conozco en Los Ángeles. Si necesitas ayuda en algo (con el número o con lo que sea), llámalo y se pondrá en contacto contigo. No quedará ningún registro oficial con él. Es bueno y tiene un montón de recursos que compartirá gustosamente.

–Muy bien, Vincent.

–Ahora, súbete a un avión y como muy tarde estarás allí y...

–No voy a volar, Vincent. Nunca vuelo.

–Jack, el tiempo es crucial en esto.

–Entonces que lo maneje tu hombre en Los Ángeles. Voy a ir en coche. Llegaré antes de las cinco.

–De acuerdo, ve en coche. Quizá puedas hacer otra parada en el desierto para mí. Por el camino, ya sabes.

Karch se limitó a mirarlo.

–Todavía tengo al gordo y a Martin en un cesto de la ropa en el muelle de carga.

–¿Los tienes ahí?

–He puesto a Longo a vigilarlos. Nadie se va a acercar.

Karch sacudió la cabeza.

–Entonces que se encargue Longo o Romero. Yo me voy, Vincent.

229

Grimaldi lo señaló con un dedo.

—De acuerdo, Jack, pero esta vez quiero estar informado, ¿entendido?

—Perfectamente.

—Entonces, ve a buscar el dinero, Jack.

Antes de abandonar la atalaya, Karch echó una última ojeada al casino. Le gustaba la vista desde ahí arriba. Asintió para sí y abrió la puerta de cristal.

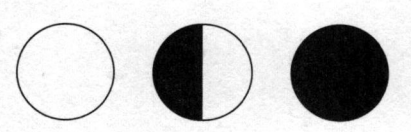

26

Cassie Black pulsó el timbre de la puerta de Leo Renfro a mediodía y casi se dobló sobre sí misma por el dolor que esta
sencilla acción le causó en el brazo. Cuando Leo le abrió, ella
pasó con el maletín. Él miró a ambos lados de la calle y se volvió hacia Cassie al tiempo que cerraba la puerta. Empuñaba
una pistola a un costado. Ella habló antes de que él pudiera
decir palabra y antes de ver la pistola.

—Estamos en un lío gordo, Leo. Esto era... ¿por qué llevas eso?

—Aquí, no. No hables en la puerta. Vamos al despacho.

—¿Qué, más chorradas del Feng Shui?

—No, John Gotti. ¿A quién coño le importa? Vamos. Él
la guio una vez más a través de la casa hasta el despacho de
atrás. Llevaba un albornoz blanco y tenía el pelo mojado.
Cassie supuso que había estado haciendo unos largos, aunque era un poco tarde; quizá necesitaba calmarse.

Entraron en el despacho y Cassie levantó el maletín con
la derecha y lo dejó sobre el escritorio.

—Joder. Cálmate, ¿quieres? Me estaba volviendo loco
aquí. ¿Dónde coño estabas?

—Con el culo en el suelo del salón. —Señaló el maletín—. Esta puta mierda trató de electrocutarme.

—¿Qué?

—Llevaba una pistola paralizante incorporada. Traté de abrirlo y fue como si me cayera un rayo encima. Me dejó frita, Leo. Tres horas. Mira esto.

Cassie se inclinó y utilizó las dos manos para apartarse el pelo y mostrarle el cuero cabelludo. Tenía un corte superficial y un chichón que parecía doloroso.

—Me golpeé con el canto de la mesa al caer. Creo que eso fue peor que la descarga.

La rabia de Leo por la falta de información fue reemplazada de inmediato por un semblante de sincera sorpresa y preocupación.

—Joder, ¿estás segura de que estás bien? Será mejor que te lo vean.

—Me siento como si tuviera el brazo de ese jugador de béisbol, Nolan O'Brien.

—Nolan Ryan.

—Como se llame. Es como si lo tuviera dormido. El codo me duele más que la cabeza.

—¿Has estado tumbada en el suelo de tu casa todo este rato?

—Algo así. Tengo la alfombra manchada de sangre.

—Joder, creí que estabas muerta. Me estaba volviendo loco aquí dentro. Llamé a Las Vegas y ¿sabes qué me dijeron? Mi hombre me explicó que pasaba algo muy raro.

—¿De qué estás hablando?

—El tipo desapareció. El objetivo. Es como si nunca hubiese pasado por allí. No está en la habitación y han borrado su nombre del ordenador. No hay ningún registro de él.

—¿Sí? Bueno, eso no es lo peor. Echa un vistazo.

Cassie se estiró hacia la cerradura del maletín, pero Leo rápidamente le agarró el brazo para detenerla.

—No, no lo hagas.

Ella se lo quitó de encima.

—No pasa nada, Leo. Tengo unos guantes muy resistentes, como los que usan los que trabajan en líneas de alta tensión. Me costó casi una hora abrirlo, pero lo conseguí. Desconecté la pila. El maletín es inofensivo, pero no lo que hay dentro. Mira.

Cassie abrió el maletín. Estaba lleno de un extremo a otro de fajos de billetes de cien empaquetados con celofán y con un 50 escrito en tinta negra. Leo abrió la boca y la consternación ensombreció su semblante. Ambos sabían que ver un maletín lleno de billetes grandes no era motivo de inmediata celebración. No era precisamente el sueño dorado de todo ladrón, sino más bien causa de preocupación y sospecha. Del mismo modo que un abogado nunca plantea a un testigo una pregunta cuya respuesta desconoce, los ladrones profesionales nunca roban a ciegas ni se llevan algo cuyas consecuencias se les escapan. Las consecuencias legales no eran la cuestión. La preocupación provenía de consecuencias de naturaleza más seria.

Transcurrieron al menos diez segundos antes de que Leo fuese capaz de articular palabra.

—Joder...

—Sí.

—Joder...

—Ya sé...

—¿Lo has contado?

Cassie asintió.

—He contado los fajos. Hay cincuenta. Y si ese cincuenta significa lo que parece, estás viendo dos millones y medio en efectivo. No ganó este dinero, Leo. Llegó a Las Vegas con él.

–Espera, espera un momento. Pensemos en esto un minuto.

Cassie empezó a frotarse el codo dolorido de forma inconsciente.

–¿En qué hay que pensar? En caja no te pagan en paquetes de cincuenta mil dólares envueltos en plástico. No ganó este dinero en Las Vegas, Leo. Punto. Lo trajo consigo. Es algún tipo de pago. Quizá sea un asunto de drogas o de otra cosa. Pero nosotros nos lo llevamos (yo me lo llevé) antes de que fuera entregado. Quiero decir que este tipo, el objetivo, era un simple recadero. Ni siquiera tenía la llave del maletín. Solo iba a entregarlo, y probablemente ni siquiera conocía el contenido.

–¿No tenía llave?

–Leo, ¿has oído algo de lo que te he dicho? Me he pasado una hora tratando de abrirlo con ganzúas. ¿Crees que iba a hacerlo si hubiese tenido la llave?

–Lo siento, lo siento. Lo había olvidado, ¿vale?

–Le quité las llaves al tío ese. Tenía una que abría las esposas, pero no la del maletín.

Leo se desplomó en su silla y Cassie puso la mochila en el escritorio y empezó a rebuscar en su interior. Sacó cuatro fajos de billetes de cien sujetos con una goma y los puso en la mesa.

–Esto es lo que ganó. Ciento veinticinco mil. Y la mitad de la información del infiltrado de tus socios no sirvió de nada.

Hurgó en la bolsa y sacó la cartera que había cogido de la mesilla de noche de la habitación 2014. Se la dio.

–El nombre del tipo no es Hernandez, y no es de Tejas.

Leo abrió la billetera y miró el carné de conducir de Florida protegido por un plástico.

–Manuel Hidalgo –dijo–. Miami.

–Tiene tarjetas de visita ahí. Es abogado de algo llamado Buena Suerte Group.

Leo sacudió la cabeza, pero lo hizo demasiado deprisa. Como si tratase de sacudirse la idea, no de negar su conocimiento. Cassie al principio no dijo palabra. Puso las palmas de las manos en la mesa y se inclinó hacia delante para mirarlo con una cara que revelaba que había visto el gesto y que quería saber lo que él sabía. Leo miró a la piscina y Cassie siguió sus ojos. La manguera de la aspiradora automática se desplazaba lentamente por la superficie.

Él le devolvió la mirada.

–No sé una puta mierda de esto, Cass, lo juro.

–Te creo en lo del dinero, Leo, pero ¿qué me dices de Buena Suerte? Cuéntame lo que sepas.

–Es dinero serio. Son cubanos de Miami. –¿Dinero legal?

Leo se encogió de hombros en un ademán que indicaba que desconocía la respuesta.

–Quieren comprar el Cleo –dijo.

Cassie se dejó caer en la silla situada en frente de la que ocupaba Leo.

–Era un soborno por el permiso. He robado un puto soborno.

–Pensemos un minuto.

–No paras de decir eso, Leo. –Apoyó el brazo herido en el torso.

–Bueno, ¿qué otra cosa podemos hacer? Tenemos que encontrar una solución.

–¿Quiénes eran los tipos para los que hacías esto? No quisiste decírmelo, pero ahora me lo vas a contar.

Leo asintió y, acto seguido, se puso en pie. Caminó hasta la puerta corredera y la abrió para dirigirse a la piscina. Se quedó de pie en el borde y observó la aspiradora, que se deslizaba silenciosamente por el fondo. Cassie se colocó tras él y

Leo empezó a hablar sin apartar en ningún momento la vista del agua.

–Son de Las Vegas por cuenta de Chicago.

–Chicago, ¿te refieres a la mafia de Chicago, Leo? Dime.

Leo empezó a pasear por el borde de la piscina, con las manos hundidas en los bolsillos del albornoz.

–Mira, para empezar, soy lo bastante listo para no mezclarme por propia voluntad con Chicago, ¿de acuerdo? Confía un poco en mí, joder. No tuve elección en esto.

–Vale, Leo. Te entiendo. Explícamelo.

–Todo empezó hace cosa de un año. Me encontré con estos tipos. Estaba en Santa Anita y vi a Carl Lennertz. Te acuerdas de él, ¿no?

Cassie asintió. Lennertz era un informador; siempre tenía la vista puesta en conseguir un buen objetivo. Vendía la información a Leo, normalmente por un fijo o por el diez por ciento de las ganancias brutas. Cassie lo vio una o dos veces con Leo y Max años atrás.

–Bueno, él estaba con esos dos tipos y me los presentó. Buscaban financiar un golpe. Dijeron que eran inversores.

–Y tú no lo dudaste.

Un camión con un mal sistema de amortiguación pasó atronando por la autovía próxima y Leo no contestó la pregunta hasta que disminuyó el ruido.

–No tenía motivos para dudar de ellos; estaban con Carl y él es un buen tipo. Por entonces las reservas se agotaban y yo estaba tocando fondo. Necesitaba dinero para montar algo y allí tenía a esos dos individuos. Así que organicé una reunión para más adelante. Nos reunimos y les pedí que me respaldaran en un par de asuntos que tenía sobre la mesa. Ellos dijeron que sí, que no habría problema.

Caminó hasta una valla situada al lado de la piscina, donde tenía colgada una red con un palo de tres metros. La descolgó y la utilizó para sacar de la piscina un colibrí muerto.

—Pobres, creo que no ven el agua. Se sumergen de golpe. Es el tercero que muere esta semana. —Sacudió la cabeza—. Los colibrís muertos dan mala suerte, ¿lo sabías?

Lanzó el pájaro por encima de la valla al jardín de un vecino. Cassie se preguntó si los tres pájaros muertos no serían el mismo, que el vecino devolvía a la piscina tirándolos otra vez por encima de la valla. No dijo nada. Quería que Leo retomase su relato.

Leo volvió a colgar la red en la valla y se acercó a Cassie.

—Así es como empezó. Acepté sesenta y cinco a cambio de cien cuando cobrara los trabajos. Pensaba en seis semanas como máximo. Uno era de diamantes, y eso siempre va rápido. El otro era un depósito de muebles italianos. Tenía a alguien en Pensilvania con eso y pensaba en seis semanas máximo en la operación. Iba a quedarme con doscientos mil y les debía cien mil a esos tipos. No estaba mal. La mayoría del dinero que necesitaba de ellos era para la información, porque la gente para la que trabajaba tenía su propio material.

Paseaba y contaba demasiados detalles del plan, pero no llegaba a explicar qué había ocurrido.

—Puedes saltarte todo esto, Leo. Léeme la última página.

—La última página es que los dos trabajos se fueron al carajo. La información sobre los diamantes era una mierda. Una estafa. Pagué cuarenta mil y el tipo desapareció. Y luego resultó que los muebles los habían fabricado en Mexicali. Eran muebles de diseño falsos con etiquetas *Made in Italy,* tan auténticos como la mayoría de las tetas que ves en esta ciudad. No lo supe hasta que el camión llegó a Filadelfia y mi comprador echó un vistazo. Una puta mierda. Les dije que abandonaran el camión en una carretera de Trenton.

Hizo una pausa, como si tratase de recordar algún otro detalle, luego agitó una mano en un gesto de resignación.

–Así fue todo. Debía cien de los grandes a esos tipos y no los tenía. Les expliqué la situación y fueron tan simpáticos conmigo como un juez del turno de noche con una puta. Pero cuando todo fue dicho y hecho pensé que había comprado algo de tiempo; solo que ellos se fueron a venderle mi deuda a otro.

Cassie asintió. Ya podía terminar el relato por ella misma.

–Vinieron otros dos y dijeron que representaban al nuevo dueño del papel –dijo Leo–. Dejaron bien claro que este era de Chicago sin necesidad de decirlo. ¿Entiendes? Me dijeron que teníamos que organizar un calendario de pagos. Acabé pagando dos mil a la semana solo de intereses, para permanecer a flote. Me estaban matando. Debía los cien mil y nunca saldría a flote. Nunca. Hasta que un día se presentaron con una propuesta.

–¿Cuál?

–Me hablaron de este trabajo. –Señaló con la cabeza a la puerta corredera abierta para referirse al maletín que estaba en el escritorio–. Me dijeron que lo organizara con un tipo de Las Vegas y que si lo hacía quemarían el pagaré y todavía me quedaría una parte del botín.

Leo negó con la cabeza. Caminó hasta la mesa y las sillas situadas cerca del extremo poco profundo y se sentó. Se estiró hasta una manivela que accionaba el parasol de la piscina y este se abrió como una flor en cuanto empezó a girar. Cassie fue a reunirse con él y se sentó. Apoyó el codo izquierdo en su mano derecha.

–Así que obviamente sabían lo que había en el maletín –dijo ella.

–Eso parece.

–Por supuesto. Si no, no habrían sido tan jodidamente magnánimos contigo. ¿Cuándo vendrán a buscarlo?

240

–No lo sé. Espero una llamada.

–¿Te dieron un nombre?

–¿Qué quieres decir?

–Un nombre, Leo. El que compró tu pagaré.

–Sí, Turcello. El mismo nombre que tenía el paquete que se hallaba en el mostrador cuando lo recogiste. Se supone que es el tipo que recogió los trozos después de que cayera Joey *el Marcas*.

Cassie apartó la mirada. No conocía el nombre de Turcello, pero sabía quién había sido *el Marcas*, el brutal hombre de la mafia de Chicago en Las Vegas, uno en una larga lista de despiadados hampones. Su verdadero nombre era Joseph Marconi, pero todos lo conocían como Joey *el Marcas* por los recuerdos que dejaba en las víctimas a las que abandonaba con vida. Cassie recordó que ella y Max se pasaron un año atemorizados por el tipo, que quería una parte de sus ganancias. En High Desert leyó en un diario que había muerto en su limusina en un extraño tiroteo con el FBI y la policía en el aparcamiento de un banco de Las Vegas. Después de leer el artículo lo celebró, lo cual en la cárcel equivalía a tomarse un aguardiente de manzana en vaso de plástico y comprar un paquete de cigarrillos.

No sabía quién era el sustituto de Marconi, el tal Turcello, pero supuso que si había llegado hasta esa posición sería un psicópata despiadado como el anterior.

–Y ahora me has metido a mí en esto –dijo Cassie–. Gracias, Leo. Gracias por...

–No, te equivocas. Te protegí. No saben nada de ti. Yo acepté el trabajo y lo organicé. Como te dije, nadie conoce a todos los implicados. Ni te conocen ni lo harán nunca.

La promesa de Leo no sonaba muy tranquilizadora. Cassie no podía seguir sentada mientras la asaltaba la sensación de que toda su vida pasaba ante sus ojos. Se levantó, caminó hasta el borde de la piscina y observó el agua limpia y en calma. El brazo izquierdo le colgaba como un peso muerto.

—¿Qué vamos a hacer, Leo? Si lo he entendido bien, la mafia de Chicago nos utilizó para robar un soborno que esos cubanos de Miami le hacían a una tercera parte para comprar el Cleo. Estamos en medio de una guerra a punto de estallar. ¿Te das cuenta? ¿Qué vamos a hacer?

Leo se levantó y se le acercó. La abrazó con fuerza y le habló con voz pausada.

—Nadie sabe nada de ti. Te lo prometo. No lo saben y nunca lo sabrán. No tienes que preocuparte.

Ella se separó.

—Por supuesto que lo hago, Leo. Vuelve a la realidad, ¿quieres?

El tono de su voz silenció a Leo, quien levantó y bajó las manos en un gesto de rendición. Empezó a darse golpecitos con el puño en los labios. Cassie se paseó junto a la piscina. Después de un prolongado silencio, habló de nuevo.

—¿Qué sabes de Buena Suerte?

—Ya te he dicho que no sé nada, pero haré algunas llamadas. —Tras otra larga pausa, Leo se encogió de hombros—. Quizá baste con que devolvamos el dinero y digamos que ha sido un error. Encontramos a un mediador que...

—Entonces tendremos a Chicago detrás de nosotros, Leo. A ese Turcello. Piensa: ¿eso es lo que quieres? No podemos hacerlo.

—Les diré que cuando entraste anoche en la habitación el maletín ya no estaba.

—Estoy segura de que se lo van a creer. Sobre todo, después de que el objetivo haya desaparecido de repente.

Leo volvió a dejarse caer en su asiento, bajo la sombrilla. Su rostro empezaba a reflejar un sentimiento de derrota.

Hubo un largo silencio durante el cual ninguno de los dos miró al otro.

—A veces puedes robar demasiado —dijo Cassie, más para sí misma que para Leo.

—¿Qué?

—Max solía decir que a veces puedes robar demasiado. Y nosotros acabamos de hacerlo.

Leo consideró la afirmación en silencio. Cassie se cruzó de brazos. Cuando habló, su voz sonó decidida y fuerte.

—Quedémonos con el dinero. —Esta vez miró directamente a Leo—. Con todo. Nos lo partimos y huimos, Leo. Más de un millón trescientos para cada uno. Es más que suficiente. A la mierda Chicago y Miami. Nos lo quedamos todo y salimos corriendo.

Leo ya negaba con la cabeza antes de que ella terminara de exponer su propuesta.

—Ni hablar.

—Leo...

—De ninguna manera. ¿Crees que puedes huir de esa gente? ¿Adónde vas a ir? Nombra un lugar en el que merezca la pena vivir donde no vayan a encontrarte. No existe. Te perseguirían hasta el fin de este puto mundo para demostrarlo. Mandarían tus manos a Chicago o a Miami en una caja de zapatos y las pondrían en una vitrina en el bufé del domingo de los chicos listos.

—Correré el riesgo. No tengo nada que perder.

—Yo sí. Yo estoy establecido aquí, y lo último que deseo es pasarme el resto de mi vida cambiando de nombre cada mes y llevando la Glock a la espalda cada vez que abra la puta puerta.

Cassie se acercó a la mesa y se agachó al lado de Leo. Apoyó las dos manos en los brazos de la silla y lo miró a los ojos, pero él desvió la mirada.

–No, Cass, no puedo.

–Leo, puedes quedarte con dos millones y yo me llevaré el resto. Aun así, es más de lo que necesito. Hace un par de días pensaba que tendría suerte si sacaba doscientos mil de esto. Tú te llevas los dos millones. Es suficiente para que...

Él se levantó y se apartó de ella. Volvió al borde de la piscina. Cassie apoyó la frente en el reposabrazos. Sabía que no conseguiría convencerlo.

–No es cuestión de dinero –dijo Leo–. ¿No estás escuchando lo que te digo? No importa si es un millón o dos. ¿Qué diferencia hay si no vas a vivir para gastarlos? Deja que te explique lo que le pasó a un tipo hace unos años. Lo siguieron hasta Juneau, en la puta Alaska. Subieron hasta allí y lo destriparon como a un salmón. Creo que cada dos años tienen que dar ejemplo para que todos se porten bien, y yo no quiero ser el próximo.

Cassie, todavía agazapada como un niño que se esconde, miró a su espalda.

–Entonces, ¿qué quieres hacer? ¿Esperar hasta que alguien venga aquí y te destripe? ¿Qué diferencia hay entre eso y huir? Al menos tendríamos una oportunidad.

Leo observó la aspiradora que se movía en silencio por el fondo de la piscina.

–Mierda... –dijo.

Algo en su tono hizo que Cassie lo mirase con expectación. Empezó a pensar que tal vez lo había convencido. Esperó.

–Dos días –dijo al fin, todavía con la mirada fija en el fondo de la piscina–. Dame cuarenta y ocho horas para ver qué puedo hacer. Conozco gente en Miami. Deja que intente averiguar algo. Haré algunas llamadas y veré cómo están las cosas en Las Vegas y en Chicago. Quizá pueda encontrar una salida. Sí, quizá pueda hacer un trato e incluso guardar una parte para nosotros.

Estaba asintiendo para sí, preparándose para la negociación más difícil, la de sus propias vidas. No podía ver que Cassie negaba con la cabeza. Ella no creía que tuvieran oportunidad alguna de ese modo, pero se levantó y se le acercó.

–Leo, hay algo que tienes que entender. Turcello no va a darte una parte de lo que había en el maletín. Nunca lo hará. Si llamas a su gente y les dices que lo tienes será como decirles: «Estoy aquí, chicos, venid a buscarme». Serás el salmón de este año.

–¡No! Te digo que puedo encontrar una solución. Puedo negociar con esta gente; recuerda que todo es cuestión de dinero. Si todos se llevan algo, podremos salvarnos.

Cassie sabía que no iba a convencerlo. Estaba resignada.

–Como quieras, Leo. Dos días. Eso es todo. Si no, lo partimos y nos perdemos. Correremos el riesgo.

Él asintió para expresar su total conformidad con el acuerdo.

–Llámame esta noche. Quizá sepa algo. De lo contrario, haz lo que quieras. ¿Solo puedo localizarte en el concesionario?

Ella le dio el número de su móvil, pero le pidió que no lo anotase en la agenda.

–Me voy, Leo. ¿Qué hacemos con el dinero?

–Lo habitual; sigue siendo el lugar perfecto.

Cassie vaciló. Sabía que era mejor que Leo guardara el dinero, pero la inquietaba desprenderse de él. Entonces recordó algo que se le había olvidado por completo a raíz de los acontecimientos recientes.

–Por cierto: ¿tienes mis pasaportes?

–Lo único que puedo decirte es que me han prometido que están en camino. Comprobaré la casilla otra vez esta noche. Si no están hoy, estarán mañana. Te lo garantizo.

–Gracias, Leo.

Leo asintió. Cassie se volvió hacia la puerta corredera.

–Espera un momento –dijo Leo–. Deja que te pregunte una cosa, ¿qué hora era cuando entraste a la habitación?

–¿Qué?

–¿Qué hora era cuando entraste en la habitación de ese tipo anoche? Mirarías el reloj, ¿no?

Ella lo miró: sabía adónde quería ir a parar.

–Eran las tres y cinco.

–Y hacer el trabajo te llevó cinco o diez minutos como máximo, ¿verdad?

–Normalmente sí.

–¿Normalmente?

–Lo llamaron por teléfono, Leo. Estaba en el armario con la caja cuando sonó el teléfono y él habló con alguien. Creo que era sobre la entrega. Iba a hacerla hoy. Luego, después de colgar, se levantó y fue al cuarto de baño.

–Y tú te escabulliste.

–No, me quedé dentro.

–¿Cuánto tiempo?

–Hasta que volvió a dormirse. Hasta que lo oí roncar. Tenía que hacerlo, Leo. No era seguro. Tú no estabas allí. No podía irme hasta...

–Te quedaste durante la luna vacía de curso, ¿no?

–No pude evitarlo, Leo, eso es lo que trato de...

–¡Oh, Dios!

–Leo...

–Te lo dije, solo te pedí una cosa.

–No pude evitarlo. Lo llamaron por teléfono: una llamada a las tres de la mañana, Leo. Eso sí que fue mala suerte.

Leo negó con la cabeza como si no escuchara.

–Eso es –dijo–. Nosotros... –No terminó.

Cassie cerró los ojos.

–Lo siento, Leo. De verdad.

Un rumor próximo a su oído derecho captó la atención de Cassie. Miró en torno a sí y vio un colibrí suspendido en el aire, batiendo las alas.

El pájaro se lanzó hacia la izquierda y descendió en picado hasta que se detuvo a un palmo del agua. Parecía contemplar su reflejo en la superficie en calma. Entonces descendió más, hasta tocar el agua. Aleteó desesperadamente, pero las alas ya le pesaban demasiado para alzar el vuelo. Estaba atrapado.

–Ves lo que yo veo –dijo Leo–. Pajarillos.

Rodeó la piscina para coger la red e intentar salvar la vida del pequeño animal.

27

Justo antes de llegar a Los Ángeles, Jack Karch abandonó la autovía 10 en la salida del aeropuerto de Ontario y siguió las señales del aparcamiento de larga estancia. Circuló a velocidad lenta por cinco extensas filas de coches antes de encontrar un Towncar del mismo modelo que el suyo, pero con matrícula de California. Estacionó en doble fila tras el coche y dejó el motor en marcha mientras salía con un taladro con batería, el mismo que se hallaba entre las herramientas recuperadas del conducto de aire de la habitación 2015.

El destornillador funcionó a la perfección. Karch sacó las placas delantera y trasera del Towncar en menos de un minuto. Las ocultó bajo el asiento del conductor de su coche y se dirigió a la salida. Había estado tan poco rato en el aparcamiento que el empleado de la cabina le dijo que no tenía que pagar porque no había sobrepasado los diez minutos de estancia gratuita. Le preguntó a Karch si tenía un cigarrillo y este se mostró encantado de complacerle.

Había invertido poco tiempo desde Las Vegas, yendo a una velocidad constante de ciento sesenta kilómetros por hora hasta que se topó con el tráfico cerca de Los Ángeles. Tardó una hora en cubrir los últimos ochenta kilómetros. Se dijo, frustrado, que la gente de Los Ángeles conducía igual que los que caminaban por los casinos: ajenos al hecho de que alguien pudiera tener prisa por llegar a alguna parte. En el centro se desvió de la 10 a la 101 y puso rumbo al noroeste, hacia el valle de San Fernando. Aunque habían transcurrido más de dos años desde su última visita, Karch había estado muchas veces en Los Ángeles y sabía desenvolverse. Cuando se trataba de buscar alguna calle o plaza tenía en el maletín del asiento de al lado un *Thomas Brothers*. El plano ya tenía varios años, pero le servía. Se dirigió al valle de San Fernando porque el número de móvil de Leo Renfro que Grimaldi había obtenido de Martin tenía un código de área 818, y él sabía que pertenecía al citado valle, la zona de expansión de la ciudad por el norte. Suponía que encontraría a Leo en los confines del código de área de su móvil.

Salió de la autovía en Ventura Boulevard y continuó hasta que vio una gasolinera con un teléfono público. Allí abrió el maletín y sacó el papel con membrete del Cleopatra que tenía escrito el nombre de Leo Renfro y su número de móvil. Debajo figuraba el nombre del contacto de Grimaldi en Los Ángeles, aunque Karch no tenía ninguna intención de llamarle. Bajo ninguna circunstancia permitiría que un desconocido –no importaba quién respondiera por él– tuviera información de sus negocios y actividades. Eso sería una estupidez, y él no tenía intención de volverse estúpido. Las mismas razones persuadieron a Karch de no utilizar sus contactos para seguir la pista de Leo Renfro y Cassie Black. Haría el trabajo sin dejar rastro.

Sorprendentemente, el listín del teléfono público estaba intacto. Karch lo agarró y empezó con las páginas blancas, por si se daba la remota posibilidad de que figurase la dirección de Leo Renfro. No era el caso. Karch buscó entonces las páginas comerciales hasta que encontró los anuncios de un servicio de telefonía móvil. En función del tamaño y la calidad de sus anuncios, hizo una lista de las compañías más importantes y sus números de atención. Entonces utilizó el borde del estante situado bajo el teléfono para romper un paquete de monedas de veinticinco centavos que había comprado en la taquilla de cambio del Cleo, y realizó su primera llamada.

La llamada fue contestada por una máquina que ofrecía diversas alternativas. Karch eligió una y fue transferido a información de facturación, donde le hicieron esperar dos minutos antes de que contestase una voz humana.

–Gracias por llamar a L. A. Cellular, ¿en qué puedo ayudarlo?

–Sí –dijo Karch–; tengo que dejar la ciudad por tiempo indefinido y quisiera cancelar el servicio de mi móvil.

Después de escuchar la charla de un comercial acerca de los servicios fuera de la zona, el representante de la compañía se puso a trabajar.

–¿Nombre?

–Leo Renfro.

–¿Número de cuenta?

–No lo tengo a mano...

–¿Número de móvil?

–Ah, sí.

Karch miró el papel y leyó el número que Martin le había proporcionado a Grimaldi durante su interrogatorio.

–Un momento, por favor.

–Sí, claro. Tómese su tiempo.

Karch oyó que tecleaban al otro lado de la línea.

–Lo siento, señor, no veo ninguna cuenta con ese nombre o...

Karch colgó e inmediatamente marcó el número de la siguiente compañía de la lista. Repitió la historia una y otra vez hasta que a la séptima llamada encontró la empresa correcta.

Renfro tenía su cuenta con la compañía SoCal Cellular. Cuando la operadora obtuvo la información de la cuenta en el ordenador, Karch fue directo al engaño final.

–Voy a necesitar que me envíe la última factura a mi nueva dirección en Phoenix, si no le importa.

–En absoluto, señor. Déjeme primero que busque la pantalla de liquidación.

–Ah, disculpe.

–No hay problema, será un segundo.

–Sí, claro. Tómese su tiempo.

Karch dejó que transcurriesen unos segundos y empezó de nuevo.

–¿Sabe?, acabo de darme cuenta de que estaré de nuevo en Los Ángeles al final de la semana que viene para cerrar algunos asuntos. Quizá necesite el teléfono entonces. Tal vez debería esperar y hacer esto después.

–Como usted quiera, señor.

–Pues creo que sí... Esperemos entonces.

–Muy bien, señor. ¿Quiere esperar también a cambiar la dirección?

Karch sonrió. Siempre funcionaba mejor cuando era la víctima quien daba pie al engaño.

–No, en fin... ¿Sabe qué? Quizá debería esperar. Van a reenviarme el correo desde mi vieja dirección de todos modos. Pero aguarde un momento, de golpe lo he olvidado. ¿A qué dirección enviarán la factura, a mi casa o a la oficina?

–No lo sé, señor. Warner Boulevard 4000, unidad 520. ¿Cuál es?

Karch no respondió. Estaba anotando la dirección.

–¿Señor?

–Es la oficina. Entonces está todo bien. Dejémoslo tal cual está y ya me ocuparé la semana que viene.

–Muy bien. Gracias por llamar a SoCal Cellular.

Karch colgó el teléfono y volvió al coche. Buscó la dirección en el índice del plano-guía y comprobó que había acertado. La dirección estaba en la zona del código de área 818. Pero no pertenecía a Los Ángeles, sino a Burbank. Puso en marcha el Lincoln y miró el reloj digital del salpicadero. Eran las cinco en punto. No estaba nada mal, se acercaba.

Un cuarto de hora más tarde, el Lincoln se hallaba frente a una empresa privada de servicio postal en Warner Boulevard 4000. No se sentía demasiado decepcionado. Habría resultado muy fácil y sospechoso que la dirección obtenida en SoCal Cellular lo condujese directamente al domicilio de Leo Renfro.

Comprobó las horas de oficina indicadas en la puerta. El negocio cerraba en cuarenta y cinco minutos. Sin embargo, otro cartel anunciaba que los clientes contaban con acceso de veinticuatro horas a sus buzones. Karch pensó un rato en qué hacer y decidió que probablemente Renfro sería de los que comprobaban el buzón después del cierre para evitar resultar familiar a los empleados. Fue esta idea la que de pronto le inspiró un plan de acción.

Entró en la tienda y vio que estaba dispuesta en forma de ele, con el mostrador al extremo de uno de los palos y las casillas postales a lo largo del otro palo. A la izquierda de la puerta había un mostrador con una grapadora, un rollo de cinta y diversos vasos de plástico llenos de bolígrafos, clips y gomas. Karch vio a un hombre trabajando en algo en el suelo, tras el mostrador. Sobre él había una persiana de seguridad que cerraba la parte interior de la tienda fuera de las horas de atención al público.

Miró a su izquierda y notó que los buzones eran de los de ventana muy pequeña, y solo permitían ver si se había recibido correo. Enseguida encontró el número 520. Tuvo que agacharse para mirar en su interior. Había un sobre en el fondo. Miró de nuevo a su derecha. Un espejo situado en la es-

252

quina superior permitía al dependiente ver los buzones, pero el hombre seguía bajo el mostrador, trabajando en algo.

Karch sacó una linternita de boli del bolsillo de la camisa y la encendió. Iluminó el interior del buzón 520 y leyó el anverso del sobre.

Estaba dirigido a Leo Renfro. No constaba remite en la esquina superior izquierda, pero sí unas iniciales. Se acercó más al cristal y trató de leerlas. Entonces se dio cuenta de que eran números: 773.

Como ya había una carta en el buzón, Karch pensó por un momento si necesitaba proceder con su plan. Decidió seguir adelante. Si funcionaba, el plan tendría la ventaja añadida de confundir a su objetivo, dejándolo momentáneamente fuera de combate.

Karch rodeó la esquina del mostrador. Tras él había un hombre de veintipocos años que estaba echando bolitas de porexpan en una gran caja. Habló sin levantar la mirada de su trabajo.

–¿En qué puedo ayudarle?

Este tipo de atención impersonal, que en Las Vegas veía continuamente, le molestaba mucho a Karch. Esta vez, sin embargo, le agradó, porque no quería que el conserje le prestase excesiva atención.

–Necesito un sobre.

–¿De qué tamaño?

–No importa. De tamaño normal.

–¿Del número diez?

El dependiente dejó la caja que estaba rellenando y caminó hasta la parte posterior de la zona del mostrador. Había diversas cajas y sobres de varios tamaños junto a la pared. Debajo se hallaba el material organizado en estantes según su tamaño. Karch observó los sobres y vio los del número diez.

–Sí, el diez está bien.

–¿Acolchado o sin acolchar?

–Acolchado.

El conserje cogió uno del estante y fue al mostrador anunciando en un tono tan agudo como un relincho que Karch debía cincuenta y dos centavos. Karch pagó con el importe exacto.

–Bonito sombrero –dijo el conserje.

–Gracias.

Karch se llevó el sobre hasta el mostrador situado junto a la puerta. Se le ocurrió que el conserje quizá se estaba burlando de su sombrero, pero lo dejó pasar.

De espaldas al conserje, para que este no viera lo que estaba haciendo, Karch hurgó en el bolsillo de su traje y sacó el sobre que contenía el as de corazones que había encontrado en el suelo mientras registraba la habitación 2015 del Cleo. Sacó la carta y la deslizó en el sobre que acababa de comprar. Luego lo grapó y lo cerró.

Utilizando el rotulador más grande que encontró en los vasos de plástico, dirigió el sobre a Leo Renfro y escribió la dirección postal y el número. En letras grandes agregó URGENTE en ambos lados. En las líneas del remite escribió 773 y en la parte de atrás el número del móvil de Leo Renfro.

Volvió al mostrador y vio que el empleado estaba cerrando la caja del suelo. Tampoco esta vez levantó la cabeza. Ni siquiera preguntó qué deseaba. Karch vio que en la etiqueta enganchada a la camisa ponía «Stephen».

–Perdona, Steve, ¿te importa echar esto en el buzón que corresponda?

El joven dejó el precinto de forma hosca y se acercó al mostrador. Cogió el sobre que le ofrecían y lo miró como si dudase de si tenía que cumplir con la petición.

–Necesito que lo meta ahora, porque este hombre siempre comprueba el correo a primera hora de la mañana.

El chico decidió por fin que podía asumir el pedido y se dirigió a la partición que conducía a la sala de los buzones.

–Y me llamo Stephen –le gritó a Karch.

Karch se alejó del mostrador, dobló la esquina y se dirigió al buzón 520. Vio a través de la ventanita de cristal cómo el sobre que acababa de entregarle al empleado era depositado en el buzón, encima del otro que esperaba a Leo Renfro.

Karch ya había salido de la tienda antes de que el empleado volviese al mostrador. Mientras caminaba hacia el coche, dijo en voz alta: «Son cincuenta y dos centavos... y me llamo Stephen».

Una vez en el Lincoln lo repitió una y otra vez, imitando el timbre de voz similar a un relincho y el tono hosco. Cuando estuvo satisfecho de su imitación, puso en marcha el coche y se alejó.

No podía utilizar un teléfono público con ruido de tráfico de fondo para realizar su llamada, de manera que condujo por Burbank durante diez minutos en busca del escenario adecuado para su actuación. Finalmente, localizó un restaurante llamado Bob's Big Boy y aparcó en la parte de atrás, junto a un Dumpster.

En el restaurante encontró un teléfono público en la antesala de los lavabos. Echó monedas y llamó a Leo Renfro. Era consciente del riesgo que corría. Aunque obviamente el nombre de Renfro estaba en el buzón, Karch no podía saber si los empleados del servicio tendrían su número de móvil. Sin embargo, había previsto un plan de emergencia para esa eventualidad.

Alguien levantó el teléfono al otro lado de la línea al segundo timbrazo, pero no dijo nada.

–¿Hola? –dijo Karch, por fin, imitando lo mejor que pudo el relincho de Stephen.

–¿Quién es?

–¿Señor Renfro? Soy Stephen, de Warner Post and Pack It.

–¿De dónde ha sacado este número?

–Está en el sobre.

–¿Qué sobre?

Karch se concentró en su voz.

–Por eso le llamo. Hoy ha recibido un sobre. Está marcado como urgente. Su teléfono está en el sobre. No sé, pensé que debía llamarle. Vamos a cerrar, y como no ha venido pensé que debería llamarle por si estaba esperando algún...

–¿Lleva remite?

–Sí... quiero decir no. Lo único que pone es siete siete tres.

–Muy bien, gracias. Y hágame un favor, no vuelva a llamarme aquí nunca más.

Renfro colgó de golpe. Karch mantuvo el teléfono pegado a la oreja, como si pensara darle a Renfro la oportunidad de descolgar de nuevo y formularle más preguntas.

Finalmente colgó. Pensó que había funcionado. Se sentía seguro de sí mismo. La conversación lo dejó con la impresión de que Renfro era un tipo cauteloso, y eso significaba que tenía por delante una larga velada.

De vuelta, en el restaurante, fue a la barra y pidió dos hamburguesas bien hechas con *ketchup* y dos cafés para llevar. Mientras se las preparaban caminó hasta el aparcamiento. Sacó las placas de matrícula robadas y sustituyó la de atrás por una de ellas. El Dumpster le sirvió de escudo mientras lo hacía. Luego sacó el Lincoln y volvió a meterlo de cara.

Cambió la placa delantera. Con el destornillador eléctrico de Cassie Black fue coser y cantar. Decidió que se lo quedaría cuando concluyera el trabajo. El taladro y unas cuantas cosas más.

28

Un nuevo miedo se añadió a un día pavoroso. Cassie estaba sentada en el Boxster, con el motor al ralentí, enfrente de la casa de Lookout Mountain Road. La familia había dejado abierta la cortina de la ventana más grande, dejando a la vista la sala de estar y la cocina iluminada donde los tres estaban comiendo. Cassie no lo apreciaba desde el ángulo en el que se hallaba, pero recordaba del día de su visita que la silla en la que la niña se sentaba tenía un listín telefónico. Probablemente se consideraba demasiado mayor para una silla alta, pero aun así necesitaba unos centímetros suplementarios.

La mirada de Cassie vagó desde la ventana hasta el cartel. Habían colgado un pequeño listón de madera en la parte inferior de este debajo del nombre de la inmobiliaria:

RESERVADO

La casa se vendía y la familia se mudaría pronto. Se aferró con fuerza al volante, y eso le causó un intenso dolor en el codo y en el hombro. Pensó en el plan de Leo para devolver el dinero. Sabía que quizá no habría tiempo para otro golpe y que ningún trabajo le proporcionaría la cantidad de dinero que había en aquel maletín. Se sorprendió a sí misma deseando que los esfuerzos de Leo fracasasen. No podía evitarlo. Quería el dinero ya. Quería huir.

Sonó su teléfono móvil. Lo sacó de la mochila y contestó. Era Leo, pero no dijo su nombre. La conexión era horrorosa, aunque a ella incluso le sorprendió que hubiese cobertura en las colinas.

–¿Cómo estás? –preguntó él.

–Igual.

–Bueno, ¿sabes esos... estabas esperando? Acabo de recibir una llamada. Parece que... los recogeré esta noche. Ella escuchó lo suficiente para entender.

–Bien. Pero no me servirán de nada si no tengo el dinero.

–... estoy trabajando en eso. Quiero contac... Quizá mañana sepa algo. De un modo u o...

–¿Qué se supone que tengo que hacer mientras tanto?

–No te he entendido.

–¿Qué se supone que tengo que hacer mientras tanto? –preguntó ella en voz alta, como si la fuerza de su voz fuese a mejorar la frágil conexión.

–Ya hemos discutido eso, Cass. Tú ve a traba... Actúa con normalidad hasta que arregle...

–Es igual. Esta conexión da pena. Quiero largarme. –Sonó hosca, pero no le importó.

–Mira, cielo, ya casi lo tenemos. Solo espero que...

–No quiero devolverlo, Leo. Estamos cometiendo un error. Tú estás cometiéndolo. Tengo un mal presagio con esto. Tenemos que irnos. Ahora.

Leo se quedó un rato en silencio. Ni siquiera se molestó en recordarle que no pronunciase su nombre. Ella ya pensaba que se había interrumpido la conexión cuando por fin él habló.

–Mira, Cassie –dijo en un tono demasiado calmado–. Yo también tengo malas... braciones. Más de lo habitual. Pero tenemos que... y considerar todas las posibilidades. Es la única manera de que...

Cassie sacudió la cabeza y miró el cartel de la inmobiliaria una vez más.

–Claro, Leo. Lo que tú digas. Pero no olvides llamarme cuando decidas qué hacer con mi vida.

Cerró el móvil y lo desconectó, por si acaso Leo trataba de llamarla de nuevo. Mientras lo hacía, se le ocurrió de repente colarse en casa de Leo y llevarse su parte del dinero. El resto se lo dejaría a él para que hiciese lo que le viniera en gana. Sin embargo, aunque estaba enfadada con Leo, la idea la hizo sentirse culpable. Se sacudió ese pensamiento y se fijó de nuevo en la casa.

El marido, de pie en el extremo de la mesa, miraba hacia la calle. A ella. Dejó la servilleta y se levantó. Se dirigía hacia ella, a preguntarle qué hacía frente a su casa. Cassie metió la marcha rápidamente y se marchó.

29

Summer wind era la canción por excelencia. A Karch siempre le emocionaba. Cada vez que sonaba en su cedé de grandes éxitos de Sinatra, tenía que darle al botón de *Replay* y escucharla de nuevo. Todos los temas del recopilatorio eran buenos, pero ninguno comparable a *Summer wind*. Era la esencia de la clase. Lo mismo que Sinatra.

Karch ya había escuchado el cedé cuatro veces mientras controlaba la fachada del Warner Post & Pack It desde el atestado aparcamiento de un bar llamado Presnick's, a media travesía. Eran las once en punto cuando advirtió las luces de freno de un automóvil que se detenía: un Cherokee negro de unos cinco años. Era la segunda vez que pasaba a velocidad lenta junto a la tienda. Karch apagó el cedé y se preparó. Ya llevaba su mono negro, aunque en esta ocasión por un motivo distinto. Las mangas estaban decoradas con precinto grueso de distintos tamaños, que había cortado de antemano. Sacó de su maletín un completo equipo de seguimiento por satélite. Reunió las herramientas que iba a necesitar y salió del Lincoln después de abrir el maletero. De ahí sacó una camilla acolchada de mecánico, luego cerró el automóvil y caminó a paso ligero hacia Warner Boulevard.

Warner Post & Pack It era un edificio de una planta situado en una larga fila de inmuebles de similares características, todos ellos construidos casi hasta el límite de la propiedad, dejando un margen de no más de un metro entre una construcción y la contigua. Karch se escondió entre dos paredes, muy cerca del servicio postal. El hueco tenía medio metro de ancho. A lo largo del tiempo había sido usado principalmente como lugar para dejar la basura. Karch se metió entre una cantidad de desperdicios que casi le llegaban a la rodilla: sobre todo botellas y bolsas de comida rápida arrugadas. El olor invasivo de la orina se añadía a las características del lugar. Su entrada en esa oscura grieta propició que algunas criaturas ocultas se dispersaran ruidosamente por los escombros para refugiarse más adentro.

Karch se retiró un metro de la abertura y esperó a resguardo de la luz directa de la calle. Estaba seguro de que el Cherokee regresaría y que Leo Renfro sería el conductor. Lo que Karch tenía que hacer a continuación lo había hecho muchas veces en otros casos, pero nunca tan deprisa como debería hacerlo en esta ocasión. Supuso que dispondría de menos de un minuto para completar la instalación. No cabían retrasos ni errores.

El sonido de un coche que se aproximaba se filtró en el escondrijo. Karch se agazapó y mantuvo la camilla levantada a modo de escudo. Aunque Renfro mirase entre los edificios, resultaba casi imposible que detectase a Karch, a no ser que se detuviese por completo y enfocase con una linterna hacia la oscuridad.

El coche pasó despacio, y poco después Karch oyó que se detenía junto al servicio postal. Avanzó lentamente hacia la esquina del edificio contra el que se hallaba apoyado y, al asomarse, vio que, efectivamente, el vehículo estacionado junto al bordillo era el Cherokee, todavía con el motor en marcha y las luces encendidas. Karch se refugió de nuevo en su grieta y aguardó. Sabía que podía salir y secuestrar a Renfro en ese mismo momento, pero acometerle en plena calle era demasiado arriesgado y, algo más importante, Renfro no era su objetivo. La prioridad era el dinero. Y para conseguirlo tenía que seguir a Renfro a su casa, al lugar en que se sentiría más seguro. Karch sabía que allí encontraría los dos millones y medio o, en su defecto, una pista hacia Cassie Black.

El motor del Cherokee se apagó. Karch se apretó contra la pared, preparado para entrar en acción. Sintió que el estuco se le clavaba en la espalda. Se dobló hacia adelante para escuchar y la puerta del coche se abrió y luego se cerró de nuevo. Oyó pasos que se movían con rapidez sobre el asfalto y volvió a mirar a hurtadillas: un hombre de unos cuarenta y cinco años y complexión delgada metió una llave en la puerta delantera del Warner Post & Pack It.

Después de abrirla, miró calle arriba, hacia la izquierda, y luego hacia la derecha. Karch salió de su escondrijo al oír que la puerta del local se cerraba y cruzó hasta la acera donde se hallaba el Cherokee. Acuclillado detrás del vehículo y a través de la ventana del servicio postal, observó que el hombre se aproximaba a los buzones y se agachaba en la zona donde se hallaba la casilla 520. Karch supo que tenía a su hombre. Era Leo Renfro.

Encendió su linterna de boli y se la metió en la boca. Entonces puso la camilla en el suelo y se tumbó boca arriba. Se agarró de la parte inferior del parachoques y se introdujo debajo del coche. Ya había hecho una instalación en un Cherokee antes, y no esperaba tener problemas, a pesar del escaso espacio y la elevada temperatura; su pecho se frotó con los bajos grasientos en varios puntos y tuvo que mantener la cara ladeada para evitar arañarse o incluso quemarse con los tubos del sistema de escape.

Sacó el receptor satelital y el transmisor CelluLink del bolsillo derecho del mono: ambos eran pequeños artilugios cuadrados que había unido con una cinta, junto con un pequeño cabo de antena para la conexión celular. La base del receptor era un potente imán. Karch se alzó y conectó los dispositivos a los bajos del coche, justo debajo del asiento del conductor. Aunque el imán parecía sostenerse con firmeza, él siempre lo suplementaba para asegurarse. Arrancó dos grandes trozos de precinto de su brazo derecho y los utilizó para amarrar los dispositivos al carenado del Cherokee.

Utilizó el taladro de Cassie Black, preparado para amortiguar el ruido, y fijó rápidamente el cable de tierra a la carrocería con un tornillo autorroscante. Entonces rodó hasta el bordillo y trató de ver algo a través del vidrio de la oficina postal, pero el ángulo era malo y no pudo localizar a Renfro ni calcular cuánto tiempo le quedaba.

Se empujó de nuevo hacia el centro y tiró del tubo de cables que recorría el carenado inferior. Cortó el plástico protector con un cúter y rápidamente sacó un manojo de cables y los manipuló hasta encontrar uno rojo, el color que indicaba que conducía energía de forma permanente de la batería a la parte posterior del automóvil, probablemente a la luz del maletero. El extremo del cable del receptor GPS tenía un conector de pinza. Lo cerró en el cable rojo y luego tiró hacia abajo hasta notar que cortaba la funda aislante y tocaba el hilo. Miró el receptor y vio el leve brillo del piloto rojo bajo la cinta aislante.

No tenía tiempo de volver a poner los cables en su lugar, de modo que pasó inmediatamente a la última pieza de la instalación: la antena GPS. Sacó el pequeño disco del bolsillo izquierdo y empezó a desenrollar el cable. En cuanto lo conectó al receptor escuchó que se abría la puerta de la tienda. Le dio la vuelta a la linterna para ocultar el haz de luz en el interior de la boca. Esperó.

La puerta se cerró y Karch observó que los pies de Renfro se movían en dirección al Cherokee. Karch quiso soltar una maldición, pero sabía que tenía que mantenerse en silencio. Continuó desenrollando el cable de la antena.

Mientras Renfro abría la puerta del coche, Karch utilizó el sonido como cobertura y se impulsó hasta quedar justo debajo del parachoques trasero, con las piernas asomando por debajo del automóvil. Alzó la antena y enrolló el cable en torno al tubo de escape, justo cuando el coche arrancaba. Un chorro de aire caliente le golpeó la cara.

Karch sofocó una tos y rápidamente levantó el disco y lo colocó sobre el parachoques, desde donde tendría línea directa con los satélites. Se sirvió del último trozo de cinta de su manga para fijar el cable y sostener la antena al parachoques.

No había sido un trabajo fino, pero tendría que servir, dadas las circunstancias. Sabía que Renfro repararía en la antena GPS en cuanto mirase la parte de atrás de su coche. Sin embargo, Karch confiaba en que eso no iba a ocurrir en el curso de esa noche. Lo que importaba era la siguiente hora, quizá menos.

El Cherokee tembló al ponerse en marcha y empezó a separarse del bordillo. Karch dejó que el parachoques le pasase por encima y acto seguido rodó fuera de la camilla y se empujó hacia la acera. Mantuvo la cabeza baja y permaneció atento a cualquier vacilación en el ruido del motor. No la hubo. Renfro mantuvo el pie en el acelerador y salió a escape, sin mirar atrás. O si lo hizo estaría pendiente de la calzada, no de la acera.

Karch levantó la mirada mientras el Cherokee se perdía de vista. Sonrió y se levantó.

En cuanto Karch llegó al Lincoln sacó un ordenador portátil del maletín, levantó la antena y arrancó el software QuikTrak.

Con el receptor y el equipo que acababa de instalar en el Cherokee, Karch podría seguir los movimientos de Renfro gracias a un sistema de posicionamiento global que captaba una señal transmitida por el coche a un conjunto de tres satélites situados kilómetros más arriba y que devolvían a la tierra. Los satélites triangulaban la posición precisa del vehículo y enviaban los datos mediante un enlace celular con el módem del ordenador de Karch. El software QuikTrak le permitía seguir los movimientos del vehículo con datos en tiempo real, mostrados en mapas a escala de calle en la pantalla del portátil, y también podía descargar los datos grabados que mostrarían el recorrido completo durante un periodo establecido.

A Karch le interesaba, en primer lugar, asegurarse de que la instalación estaba bien hecha, que funcionaba correctamente y que no tendría problemas para seguir al Cherokee. Por si acaso, había memorizado la matrícula y podría localizar por la mañana el vehículo a través de los arcaicos sistemas del departamento de tráfico; un movimiento que confiaba en poder evitar, porque eso dejaría un rastro oficial de sus actividades.

Tecleó el código y la frecuencia del receptor y aguardó. Después de lo que le pareció una eternidad, durante la cual sintió que le caían gotas de sudor desde el cuero cabelludo, empezaron a formarse en la pantalla las líneas de un plano. Después de las líneas llegaron las palabras «Mapa regional de Los Ángeles». Luego apareció una luz roja parpadeante y empezó a trazar una línea. Era el Cherokee. La leyenda de la parte inferior de la pantalla proporcionaba la posición exacta.

RIVERSIDE DRIVE WESTBOUND 23.14.06

Karch sonrió. Lo tenía. La instalación había sido un éxito y podría seguir el mapa hasta el tesoro. Eso esperaba.

–¡De puta madre! –dijo en voz alta.

Decidió no seguir los movimientos del Cherokee en tiempo real en su coche. Supuso que probablemente Leo Renfro había abierto el sobre acolchado en el servicio postal o en el coche. En cualquier caso, la carta que encontraría en su interior era a la vez desconcertante y amenazadora. Karch suponía, basándose en las dos veces que Leo Renfro había pasado por delante antes de detenerse en Warner Post & Pack It, que su objetivo daría un buen rodeo con el fin de identificar cuidadosamente y luego perder a cualquier posible perseguidor. Tecleó una orden para crear un archivo histórico de todos sus movimientos. Luego cerró el programa y guardó el portátil de nuevo en el maletín.

Justo después de bajarse la cremallera del mono y abrir la ventana para que entrara un poco de aire, Karch oyó el grito agudo de una mujer procedente del otro extremo del aparcamiento. Se volvió hacia el sonido, pero al no ver nada decidió abrir la puerta y salir a echar un vistazo. Se puso un·cigarrillo entre los labios y lo encendió. Estaba a punto de volver al Lincoln cuando oyó otro grito y advirtió movimiento detrás de un BMW aparcado a unos diez lugares de distancia.

Karch no llevaba la pistolera con la Sig Sauer: se la había sacado y la había guardado bajo el asiento antes de enfundarse el mono. En lugar de ir a buscar el arma, se quitó la parte superior del mono y buscó en su espalda la pequeña calibre veinticinco del bolsillo de mago de sus pantalones. Entonces se ató los brazos del mono en torno a la cintura y acudió a investigar.

Ocultando la pistolita negra mientras caminaba junto a la fila de coches, Karch llegó hasta el BMW y volvió a oír los gritos. Había una pareja de pie frente al coche. Un joven y una mujer. Él la tenía tendida sobre el capó, estaba inclinado sobre ella y la besaba en el cuello, mientras la cabeza de la mujer se movía a uno y otro lado como si tratase de desengancharse del resto del cuerpo.

–¿Hay algún problema? –gritó Karch.

El hombre lo miró.

–Estamos muy bien, ¿por qué no te vas a la mierda?

Karch empezó a avanzar. El tipo se separó de repente de la mujer y se volvió hacia Karch. Se detuvo con las piernas y los brazos separados.

–¿Por qué no la dejas en paz? –dijo Karch–. No parece que...

–¿Por qué no te metes en tus asuntos de una puta vez? Está bien, solo le gusta gritar, ¿vale?

–No, no vale. A lo mejor a ti te gusta hacerla gritar para sentir que tienes el control.

El joven se lanzó repentinamente hacia Karch en un ataque que este ya esperaba. Él se hizo a un lado en un movimiento rápido propio de un torero experimentado, eludió la embestida y utilizó las manos para redirigir la inercia de su oponente contra el costado de una furgoneta. El hombre golpeó la puerta del vehículo con la cabeza, mellando el panel metálico. Cuando estaba incorporándose de nuevo y se disponía a darse la vuelta, Karch entró en acción. Empuñó la pistolita y la colocó bajo la barbilla de su oponente, hundiendo el cañón en la suave parte inferior de la mandíbula.

–¿Lo sientes? Parece pequeña verdad. Es una veinticinco, una pistola de juguete, en realidad. Es muy poco fiable a no ser que la tengas así de cerca. Si te pego un tiro ahora, la bala irá directamente a tu cerebro, pero no tendrá la suficiente fuerza para salir. Rebotará ahí dentro unas cuantas veces y hará papilla todo lo que encuentre. Es probable que no te mate, pero llevarás babero y tendrás que ir en silla de ruedas el resto de tu vida.

–Eh, déjelo en paz –dijo la chica desde atrás–. Él no ha hecho nada.

Karch cometió el error de no mirarla.

–Cállate y apártate. Este tío...

267

Ella agarró a Karch desde atrás, y este la empujó bruscamente con la izquierda mientras mantenía la pistola presionada contra el cuello del hombre. Oyó que la mujer golpeaba con fuerza el BMW y caía al pavimento.

–¡Johnny! –gritó.

–¿Has visto lo que has hecho? –gritó Johnny–. ¿Has visto lo que le has hecho, valiente? ¡El caballero de la brillante armadura!

Karch se separó de él y retrocedió hasta que pudo mantener los ojos en Johnny y al mismo tiempo ver a la mujer. Ella estaba sentada en el suelo, con las piernas separadas y medio aturdida. Johnny corrió hacia la mujer y ella le echó los brazos al cuello y empezó a llorar.

Karch se volvió y caminó a paso ligero hasta su coche.

Solo pensaba: «¿Por qué coño he hecho esto? He venido por una única razón».

Se metió en el Lincoln, dio marcha atrás y se alejó. Vio que Johnny lo miraba desde el aparcamiento.

Karch se detuvo en Magnolia Boulevard, encendió la luz interior y sacó de la guantera el libro de frecuencias de la Asociación Nacional de Fuerzas del Orden. Le había comprado el ejemplar a Iverson por quinientos dólares. Enumeraba todas las agencias del orden federales, estatales y locales y las frecuencias de transmisión de radio que tenían asignadas. Impreso en letras grandes en la parte superior de cada página ponía: «Para uso exclusivo de las fuerzas del orden». Karch se rio la primera vez que lo vio.

En la lista encontró el Departamento de Policía de Burbank y pinchó las tres frecuencias de patrulla que tenía asignadas en el escáner montado detrás del salpicadero. Programó un barrido repetido y se dispuso a escuchar. Si esa pareja con la que se había complicado había llamado a la policía, necesitaba saberlo.

Las cosas parecían tranquilas en Burbank para ser jueves por la noche. Un par de disputas domésticas fueron puestas en conocimiento de las unidades y luego llegó el aviso del aparcamiento del bar Presnick's. Había sido denunciado como un asalto y amenaza con arma de fuego.

–¡Mierda! –gritó Karch.

Descargó un puñetazo contra el volante y miró su reloj. Era casi medianoche. Sabía que no estaba lejos del aeropuerto. Podía acercarse y tratar de encontrar otro juego de placas de matrícula, pero ya se estaba haciendo tarde y sabía que tenía que salir de Burbank. Puso el coche en marcha y condujo hasta alcanzar una calle residencial. Dobló por ella y avanzó una manzana antes de detenerse. Apagó las luces, buscó bajo el asiento las auténticas matrículas del coche y salió con el destornillador eléctrico. Al cabo de un minuto volvió con las matrículas falsas en la mano. Las ocultó bajo el asiento y arrancó el coche. Avanzó una manzana antes de volver a encender los faros.

Se dirigió hacia el oeste y no volvió a detenerse hasta que salió de Burbank y estuvo bien metido en North Hollywood. Escuchó una descripción de sí mismo emitida por la policía local y no pudo reprimir una sonrisa. La descripción se pasaba por diez años y veinte kilos; el resto era tan genérico que no importaba. El número de matrícula que proporcionaban era exactamente el mismo que el de las placas ocultas bajo su asiento, pero se habían equivocado con la marca. Lo describieron como un Ford LTD. Karch encendió un cigarrillo y trató de tranquilizarse. Burbank no iba a suponer ningún problema.

Era medianoche. Karch pensó que ya había transcurrido el tiempo suficiente para que Leo Renfro llegara a su destino.

Aparcó en el estacionamiento de un supermercado abierto las veinticuatro horas llamado Ralph's. Acababa de abrir su receptor QuikTrak cuando sonó el busca. Comprobó el número y vio que se trataba de Grimaldi. Decidió no llamarle. Incluso desconectó el aparato: no quería que volviera a sonar en un momento tan inoportuno.

Karch cargó el software QuikTrak y tecleó una orden solicitando el archivo histórico de movimientos del transmisor situado bajo el coche de Leo Renfro. Un plano de la zona norte de Los Ángeles apareció en pantalla con una línea roja que mostraba el recorrido del vehículo. Acertó. Leo Renfro había dado una larga vuelta por el valle de San Fernando, conduciendo en círculos y realizando varios giros de ciento ochenta grados. El ordenador reveló que el transmisor permanecía estático desde hacía doce minutos. Renfro se había detenido. El programa situaba el vehículo en Citron Street, en Tarzana.

–Allá voy, Leo –dijo Karch en voz alta.

Arrancó el Lincoln y salió del estacionamiento para dirigirse a Tarzana.

30

No tuvo dificultades en localizar el Cherokee. Estaba aparcado en el sendero de entrada a una casita, en Citron. Al pasar, Karch se preguntó por qué Renfro no lo había metido en el garaje. Continuó conduciendo en torno al edificio, en busca de algo inusual o sospechoso, y cuando se sintió seguro aparcó a media manzana de distancia. Volvió a pasar los brazos por las mangas del mono y se subió la cremallera. Sacó la Sig Sauer de la funda y le ajustó el silenciador. Luego echó a andar calle abajo, dejando el Lincoln sin cerrar por si acaso tenía que escapar a toda prisa.

Antes de aproximarse a la casa, Karch se tumbó en el suelo junto al Cherokee y se metió debajo para recuperar su equipo satelital. Lo arrancó de la chapa y soltó los cables. Después fue a la parte posterior del vehículo para recuperar la antena de disco y guardarlo todo en el buzón situado a la entrada del sendero. Ya lo recogería más tarde, cuando volviera al Lincoln. Caminó hasta el garaje, intrigado por la decisión de Renfro de aparcar a la vista, y alumbró con su linterna de boli a través de una de las ventanitas de la puerta. El garaje estaba lleno hasta arriba de cajas de champán. Supuso que se trataba de mercancía robada y se preguntó si valdría la pena el esfuerzo de llevarse el cargamento completo y venderlo. Quizá pudiera cedérselo a Vincent Grimaldi a cambio de un buen pellizco.

Descartó la idea y se concentró en la tarea que tenía ante sí. Cruzó ante la fachada de la casa y la recorrió por la izquierda, en busca de alguna señal que revelase que Renfro tenía perros. Las alarmas no le preocupaban. La gente que trabajaba al margen de la ley casi nunca tenía alarmas, porque no quería ningún sistema de seguridad que pudiera llevar a la policía a su puerta.

A mitad de la pared lateral de la casa había un portón de madera. Karch lo escaló sin dificultades y saltó. Iluminó el césped y el lecho de arbustos que se extendía al otro lado. No había excrementos de perro en ninguna parte ni señal de que algún animal escarbara en las plantas. Apagó la linterna y continuó avanzando hasta el jardín trasero; la luna brillaba y no necesitaba más luz.

Al doblar la esquina posterior de la casa, Karch vio el brillo azulado de la superficie de una piscina. En cuanto empezó a avanzar, pegado al muro negro, oyó que se abría una puerta corredera. Retrocedió como pudo hasta la esquina y buscó una posición que le permitiera controlar la parte de atrás. Un hombre traspasó el umbral de la puerta corredera y caminó hasta el borde de la piscina. Era el hombre del servicio postal. Renfro. Miró el agua y Karch vio una aspiradora automática que se movía lentamente por el fondo. El hombre levantó entonces la mirada y pareció contemplar la luna. Karch abandonó su posición y levantó la pistola.

En ningún momento Renfro oyó nada debido al rumor de fondo de la autovía que tenía pegada a la casa. Karch apoyó el cañón en la nuca de Renfro. Este se tensó, pero eso fue todo. La gente como él espera sentir la fría boca de una pistola en la nuca antes o después.

—Bonita noche, ¿eh? –dijo Karch.

—Estaba pensando en eso –dijo el hombre–. ¿Tú eres el as de corazones?

—El mismo.

—Te busqué, pero no te vi.

—Eso es porque no estaba. Llevas una década de retraso, Leo. Instalé un GPS en tu coche. No tenía que seguirte.

—Cada día se aprende algo.

—Puede ser. Vamos adentro. Mantén las manos donde yo pueda verlas.

Karch agarró a Renfro por el cuello con un brazo y mantuvo la otra mano con la pistola en su espalda. Se encaminaron hacia la casa.

—¿Hay alguien más aquí?

—No, estoy solo.

—¿Estás seguro? Si encuentro a alguien más lo mataré.

—No lo dudo, pero no hay nadie.

Entraron en el despacho a través de la puerta corredera. Karch vio el escritorio en un extremo de la habitación, una de cuyas paredes estaba cubierta con más cajas de champán. Karch empujó bruscamente a Renfro hacia el escritorio y se separó de él. Cerró la puerta corredera sin dejar de mirarlo.

—Quédate delante de la mesa.

Leo hizo lo que le ordenó. Mantuvo las manos en alto, pero no se amilanó. Karch fue a colocarse detrás del escritorio. Vio sobre el tablero el sobre acolchado que había dejado para Renfro en el buzón y el otro que ya estaba allí. Ambos sobres estaban abiertos. Karch se sentó y miró a Renfro.

—Eres un hombre ocupado, Leo.

—Bueno, no sé. La cosa está un poco parada.

—¿De verdad? –Señaló en dirección a la pared del champán–. Parece que vas a celebrar algo a lo grande.

—Es una inversión.

Karch levantó el sobre acolchado y lo agitó hasta que el as de corazones cayó a la mesa. Tiró el sobre por encima del hombro y agarró el naipe.

–El as de corazones. La carta del dinero, Leo.

Se guardó el naipe en uno de los bolsillos del mono, luego agarró el otro sobre y lo miró.

–Tengo curiosidad. ¿Qué significa el siete siete tres? Es algún tipo de código.

–Sí, es un prefijo.

Karch negó con la cabeza.

–Debería haberlo supuesto. ¿De dónde?

–De Chicago. Es el nuevo.

–Sí, es verdad. Trabajas para Chicago.

–No, te equivocas. Yo no trabajo para nadie.

Karch asintió, pero la sonrisa de su semblante indicaba que no creía a Renfro. Levantó el otro sobre y cuando lo agitó cayeron dos pasaportes en el escritorio. Abrió uno por la página de la foto. También había un carnet de conducir de Illinois y dos tarjetas de crédito unidas con un clip. Pero a Karch le interesaba más la foto.

–Jane Davis –leyó en voz alta–. Es gracioso. Se parece un montón a Cassidy Black.

Miró a Renfro para captar su reacción. Por un momento detectó la sorpresa en su rostro, incluso la estupefacción. Karch sonrió.

–Sí, sé más de lo que imaginas.

Levantó el segundo pasaporte esperando encontrar la foto de Renfro, pero en su lugar se hallaba la de una niña pequeña. El nombre de debajo de la foto era el de Jodie Davis.

–Bueno, quizá no lo sepa todo. ¿A quién tenemos aquí? –Renfro no contestó.

–Vamos, Leo, colabora. No habrá secretos entre tú y yo.

–Jódete. Haz lo que tengas que hacer, pero que te den.

Karch se reclinó en la silla y miró a Renfro como si lo estuviese valorando.

–Vosotros, los de Chicago, os creéis intocables.

–Yo no soy de Chicago.

Karch asintió como si le entretuviesen las declaraciones de Renfro.

–Deja que te cuente una historia. Hace muchos años había un mago en Las Vegas. Llevaba mucho tiempo trabajando en los casinos, pero nunca llegó a triunfar de verdad. Siempre era el telonero, nunca la estrella. Además, tenía que educar a su hijo él solo. Es igual... El caso es que hacía un número en el Circus Circus. No era gran cosa, solo una actuación en las mesas a cambio de unas monedas, una propina. Una noche estaba jugando al monte mexicano en una mesa con tres tipos que le pedían que lo hiciera una y otra vez. Ya sabes: «Vuelve a hacerlo, que esta vez lo pillo». Solo que nunca lo pillaban. Nunca levantaban el as. La cosa fue a más y uno de los tíos se calentó. Debió de pensar que el mago les estaba tomando el pelo. Bueno, salto ya al fin de la historia. El mago ficha la salida y se va al garaje, de camino a su coche. ¿Adivinas quiénes lo estaban esperando? Los tres tipos del bar.

Karch hizo una pausa, pero no para provocar un efecto en Leo, sino porque la historia siempre le emocionaba en este punto. Cada vez que pensaba en ella o la explicaba, la rabia le quemaba como ácido en la garganta.

–Y uno de ellos, el jefe de los tres tipejos, tenía un martillo. No dijeron ni una palabra. Se limitaron a poner al mago sobre el capó del coche. Uno de ellos lo amordazó con su corbata. Entonces, uno a uno, el hombre del martillo le rompió al mago todos los nudillos. En un momento dado se desmayó, y cuando terminaron lo dejaron allí tirado en el suelo, al lado de su coche. Nunca volvió a trabajar de mago. Ni siquiera podía esconder una moneda entre los dedos. Cada vez que lo intentaba, se le caía al suelo. Yo estaba sentado en mi cama mientras oía cómo intentaba practicar trucos en la otra habitación. Pero lo que escuchaba era cómo caía la moneda al suelo de madera una y otra vez... A partir de entonces se ganó la vida como chófer, hasta que el cáncer lo mató. Aunque él ya había muerto mucho tiempo atrás.

Karch miró a Renfro.

—¿Sabes quién era el tío del martillo?

Renfro negó con la cabeza.

—Era Joey *el Marcas*, el jefe de Chicago en Las Vegas.

—Joey *el Marcas* está muerto —dijo Renfro—. Y como ya te he dicho, no trabajo para Chicago ni para nadie. Karch se levantó y rodeó el escritorio.

—He venido a por el dinero —dijo con voz tranquila—. Robaste a la gente equivocada y he venido a solucionarlo. Me da igual si estás con Chicago o no. No voy a irme sin el dinero.

—¿Qué dinero? Yo vendo pasaportes e invierto en champán. No soy un ladrón.

—Escúchame, Leo. Tu informador está muerto y el de las cámaras también. No querrás acabar como ellos, ¿verdad? Así que dime dónde está el dinero y dónde está Cassie Black.

Renfro se volvió para dar la cara a Karch, con la espalda hacia la puerta corredera. Detrás de él la piscina brillaba en la oscuridad. Bajó la barbilla como si mirase en su interior para tomar una decisión. Entonces asintió para sí y miró de nuevo a Karch.

—¡Que te den!

Karch negó con la cabeza.

—No, Leo, esta vez eres tú a quien van a joder.

Bajó el cañón de la pistola y disparó con toda la calma del mundo. La bala destrozó la rodilla izquierda de Leo. Traspasó limpiamente el hueso y el tejido, golpeó el suelo detrás de él y rebotó hacia la puerta corredera de cristal. La puerta se hizo añicos. Grandes trozos de cristal afilado saltaron y se pulverizaron. Renfro cayó al suelo y se agarró la rodilla con ambas manos. Su cara era una máscara de dolor.

El cristal roto causó más ruido del que Karch habría querido hacer. La puerta quedó hecha añicos, salvo por un trozo grande de cristal mellado que permanecía en pie en la parte inferior del marco. Supuso que la casa había sido construida antes de que el cristal de seguridad se convirtiese en un elemento imprescindible. Miró hacia el jardín y confió en que el sonido de la autovía hubiese ahogado el ruido.

Renfro empezó a jadear y a gemir mientras rodaba sobre el cristal y se cortaba en los brazos y en la espalda; el suelo empezaba a ponerse resbaladizo con tanta sangre. Karch se acercó a Renfro y se cernió sobre él.

—Dame el dinero, Leo, y te prometo que acabaré deprisa y sin dolor.

Esperó, pero no obtuvo respuesta. El rostro de Renfro estaba amoratado. Los labios mostraban una mueca de dolor que dejaba entrever sus dientes apretados.

—¿Leo? Leo, escúchame. Sé que te duele mucho, pero escucha. Si no me das el dinero, vamos a estar aquí toda la noche. ¿Crees que te duele ahora? No te imaginas lo que...

—¡Jódete! Yo no tengo el dinero.

Karch asintió.

—Bueno, vamos haciendo progresos, ¿no? Ya hemos pasado la etapa de «¿Qué dinero?». Si tú no lo tienes, ¿dónde está entonces?

—Se lo di a Chicago.

La respuesta le llegó a Karch con demasiada rapidez. Miró de cerca el rostro de Renfro y decidió que estaba mintiendo.

—No me lo creo, Leo. ¿Dónde está la chica? ¿Dónde está Cassie Black, Leo?

Renfro no respondió. Karch dio un paso atrás y, sin inmutarse, le disparó en la otra rodilla.

Renfro dejó escapar un grito, seguido por una sarta de insultos que también se disolvió entre gemidos. Rodó sobre su pecho, con los codos juntos y el rostro entre las manos. Tenía las piernas abiertas y dos charcos de sangre idénticos brotaban de sus rodillas. Karch miró a través de la puerta rota hacia la piscina y buscó luces o alguna indicación de que los vecinos se habían despertado. Solo oyó el fragor de la autovía. Esperaba que eso lo protegiese.

–De acuerdo –lloriqueó Leo–. Te lo diré, te lo enseñaré.

–Eso está muy bien, Leo. Ahora nos entendemos.

Renfro levantó la cabeza y se incorporó sobre los codos. Empezó a avanzar hacia la puerta hecha añicos, arrastrando las piernas y dejando un rastro de sangre.

–Te lo diré –masculló entre el dolor y las lágrimas–. Te lo enseñaré.

–Pues dímelo, Leo –dijo Karch–. ¿Adónde crees que vas? No puedes ir a ninguna parte. Ni siquiera puedes caminar. ¿Cómo vas a pedir ayuda? Solo tienes que decirme dónde está.

Renfro se acercó más a la puerta, en otro doloroso paso. Cuando habló lo hizo entre dientes y con voz entrecortada.

–Lo ves... fue la maldita luna... la luna vacía de curso...

–¿De qué estás hablando? ¿Dónde está el dinero? Karch se dio cuenta de que había ido demasiado lejos.

Renfro deliraba a causa del dolor y la pérdida de sangre. Pronto no le serviría de nada.

–La luna vacía de curso –repitió Renfro–. Fue la luna vacía de curso.

Karch dio un paso hacia él.

–¿Vacía de curso? ¿Qué quiere decir eso?

Renfro dejó de moverse. Volvió el rostro y miró a Karch. La tensión había desaparecido, parecía casi relajado.

–Quiere decir que puede pasar cualquier cosa, hijo de puta.

Esta vez su voz sonó con fuerza. De repente se impulsó con los codos y apoyó las palmas de las manos en el suelo. Estiró los brazos con todas sus fuerzas y se dejó caer sobre la puerta corredera. Su cuello se desplomó sobre el trozo de cristal afilado que aún se mantenía en el marco de la puerta.

Karch comprendió demasiado tarde lo que pretendía.

–No, maldita sea.

Se agachó, agarró a Leo por el cuello y tiró de él hasta desclavarle del cristal. Lo dejó en el suelo y lo agarró por el hombro para darle la vuelta.

Había tardado demasiado en reaccionar. Un profundo tajo recorría el cuello de Renfro. Se había cortado la garganta y la sangre manaba del lado izquierdo, donde se había seccionado la carótida.

Los ojos de Leo Renfro brillaban al mirar a Karch. En su rostro se formó una sonrisa sangrienta. Lentamente, levantó una mano y la utilizó para sostenerse el cuello. Su voz salió en un ronco susurro.

–Has perdido.

Leo dejó caer la mano y la sangre manó de nuevo de su cuello. Mantenía la sonrisa en el rostro y los ojos fijos en Karch.

Karch se arrodilló y se cernió sobre él.

–Crees que me has vencido, ¿eh? ¿Crees que has ganado?

Leo solo podía contestar con una sonrisa. Karch conocía la traducción: «Jódete». Levantó la pistola y presionó el cañón contra la boca sangrienta de Leo.

–No has ganado.

Se echó hacia atrás y volvió la cabeza. Apretó el gatillo y el disparo voló la parte posterior del cráneo de Renfro. Lo mató al instante.

Karch apartó la pistola y examinó el rostro del cadáver. Tenía los ojos abiertos y de algún modo conservaba su sonrisa.

–Jódete, no me has ganado.

Karch miró en torno a sí. Vio una salpicadura de sangre en el empeine blanco de uno de sus zapatos Line Tread. Usó el pulgar para limpiarlo y luego se secó el dedo en la camisa de Leo.

Se levantó y miró por el despacho. Suspiró audiblemente. Sabía que tenía por delante una larga noche de búsqueda. Tenía que encontrar el dinero. Tenía que encontrar a Cassie Black.

31

El viernes por la mañana, Cassie Black llegó al concesionario a las diez y se reunió con Ray Morales. Él había atendido sus llamadas durante sus últimos días de ausencia. Ray dijo que todo estaba tranquilo, pero que un posible cliente vendría a las tres para probar un Boxster nuevo. Acababa de cerrar un acuerdo millonario con la Warner Brothers. Ray obtuvo la información del *Hollywood Reporter* y confiaba en lograr una venta fácil. Cassie le agradeció que hubiera pensado en ella y ya se encaminaba a su despacho cuando él la detuvo.

–¿Estás bien, chiquilla? –preguntó.

–Claro, ¿por qué?

–No lo sé; no parece que estés durmiendo mucho últimamente.

Cassie levantó la mano derecha y se agarró el codo, que todavía le dolía a consecuencia de la descarga.

–Ya lo sé –dijo–. Solo he estado pensando en algunas cosas, y eso no me deja dormir.

–¿Qué cosas?

–No lo sé, cosas. Estaré en mi despacho si me necesitas.

Ella lo dejó y se refugió en el santuario de su pequeño despacho. Dejó caer la mochila a los pies del escritorio y se sentó. Puso los codos sobre el cartapacio y se mesó el cabello. Sintió ganas de gritar que no podía hacer eso nunca más, pero trató de dejar a un lado su ansiedad y se recordó a sí misma que, de un modo u otro, su vida iba a cambiar muy pronto.

Levantó el teléfono para comprobar su buzón de voz, aunque el martes había dejado un mensaje diciendo que estaría fuera unos días y que desviaba las llamadas a Ray Morales hasta su regreso. De todos modos, le habían dejado cuatro mensajes. Uno era de una chapistería que le informaba de que ya tenían preparado el juego de cuatro ruedas cromadas personalizadas para un Speedster del 58 que había vendido. La segunda llamada, también de la semana anterior, era de uno de los posibles clientes de Ray, un productor de la Fox. No llamaba por el coche que había probado, sino para decirle que le había gustado su estilo y que si quería acompañarle a la *première* de la película de un amigo la semana siguiente. Cassie ni se molestó en apuntar el número de móvil del tipo.

—Si te gustó mi estilo, ¿por qué no compraste el coche? —dijo en voz alta.

El tercer mensaje era de Leo. Su voz mostraba una agitación que nunca le había oído. El mensaje se había recibido a las doce y diez de la noche. Lo escuchó tres veces.

«Hola, soy yo. ¿Qué le pasa a tu móvil? No puedo contactar contigo. Es igual, acabo de volver del correo. Tengo lo que me pediste, pero había algo más, algo malo. Un as de corazones del Flamingo. No sé qué significa, pero significa algo. Llámame cuando escuches esto. Contempla todas las precauciones y ten mucho cuidado. Ah, y borra este mensaje».

Cassie pulsó el tres en el teléfono para borrar la grabación de Leo antes de escuchar el cuarto mensaje. La última llamada la había recibido a las siete y media de esa mañana. Habían colgado sin decir nada. No había sonido de fondo; solo unos segundos de alguien que respiraba y luego cortaba la comunicación. Se preguntó si habría sido Leo.

Colgó el teléfono, se agachó y se puso la mochila en el regazo. Hurgó en ella hasta extraer su móvil. Estaba apagado. Recordó haberlo hecho la noche anterior después de hablar con Leo y decidir que no quería que volviese a comunicarse con ella.

Conectó el teléfono y lo dejó sobre la mesa. Continuó rebuscando en su mochila hasta encontrar la baraja que había comprado en la tienda de recuerdos del Flamingo. Abrió el paquete y empezó a pasar las cartas en busca del as de corazones. Cuantas más cartas miraba, más crecía el pánico en su interior. Cuando llegó a la última sin ver el as de corazones maldijo en voz alta y lanzó el mazo contra el póster de Tahití. Los naipes se desparramaron en todas direcciones y cayeron al suelo y sobre el escritorio.

–¡Mierda!

Enterró el rostro entre las manos mientras trataba de pensar qué hacer. Levantó el teléfono para llamar a Leo, pero se lo pensó mejor. «Contempla todas las precauciones». Pensó utilizar el móvil, pero también descartó esta posibilidad. Abrió el cajón del escritorio, agarró un puñado de monedas de la bandeja de los lápices y se levantó.

Abrió la puerta y casi se dio de bruces con Ray Morales, que al parecer había acudido a ver a qué se debía tanto escándalo.

–Perdón –dijo ella, al tiempo que hacía un movimiento para rodearle.

Ray se fijó en las cartas que llenaban todo el espacio.

–¿Estás jugando a agarrar una entre cincuenta y dos?

–Más bien cincuenta y una.

–¿Qué?

–Vuelvo en unos minutos, Ray. Tengo que dar un paseo.

Él miró en silencio cómo cruzaba el concesionario y salía a la calle.

Cassie caminó la media manzana que la separaba del Cinerama Dome, donde sabía que había un teléfono público en el exterior. Marcó el número del móvil de Leo de memoria y escuchó diez timbrazos antes de colgar. Dudando de todo, volvió a marcar por si acaso se había equivocado la primera vez. Esta vez esperó doce timbrazos antes de colgar. El temor que había empezado a crecer en su interior mientras buscaba el as de corazones había subido muchos peldaños en la escalera del pánico.

Trató de calmarse y buscar una razón por la que Leo no contestaba. Leo estaba unido a su móvil como si se tratase de un hermano siamés. Si el teléfono hubiese estado desconectado, la llamada habría sido transferida a un buzón de voz; nunca se habría encontrado con tantos timbrazos sucesivos. De manera que el teléfono estaba encendido, pero nadie contestaba. La cuestión era por qué.

De repente recordó la piscina. Leo se hacía unos largos cada mañana. Se habría llevado el teléfono a la mesa de al lado de la piscina, pero si estaba en el agua no lo escucharía. No con el ruido del chapoteo y el de la autovía.

La explicación la calmó un poco. Llamó una vez más al número de Leo, pero de nuevo no contestó. Colgó el aparato y decidió regresar al concesionario. Volvería a intentarlo al cabo de media hora o cuarenta y cinco minutos. Recordó que Leo le dijo una vez que nadaba cinco kilómetros cada día. No sabía cuánto tiempo le llevaría, pero supuso que con media hora sería suficiente.

Al cabo de cinco minutos regresó al concesionario y vio que Ray y un hombre que llevaba un sombrero estilo años cincuenta miraban un Carrera plateado con alerón de cola de ballena. Ray vio a Cassie y le hizo una seña para que se uniese a ellos.

—Cassie, este es el señor Lankford. Quiere comprar un coche.

El cliente se volvió y sonrió con apuro.

—Bueno, quiero ver un coche. Quiero decir, conducirlo. Luego ya veremos. —Extendió la mano—. Terrill Lankford.

Le estrechó la mano. El apretón era firme y la mano seca como el polvo.

—Cassie Black.

Ella miró a Ray. No quería hacerlo, no tenía la cabeza para vender coches.

—Ray, ¿aún no ha llegado Billy? ¿O Aaron? Quizá alguno de ellos pueda...

—Meehan está en una prueba y Curtis no entrará hasta las doce. Necesito que le muestres el coche al señor Lankford.

El tono de Ray indicaba que estaba más que ofendido por su excéntrico comportamiento y que no iba a permitir ningún tira y afloja. Ella volvió su atención hacia el señor Lankford. Era pulcro e iba bien vestido, con un aspecto retro que combinaba con el sombrero. A juzgar por su tez pálida supuso que estaría interesado en un cupé. No estaba mal, porque no hacían cupés del Boxster, y eso solo le dejaba los muy caros Carrera.

—¿En qué modelo está interesado?

Lankford sonrió, mostrando una dentadura perfecta. Cassie notó que sus ojos eran del gris del asfalto, una combinación inusual con el pelo negro del hombre.

—Quiero un Carrera nuevo.

—Muy bien. Tengo uno. Si le da el carné de conducir y la tarjeta del seguro a Ray, él hará una fotocopia mientras yo preparo el coche.

La boca de Lankford se abrió, pero no dijo nada.

—Tiene el documento del seguro, ¿no? —preguntó Cassie.

—Claro, claro.

–Muy bien, entonces deje que Ray se ocupe de eso y yo iré a buscar el coche. ¿Cabriolet o cupé?

–¿Perdón?

–¿Descapotable o de techo fijo?

–Ah. Bueno, hace un día tan bonito hoy que ¿por qué no le quitamos el techo?

–Perfecto. Tenemos uno disponible en *stock*. Es color plata ártico, ¿qué le parece?

–Genial.

–Muy bien, vaya a la cochera cuando haya terminado con Ray. –Señaló hacia las puertas de cristal de la parte de atrás del concesionario.

–Nos encontramos allí –dijo Lankford.

Mientras Ray llevaba al cliente al despacho financiero, donde se hallaba la fotocopiadora, Cassie fue a la oficina de su jefe y cogió la llave del cabriolet plateado del tablero. Luego volvió a su propia oficina y sacó su billetera de la mochila. Miró en torno a sí y vio los naipes tirados por todas partes. Comprendió que si Lankford quería comprar tendría que retenerlo en la oficina de Ray mientras ordenaba la suya. De momento no tenía tiempo.

Iba a salir del despacho cuando se acordó de algo. Agarró el móvil y se lo enganchó al cinturón. «Por si llama Leo», se dijo.

Salió hacia el aparcamiento lateral. Entró, deslizó su billetera en un portacedés del salpicadero y arrancó. Bajó las ventanas y el techo, comprobó el depósito de gasolina y vio que tenía un cuarto de tanque. Entonces se dirigió hacia la salida del concesionario, justo en el momento en que Lankford salía.

–Déjeme que conduzca yo hasta que salgamos de aquí –dijo por encima del sonido del motor que Cassie llevaba sobrerrevolucionado para calentarlo.

Lankford sonrió, le hizo una señal de aprobación y se sentó en el asiento del copiloto. Ella condujo por Sunset y luego hacia el norte, por Vine. En Hollywood Boulevard dobló a la izquierda y puso rumbo a Cahuenga, que tomó de nuevo hacia el norte, en dirección a las colinas y Mulholland Drive.

Al principio circularon en silencio. A Cassie le gustaba dejar que los clientes escucharan el coche, que sintieran su potencia en las curvas, que se enamorasen de él, antes de empezar a hablar. No le gustaba comenzar con la charla de venta y los detalles hasta que el cliente ocupaba su lugar tras el volante. Además, sus pensamientos no estaban en Lankford ni en su interés en el coche de setenta y cinco mil dólares. No dejaba de pensar en la llamada de Leo y en la ansiedad que había detectado en su voz.

El Carrera subía sin aparente esfuerzo por las curvas de Mulholland, desde Cahuenga y hacia la cima de las montañas de Santa Mónica. En el mirador de Hollywood, se detuvo en el arcén, paró el motor y salió.

—Su turno —dijo; sus primeras palabras desde que subió al Porsche.

Caminó hasta el quitamiedos del precipicio y miró al Hollywood Bowl, bastante más abajo. Su mirada viajó desde el Bowl, a través de Hollywood, hasta los rascacielos del centro de la ciudad. La gruesa capa de contaminación tenía un tinte rosa anaranjado, pero por algún motivo su aspecto no era en absoluto desagradable.

—Bonita vista —dijo Lankford desde detrás de ella.

—A veces.

Ella se volvió y observó cómo él ocupaba el asiento del conductor; luego rodeó el vehículo y se sentó a su derecha.

—¿Por qué no sigue un rato por Mulholland? Así se formará una idea de cómo se maneja. Podemos bajar por Laurel

Canyon hasta la ciento uno y volver a Hollywood; así podrá acelerar por la autovía.

–Buena idea.

Encontró la llave de contacto en el lado izquierdo enseguida y arrancó. Salió marcha atrás, luego puso la primera y se metió en Mulholland. Mantenía permanentemente la mano derecha en la palanca del cambio. Cassie se dio cuenta de inmediato de que sabía conducir.

–Ya veo que ha conducido uno igual antes, pero voy a darle la charla de todos modos.

–Muy bien.

Ella empezó a relatar las virtudes del vehículo, empezando por el nuevo motor y transmisión refrigerados por agua y siguiendo por la suspensión y los frenos. Luego pasó a especificar los accesorios incorporados.

–Lleva instalado control de crucero, control de tracción y ordenador de a bordo, todo de serie. Tiene cedé, elevalunas y techo eléctrico, dos *airbags*. Y allí abajo... –Señaló entre sus piernas a la parte frontal del asiento. Lankford miró un momento, pero enseguida fijó la vista en la carretera– tiene un anulador del *airbag* automático, por si viaja con un niño pequeño. ¿Tiene hijos, señor Lankford?

–Llámeme Terrill. Y no, no tengo hijos. ¿Y usted?

Cassie tardó un momento en responder.

–Supongo que no.

Lankford sonrió.

–¿Supone que no? Creía que esa era una pregunta de sí o no para una mujer.

Cassie no hizo caso del comentario.

–¿Qué le parece el coche..., Terrill?

–Muy suave, muy dulce.

–Lo es. ¿En qué se gana la vida?

Él la miró.

El viento amenazaba con volarle el sombrero. Levantó una mano y se lo caló un poco más.

–Supongo que podría decir que me dedico a resolver problemas –dijo–. Soy consultor, tengo mi propia consultoría. Me encargo de distintas cosas. En realidad, soy mago. Hago desaparecer los problemas de otras personas. ¿Por qué lo pregunta?

–Simple curiosidad. Estos coches son caros. Debe de ser muy bueno en lo que hace.

–Oh, lo soy, sin duda. Y el precio no es un problema. Pago en efectivo. En realidad, Cassie, espero ingresar una buena suma de dinero pronto. De hecho, muy pronto.

Cassie lo miró y sintió un repentino escalofrío de miedo. Fue algo instintivo.

Lankford pisó un poco más a fondo el acelerador y el Porsche empezó a tomar las cerradas curvas más deprisa. Él la miró de nuevo.

–Cassie. ¿Qué es, diminutivo de Cassandra?

–De Cassidy.

–¿Como Butch Cassidy? ¿Sus padres eran fans de los delincuentes?

–Como Neal Cassidy. Porque mi padre estaba siempre en la carretera, o eso me dijeron.

Lankford frunció el ceño y aceleró un poco más.

–Eso está muy mal. Mi padre y yo estábamos muy unidos.

–Yo no me quejo. ¿Quiere ir un poco más despacio, señor Lankford? Me gustaría volver entera al concesionario, si no le importa.

Lankford no respondió ni de palabra ni levantando el pie. El coche tomó otra curva a gran velocidad, con los neumáticos protestando mientras pugnaban por aferrarse al asfalto.

–Le he dicho que...

–Sí –dijo Lankford por fin–, que quiere volver viva.

Lankford pronunció la frase en un tono que revelaba que no se refería a un eventual accidente de tráfico. Cassie lo miró y se removió en su asiento para que su cuerpo quedara pegado a la puerta.

–¿Cómo dice?

–He dicho que quiere asegurarse de volver viva, Cassidy.

–Muy bien, pare el coche. No sé a qué cree que...

Lankford pisó a fondo el freno y dio un volantazo hacia la izquierda. El Porsche derrapó y dio un giro de ciento ochenta grados hasta detenerse. Miró a Cassie y sonrió, luego metió de nuevo la marcha y levantó el pie del embrague. El coche saltó hacia adelante y él empezó a acelerar por las curvas, de nuevo en la misma dirección por la que habían venido.

–¿Qué diablos está haciendo? –gritó Cassie–. ¡Pare el coche! ¡Pare el coche ahora mismo!

Cassie levantó la mano derecha y se agarró a la abrazadera del parabrisas. Su mente se movía a la misma velocidad que el coche mientras trataba de urdir un plan de fuga.

–De hecho, no me llamo Lankford –decía el hombre que tenía al lado–. Saqué el nombre de un libro que encontré anoche en un estante de la casa de Leo Renfro. Cuando tu jefe me preguntó el nombre en el concesionario no se me ocurrió ningún otro, ¿sabes? Me llamo Karch. Jack Karch, y he venido a buscar el dinero, Cassie Black.

Una idea se abrió paso a través del terror que crecía en el interior de Cassie: «Jack Karch –pensó–. Yo conozco ese nombre».

32

El Porsche descendía en un salvaje eslalon por Mulholland. Jack Karch iba demasiado deprisa para su capacidad de conducción y el coche cruzaba de manera intermitente la línea amarilla que separaba los dos carriles de la carretera y luego rebotaba saliéndose hasta el arcén. Karch iba en la zona roja del cuentarrevoluciones, pero no quería bajar la mano del volante para meter una marcha más larga. El motor rugió y protestó mientras el coche tomaba las curvas. Cassie se agarró de la abrazadera del parabrisas con ambas manos, pero era sacudida violentamente adelante y atrás. Karch gritó por encima del estruendo del motor.

–¡Quiero el puto dinero!

Ella no contestó nada. Estaba demasiado ocupada mirando la carretera que se desenroscaba ante ellos y pensando en que iban a salirse del arcén y precipitarse por el barranco.

–¡Martin está muerto! ¡Paltz está muerto! ¡Leo está muerto!

Ella se volvió hacia Karch ante la mención del último nombre. Sintió que le desgarraban el corazón. Karch levantó el pie y, aunque mantuvo el coche a buena velocidad, el ruido del motor y el viento disminuyeron.

—Están todos muertos —dijo él—, pero no necesito ni quiero hacerte daño a ti, Cassie Black. —Sonrió y negó con la cabeza—. En realidad, te admiro. Haces bien tu trabajo y eso es encomiable. Pero he venido a buscar el dinero y tú me lo vas a dar. Si lo haces, estaremos en paz.

Cassie habló despacio y con dureza.

—No sé de qué está hablando, ¿vale? Pare el coche.

El semblante de Karch adquirió de repente un aire de sincera decepción. Negó con la cabeza.

—Me he pasado toda la noche en casa de Leo. He despedazado ese lugar. He encontrado un montón de champán y el maletín que buscaba, pero no he encontrado lo que esperaba ver en su interior. Y no te he encontrado a ti hasta casi el amanecer. Lo tenía delante, en el móvil de Leo. Le di al botón de rellamada y conecté con el concesionario. Me salió una lista de extensiones y, ¡quién lo iba a decir!, oí el nombre de Cassie Black. Llamé otra vez solo para oír tu voz. «Soy Cassie, de Hollywood Porsche. Estaré unos días fuera de la oficina, pero si vuelve a llamar y pregunta por Ray Morales, él le atenderá». Bla, bla, bla. No me mientas. No me gusta. ¡Quiero el dinero!

—¡He dicho que pare el coche!

—Claro.

Karch dio un fuerte volantazo hacia la derecha y el Carrera se metió violentamente en una carretera de grava que atravesaba una pineda. Cassie pensó que era una pista forestal o algún tipo de camino de acceso de un servicio público. Fuera lo que fuese, estaba claro que Karch buscaba alejarse del tráfico y de potenciales testigos.

Cuando estaban a doscientos metros de la carretera, Karch pisó a fondo el freno y el Porsche derrapó hasta detenerse sobre la gravilla. Cassie fue impulsada hacia adelante y su cuerpo, contenido por el cinturón de seguridad, rebotó hacia atrás. Aún no se había recuperado del brusco frenazo cuando se encontró con Karch inclinado hacia ella y apretando el largo cañón de una pistola contra su rostro. Él levantó su mano libre y la apoyó bajo la mandíbula de ella.

—Escúchame. ¿Me oyes?

Estaba apretándole la mandíbula y ella no podía hablar. Asintió.

—Bien. Tienes que saber que a la gente para la que trabajo solo le importa el dinero. Nada más. Así que no te comportes como tus colegas Leo y Jersey, si no quieres acabar igual que ellos.

Cassie se limitó a mirar el arma. Advirtió que llevaba silenciador.

—No pienses —dijo Karch—. ¡Habla!

Él disminuyó la presión ligeramente para que ella pudiese hablar.

—De acuerdo —dijo ella—. No me hagas daño y te diré dónde está el dinero.

—Vas a hacer más que eso, cielo. Me vas a llevar hasta allí.

—De acuerdo. Lo que...

Él la cortó, apretándole el cuello.

—Tienes una sola oportunidad. ¿Está claro?

Cassie asintió. Karch poco a poco la fue soltando hasta que apartó la mano. Ya se estaba retirando hacia su asiento cuando de repente chascó los dedos y se inclinó de nuevo hacia ella. Levantó la mano hacia la cara de Cassie y ella se estremeció, pero la mano pasó de largo hasta su oreja.

—He visto tu despacho del concesionario antes de que aparecieras. Estaba repleto de cartas, como si estuvieses buscando algo. ¿Esto quizá?

Karch retiró su mano y sacó algo de detrás de la oreja de ella. Lo sostuvo sonriente ante el rostro de Cassie. Era el as de corazones.

–¡Magia! –dijo.

Y entonces ella lo recordó. Magia. El nombre de Karch. Recordó los artículos de los periódicos que había leído en las celdas de la Metro antes de llegar a un acuerdo. Jack Karch. Era él.

Él leyó algo en su rostro.

–No te ha gustado, ¿eh? Bueno, sé algunos trucos más. Después de que nos ocupemos de esto, te enseñaré un auténtico número de desaparición.

Karch se colocó al volante, con el brazo derecho todavía extendido y apuntando la pistola negra a las costillas de ella.

–Ahora vamos a tener que trabajar juntos, ¿te parece bien? Pon la marcha.

Él pisó el pedal del embrague y ella metió la primera. Karch arrancó, dio la vuelta y subió de nuevo por el sendero de grava hasta Mulholland. Después de acelerar pidió que metiera la segunda y ella obedeció. Karch empezó a hablar de nuevo, como si hubieran salido a dar un paseo dominical.

–¿Sabes una cosa? Tengo que decirte que la forma en que hiciste esto... Tengo que quitarme el sombrero. Creo que, ¿sabes?, en otras circunstancias tú y yo quizá podríamos... No sé, hacer algo.

Él sacó la mano del volante y señaló la palanca del cambio.

–¿Ves? Trabajamos bien juntos.

Ella no respondió. Sabía que era un psicópata capaz de hablar sinceramente de hacer planes con una mujer a la que mantenía encañonada. A Cassie no le cabía ninguna duda de que el tipo la mataría, que ella sería parte del número de desaparición que le había prometido. No pudo evitar una sonrisa triste ante la ironía de su situación: podía objetar que ese hombre ya la había matado seis años y medio antes.

–¿Qué es lo que tiene tanta gracia?

Ella lo miró. Él había percibido su sonrisa insustancial.

–Nada. Los caprichos de la vida, supongo. Y las coincidencias.

–¿Te refieres al destino, la mala suerte y todo eso?

Ella movió disimuladamente el brazo derecho hasta colocar la mano entre sus piernas. Karch lo notó y empujó el cañón con más fuerza en su costado.

–¿Como la luna vacía de curso?

Ella se volvió bruscamente para mirarlo.

–Sí, anoche Leo mencionó algo al respecto. Más tarde, mientras buscaba el dinero leí uno de esos libros que tenía. Era un gran creyente. Al final no le sirvió de mucho, ¿no? ¿Adónde vamos?

Avanzaban entre el pinar, subiendo hacia Mulholland. Cassie se dio cuenta de que esa podía ser su mejor oportunidad. Respiró hondo e hizo su movimiento.

–¿Cuándo subiste allí...?

Empezó a levantar el brazo izquierdo como si quisiera señalar algo, pero de repente dio un manotazo y apartó la pistola de su diafragma. En un abrir y cerrar de ojos, agarró el volante con la mano izquierda, al tiempo que bajaba la derecha para desactivar el *airbag*. Tiró con fuerza del volante hacia la derecha y el coche se salió del camino de grava y se estrelló en el tronco de un pino. Todo pasó tan deprisa que Karch no tuvo tiempo de gritar ni de disparar.

El *airbag* del conductor se abrió desde el volante al impactar con el árbol y empujó a Karch contra el reposacabezas.

El cinturón de seguridad de Cassie detuvo su trayectoria antes de que golpease el parabrisas. Quedó momentáneamente aturdida, pero sabía que tenía que moverse. Se desabrochó el cinturón y trató desesperadamente de abrir la puerta, pero esta no se movió. No lo intentó una segunda vez, así que se alzó y saltó por encima. Echó a correr inmediatamente, colina abajo, por entre los árboles, sin volverse a mirar al Porsche.

Karch estaba más que momentáneamente aturdido por el impacto. El golpe del *airbag* fue certero: un uno-dos directo al pecho y la mandíbula. El pequeño explosivo utilizado para impulsar el colchón de aire desde el volante también le había chamuscado la cara y la garganta. El impacto le arrebató la pistola de las manos; la envió a uno de los minúsculos asientos traseros. Cuando el *airbag* empezó a desinflarse se recuperó y se lo sacó de la cara. Trató de saltar, pero el cinturón de seguridad lo retuvo. Rápidamente se lo soltó y se arrodilló en el asiento. Miró en todas direcciones hasta que finalmente divisó a Cassie Black descendiendo a toda velocidad entre los árboles.

Instintivamente supo que no la alcanzaría. Le llevaba la delantera, y probablemente sabía adónde se dirigía. Era el territorio de ella, no el suyo.

–¡Mierda!

Encontró la Sig Sauer en el asiento trasero. Se estiró para agarrarla y se deslizó de nuevo a su asiento. Hizo girar la llave y trató de arrancar el coche. No ocurrió nada. A pesar de que volvió a intentarlo varias veces, lo más que consiguió fue oír un ligero clic.

–¡Mierda!

Trató de abrir la puerta, pero estaba encallada. Al parecer, el impacto con el árbol había dañado la carrocería de manera que las puertas no podían abrirse. Empezó a subirse al asiento para salir y al hacerlo vio la billetera negra que Cassie Black había dejado en el portacedés del salpicadero. La agarró y la abrió. Detrás de una ventanilla de plástico había un carné de conducir de California. Examinó la foto de Cassie Black y luego miró la dirección. Vivía en Selma, en Hollywood.

Karch miró hacia el bosque. Cassie Black ya se había perdido. Aun así, de pie, en el asiento delantero del Porsche, sostuvo en alto la billetera como si ella estuviese en algún lugar desde el que pudiera verle.

–Mira lo que he encontrado –gritó–. Todavía no has ganado, cielo.

Sacó el silenciador de la Sig Sauer y disparó al aire, solo para hacerle saber que iba a por ella.

En su cuidadosa carrera colina abajo, Cassie empezó a oír música y utilizó la fuente del sonido como guía. Al final salió del bosque en el estacionamiento del Hollywood Bowl. Supuso que la Filarmónica estaría ensayando. Siguió la ruta de acceso hasta Highland y luego caminó por Sunset.

Tardó veinte minutos en regresar al concesionario. Mientras se aproximaba vio dos coches blancos y negros de la policía aparcados en la entrada del estacionamiento. También había un coche sin identificar con una sirena en el salpicadero, aparcado enfrente de Hollywood Porsche. Detrás había una ambulancia, pero tenía el portón trasero cerrado.

Entre la multitud congregada en la acera se contaba la mayoría del personal de ventas y servicio. Cassie se acercó a un vendedor llamado Billy Meehan, que miraba al concesionario con semblante afligido.

–¿Qué ha pasado, Billy?

Él la miró y sus ojos se abrieron de par en par.

–Oh, gracias a Dios. Pensé que estabas allí dentro con ellos. ¿Dónde te habías metido?

Cassie vaciló, luego se decidió por una mentira que técnicamente no era tal.

–Estaba dando un paseo. ¿Allí dentro con quién?

Meehan puso las manos sobre los hombros de ella y se inclinó hacia su rostro, como si se dispusiera a darle muy malas noticias. Eso es lo que iba a hacer.

–Ha habido un atraco. Alguien tumbó a Ray y a Connie en el suelo de la oficina y los disparó.

Cassie se llevó las manos a la cara y sofocó un grito.

–Luego robaron el cabriolet plateado. Pensamos que quizá te habían tomado como rehén o algo así. Me alegro de que estés bien.

Cassie se limitó a asentir con la cabeza. Ray Morales había mantenido en secreto su pasado. Cayó en la cuenta de que, si los empleados lo hubieran conocido, probablemente habrían sugerido a la policía que ella era sospechosa.

De repente se sintió débil y tuvo que sentarse. Prácticamente se escurrió entre el cuerpo de Meehan y se sentó en el bordillo. Trató de comprender lo que había ocurrido y solo pudo concluir que Karch había matado a Ray y a Connie porque no tenía un carné de conducir falso con el nombre de Lankford, y sabía que no podía dejar ningún rastro con su verdadero nombre. No con lo que planeaba hacer con ella.

–Cassie, ¿estás bien?

–No puedo creerlo. ¿Están muertos?

–Sí, los dos. He mirado allí dentro antes de que llegara la policía y no era una imagen agradable.

Cassie se inclinó hacia adelante y vomitó en la alcantarilla; una interminable arcada que pareció dejarla vacía. Se limpió la boca con la mano.

–Cassie –gritó Meehan al verla–. Voy a avisar a los sanitarios.

–No, no lo hagas. Estoy bien. Es solo que... Pobre Ray; lo único que pretendía era ayudar.

–¿A qué te refieres?

Cassie cayó en la cuenta de que había cometido un error al verbalizar sus pensamientos.

–Quiero decir que era un buen tipo, y Connie también. Le habrían dado las llaves de la caja. ¿Por qué iba a matarlos ese tipo?

—Lo sé; no tiene sentido. Por cierto, ¿viste a alguien?

—No, ¿por qué?

—He notado que decías ese tipo.

—No, me había ido. Supongo que he dicho un tipo porque probablemente piense que era un hombre. No puedo pensar con claridad ahora mismo.

—Ya sé a qué te refieres. Yo no puedo creer que esto esté sucediendo.

Cassie se sentó en la acera con la cara entre las manos. Toda la culpa del mundo caía sobre ella. La frase «es culpa mía, es culpa mía, es culpa mía» no paraba de martillear su cerebro. Sabía que tenía que desaparecer y no volver nunca más.

Hizo acopio de fuerzas y se levantó, ayudándose del brazo de Meehan para mantenerse en pie.

—¿Estás segura de que estás bien? –preguntó él.

—Sí, estoy bien. Gracias, Billy.

—Quizá deberías decirle a la policía que estás bien y que estás aquí.

—Sí, lo haré. En realidad, ¿podrías decírselo tú? No estoy segura de querer entrar ahí.

—Claro, Cassie, iré a decírselo ahora mismo.

Cassie esperó unos segundos después de que Meehan se alejara, luego caminó por la acera hasta el callejón de la parte de atrás del concesionario y siguió hasta el aparcamiento de ventas. El Boxster plateado que Ray le había dejado utilizar estaba allí. Ella siempre lo aparcaba en el estacionamiento de ventas por si algún cliente mostraba interés por él.

El coche estaba abierto, pero ella tenía la llave de contacto en la oficina. Abrió la puerta y tiró del botón que abría el maletero. Sacó un manual del propietario forrado en cuero, luego cerró el maletero y subió al Boxster. En uno de los pliegues del folleto había una llave de plástico para que el eventual propietario la guardase en la cartera como copia de emergencia. La sacó, arrancó el coche y salió al callejón. Mantuvo una velocidad deliberadamente lenta hasta que cubrió dos manzanas. Luego salió a Sunset y dobló a la derecha para alejarse del concesionario y dirigirse a la autovía 101.

Las lágrimas resbalaban por sus mejillas mientras conducía. Lo sucedido en el concesionario lo cambiaba todo. La muerte de Leo era espantosa y le dolía en el alma, pero Leo formaba parte del círculo y conocía los riesgos. Ray Morales y Connie Leto, la directora financiera, eran inocentes. Sus muertes mostraban hasta dónde era capaz de llegar Karch para recuperar el dinero. Significaba que ya no había límites. Ni para Karch, ni para su culpa, ni para nada.

33

Karch miró por la ventanilla del taxi cuando este pasó junto a Hollywood Porsche. No le preocupaba la reunión de vehículos de policía y de televisión que rodeaban las paredes de cristal del concesionario. Sus ojos buscaron entre la multitud congregada en la acera. Esperaba ver a Cassie Black, aunque sabía que era demasiado tarde. Su teléfono móvil no le había dado tono en la colina. Había tenido que subir a Mulholland y luego al mirador de Hollywood, donde recordaba haber visto un teléfono público minutos antes.

Tardó casi una hora en llegar; después pasaron otros veinte minutos de espera hasta que se presentó el taxi que había solicitado.

El taxista dijo algo en un pésimo inglés acerca de lo que había ocurrido en el concesionario, pero Karch no prestó atención. El taxi continuó unas cuantas manzanas antes de doblar por Wilcox. Karch le hizo parar delante de la tienda de objetos curiosos de Hollywood. Pagó y se apeó. En cuanto el taxi se alejó y volvió hacia Sunset, él cruzó la calle hasta su Lincoln, que permanecía aparcado allí. En los parachoques lucía un juego de matrículas que se había llevado esa misma mañana del aparcamiento de larga estancia del aeropuerto LAX.

Karch entró y encendió el motor, pero antes de salir buscó Selma en el plano. Vio que estaba de suerte. Su destino estaba a menos de cinco minutos.

No había coches aparcados enfrente del sendero de entrada al apartamento de Selma en el que, según su carné de conducir, vivía Cassie Black. La casa estaba en un callejón y Karch decidió acercarse sin más preámbulos. Aparcó en el sendero de entrada. Irrumpir en una vivienda a plena luz del día no formaba parte de lo que consideraba un movimiento inteligente, pero tenía que entrar en el apartamento para ver si Cassie Black ya había estado allí. Decidió que lo más seguro era ir directamente. Tocó un par de veces el claxon del Lincoln y esperó. Finalmente, paró el motor, salió y fue derecho a las escaleras de la entrada, haciendo piruetas con su llavero. Al alcanzar la puerta, se inclinó y levantó su juego de ganzúas. Rápidamente se puso a trabajar en la cerradura, actuando como si fuese un hombre que tenía problemas con sus llaves. No sabía si alguien lo observaba, pero estaba llevando a cabo una buena actuación.

Abrió la puerta en unos cuarenta segundos. Luego hizo girar el pomo y entró.

—Hola, Cassie —gritó en voz alta, por si acaso algún vecino había estado mirando—. Vamos, te estoy esperando.

Cerró la puerta, sacó su pistola y le acopló el silenciador. Inició un rápido registro de la casa, habitación por habitación.

Estaba vacía. Empezó con una segunda pasada más lenta con objeto de determinar si Cassie Black había estado allí desde que escapó de él en la colina. La vivienda, aunque escasamente amueblada, parecía en orden. Se convenció de que todavía no había pasado por allí. Se sentó en el sofá del salón y pensó en el posible significado de este hecho. ¿Tenía ella el dinero en su poder o no? ¿Estaba en casa de Leo Renfro y él lo pasó por alto en su registro nocturno? Aún había una posibilidad peor que se abría paso: que Renfro dijese la verdad al afirmar que ya había entregado el dinero a Chicago.

Karch sintió algo abultado bajo el lugar en que se había sentado. Se bajó del sofá y, al levantar el cojín, vio una percha de ropa con siete candados colgados. Esto le sirvió para recordarle lo formidable que había demostrado ser Cassidy Black. En ese momento decidió que si averiguaba que era ella quien tenía el dinero y se había ido, la seguiría hasta el último confín de la tierra. Y no lo haría por Grimaldi, ni por supuesto por el grupo sin rostro que movía los hilos desde Miami. Lo haría por sí mismo.

Dejó la percha en la mesita de café y se levantó para empezar el tercer registro de la casa. Este sería el más exhaustivo.

El dormitorio era el punto de partida lógico. Karch sabía que a la gente le gustaba dormir con los objetos queridos cerca. La habitación de paredes blancas estaba amueblada con lo básico: una cama, dos mesillas de noche, un escritorio y un espejo. Un póster enmarcado de una playa de Tahití colgaba de la pared. Lo examinó un instante y enseguida se dio cuenta de que era una copia del que había visto en el despacho de Cassidy Black cuando fue a buscarla al concesionario. Estaba mirando el cartel cuando el director asomó la cabeza para preguntar si podía ayudarlo.

Karch se acercó y examinó el póster, preguntándose si tendría algún significado en su misión. La mujer de la playa no parecía Cassidy Black. Al final decidió que ya se preocuparía de eso más tarde y abrió el cajón de la mesilla de noche.

El cajón contenía una pila de revistas *Popular Mechanics* con aspecto de haber sido compradas en un mercado de segunda mano. Estaban en mal estado y tenían varios años.

Aun así, pasó las páginas de todas y cada una de ellas por si descubría una nota o una dirección oculta. Al no encontrar nada, dejó la última revista de nuevo en el cajón y lo cerró de una patada.

El cajón inferior de la mesa estaba vacío salvo por una redecilla que contenía virutas de madera de cedro y romero seco. Cerró ese cajón y rodeó la cama hasta la otra mesilla.

Antes de abrirlo tuvo el presentimiento de que iba a tener suerte. La mesilla tenía una lámpara y la almohada de ese lado estaba ligeramente hundida, lo cual indicaba que alguien dormía ahí: era su lado de la cama.

Karch se sentó al borde del lecho y dejó la pistola junto a su muslo. Levantó la almohada con ambas manos y se la llevó a la cara. Podía percibir su aroma, el olor de su pelo. No era bueno identificando fragancias; pensó que percibía el aroma de las hojas de té, aunque no estaba seguro al respecto. Dejó la almohada de nuevo en su lugar.

Abrió el cajón superior de la mesilla y dio en el blanco. El cajón estaba repleto de objetos personales. Había libros, cintas para el pelo y álbumes de fotos. También había una cámara de fotos con un teleobjetivo y una cámara de vídeo. Encima de todo esto vio una pequeña foto enmarcada. Karch la levantó y la examinó. Cassidy Black aparecía sentada en el regazo de un hombre con una camisa hawaiana. Ella sostenía una bebida de color rosa anaranjado con una sombrilla de papel en el vaso. A Karch le costó reconocerla a causa de la sonrisa tan amplia y brillante.

Sin embargo, reconoció con facilidad al hombre de la foto. El suyo era un rostro que Karch nunca olvidaría: Max Freeling, el hombre que en un momento alteró por completo la vida de Karch. Karch sabía que no estaría allí sentado si no hubiera sido por Max Freeling y por la decisión que él tomó en el hotel seis años atrás. Durante esos años había estado sometido a Grimaldi por lo que sucedió en aquella *suite*.

Dio vuelta a la foto y golpeó con fuerza el marco en el borde de la mesilla. Oyó el ruido del cristal al quebrarse. Vio algo escrito en la cartulina de la parte posterior del marco. Decía:

Al levantar la mirada vi la silueta de Tahití y me di cuenta de que ese era el lugar que había estado buscando toda mi vida.

W. SOMERSET MAUGHAM

Karch dio una vez más la vuelta al marco y contempló la foto de nuevo. Una resquebrajadura en forma de telaraña empezaba en el rostro de Cassidy Black y se extendía en todas direcciones. Karch tiró el marco en una papelera situada junto a la mesilla.

Sacó del cajón un grueso álbum de fotos con una cubierta de cuero de color marrón claro. Lo abrió esperando encontrarse con más fotos de Max Freeling, pero se llevó una sorpresa. El álbum estaba lleno de instantáneas de una niña. Casi todas habían sido tomadas desde lejos –buscó con la mirada el teleobjetivo de la mesilla– y en el mismo lugar: el patio de un colegio.

Hojeó el álbum y encontró una imagen de la niña driblando con una pelota de baloncesto. Detrás del patio se leía un nombre pintado en la pared del edificio: Escuela Wonderland.

Cerró el álbum y sacó otro. Contenía más fotos de la niña, pero estas no habían sido obtenidas en la escuela. Mostraban a la pequeña en el patio de una casa. En algunas empujaba un camión de juguete o chutaba un balón; en otras bajaba por un tobogán o reía en el columpio. En la parte de atrás del álbum, agrupadas, pero todavía sin colocar en las ventanitas de plástico, había imágenes de la niña en un viaje

305

a Disneylandia. En otra de ellas, también tomada de lejos, se la veía abrazada a Mickey Mouse.

Karch se dio cuenta de algo y hurgó en el bolsillo del abrigo. Sacó los dos pasaportes y abrió el de encima por la página de la foto. Era la imagen de la misma niña de los álbumes. Jodie Davis, decía el nombre.

Puso los pasaportes de nuevo en su bolsillo y dejó caer el álbum al suelo. Era un momento de revelación en el que recuerdos aparentemente dispares y nuevos datos se fundían para formar una nueva verdad. De repente entendió algo que lo había torturado durante seis años.

De pronto concibió una idea, un plan para recuperar el dinero y a Cassie Black, todo al mismo tiempo. Cerró el cajón de arriba y abrió el de abajo, que estaba más vacío. Había un secador de pelo eléctrico con aspecto de no haber sido usado nunca y unas cuantas cartas de internas de la penitenciaría para mujeres de High Desert. Karch abrió una de las cartas y vio que era solo un cómo te va de una antigua compañera de celda llamada Laetitia Granville. Karch también tiró las cartas a la papelera y metió la mano en el fondo del cajón. Bajo el secador de pelo había un sobre.

Le dio la vuelta para leer el destinatario y vio que estaba dirigido a Cassidy Black, en la penitenciaría de High Desert. Cualquiera que fuese el contenido del sobre, ella se lo había traído desde la cárcel. Pasó el pulgar por debajo del remite y vio el logotipo preimpreso de Renaissance Investigation, de Paradise Road, en Las Vegas. Karch conocía la agencia. Era de tamaño medio, cinco o seis detectives, e igual número de supuestas especializaciones. Competía con ellos por derivaciones de casos de la unidad de personas desaparecidas de la Metro. Karch abrió el sobre y extrajo un grueso informe de investigación. Estaba a punto de empezar a leerlo cuando le sobresaltó el grito de alguien desde la puerta.

–¡Quieto!

Karch dejó caer el informe y levantó las manos. Lentamente empezó a girar el cuello y lo que vio lo dejó consternado. En el umbral del dormitorio había una mujer negra enorme. Permanecía en la posición Weaver, la que enseñaban en las galerías de tiro de todas las academias de las fuerzas del orden del país: pies separados, peso distribuido de manera uniforme, ambas manos arriba sosteniendo la pistola, codos ligeramente flexionados y apuntando hacia afuera. Alrededor del cuello llevaba una cadena con una placa. No se parecía a ninguna policía que Karch hubiese visto antes, pero la Beretta de nueve milímetros que lo encañonaba no dejaba espacio para la duda.

–Tranquila –dijo él con calma–. Estoy de su parte.

34

Desde que recibió la noticia en el concesionario, Cassie Black se había sentido como si estuviera bajo el agua, en algún tipo de mundo surrealista que no guardaba relación con su vida. En su interior sabía que era un mecanismo de defensa que le permitía continuar y hacer lo que debía.

Estaba en el patio de la casa de Leo, mirando la sangre seca. Esta partía del trozo de cristal afilado que se mantenía en pie en la parte inferior del marco de la puerta corredera. Le bastó ver el cristal para confirmar lo que Karch le dijo. Sabía que Leo estaba muerto. Si entraba en la casa encontraría el cadáver, y daba igual como lo encontrase: se erigiría como un recuerdo que no podría borrar el resto de su vida.

Miró a la piscina y a la aspiradora detenida en el fondo, pero casi de inmediato sus ojos volvieron a posarse en la puerta del cristal mellado. Sabía que debía entrar, por lo que finalmente reunió el valor necesario y se acercó a la puerta. De inmediato vio el cadáver de Leo en el suelo de la oficina. El camión de dieciocho ruedas que pasó por la autovía de detrás de la propiedad ahogó el suspiro de horror que involuntariamente salió de su garganta. Entró en la casa pasando por encima del cristal.

El cuerpo de Leo estaba despatarrado boca arriba al lado de la puerta. Había sangre por todas partes. Además de en la escena dantesca, Cassie se fijó en lo que sin lugar a dudas era una sonrisa, o al menos una mueca de satisfacción en el rostro de Leo. Se acuclilló junto a él y le tocó la fría mejilla.

–Oh, Leo –dijo–. ¿Qué he hecho?

Las lágrimas brotaron de nuevo. Ella trató de contenerlas cerrando los ojos con fuerza y apretando los puños.

Finalmente, cuando abrió de nuevo los ojos, intentó examinar el cadáver y la escena del crimen como habría hecho un detective. Quería saber qué había sucedido. El hecho de que Karch acudiera a pedirle el dinero a ella significaba que Leo no cedió. Vio las manchas de sangre del suelo y lo comprendió. Leo se arrastró hasta el cristal. Lo hizo por ella.

–Leo... –Cerró los ojos otra vez y apoyó la cabeza en el pecho silencioso de él–. Tendríamos que haber escapado.

Se enderezó con determinación renovada. Ella escaparía. Sabía que era una decisión egoísta, pero también sabía que si fracasaba la noble muerte de Leo habría sido en vano. En el fondo esa era la esperanza de Leo, su última plegaria. Eso fue lo que dibujó la sonrisa en su rostro y ella iba a honrarlo.

Se levantó y examinó el despacho, el cual había quedado destrozado por completo con el registro de Karch. Él buscaba dos millones y medio de dólares; ella no. Pasó por encima del cadáver hasta el escritorio puesto patas arriba y miró entre los destrozos. Los libros y papeles de astrología de Leo estaban esparcidos por el suelo y los cajones habían sido vaciados. Entre el desorden vio dos sobres, ambos enviados a Leo y con el mismo remite: solo las cifras 773. Se inclinó y los recogió. Ambos estaban vacíos. Uno estaba matasellado dos días antes en Chicago. Entonces supo que Karch había encontrado los pasaportes. Los tenía él.

Cassie se puso en pie de un salto y su cabeza golpeó las monedas del I Ching que tintineaban del techo y que normalmente colgaban justo encima de la mesa. Las miró un instante, se subió a la silla y las descolgó. Quería llevarse consigo algo de Leo. Si no para que le diera suerte, al menos para recordarlo.

Al bajar comprendió que no tenía sentido recorrer el resto de la casa. Karch tenía los pasaportes y en el interior no había nada que ella quisiera. Caminó hasta el cuerpo de Leo y lo miró una vez más. Pensó en aquella canción que había escuchado tantas veces de camino a Las Vegas y deseó que algún ángel se la susurrase a Leo al oído.

–Adiós, Leo –dijo.

Pasó cuidadosamente sobre el cristal y la corredera rota hasta el jardín. Se aproximó al borde de la piscina y fijó su mirada en la aspiradora. Siguió la manguera hasta el enganche, en la pared; se arrodilló y se inclinó hacia el agua. Luego agarró la manguera y empezó a tirar de ella hacia el borde de cemento de la piscina. Era un trabajo duro que en dos ocasiones estuvo a punto de hacerla caer al agua. Finalmente, la aspiradora y la bolsa salieron a la superficie y ella la arrastró hasta el cemento.

El agua oscureció el suelo y le empapó las rodillas de los vaqueros. No le importó. Se peleó con la bolsa de la aspiradora hasta que vio la cremallera lateral. Rápidamente abrió la bolsa. En su interior había otra, una de plástico blanco grueso, cerrada con un nudo. La levantó con cuidado y metió los dedos en el nudo. Estaba cerrado con demasiada fuerza y ella no tenía uñas para deshacerlo, así que sacó la navaja suiza del bolsillo trasero y lo cortó.

Cassie miró en el interior. Los fajos de billetes de cien dólares estaban ahí, todavía envueltos en plástico y tan secos como el día que los cortaron en la fábrica de moneda.

Cerró la bolsa y miró más allá de la piscina, a la puerta corredera rota. Desde ese ángulo veía las puntas de los zapatos de Leo apuntando hacia arriba. Le dio las gracias en silencio. Él fue quien le dijo que el mejor escondite para guardar el dinero era un lugar a la vista de todos. Tenía razón.

Cassie miró el agua. Su pugna con la aspiradora había creado una pequeña corriente. Flotando a su lado, en la superficie, había un colibrí muerto con sus alitas extendidas como las de un ángel.

35

Karch se levantó muy despacio cuando la mujer armada se lo ordenó.

—¿Quién coño es usted?

Él asintió con la esperanza de que ese gesto fuese tomado como signo de plena cooperación y docilidad.

—Me llamo Jack Karch. Soy detective privado. Mi licencia está en el bolsillo derecho de mi americana. ¿Puedo sacarla y mostrársela?

—Quizá más tarde. ¿Detective privado? ¿Qué quiere de Cassie Black? Y dé dos pasos atrás y apóyese en la pared.

Ella entraba lentamente en la habitación. Karch hizo lo que le ordenaban y apoyó los hombros en la pared mientras hablaba. Vio que ella reparaba en la Sig Sauer, que seguía en la cama.

—Estoy trabajando en un caso. Un atraco en Las Vegas. En la habitación de un hotel. Mataron a un jugador profesional para robarle un montón de dinero. Si no le molesta que se lo pregunte, ¿quién es usted?

La mujer estaba a los pies de la cama. Con los ojos fijos en el cañón de su Beretta y en su interlocutor, se dobló hasta alcanzar la pistola de Karch con la mano libre.

–Agente Thelma Kibble, de la oficina de la condicional.

–Ah, sí, Kibble. Pensaba contactar con usted hoy para hablar de Black.

–¿Desde cuándo el estado de Nevada permite a sus detectives privados llevar armas equipadas con silenciador? Karch trató por todos los medios de mostrarse sorprendido.

–Ah, se refiere a eso. No es mía. La encontré en el cajón. Es de Cassie Black. Y debería manejarla con cuidado. Creo que es una prueba.

–¿De qué? ¿Ha dicho que fue un robo?

–Encontraron el cadáver de su socio, un hombre llamado Jersey Paltz, en el desierto. Lo dispararon.

Kibble miró el arma que sostenía en la mano izquierda. Karch estaba a un par de metros de ella y decidió que era muy arriesgado intentar algo desde tan lejos.

–Señor Karch, ¿por qué no abre muy despacio su americana?

–Claro.

Karch obedeció, mostrando la pistolera vacía.

–Ya sé lo que va a decir. Si la pistolera está vacía, la Sig Sauer tiene que ser suya. No es cierto. Tengo licencia para llevar un arma oculta, pero es una licencia del estado de Nevada. No sirve en California. Si llevara un arma en esta pistolera estaría violando la ley. Mi arma está cerrada en su caja, en el maletero de mi coche. Si quiere salir conmigo se la enseñaré.

–Eso no me preocupa. Lo que me pregunto es por qué está usted aquí y no la policía de Las Vegas. Si ha habido un asesinato, ¿por qué no participan las autoridades? ¿Por qué no están aquí?

–Bueno, para empezar, sí participan. Pero, como debe saber, la policía está obstaculizada por la burocracia, y el complejo del hotel y del casino Cleopatra me contrató a mí para investigar el robo de la habitación. Tengo un equipo y cuenta de gastos. Me muevo más deprisa. La policía no tardará en presentarse y ponerse en contacto con usted. De hecho, trabajo en estrecha colaboración con la policía de la Metro. Si lo desea, puedo darle el nombre y el número del detective que responde por mí.

Si mordía el anzuelo pensaba darle el número de Iverson. Él sabría improvisar. Karch tendría que buscar una solución para Iverson más adelante, un soborno o una bala. Pero Kibble no picó.

–El hecho de que alguien responda por usted no explica por qué ha irrumpido sin autorización en el domicilio de un sospechoso.

–Yo no he irrumpido –dijo Karch con indignación–. La puerta de la calle estaba abierta. Fíjese que mi coche está aparcado en la entrada. ¿Iba a aparcar ahí si pensase entrar sin permiso?

–Parece que tiene respuestas para todo, señor Karch.

–Mientras sean ciertas. ¿Puede dejar de apuntarme con esa arma? Creo que he establecido suficientemente quién soy y qué estoy haciendo aquí. ¿Quiere ver mi licencia ahora?

Kibble vaciló, pero luego bajó la pistola. Karch bajó las manos a un costado sin que ella protestase. Había tenido la esperanza de que ella se guardara el arma, pero aun así estaba complacido. Decidió continuar con su ofensiva.

–Ahora, ¿puedo preguntarle qué está haciendo usted aquí?

Kibble encogió sus anchos hombros.

–Estoy haciendo mi trabajo, señor Karch. Solo una visita de rutina de uno de mis casos.

–Me parece una coincidencia muy grande.

–Tuve una charla con ella hace un par de semanas que no me cuadraba. La puse en mi lista de visitas, pero no tuve tiempo de pasar hasta hoy.

—¿Y viene aquí en lugar de visitar el concesionario?

—Llamé al concesionario, pero tenía un mensaje que decía que no iba a estar hoy, así que vine aquí. Y no me haga más preguntas, señor Karch. Soy yo quien hace las preguntas.

—Muy bien. —Levantó las manos en ademán de rendición.

—Dice usted que hubo un homicidio. Bueno, conozco a Cassie Black probablemente mejor que nadie de por aquí y le digo que de ninguna manera puede estar envuelta en un homicidio.

Karch pensó en el cuerpo de Hidalgo, al pie de la cama del ático del Cleopatra.

—Tendremos que convenir en no estar de acuerdo, agente Kibble. Las pruebas hablan por sí solas. Y, después de todo, recuerde que hablamos de una exreclusa que estuvo presa en Nevada por asesinato.

—Fue homicidio sin premeditación, y ambos conocemos las circunstancias. La ley la consideró culpable de la muerte de su compañero, pero ella estaba veinte plantas más abajo cuando él cayó por la ventana. Quizá alguien lo empujó, pero no fue Cassie.

—¿Es eso lo que le dijo? ¿Que alguien lo empujó?

—Eso es lo que supuso. Dijo que los casinos querían dar ejemplo con él y que lo empujaron.

—Eso es mentira, pero no importa. ¿Cómo vino aquí?

—Pidió una transferencia de la condicional. Y en cuanto consiguió el trabajo en el concesionario con Ray Morales no hubo más problemas. Un abogado hizo la petición y le aprobaron la transferencia. Conocía a Ray de cuando ella era crupier en Las Vegas. Ray es un expresidiario rehabilitado. Quería darle una oportunidad a Cassie. Probablemente también quería algo más, pero Cassie nunca se quejó.

Karch ya había pensado antes que Morales estuvo en la cárcel. Cuando lo obligó a tumbarse en el suelo del despacho,

Morales lo hizo con cierta dignidad, algo que nunca se veía en los ciudadanos comunes. La mujer se comportó como esperaba: empezó a lloriquear y estuvo a punto de gritar, de modo que tuvo que dispararle a ella primero.

—¿Así que la conocía lo suficiente para saber qué le movía a actuar así? —preguntó Karch.

—¿Se refiere a por qué empezó a robar a jugadores profesionales en Las Vegas?

Karch asintió.

—Si quiere mi opinión, creo que tenía que ver con su padre. Era un jugador degenerado. Supongo que pensó que era una forma de vengarse de los casinos. No lo sé.

—No creo que lo sepa. ¿Le importa si me siento? Me duele la espalda. —Levantó los brazos como si estirase los músculos, y sin dejar de hablar en ningún momento—. Tengo una pensión de la Metro: incapacidad parcial. Me hice polvo la espalda persiguiendo a un tipo puesto de metadona. Me levantó y me tiró por un tramo de escaleras.

Nada de lo que contaba era cierto; todo formaba parte de sus trucos. Mientras hablaba, su mano izquierda se metió bajo la americana y extrajo la veinticinco milímetros del bolsillo de seda cosido a la cinturilla del pantalón.

—Nunca he visto fuerza semejante en una sola persona...

Karch llevó las manos hacia adelante y las juntó en un improvisado estiramiento durante el cual se pasó la pistola a la mano derecha. Entonces, mientras se quejaba, se sentó en la cama y apoyó la mano en la colcha, ocultando el arma. Kibble estaba a poco más de un metro de distancia y todavía sostenía su Beretta a un costado. Sostenía la Sig Sauer por el cañón en la otra, también a un costado. Karch sabía que ya era suya, pero antes quería sacarle más información.

—Hábleme del bebé que tuvo con Max Freeling —dijo.

Kibble se lo pensó un momento antes de contestar.

316

–¿Qué bebé y qué tiene eso que ver con los robos en Las Vegas?

Karch sonrió y negó con la cabeza.

–Ella no vino aquí porque alguien le ofreciera un trabajo para vender coches, agente Kibble. Vino porque ella y Max tuvieron una hija que terminó aquí. –Levantó la mirada hacia la agente–. Pero supongo que eso ya lo sabe, ¿no?

–No sabía nada de dónde estaba la niña, pero sí, tiene razón. Cassie estaba embarazada cuando la detuvieron. Lo mantuvo en secreto hasta que resultó evidente. Por entonces ella ya había llegado a un acuerdo y estaba en High Desert. La niña nació allí. Ella le dio el pecho tres días hasta que la entregó en adopción.

Karch asintió. No conocía los detalles, pero se había figurado los elementos principales de la historia.

–¿Tiene hijos, agente Kibble?

–Dos.

–Tres días es tiempo suficiente para crear un vínculo, ¿no le parece? Un vínculo que nadie puede romper.

–Con tres minutos basta.

–¿Sabe? Estoy cansado... –Saltó de la cama y colocó la pistola de veinticinco milímetros en el grueso cuello de la agente Kibble– de su manera sarcástica de responderme, agente Kibble. Está... –Le dio una palmada a la Beretta para quitársela de una mano y luego le quitó la Sig Sauer de la otra– empezando a molestarme.

Kibble se quedó de piedra y sus ojos se abrieron como platos.

–¿Qué está haciendo?

–Estoy clavándole el pequeño cañón de una pistola de calibre veinticinco en su papada, agente Kibble. Voy a hacerle unas cuantas preguntas más y usted va a dejarse de ironías. ¿Está claro?

—Sí —susurró ella—. Ya le he dicho que tengo dos hijos. Soy lo único que tienen, así que por favor no...

Karch la esquivó y luego la puso boca abajo en la cama. Se guardó la veinticinco milímetros en el bolsillo y la apuntó con la Sig Sauer, después de comprobar que el silenciador continuaba perfectamente acoplado. Esperó hasta que los ojos aterrorizados de ella lo miraron antes de hablar.

—Bueno, si quiere volver a verlos, conteste unas preguntas y sin esa ironía de mierda.

—Vale, vale, ¿qué preguntas?

—¿Qué más sabe del bebé que tuvieron? La niña.

—Nada. Solo lo que me contó una vez del parto. Es lo único que mencionó sobre el tema.

—¿Cómo surgió?

—Le enseñaba unas fotos de mis chicos y ella lo mencionó. Fue al principio. Acababa de llegar de Nevada. Yo intentaba conocerla un poco y me pareció una buena chica.

—¿Qué más le dijo? ¿No le contó que su hija vino a parar aquí?

—Nunca lo mencionó. Me dijo que le contó a Max que estaba embarazada aquella noche, la noche que él cayó por la ventana.

—¿Esa noche?

—Eso es lo que dijo. Me explicó que iba a ser su último trabajo. Ella le contó que iba a tener un hijo antes del asunto, Max se puso protector y decidió hacerlo él.

—¿Acaso está diciendo que era ella quien tenía que subir a la habitación?

—¿No lo sabía?

—¿Cómo iba a saberlo? Max acabó aplastado contra las mesas de dados y ella nunca dijo nada. Aceptó un trato, ahora entiendo por qué.

Karch se estremeció. Las piezas de lo sucedido aquella noche encajaban. Pensó que lo comprendía todo seis años demasiado tarde. Se volvió y se alejó de la cama como si huyese de un doloroso recuerdo. En el espejo de encima del escritorio vio que el cuerpo de Kibble se tensaba como si fuese a intentar un movimiento. Luego se vio a sí mismo observándola en el espejo.

–No haga ninguna estupidez, agente Kibble. Acuérdese de esos dos hijos que tiene. ¿Qué dijo Cassie Black de que Max intentase volar aquella noche?

–No hablaba de eso, al menos conmigo. Solo la vez que le he mencionado. Y dijo que alguien tuvo que ayudar a Max a romper esa ventana, eso es todo.

–Sí, bueno, tenía razón. Pero la ayuda vino de ella, de nadie más.

–¿Usted estaba allí?

Karch fijó su mirada en la agente y vio que el miedo asomaba a sus ojos.

–Ahora soy yo quien hace las preguntas, ¿recuerda?

Hizo una pausa para que la agente respondiera, pero Kibble no contestó. Karch levantó lentamente el cañón de la Sig Sauer hasta que apuntó a la mujer que caminaba por la playa en el póster.

–Hábleme de Tahití.

–¿Tahití? –Ella miró el póster de la pared–. Tahití fue un sueño.

–¿Fue?

–Estuvo allí una vez, con Max. Despilfarraron las ganancias de un golpe y se fueron allí a pasar una semana.

Karch miró a la papelera que había junto a la mesilla de noche. Sobre la tapa estaba la foto de Cassie Black y Max con el vaso con sombrilla. Sin duda, la instantánea fue tomada en Tahití.

—Ella estaba segura de que la niña fue concebida allí –dijo Kibble–. Y el plan era volver después de que el bebé naciera. Ya sabe, retirarse y vivir en una isla de Tahití. Vivir felices para siempre y educar a la criatura.

—Pero todo eso saltó por la ventana con Max.

Kibble asintió.

—Nunca lo consiguieron –dijo la agente–, así que Tahití es solo un sueño para Cassie. Es todo lo que planeaba, lo que nunca logró con Max.

Karch hizo una breve pausa antes de responder. Miró hacia el informe de investigación que estaba en el suelo, a los pies de Kibble.

—Ya casi estamos –dijo por fin, con la mirada todavía en el informe–. Pero nuestra Cassie Black tenía un plan, agente Kibble. Algo me dice que es de las que siempre tienen un plan.

Estaba sumido en sus pensamientos. Revisó rápidamente su teoría y de repente miró a Kibble.

—Una última pregunta –dijo–. ¿Qué hago con usted ahora?

36

Cassie aparcó a una manzana de distancia de la casa de Selma y buscó cualquier indicio de que Karch pudiera estar esperándola. No vio nada obvio: no había coches en el sendero de entrada ni le habían pegado una patada a la puerta. Observó durante diez minutos, pero no captó ninguna señal de alerta. Al final, fue hasta la calle paralela a Selma y giró de nuevo. Avanzó unos metros y volvió a aparcar. Bajó del coche, dejó el dinero en el maletero del Boxster, se metió entre dos casas y escaló la valla que daba al patio trasero. No tenía intención de abandonar el coche durante mucho rato, solo iba a entrar para recoger una fotografía, y quizá algo de ropa. Sacó la llave de reserva del macetero del porche y entró tranquilamente en la casa, por la puerta de la cocina.

Karch había estado allí. El lugar no había sido registrado y destruido como la casa de Leo, pero había estado allí. Cassie lo percibió; había algo cambiado, algo que faltaba. Entró en la sala de estar sin hacer ningún ruido y confirmó su instinto al ver el colgador y los siete candados sobre la mesilla del café. No había trabajado con los candados desde antes de viajar a Las Vegas y desde luego no los había dejado a la vista. Lo hizo él.

Se quedó quieta y concentrada en los sonidos de la casa durante casi dos minutos. Al no oír nada, retrocedió hasta la cocina y se armó con el cuchillo más largo que tenía. Lo llevó a su costado mientras cruzaba la sala de estar y entraba cautelosamente en su dormitorio.

Lo primero que vio fue el cartel. Colgaba torcido y alguien había dibujado una gran equis que parecía haber sido pintada con sangre. Pasó un largo instante antes de que pudiera apartar la mirada y abarcar el resto de la estancia. La habitación había sido registrada. Las pertenencias de Cassie eran tan escasas que apenas daban sensación de desorden al estar esparcidas por el suelo. Pero enseguida se agachó y cogió los dos álbumes de fotos. La simple idea de que Karch los hubiera manejado y ojeado le causó repulsión. Los dejó en la cama para llevárselos, aunque sabía que no iba a volver a necesitarlos. Entonces empezó a examinar el suelo en busca de la única foto que sí necesitaba, la única irreemplazable.

Finalmente, la vio en la papelera, con el cristal que la protegía hecho añicos. La levantó y sacudió los cristales del marco. La foto parecía intacta y Cassie dejó escapar un suspiro de alivio. Era la única fotografía de ella con Max. Durante cinco años había permanecido pegada a la pared, junto a su catre, en High Desert. La sacó del marco y la colocó encima de los dos álbumes que había dejado en la cama. Miró el reloj y vio que eran casi las tres. Tenía que darse prisa. Agarró una almohada de la cama y quitó la funda para guardar los álbumes y la foto de Max.

A continuación, sacó varios puñados de ropa interior y calcetines de la cómoda y los metió en la funda de la almohada. No tenía más joyas que el reloj Timex y un par de pendientes que casi nunca llevaba: los aros de plata que Max compró para regalárselos en su cumpleaños.

Luego fue al armario para coger otro par de vaqueros y algunas blusas. Abrió la puerta con la mirada ya dirigida hacia el cordel del interruptor, lo que la evitó ver a Thelma Kibble hasta que la luz se encendió. Miró hacia abajo para ver con qué se había tropezado.

Su agente de la condicional estaba en el suelo del vestidor, con la espalda apoyada en la pared del fondo y las piernas abiertas. La cabeza estaba inclinada en un extraño ángulo, la boca completamente abierta y la parte delantera de su vestido largo y vaporoso era una mancha carmesí. Una mano ahogó un grito en la garganta de Cassie. Se echó hacia atrás y se dio cuenta de que era la suya. La otra mano soltó la funda de la almohada, que cayó al suelo haciendo un ruido sordo.

El ruido indujo a Kibble a abrir lentamente los ojos, y este simple movimiento pareció agotar las reservas de energía de aquel enorme cuerpo. Cassie se dejó caer de rodillas entre las piernas abiertas de Kibble.

–Thelma, Thelma, ¿qué ha ocurrido?

Sin esperar una respuesta que ya conocía, descolgó uno de los dos vestidos que poseía y lo arrugó para utilizarlo como compresa. Vio una única herida de bala en el pecho de la agente, de la cual había manado una gran cantidad de sangre, tanta que Cassie se sorprendió de que la mujer continuara con vida. Apretó el vestido sobre la herida y se fijó en que los labios de Kibble trataban de articular alguna palabra.

–Thelma, no hables, no hables. ¿Ha sido Karch? ¿Un hombre llamado Karch?

La boca dejó de moverse por un instante y se produjo una ligera señal de asentimiento.

–Oh, Thelma, lo siento mucho.

–... paró con mi propia pistola... –La voz era apenas un susurro áspero.

–No hables, Thelma. Voy a pedir auxilio. Quédate aquí y conseguiré ayuda. ¿Puedes sostener esto?

Cassie levantó la mano izquierda de la mujer y la colocó sobre el vestido arrugado. Sin embargo, cuando la soltó, la mano empezó a caer. Cassie alcanzó entonces una canasta de ropa y la arrastró para situarla contra el costado de Kibble. Levantó de nuevo el brazo de la agente y le apoyó el codo en la canasta. Luego volvió a ponerle la mano izquierda sobre la improvisada compresa. Esta vez el peso del sólido brazo de Kibble mantenía la mano y la compresa en su lugar.

–Aguanta así, Thelma –ordenó Cassie–. No hay teléfono en casa. Tengo que ir al coche. Iré a pedir ayuda y volveré aquí, ¿de acuerdo?

Cassie esperó y vio que la mandíbula de Kibble empezaba a temblar.

–¡No contestes! Guárdate las fuerzas. Pronto llegará una ambulancia.

Cassie empezó a levantarse, pero vio que la boca de Kibble seguía decidida a decir algo. Cassie se acercó y se volvió para aproximar más la oreja.

–Él lo sabe...

Cassie esperó, pero Kibble no dijo nada más.

–¿Lo sabe? ¿Qué sabe?

Kibble levantó la mirada y Cassie comprendió que trataba de decirle algo importante.

–¿Qué es lo que sabe Karch, Thelma? –Se volvió y se acercó de nuevo.

–Tu hija. Tiene... su foto.

Cassie saltó hacia atrás como si la hubieran pinchado. Miró a Kibble con ojos temerosos y alerta. Luego bajó la vista a la funda de la almohada como si contuviera una bomba a punto de estallar. Dio la vuelta a la funda y vació su contenido. Agarró uno de los álbumes, el que llamaba el álbum escolar, y lo abrió. Faltaba la primera foto y en la ventanilla transparente, un mensaje escrito con rotulador negro le detuvo el corazón:

NADA DE POLICÍA
702-881-8787

Supo sin ningún género de dudas lo que significaba aquel mensaje.

–Corre...

Cassie levantó la mirada del álbum para ver a Kibble.

–Corre..., ve a buscarla...

Cassie la miró un momento antes de asentir. Se levantó de un salto y arrancó a correr con el álbum de fotos que contenía el teléfono, dejando atrás todo lo demás.

37

El Towncar de Karch siguió desde lejos al Volvo familiar blanco cuando este salió de la escuela Wonderland. Como Karch esperaba, el Volvo no fue muy lejos. Subió por Lookout Mountain Road hasta casi la cima de la colina y luego giró en el sendero de entrada de una construcción estilo años veinte, bastante apartada de la calle. Karch redujo la velocidad y cuando pasó junto a la casa vio a la mujer y a la niña que llevaba la mochila de la carita sonriente dirigiéndose hacia la puerta principal. Él siguió adelante hasta una entrada para coches situada a una manzana. Allí dio la vuelta y volvió a bajar. Estacionó al otro lado de la calle, enfrente de la entrada en la que había aparcado el Volvo. La mujer y la niña ya estaban dentro.

Karch reparó en el cartel de la inmobiliaria con el pequeño anuncio colgado que indicaba que la propiedad estaba reservada. En ese momento encajó otra pieza de la historia. Creía que, si alguna vez tenía la ocasión de preguntarle a Cassidy Black, esta le diría que todo había empezado con aquel cartel. Ella vio el cartel y todo se puso en marcha.

—Bueno, pues aquí estamos —dijo en voz alta.

Últimamente había hecho muchos comentarios en voz alta cuando no tenía a nadie cerca, pero no le preocupaba, era cosa de familia. Recordaba estar sentado en su habitación y oír a su padre en el dormitorio de al lado hablando solo ante el espejo. Lo hacía mientras movía monedas de veinticinco centavos por sus nudillos (las dos manos a la vez) y practicaba trucos con monedas o naipes. Siempre decía que la charla era tan importante en el arte de la prestidigitación como cualquier cosa que hicieras con las manos. Las palabras podían formar parte del engaño.

Oyó un grito y miró hacia la casa. La niña había salido. Se había cambiado y llevaba un peto tejano encima de una camiseta de manga larga. Jugaba con una pelota con el dibujo de una mariquita y encontraba algo en la actividad que la hacía gritar. Karch vio que la mujer observaba a la niña desde el portal. Poco después, la mujer retrocedió y se perdió de vista en el interior de la casa. Al parecer, confiaba en la seguridad del patio.

Karch consultó su reloj y esperó a que volviera a salir a controlar a la niña. Quería formarse una idea de los intervalos para saber de cuánto tiempo disponía. Siguió pensando en Cassidy Black mientras aguardaba. Estaba convencido de que pronto contaría con la mejor baza en la partida que estaban jugando. Y la última mano sería en la mesa de él, no en la de ella.

La mujer volvió a asomarse al cabo de seis minutos. Karch también se había fijado en el tráfico y solo habían pasado tres vehículos en ese periodo. El tráfico escapaba a sus predicciones, pero calculó que para estar seguro tendría entre dos y tres minutos para entrar y salir.

Comprobó una vez más el nombre en el informe de Renaissance Investigations. Entonces salió del coche y cruzó la calle, controlando las casas vecinas para cerciorarse de que no habría testigos. No vio a nadie. Tenía luz verde. El plan seguía adelante.

La niña levantó la mirada de la pelota cuando Karch se acercó a un metro de la cerca. Esta era más un adorno que una medida de seguridad, pues apenas era más alta que las rodillas de Karch. Si lo necesitaba, podría inclinarse por encima de ella y agarrar a la pequeña.

La niña no dijo nada; tan solo dejó de jugar y lo miró.

—¿Qué tal estás? —dijo Karch—. Eres Jodie Shaw, ¿verdad?

Jodie se volvió hacia la casa, pero no vio a su madre en el umbral. Observó a Karch.

—Eres Jodie, ¿verdad?

La chiquilla asintió y Karch dio los últimos pasos que lo separaban de la cerca. Llevaba las manos en los bolsillos, en una postura subliminalmente no amenazadora.

—Eso esperaba. Mira, tu papá me ha enviado desde la oficina. Me ha pedido que te recoja para la fiesta sorpresa.

—¿Qué fiesta sorpresa?

Karch sacó las manos de los bolsillos y se acercó. Adoptó una postura de *catcher* de béisbol para situarse a la altura de la niña. Aun así, tenía la cara por encima de la cerca. Todavía no había rastro de la madre, pero sabía que iba contrarreloj. Miró por encima de ambos hombros. No había vecinos ni coches aproximándose. Aún tenía luz verde.

—La fiesta que ha preparado para tu mamá. No quiere que ella se entere, pero será muy divertida. Van a ir un montón de amigos e incluso habrá un espectáculo de magia.

Karch se inclinó por encima de la cerca hacia la oreja derecha de la niña y simuló sacar una moneda de la nada; cuando sacó la mano del bolsillo, el cuarto de dólar estaba entre el anular y el meñique, como en el clásico truco de Goshman. La niña miró la moneda y su boca se abrió en una sonrisa de sorpresa.

—¡Hala!

—¿Y qué me dices de este otro lado?

Con la mano izquierda sacó otra moneda de veinticinco centavos de la otra oreja. La sonrisa de la niña ya era más que amplia.

—¿Cómo lo has hecho?

—Si te lo digo tendría que..., eh, bueno, si vienes ahora conmigo a ver a tu padre, entonces te prometo que él y yo te enseñaremos a hacerlo. ¿Qué dices, Jodie? ¿De acuerdo? Nos está esperando, pequeña.

—No soy pequeña y no me dejan irme con extraños.

Karch maldijo en silencio y volvió a mirar hacia el umbral. Todavía no había nadie.

—Ya sé que no eres pequeña; es solo una manera de hablar. Además, en realidad no soy un extraño. Quiero decir que aunque nosotros dos no nos conocíamos, yo conozco a tu padre y él me conoce a mí. Lo suficiente para elegirme para que viniera a buscarte para llevarte a la fiesta.

Volvió a mirar la puerta principal por última vez. Sabía que se estaba demorando en exceso. Se había pasado de tiempo y el semáforo verde se había puesto rojo.

—Es igual, el caso es que tu papá quiere que vayas a su oficina para... —Se enderezó y pasó los brazos por encima de la cerca— que puedas gritar «¡Sorpresa!» cuando llegue tu mamá.

Levantó a la niña por las axilas. Sabía que la clave era mantenerla en silencio durante diez metros: desde la cerca hasta el coche. Eso era todo. Después, ya nada importaba. Se volvió y cruzó corriendo hasta el Lincoln.

—¿Mamá? —dijo la niña con voz tímida.

—Chis —dijo Karch rápidamente—, no queremos que se entere, cariño. Eso estropearía la sorpresa.

Llegó al coche, abrió la puerta de atrás y metió a la niña. Luego cerró y saltó al asiento del conductor. Lo había conseguido. Se la había llevado sin crear ningún incidente. Puso la marcha y empezó a bajar por Lookout Mountain.

–¿Va a haber baile en esta fiesta sorpresa? –preguntó Jodie desde el asiento de atrás.

Karch ajustó el retrovisor para poder controlarla. En cuanto lo hizo, oyó un grito en la lejanía. Las ventanas estaban subidas en el Lincoln, por lo que le costó precisar el origen del mismo. Karch ajustó de nuevo el retrovisor y vio inmediatamente a la mujer de la casa que corría calle abajo, a unos cincuenta metros. Tenía los puños cerrados y apretados contra las sienes mientras observaba el Lincoln que se alejaba. Karch encendió la radio.

Miró de nuevo por el retrovisor. La mujer seguía gritando en medio de la calle, pero la radio tapaba el ruido. Era Frank Sinatra cantando *That's Life*.

Karch empezó a pensar en la matrícula del Lincoln. Dudaba de que la mujer hubiera leído la placa trasera, pero, no obstante, tendría que encontrar un lugar seguro para volver a colocar las originales. Y no le preocupaba que lo hubiese visto a él, porque las ventanas eran tintadas. Se sentía bien, a salvo.

Recordó que la niña le había preguntado algo. Ajustó el espejo una vez más y la miró.

–¿Qué has preguntado?

–¿Habrá baile en la fiesta de mamá?

–Claro, pequeña, mucho baile.

–No soy pequeña.

–¿No? ¿A quién le importa?

38

El cambio de marchas del Boxster protestaba sonoramente mientras Cassie conducía hacia Laurel Canyon.

—Emergencias, ¿en qué puedo ayudarle?

Cassie había conectado el altavoz del teléfono.

—Escúcheme, hay una agente herida. ¡Una agente herida!

Dio la dirección de la casa de Selma y el lugar en el que se encontraba Thelma Kibble. También describió la herida que había visto y le dijo a la operadora que enviara una ambulancia.

—Lo estoy haciendo a través del ordenador mientras hablamos. ¿Cuál es su nombre, por favor?

—Solo envíe la ambulancia, ¿lo hará?

Colgó e inmediatamente pulsó el botón de rellamada. Al principio le saltó la cinta que explicaba que todas las líneas estaban ocupadas, pero una operadora contestó antes de que concluyera el mensaje grabado.

—Emergencias, ¿en qué puedo ayudarle?

Por un momento, Cassie pensó que se trataba de la misma operadora.

—¿Puedo ayudarle?

Decididamente no era la misma mujer.

–Hay un hombre que trata de secuestrar a una niña. Tienen que enviar a alguien.

–Dígame la dirección, señora.

Cassie miró el reloj del salpicadero. Eran las tres y cuarto. Conocía de memoria los horarios de Jodie Shaw y que salía de la escuela primaria Wonderland todos los días a las tres. Si Karch no había actuado todavía, tendría que hacerlo en la casa. Dio a la operadora la dirección de Lookout Mountain Road.

–Dese prisa, por favor.

Colgó el teléfono. Pilló en verde el semáforo del cruce de Hollywood Boulevard y Laurel Canyon y aceleró en dirección norte por el cañón. Se dio cuenta de que probablemente estaba más cerca que ningún coche patrulla de la policía de Los Ángeles, a no ser que ya hubiera alguna en el cañón o en la escuela Wonderland. Tenía que decidir qué haría si llegaba primero.

El tráfico se hizo más lento cuando la calzada se redujo a un solo carril y se vio atrapada detrás de un viejo LTD que serpenteaba lentamente por el cañón.

–Vamos –gritó Cassie, con la mano apoyada en el claxon–. Venga, venga.

Vio que el hombre la miraba por el retrovisor. Ella le hizo una señal para que se arrimara a la derecha, pero él se limitó a levantar el dedo corazón de su mano derecha y redujo aún más la velocidad. En la siguiente curva ella lo adelantó en una maniobra peligrosa que obligó a apartarse al vehículo que venía en sentido contrario. El conductor de ese vehículo y el hombre del LTD le ofrecieron una buena serenata con sus claxones. Cassie sacó el puño por la ventana y levantó su dedo al LTD al tiempo que aceleraba.

Dobló en Lookout Mountain y siguió subiendo la colina a toda velocidad. Redujo un poco al pasar por la escuela

Wonderland. Todavía había niños en el patio y la calle estaba llena de coches en doble fila de los padres que iban a recoger a sus hijos. Cassie zigzagueó entre los automóviles, pero no se molestó en buscar a Jodie. Conocía su horario: estaba en casa. O ya la tenía Karch.

Al dar la última curva antes de la casa de los Shaw, se le puso el corazón en la garganta. Más adelante había un coche de policía con las luces encendidas, aparcado en la calle. Esperaba que estuviera allí en respuesta a su llamada al 911, pero su instinto le decía que eso no era posible. Acababa de llamar hacía solo tres minutos.

Cassie redujo la velocidad al pasar junto a la casa. Vio a dos agentes de policía, un hombre y una mujer, de pie en el jardín, justo al otro lado de la cerca. Ambos miraban a una mujer cuyo rostro estaba tan crispado y rojo que Cassie tardó un instante en reconocer a Linda Shaw, la mujer que había criado a su hija.

Las lágrimas rodaban por sus mejillas y tenía ambas manos apoyadas en el pecho, con los puños cerrados con tanta fuerza que se le veían los nudillos blancos. La mujer policía estaba un poco inclinada hacia adelante y tenía una mano en el brazo de Linda Shaw, para consolarla. El otro agente hablaba por radio. Cassie sabía que era demasiado tarde.

Los tres a la vez miraron al Porsche alertados por el ruido del motor cuando Cassie pisó el acelerador.

Los dos agentes se fijaron un momento en el coche, pero enseguida centraron de nuevo su atención en la mujer. Sin embargo, la mirada de Linda Shaw permaneció en el Boxster. Sus ojos atravesaron el parabrisas y miraron directamente a Cassie Black. Las dos mujeres no se conocían, porque los trámites de adopción se habían realizado a ciegas debido a que Cassie estaba en prisión y a su expreso deseo, en aquel momento, de no conocer a las personas que iban a cuidar de su hija.

Sin embargo, en aquel instante en que sus ojos conectaron, Cassie sintió que se transmitía algo. Habían establecido contacto en el plano donde se ocultan los peores miedos de las madres. En los ojos torturados y húmedos de Linda Shaw, Cassie vio que no podría haber un amor más grande para su hija.

Cassie fue la primera en desviar la mirada. Continuó hacia arriba. Sabía que podía ascender por Lookout Mountain hasta Sunset Plaza y bajar de nuevo a la ciudad sin necesidad de pasar de nuevo por la casa. Y eso era lo que iba a hacer.

Y luego iría donde Karch le dijera. Iban a jugar según las reglas que él estableciera.

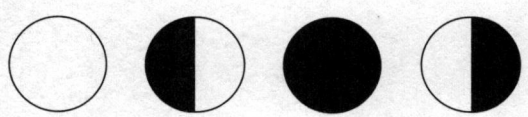

39

El cielo del desierto era azul oscuro; el aire, fresco y reparador. A Karch le encantaba el desierto por la noche. Amaba lo pacífico que era y los recuerdos que le traía. Incluso dentro del Lincoln, circulando a ciento cuarenta kilómetros por hora, le gustaba. El desierto era un reconstituyente, mientras que la ciudad te dejaba vacío.

Estaba a medio camino entre Primm y Las Vegas y el brillo del Strip iluminaba el horizonte como un incendio distante. La autovía 15 iba casi vacía. Se fijó en el reloj del salpicadero y vio que eran casi las ocho. Decidió que era el momento de llamar a Grimaldi. El viejo probablemente se estaría volviendo loco con la espera. Encendió la luz del techo una vez más y observó a la niña. Seguía estirada en el asiento trasero, durmiendo. El solo hecho de mirarla hizo bostezar a Karch. Llevaba más de treinta y seis horas sin dormir.

Sacudió la cabeza y dio un sorbo de café de un vaso de plástico. Lo había comprado en Barstow y ya estaba frío. Volvió a dejarlo en el soporte del salpicadero y sacó el teléfono móvil de la americana. Marcó el número personal de Grimaldi y volvió a apagar la luz. Contestaron de inmediato.

–¿Sí?

Había mucho ruido de fondo, ruido de gente hablando, gritando y aplaudiendo. Karch supo que Grimaldi había contestado desde la atalaya.

–Vincent, necesito que vayas a tu ordenador.

–¿Dónde coño te habías metido? Te he estado enviando mensajes al busca desde...

–He estado intentando recuperar tu dinero. Ahora puedes...

–Lo único que quiero saber es si lo tienes, no que lo estás «intentando». Intentarlo no significa nada si no lo consigues.

Karch negó con la cabeza. Tenía ganas de soltar un grito por el teléfono, pero sabía que eso despertaría a la niña. Mantuvo la voz calmada.

–Va para allá, pero para recogerlo voy a necesitar un poco de colaboración. Ahora, ¿puedes reservarme una habitación o no?

–Claro que puedo conseguirte una habitación. Espera mientras consigo a alguien aquí. Espera.

Grimaldi no aguardó respuesta. Puso la llamada de Karch en espera mientras el Lincoln se aproximaba a Las Vegas. Después de al menos cinco minutos, Grimaldi levantó de nuevo el auricular. El sonido de fondo había desaparecido: estaba en su despacho. No se entretuvo con charla. Fue directo al grano.

–¿Qué número?

–El ático. Dos mil uno. Como en la odisea del espacio.

–Espera un momento. Esa es la...

–Ya lo sé. ¿Está ocupada?

–Lo estoy comprobando... No, está libre esta noche.

–Bien, Vincent. Resérvala a nombre de Jane Davis. ¿Tienes un boli? Te daré un número de tarjeta de crédito.

Karch sacó los pasaportes del bolsillo y extrajo una tarjeta American Express del paquete de documentos de Jane

Davis. Encendió la luz y le leyó a Grimaldi el número de la tarjeta.

—Ya lo tengo —dijo Grimaldi—. ¿Qué más?

El tono de voz de Grimaldi hizo sonreír a Karch. Estaba sumamente ansioso. Karch sabía que era él quien controlaba la situación. Lo difícil sería mantenerse así después de que todo terminara. Pasó los siguientes diez minutos perfilando su plan, mirando dos veces por encima del hombro para asegurarse de que la niña continuaba dormida y no escuchaba nada. Mientras hablaba, el Lincoln pasó el cartel de «Bienvenidos a Las Vegas», que adornaba el perímetro de la ciudad desde hacía cuatro décadas. Los contornos de neón de los hoteles del Strip aparecieron a la vista. Grimaldi le incordió durante su exposición con preguntas y dudas sonoras. Cuando finalizó le había cambiado el humor y estaba exasperado.

—¿Estás seguro de que esto va a funcionar? —preguntó Grimaldi.

—Es cuestión de sincronía, Vincent —dijo Karch, enfadado—. ¿Habías oído alguna vez la palabra? Todo encajará y tú recuperarás el dinero. Eso es lo que quieres, ¿verdad?

—Sí, Jack, eso es lo que quiero.

—Muy bien, entonces estamos en marcha. Será mejor que lo vayas preparando todo. Ya casi estoy ahí.

Cerró el móvil y lo dejó en el asiento, a su lado. Miró a la niña una vez más y comprobó que seguía dormida. Apagó la luz justo cuando el teléfono empezaba a sonar. Lo abrió deprisa antes de que la niña se despertara.

—¿Qué pasa ahora, Vincent? No encuentras «sincronía» en tu diccionario.

—¿Quién es Vincent?

Era Cassie Black. Karch sonrió, dándose cuenta de que no podía ser Grimaldi porque él no tenía el número.

—Cassidy Black —dijo, rápidamente, tratando de tapar su error—. Ya era hora de que llamaras. Lo has hecho muy bien hoy, pero creo que, si estuvieras en mi campo, quizá las cosas...

—¿Dónde está la niña?

Su voz sonó fría como el acero. Karch hizo una pausa, todavía con la sonrisa pintada en el rostro. El momento era delicioso. Él tenía el control e iba a ganar la partida.

—Está conmigo y está bien. Y así es exactamente como seguirá siempre y cuando hagas exactamente lo que yo te diga. ¿Lo entiendes?

—Escúchame, Karch. Si le pasa algo a la niña... no te lo perdonaré. Dedicaré mi vida a joderte. ¿Lo entiendes?

Karch tardó en contestar. Abrió la ventanilla un centímetro y sacó un cigarrillo. Lo encendió con el mechero del salpicadero.

—¿Estás ahí, Karch?

—Oh, sí, estoy aquí. Solo estaba pensando en lo irónico que es esto. Vamos, creo que se llama ironía, nunca fui muy bueno en clase de lengua. ¿Es irónico que alguien que planea secuestrar a una niña se queje de que otro se le adelante? ¿Es eso la ironía?

Karch esperó la respuesta de ella, pero no se produjo. Su sonrisa se hizo más amplia. Sabía que le estaba clavando un cuchillo hasta el fondo de su alma, y la verdad es siempre la mejor arma para hacerlo.

—Así que dime una cosa, Cassie Black, ¿qué hacías viviendo en Los Ángeles? ¿Vender coches o vigilar a la niña? ¿Y a quién pensabas llevarte a Tahití, en vista de que Max no iba a poder acompañarte?

Esperó, pero solo hubo más silencio en la línea.

—Tal y como yo me lo imagino, probablemente llegué media hora o una hora antes que tú. Así que ahórrate la indignación moral. No cuela.

Karch creyó oír que ella lloraba al otro lado de la comunicación, pero no estaba seguro. Sentía una extraña proximidad con ella, quizá por conocer su plan, por saber cuál era su sueño secreto. Era maravilloso sentirse tan íntimamente conocedor del único motivo por el cual vivía otro ser. Era casi como el amor.

—Eso es —dijo tranquilamente—. Lo sé todo sobre ti y tu pequeño plan. Controlar a la niña y esperar a cumplir la condicional, ¿cuánto te faltaba?, ¿un año? Luego pensabas llevártela al paraíso, a Tahití, al lugar donde tú y Max lo pasasteis tan bien hace ya tanto tiempo. Por cierto, tengo algo tuyo, y no me refiero a la niña.

Aguantó el teléfono en el cuello y levantó los pasaportes del asiento de al lado. Abrió uno y miró la foto de la mujer con la cual estaba hablando por teléfono en ese preciso momento.

—Jane y Jodie Davis —dijo—. ¿No es bonito? El que los haya hecho para Leo hizo un muy buen trabajo. ¡Qué mala suerte que no tuvieras ocasión de probarlos!

Cassie continuaba en silencio. Karch seguía clavando agujas.

—Supongo que cuando viste ese cartel de «En venta» supiste que tendrías problemas. Jodie me contó que la familia se iba a vivir a *Paguis*, como dice ella, dentro de un mes. Estoy seguro de que eso te obligó a acelerar el plan. Fuiste a pedirle trabajo a Leo Renfro y él te envió otra vez al Cleo. Y aquí estamos.

—¿Qué quieres que haga, Karch? Tengo el dinero. Hablemos del dinero y solucionemos esto.

—¿Dónde estás?

—¿Dónde crees? En Los Ángeles.

—Eso está muy mal. Supongo que eso significa que no encontraste mi mensaje hasta que fue demasiado tarde para la agente Kibble. ¡Qué pena! Habrá un buen par de zapatos que llenar en la oficina de la condicional.

Karch se echó a reír al tiempo que se colocaba en el carril para salir a Tropicana Boulevard. En diez minutos estaría en el Cleo.

–Estás loco, ¿lo sabes, Karch? Thelma Kibble no te había hecho nada.

–Cariño, deja que te diga algo. La mitad de la gente que he matado nunca me había hecho nada. Tampoco me ha hecho nada Jodie Shaw, ¿o debería decir Jodie Davis? Me importa un carajo, ¿entiendes?

–Eres un psicópata.

–Exactamente. Así que esto es lo que vas a hacer. ¿Me escuchas? Trae el dinero a Las Vegas lo antes posible. Me da igual si vas en avión o en coche, pero tienes que llegar al Cleo a medianoche. De vuelta a la escena del crimen. –Miró el reloj del salpicadero–. Cuatro horas. Tienes tiempo de sobra. Cuando llegues aquí, vuelve a llamarme y enviaré a alguien para que te acompañe arriba.

–Karch, tú...

–¡Calla! Aún no he terminado. Será mejor que tenga noticias tuyas antes de medianoche o los Shaw tendrán que volver a High Desert para ver si hay otra reclusa con bombo que quiera deshacerse del crío.

–Yo no quería deshacerme de ella.

Karch se apartó el teléfono de la oreja.

–¡No tuve elección! No iba a educar a mi hija en una...

–Sí, sí, la misma historia. Max y tú debéis haber estudiado teatro juntos.

Se produjo un silencio durante un buen rato.

–¿De qué estás hablando? Tú le mataste. Sé que eras tú el que estaba allí arriba aquella noche.

–Yo estaba allí arriba, pero te equivocas en lo demás, señorita. Aunque tengo que decirte que hasta hoy no había entendido lo que ocurrió. Hasta que me enteré de lo de la niña.

Karch hizo una pausa, pero ella no dijo nada.

–¿Quieres que siga?

Karch esperó de nuevo, hasta que Cassie le pidió con voz quebrada que continuara.

–Verás, yo estaba en la cama como si estuviera dormido. Dejé que entrara en la habitación y que pasara a la sala de estar. Entonces me levanté, saqué la pistola de debajo de la almohada y salí. Me enfrenté a él. Yo tenía el arma y él no tenía nada. No podía hacer otra cosa que tumbarse en el suelo, como le pedí, pero no lo hizo. Se lo pedí otra vez y él solo me miró. Luego dijo algo que me ha costado todo este tiempo comprender, porque yo no sabía nada de ti ni de él, ni de lo que le dijiste aquella noche antes de que subiera a hacer el trabajo.

40

Cassie detestaba conducir por el desierto de noche. Era como meterse en un túnel sin salida, y lo que le estaba contando Karch solo empeoraba las cosas. Las lágrimas empezaron a nublar su visión de la autovía. Tragó saliva y trató de calmarse.

—¿Qué dijo? —preguntó—. Dímelo.

Había pasado la llamada al altavoz, y la voz de Karch surgió de la oscuridad, incorpórea y portadora de un ligero eco. Sonó como si él estuviera a su alrededor, e incluso en el interior de su cerebro.

—Dijo «Otra vez no. Es mejor no tenerlo que tenerlo en la cárcel». Entonces se dio la vuelta y saltó por la ventana. Y yo nunca supe lo que quiso decir hasta que Kibble me ha contado hoy lo que él descubrió esa noche. Le dijiste que iba a ser padre, que tú y él, ya sabes. Así que en ese momento se dio cuenta de que, si venía conmigo, él estaría en la cárcel cuando el bebé naciera y cuando se hiciera mayor. Y eso es lo que le ocurrió, ¿recuerdas? Creció con un padre entre rejas. Y no se lo deseaba a nadie.

Karch dejó de hablar y Cassie no tenía nada que decir. Deseó poder simplemente colgar, salirse de la carretera y caminar a ciegas en la noche del desierto. No le importaba qué era lo que le esperaba en la oscuridad.

Creyó a Karch. No tenía ningún motivo para hacerlo, pero sabía en su fuero interno que le estaba diciendo la verdad acerca de las últimas palabras de Max. Se dio cuenta de que contárselo, sorprenderle con la noticia esa noche había puesto en marcha un movimiento terrible. De repente le asaltó la imagen del cuerpo retorcido de Max en la mesa del casino. Ella había corrido hacia él y le había sostenido la cabeza entre sus brazos. Habían tenido que arrancarla de allí.

–Ya ves –dijo Karch de pronto–; si hay alguien culpable eres tú, no yo. Tú llevabas el bebé en tu vientre y tú se lo contaste. ¿Qué opinas de eso, Cassie Black?

Ella no respondió. Se agarró con tanta fuerza al volante que sus nudillos se pusieron blancos a la tenue luz de los indicadores del salpicadero. Sintió que la recorría un temblor de raíces profundas. Empezó en su pecho y agitó sus hombros. Se movió como una ola por sus brazos hasta poner en peligro su control del volante. Al final, pasó. Trató de apartar sus recuerdos de Max, de dejarlos para más tarde. Lo importante era Jodie. Tenía que concentrarse en su hija.

–¿Sabes una cosa? –dijo Karch–. Ahora que entiendo lo que pasó en aquella habitación, con Max, lo único que no comprendo es qué ocurrió en la habitación con Hidalgo. ¿Por qué lo hiciste?

Cassie no entendió por qué le formulaba una pregunta tan obvia.

–¿Por qué va a ser? Por el dinero.

–Pero por qué matar al tipo si no hacía falta...

–¿De qué estás hablando? ¿Hidalgo? ¿Hidalgo está muerto?

–Tú deberías saberlo...

–¡No! ¡No sé de qué estás hablando!

–A mí me pareció bastante a sangre fría. El tipo sentado en la cama en ropa interior, indefenso, y tú le disparaste.

Mientras Karch hablaba, Cassie recordó sus últimos momentos en la habitación. Hidalgo estaba inquieto, despertándose. Ella estaba al pie de la cama y levantó la pistola. Estaba preparada y dispuesta a hacer lo que fuera necesario. A cruzar la última línea. ¿Lo había hecho? ¿La había cruzado y lo había olvidado? Imposible.

–Karch, escúchame. Si está muerto, fue otro quien lo mató.

Hubo una pausa y luego volvió a sonar la voz de Karch.

–Claro, lo que tú digas. Eso no cambia las cosas. Vas a venir aquí con el dinero y...

–¿Karch?

–¿Qué?

–¿Cómo sé que tienes a la niña?

Se rio de un modo falso en el teléfono.

–No lo sabes.

–Necesito hablar con ella. Antes de ir ahí, tengo que saber que la tienes y que está viva. Por favor, Karch.

–Ah, bueno, si vas a ser tan educada...

Ella escuchó. Le pareció escuchar un bocinazo y luego Karch insultó a alguien. Comprendió que estaba en un coche y que posiblemente se había detenido y le había cortado el paso a alguien. Oyó un crujido y luego otra vez la voz de Karch, pero no se dirigía al teléfono.

–Despierta, niña –dijo–. Alguien quiere hablar contigo. Saluda.

Cassie oyó la respiración de su hija antes que su voz. Luego pronunció una sola palabra que perforó el corazón de Cassie como una broca con punta de diamante.

–¿Mamá?

Cassie contuvo la respiración. Intentó contener el torrente de lágrimas que sabía que pugnaban por derramarse. Abrió la boca y trató de responder a la primera palabra que su hija le había dicho nunca, pero antes de poder formar un sonido, la risa grosera y brusca de Karch llenó el interior del Boxster.

—A medianoche en el Cleo, Cenicienta, o aplastaré tu calabaza.

Karch cortó la conexión y Cassie se vio de pronto conduciendo en silencio y en medio de la oscuridad. En el túnel.

Pensó en volver a llamar a Karch, pero sabía que todo lo que tenía que decirse ya estaba dicho. Miró por el parabrisas hacia el cartel de «Bienvenidos a Las Vegas». Había mentido a Karch. Estaba justo detrás de él. Eso le daba un rato de ventaja, unas horas para prepararse, pero poco más. No tenía ni idea de qué era aquello para lo que debía prepararse.

41

La niña se enderezó en el asiento trasero del Lincoln y asimiló las deslumbrantes luces del Strip.

–¿Dónde estamos? –preguntó.

–Ya casi llegamos.

–Quiero ver a mi papá.

Karch ajustó el retrovisor y miró a la niña. Parecía otra vez al borde del llanto. A mitad de camino desde Los Ángeles había empezado a llorar y a llamar a gritos a su madre y a su padre. Karch se había visto obligado a detenerse en Barstow para calmarla. Básicamente, la sobornó con patatas fritas y Coca-Cola. La convenció para que dejara de sollozar hasta que llegaran al hotel de Las Vegas en el que la estaba esperando su papá. Lo bueno fue que tanto llanto terminó por agotarla y la niña había dormido durante casi todo el resto del camino.

–Recuerda nuestro trato. Nada de llantos ni gritos hasta que lleguemos a la habitación del hotel y veas a tu padre. ¿De acuerdo?

–No me importa. Quiero ver a papá.

–Ya casi estamos –dijo Karch–. Muy pronto estarás con tu papá. –Sonrió, aunque sabía que la niña nunca entendería el chiste.

–¿Estamos en Francia?

–¿Qué?

A través del espejo, Karch vio a la niña vuelta hacia la ventanilla de su derecha y el reflejo de los neones en su rostro infantil. Estaban pasando junto a una reproducción a escala de la torre Eiffel, instalada delante de un casino.

–Puede ser, niña, puede ser.

Al cabo de algunos minutos más, el Lincoln giró hacia la entrada del Cleopatra y siguió los indicadores hasta el aparcamiento de la parte de atrás. Condujo hasta el garaje del oeste, tal y como le había dicho a Grimaldi que haría, y encontró un hueco en la cuarta planta. Luego, él y la niña tomaron las escaleras hasta la planta baja. Karch caminaba deprisa, llevando a la pequeña de la mano y tirando de ella.

Habían dejado abierta para él una puerta de salida de emergencia gracias a una toalla que ataba la barra de empuje interior con la exterior. Entrando por ahí, Karch podía saltarse todas las cámaras del casino. No podía permitir que hubiera una videograbación de él con la niña. Después de pasar, Karch tiró de la toalla para que la puerta volviera a cerrarse y dejó la toalla en el suelo.

En el pasillo de los ascensores, Jodie Shaw se detuvo y trató de soltarse de Karch. A él le recordó el ligero tirón de un pez que muerde el cebo. Bajó la mirada hacia ella.

–¿Dónde está mi papá? –preguntó Jodie.

–Vamos a subir a verlo ahora mismo. ¿Quieres apretar el botón? –Señaló a los botones de llamada del ascensor.

–No. Tengo casi seis años, no tres.

–Bueno, entonces lo haré yo.

Karch pulsó el botón y, tras mirar a ambos lados para asegurarse de que nadie los observaba, hundió los dedos en el tarro de arena que había bajo los botones y sacó la llave magnética que Grimaldi había dejado allí para él. El camarín se abrió y Karch metió a la niña dentro. Utilizó la llave magnética para desbloquear el botón del ático. Una vez cerrada la puerta soltó la mano de la niña. Ella miró a la cámara de la esquina. No había ninguna luz ni forma de determinar si funcionaba o la habían apagado de acuerdo a sus instrucciones.

Al mirar a la niña vio que estaba asustada y a punto de romper a llorar otra vez. Se agachó para situarse a su altura y sonrió.

—No pasa nada, niña. Dentro de unas horas todo habrá terminado.

—Quiero ver a mamá y papá ahora.

—Pronto estaréis todos juntos. Te lo prometo. Ah, ¿sabes qué?, ¿te he enseñado esto?

Sacó el paquete de cigarrillos del bolsillo y extrajo uno. Luego realizó de manera impecable el truco de meterlo por la oreja y sacarlo por la boca. Las cejas de la niña se arquearon. Él encendió el cigarrillo y sopló el humo por encima de la cabeza de Jodie.

—Esto es magia —dijo—. Me lo enseñó mi papá. —Se levantó—. O al menos él creía que era mi padre.

Las puertas se abrieron y él dejó que la niña saliera al pasillo. Karch utilizó la llave magnética para abrir la primera puerta de la derecha y la niña entró a toda prisa, antes que él.

—¡Papá!

Karch la vio examinar la habitación, expectante, y luego pasar entre las puertas dobles que conducían al dormitorio. Karch cerró la suite con llave y dejó caer esta en una mesilla situada bajo el espejo del recibidor. Cuando fue a reunirse con la niña en el dormitorio, esta estaba apoyada en la cama, con la cabeza sobre la colcha.

—¿Dónde está mi papá?

–Supongo que tenemos que esperarlo.

La niña se volvió y miró a Karch con ojos acusadores.

–Me habías dicho que estaba aquí.

–No te preocupes, habrá salido un momento. Solo hemos de esperar a que vuelva. Haré algunas llamadas para ver si puedo encontrarlo, ¿vale? Mientras tanto, espera en esta habitación. Puedes acostarte en la cama y dormir un rato o ver la tele, lo que quieras. Hay un canal de dibujos, ¿por qué no lo buscas?

Miró a la niña sonriendo, pero ella no estaba por la labor. Apenas se había calmado y Karch estaba a punto de perder la paciencia. El siguiente paso sería agarrar a la niña y meterla debajo de la ducha con una mordaza en la boca. Optó por hacer un último intento antes de llegar a ese extremo.

–¿Tienes hambre? Voy a pedir algo al servicio de habitaciones. Estoy muerto de hambre. ¿Qué te parece un bistec bien jugoso?

–Asqueroso. Y hablas muy mal.

–Eso es verdad. Muy bien, nada de bistecs. ¿Qué quieres comer entonces?

–SpaghettiOs.

–¿SpaghettiOs? Estás segura. Hay muy buenos cocineros aquí. ¿Estás segura de que quieres SpaghettiOs?

–Sí. SpaghettiOs.

–Vale, vale. Sabes qué te digo: quédate viendo la tele y yo llamaré al servicio de habitaciones.

Karch agarró el mando a distancia de encima de la tele y la encendió. Le pasó el control a la niña y salió de la habitación. Entonces recordó algo y regresó para desconectar el teléfono. La niña observó en silencio cómo él salía de la habitación con el aparato. Justo cuando él cerró las dos hojas de la puerta, ella lo llamó desde dentro.

–Y también una Coca-Cola.

Se preguntó por un momento si dejaban tomar Coca-Cola a los niños de esa edad, pero pronto dejó de lado esa idea. Al fin y al cabo, no tenía importancia.

–Muy bien, una Coca-Cola para la señorita.

Karch enrolló el cable del teléfono alrededor de los pomos. No creía que la niña fuera a intentar escapar, pero nunca estaba de más tomar precauciones. Marcó el número directo de Grimaldi y de nuevo el director de operaciones del casino contestó de inmediato.

–¿Estás dentro?

–Has desconectado las cámaras del ascensor, ¿verdad?

–Y las del garaje, tal y como habías pedido. Tareas de mantenimiento. Si no has pasado por el casino, entonces no hay ningún registro de que hayas entrado.

–Muy bien, ¿y las escaleras?

–Tengo gente en todos los huecos de escalera. Y sabemos que no tiene llave porque Martin recuperó la suya. Así que no puede usar los ascensores; solo las escaleras. ¿Quieres a alguien allí arriba?

–No.

–¿Estás seguro de que va a volver con el dinero solo por la niña?

–Vendrá, Vincent. Te lo garantizo.

–Con tu vida, Jack. ¿Lo entiendes?

Karch no contestó. Grimaldi trataba de reafirmar su autoridad, pero ya era demasiado tarde para eso. Karch seguía conservando el control.

–Ella dice que no mató a Hidalgo.

–¿Quién lo dice?

–Cassie Black. Dice que no le disparó.

–Chorradas. ¿Y qué quieres que diga? Que las cosas se le complicaron y le pegó un tiro. No; nunca reconocen nada, Jack, ya lo sabes.

Karch pensó en eso un momento.

—Muy bien —dijo al fin—. Supongo que tienes razón.

—Sé que tengo razón. ¿Así que ya lo tienes todo listo ahí arriba?

—Sí. Ah, una última cosa. Necesito que el servicio de habitaciones me suba un bistec. Muy poco hecho. Y... —Miró hacia las puertas del dormitorio, desde donde llegaba el sonido ahogado de disparos de dibujos animados.

—¿Qué?

—¿Tienen SpaghettiOs allí abajo?

—Esa mierda enlatada.

—A los niños les gusta.

—No, Jack, no tenemos SpaghettiOs. Esto es un hotel de cuatro estrellas, joder.

—Bueno, entonces algo parecido a eso. Y dos Coca-Colas, sin hielo. Diles que llamen a la puerta y que lo dejen fuera, y que no tengo que firmar. Nadie puede verme aquí arriba, Vincent. ¿Entendido?

—Perfectamente. ¿Algo más?

—Nada más. Todo acabará a medianoche, Vincent. Tú tendrás el dinero, Miami tendrá el Cleo, tú lo dirigirás todo y Chicago se joderá.

—Te estaré muy agradecido, Jack.

—Ya lo creo.

Colgó. A continuación, sacó el móvil del bolsillo y comprobó los mensajes. Querían derivarle dos casos de personas desaparecidas, pero nada más. Karch sabía que, de un modo u otro, sus días de buscar personas desaparecidas estaban a punto de terminar.

Cuando se guardó de nuevo el teléfono en el bolsillo interior del traje, notó que había algo allí y recordó que se había llevado la agenda de Leo Renfro. La sacó y la abrió. Antes solo la había ojeado, por si había alguna pista acerca del paradero del dinero o de Cassie Black. En lugar de eso, se encontró con las páginas llenas de notas escritas a lápiz acerca de situaciones astrales. Le fascinaba que hubiera gente que realizara sus decisiones vitales en función de la posición de las estrellas, la luna y el sol. Le parecía estúpido, y lo ocurrido a Leo constituía buena prueba de ello.

Pasó las hojas para ver qué había escrito Leo acerca de un futuro que él no había podido conocer. Empezó a sonreír al llegar a una anotación particularmente larga en la fecha de ese día.

—Vaya, tenemos una luna vacía de curso —dijo en voz alta—. Entre las diez y diez y medianoche.

Pensó que tal vez había cierta verdad en todo aquello. Al fin y al cabo, sabía que esa noche alguien iba a tener mala suerte. Dejó la agenda y se levantó. Caminó hasta la esquina y abrió las cortinas, dejando a la vista una ventana de suelo a techo. Retrocedió y admiró la vista y el cristal. Localizó el lugar donde Max Freeling había golpeado el cristal y lo había atravesado.

Miró a las puertas del dormitorio y oyó el característico bip-bip del Correcaminos, y supo que el Coyote iba tras él.

42

Cassie analizaba una y otra vez todo lo que Karch había dicho durante la conversación telefónica. Ella ya estaba en Las Vegas, otra vez en el garaje del Flamingo. Permanecía sentada con las manos en el volante, a pesar de que el coche estaba aparcado. Miró la pared que tenía enfrente y repasó una vez más la conversación. En un momento, Karch se había referido a la escena del crimen. También había dicho que cuando ella llamara le enviaría a alguien para que la acompañara arriba. Eso significaba que iba a esperarla en el ático del Cleo. En la habitación 2014, para ser exactos. La escena del crimen.

Sin embargo, al volver a examinar las cosas empezó a preguntarse si las pistas que él había dejado en la conversación telefónica no las habría sembrado de manera intencionada. Quizá Karch sabía que ella había estado mintiendo y que estaba en la carretera, muy cerca de él. Quizá sabía que ella intentaría algo para rescatar a su hija. Finalmente, no obstante, desechó esta última posibilidad. Contemplándolo desde el punto de vista de la convicción de Karch, de que en esta ocasión contaba con todas las cartas, Cassie decidió que él tenía algo más en mente cuando había elegido la 2014 para su encuentro y supuesto intercambio de la niña por el dinero.

Una cosa que no requería análisis era el intercambio. Cassie sabía, a ciencia cierta, que no se produciría ningún intercambio. Fuera cual fuese la intención de Karch, no incluía que Cassie se marchara de Las Vegas con su hija. Sabía que, si las cosas iban del modo en que Karch las había concebido, ella acabaría muerta. Karch no era de los que dejan testigos y no iba a pensárselo dos veces antes de matar a una expresidiaria. Aunque no dudaría en cambiar su propia vida por la de su hija, estaba convencida de que la ética de no testigos de Karch también se aplicaría a una niña inocente de cinco años, pillada en medio de los errores fatales de su madre.

De modo que, después de tanto pensar, no le quedaba elección. Todo se reducía a un dato. Tenía que volver al Cleopatra y subir al ático. Tenía que regresar a la habitación 2014. Utilizando esa resolución como base, urdió finalmente un plan con la esperanza de que, al menos, una persona —una niña— saliera con vida.

Media hora más tarde avanzaba por el casino del Cleopatra con un nuevo sombrero de ala ancha y un andar decidido. Llevaba también una bolsa de deporte negra comprada asimismo en las tiendas del Flamingo. Contenía más dinero en efectivo del que había en juego en el casino en ese momento. También contenía la riñonera con las herramientas, pero ningún arma. Si las cosas iban como había planeado, no necesitaría ningún arma, y si la necesitaba, entonces ya estaría todo perdido.

Debía suponer que las escaleras estarían vigiladas. Era la única manera de subir sin poseer una llave, de modo que se olvidó de ellas y se dirigió directamente a la zona de ascensores de la torre Euphrates. Pulsó el botón para subir.

Antes de que llegara un ascensor, se acercaron dos parejas; los dos hombres pulsaron el botón ya iluminado del ascensor. Cassie necesitaba un ascensor para ella sola. Cuando llegó el primero, retrocedió y se lo cedió a los otros. Luego volvió a pulsar el botón. Se repitió lo mismo dos veces más; ya empezaba a pensar que nunca iba a disponer de un ascensor para su uso exclusivo. Finalmente, decidió arriesgarse y subió a un ascensor con una mujer que llevaba un vaso de plástico con unas monedas. Esperó hasta que la mujer eligió su piso –por fortuna era la sexta planta– y luego pulsó el botón del diecinueve.

Mientras subían, Cassie consultó su reloj. Eran las diez en punto. En cuanto bajó su compañera de cabina, Cassie pulsó también los botones de los pisos diecisiete y dieciocho. Entonces se quitó el sombrero y lo colgó de la cámara de la esquina superior. Lo hizo de forma que el sombrero le cubrió el rostro hasta que la cámara quedó bloqueada. Esperaba que, cuando descubrieran la cámara tapada, lo tomaran por una broma.

Cassie se sacó las ganzúas del bolsillo de atrás y se las puso en la boca. Pasó un brazo por las dos correas de la bolsa y luego puso un pie en la barandilla que recorría la pared lateral del camarín. Se impulsó hacia arriba con la espalda apoyada en la esquina y colocó el otro pie en la barandilla de la pared del fondo. Apoyada contra la esquina, empezó a trabajar con las ganzúas en la trampilla del techo del ascensor.

El ascensor se detuvo en la planta diecisiete y se abrieron las puertas. Cassie miró hacia el pasillo vacío y luego continuó con el trabajo en la cerradura. Tenía dificultades debido a su incómoda posición y al hecho de trabajar con gachetas alineadas en vertical. La puerta se cerró y el ascensor hizo un rápido salto hasta el siguiente piso.

Justo cuando las puertas se abrían, Cassie oyó el clic de la última gacheta y la cerradura giró. Empujó la trampilla para abrirla y, a continuación, miró hacia abajo mientras se soltaba la bolsa de deporte del brazo. Vio a un hombre de pie en el ascensor, mirando hacia el techo. Llevaba una camisa hawaiana metida en los pantalones, sin cinturón. Cassie no sabía cuánto había visto, pero estaba claro que no existía ninguna explicación válida para lo que estaba haciendo. Los ojos del hombre se fijaron en el sombrero negro colgado de la cámara. Las puertas empezaron a cerrarse tras él, pero de repente sacó un brazo y puso la mano en el sensor. Las puertas volvieron a abrirse.

—Creo que esperaré al próximo —dijo el hombre.

—Gracias —dijo Cassie, todavía con una de las ganzúas en la boca.

No sabía qué más decir. El hombre salió y las puertas se cerraron a su espalda. Cassie empujó la bolsa por la trampilla, que era de sesenta por sesenta. Luego alzó los brazos para agarrarse de la parte superior del techo de la cabina. Se impulsó hacia arriba y se coló por el hueco.

El ascensor reanudó la marcha. Cassie cerró rápidamente la trampilla y oyó que la cerradura se trababa. Desde la parte superior del hueco del ascensor se filtraba una luz tenue procedente de una única bombilla colgada de la viga del tejado.

Cassie se levantó con la bolsa y mantuvo el equilibrio a la espera de que el ascensor se detuviera en la planta decimonovena. Cuando lo hizo, pasó a una viga transversal de hierro que separaba dos huecos de ascensores contiguos. Al cabo de un momento, la cabina en la que había subido inició su descenso, dejándola sobre un trozo de metal de quince centímetros de anchura, a diecinueve pisos del suelo.

Las puertas del rellano del ático estaban justo al otro lado del abismo y un metro ochenta más arriba. Cassie se movió despacio por encima de la viga metálica hasta alcanzar la pared frontal del hueco. Había un enrejado de puntales cruzados de acero que creaban una jaula de apoyo para el ascensor. Empezó a escalar por ellos, pero los puntales eran resbaladizos y traicioneros, porque estaban cubiertos de polvo.

Cuando logró situarse al mismo nivel que las puertas del ático, se agarró de uno de los puntales con una mano y estiró el otro brazo a través del abismo, hacia las puertas. Una vez se hubo agarrado al borde interior de una de ellas, pasó un pie hasta el escalón de doce centímetros que había debajo. Balanceó el cuerpo hasta el escalón. Al hacerlo, la bolsa resbaló de su brazo y estaba a punto de caer cuando la agarró por una de las correas. La bolsa, pesada con los fajos de billetes y sus herramientas, produjo un golpe seco en la fina placa metálica de las puertas del ascensor. El sonido provocó un fuerte eco en el hueco y Cassie se quedó inmóvil, pensando que el ruido se habría oído del mismo modo en el pasillo del ático.

Karch levantó la mirada de la agenda de Leo Renfro. Había oído un golpe en algún punto del pasillo. Se levantó y sacó la Sig Sauer de la pistolera mientras buscaba el silenciador en el bolsillo. Luego se lo pensó mejor. Enfundó de nuevo el arma y su mano buscó bajo la chaqueta, en la cinturilla del pantalón. Extrajo la veinticinco y se acercó a la puerta.

Vio por la mirilla que el pasillo estaba vacío. No sabía si investigar el ruido o llamar a Grimaldi. Decidió que era mejor no esperar a que enviaran a alguien. Retrocedió para coger la llave magnética y abrió la puerta.

Karch no vio a nadie en el pasillo. Se quedó allí de pie, con la veinticinco camuflada en la misma mano con la que sostenía la llave. Hizo una pausa y escuchó, pero solo oyó los sonidos ahogados de los ascensores en el pasillo de al lado. Caminó hacia ellos y otra vez se quedó muy quieto y aguzó el oído.

Cassie se agarró a la puerta con los músculos tensos y la oreja apretada en la rendija que quedaba entre los paneles. Le había parecido escuchar que se abría y se cerraba una puerta, pero luego ya no se produjo ningún ruido más. Al cabo de un minuto decidió que era el momento de moverse. Soltó una mano y sacó una linterna de boli del bolsillo de atrás. La encendió y se la puso en la boca. Acto seguido dirigió el foco hacia el marco de la puerta, hasta que vio una palanca activada por un resorte en la parte superior izquierda. Avanzó lentamente hacia ese lado de la puerta y, en el preciso momento en que estiró el brazo y puso una mano en la palanca, sintió que subía una fuerte ventolera. Vaciló y miró hacia abajo, justo cuando el ascensor surgía de la oscuridad y amenazaba con aplastarla contra la puerta. En una fracción de segundo tenía que decidir si tirar de la palanca y tratar de pasar por la puerta o saltar de nuevo al techo del ascensor en marcha.

La luz de encima de uno de los ascensores se encendió y se produjo un suave repique. Karch retrocedió rápidamente. Miró a ambos lados del pasillo y vio las puertas de doble batiente que conducían al cuarto de mantenimiento. Se acercó rápidamente y entró.

Mantuvo entreabierta una de las hojas y volvió a mirar al pasillo. Oyó que el ascensor se abría y se cerraba y acto seguido un hombre y una mujer aparecieron en el pasillo y se encaminaron en sentido contrario a la posición de Karch. El hombre parecía cincuentón, la mujer tendría veintitantos. Karch observó cómo el hombre metía la mano debajo del corto vestido negro de la joven. Ella se rio y de una manera juguetona le apartó la mano.

–Espera a que lleguemos, encanto –dijo–. Entonces podrás tocar todo lo que quieras.

Él observó hasta que ambos se metieron en una habitación. Luego escrutó el cuarto de mantenimiento. Al fondo había ropa de cama y accesorios de baño en un armario empotrado con una puerta baja. En el otro lado estaba el montacargas y todavía quedaba espacio en la pequeña estancia para una mesa de servicio llena de platos sucios. Olía a rancio y Karch pensó que los restos llevarían allí todo el día.

Volvió a salir al pasillo y regresó a la 2001. Hizo una pausa en los ascensores, pero esta vez tampoco vio ni oyó nada que levantara sus sospechas. Se acercó a la puerta de la 2001 y utilizó la llave magnética para entrar.

Al cabo de treinta segundos el ascensor fue llamado a otro piso y descendió por el hueco. Cassie saltó a la viga de nuevo y una vez más procedió a aproximarse a la puerta. Esta vez se aseguró la bolsa antes de hacer el último movimiento hacia el saliente de la puerta. Lo ejecutó sin causar ningún ruido; luego se estiró y apretó la palanca con resorte. Oyó un clic metálico y los dos paneles de la puerta se distanciaron un centímetro. Metió los dedos en la rendija y separó los paneles.

Salió al pasillo de los ascensores, se volvió y empujó los paneles de la puerta hasta que oyó un clic.

Se encaminó sin más dilación hacia la 2014, aunque no sabía muy bien qué iba a hacer una vez llegara allí. Sin embargo, al pasar junto a la 2001 cayó en la cuenta de algo y se detuvo. Sincronía. Karch había pronunciado esa palabra cuando ella había llamado por teléfono y él la había confundido con alguien llamado Vincent. Inmediatamente había llegado a la conclusión de que el Vincent al que se refería era Vincent Grimaldi, el director de operaciones del casino. El mismo Vincent Grimaldi al que se había referido Hidalgo. El mismo Vincent Grimaldi que era jefe de seguridad seis años atrás. En este momento, sin embargo, Cassie pensó que con quién estaba hablando Karch era menos importante que lo que acababa de decir. Sincronía. Cassie sabía lo que quería decir. Había salido en el crucigrama del *Las Vegas Sun* al menos una docena de veces durante los cinco años en los que lo estuvo haciendo religiosamente. «Sincronía»: coincidencia en el tiempo de hechos o fenómenos.

Ella entendió el plan de Karch. Un hombre había muerto al caer desde la suite 2001 hacía casi siete años. Esa noche la amante de ese hombre –y su hija– harían lo mismo. Karch se quedaría con el dinero. Todo lo demás podría imputársele a Cassie, la madre trastornada que disparó a sus compañeros de trabajo y a su agente de la condicional, que secuestró a su hija y regresó a Las Vegas para terminar del mismo modo que su amante.

El plan era inteligente, y Cassie sabía que podía funcionar. Pero conocerlo, le proporcionaba una ligera ventaja. Pegó la oreja a la puerta y oyó los ruidos ahogados de una pelea de dibujos animados procedente de una televisión en el interior de la suite.

Cassie apoyó suavemente una mano en la puerta y susurró:

–Ya estoy aquí, pequeña, ya estoy aquí.

43

Karch desenredó el cable de teléfono de los dos pomos y miró a la niña. Estaba tumbada boca abajo al extremo de la cama, con la cabeza apoyada en las manos mientras trataba de mantenerse despierta y ver los dibujos animados.

–¿Estás bien aquí, niña?

–¿Dónde está mi papá?

Karch miró su reloj.

–Pronto lo verás..., muy pronto.

Cerró la puerta y volvió a enrollar el cable en los pomos.

«Lo que a mí me importa es dónde está la jodida comida», dijo para sí.

Se acercó al teléfono y marcó el número de Grimaldi. De nuevo, la llamada fue contestada de inmediato.

–¿Novedades? –preguntó Karch.

–Aquí ninguna.

–¿Has llamado al servicio de habitaciones?

–En cuanto has colgado.

–Vincent, tu cocina de cuatro estrellas no vale una mierda. Estoy muerto de hambre, joder.

–Hay mucho trabajo en la cocina, pero llamaré otra vez.

–Muy bien. Y avísame en cuanto alguien la vea.

—Lo haré.

—Ah, Vincent.

—¿Qué, Jack?

—Será mejor que cierres algunas mesas de dados ahí abajo. No querrás que nadie resulte herido.

—Joder. Estás seguro de que tiene que ser así. No podríamos...

—Vincent, Vincent. No quieres preguntas, ¿verdad?

—No, Jack.

—Entonces no hay ninguna otra manera. Sincronía, Vincent. Llama al jefe de sala y cierra las mesas.

Colgó y se acercó a la ventana. Pegó un puñetazo para tratar de formarse una idea de la tensión del cristal. Se preguntó si los policías de la Metro se darían cuenta si disparaba antes al cristal para simplificar las cosas. ¿Recogerían el cristal para examinarlo? Probablemente, no. Demasiadas complicaciones para lo que iba a parecer un caso obvio de asesinato y suicidio.

Decidió que el plan a seguir sería pegar un tiro al cristal e inmediatamente arrojar los dos cuerpos. Primero a la niña y después a la madre. Un asesinato y suicidio clásico: la madre trastornada tira a su hija y luego se arroja ella.

En el cuarto de mantenimiento, Cassie movió la mesa de servicio para colocarla justo debajo de uno de los paneles de la trampilla del techo. Luego apartó los platos sucios a un lado y se subió al otro. La mesa tenía largas patas con ruedas para que pudiera deslizarse con suavidad sobre las espesas moquetas de las suites del ático, y eso la convertía en una plataforma poco firme. Cassie se levantó despacio y se estiró hacia el techo. Empujó el panel hacia arriba y hacia un lado. Luego se agarró de los rieles del marco que lo sostenía y comprobó que resistían su peso. Ella pesaba unos cincuenta kilos vestida, y la bolsa ocho o diez más. Los rieles resistían. Tiró primero la bolsa y luego se agarró del marco y lanzó las piernas para escalar hasta el espacio que quedaba entre el techo falso y el real.

El hueco no tendría más de un metro veinte de altura y estaba lleno de cables de electricidad, tuberías de agua y cañerías del sistema antiincendios. Pero lo que ocupaba el mayor espacio era la red de conductos del sistema de calefacción y aire acondicionado. Los conductos gemelos de entrada y retorno recorrían el pasillo y se ramificaban en pequeñas líneas secundarias que iban a cada una de las suites de la planta. Los conductos principales tenían un metro cuadrado, lo cual permitía ir a gatas con facilidad. Los secundarios eran más pequeños, pero Cassie sabía por experiencia que los túneles de retorno de aire eran lo bastante amplios para que ella pasara, siempre y cuando empujara la bolsa por delante. También sabía que, si ella podía pasar, Jodie también podría.

El plan adolecía de graves defectos y dificultades. El ruido sería una cuestión primordial. Cualquier ruido en los túneles del sistema de ventilación se magnificaba antes de llegar a las rejillas de las habitaciones. No le preocupaba tanto su entrada como su salida con Jodie. Mantener callada a una niña de cinco años en una situación de pánico no resultaría nada fácil. Esperaba que siguieran los dibujos animados en la televisión y poder usar el sonido como protección en su huida.

Otro problema que Cassie sabía que tenía por delante era quitar la rejilla cuando llegara a la habitación en la que Jodie permanecía retenida. La rejilla estaría atornillada desde dentro y lo difícil sería acceder a los tornillos. El plan consistía en doblar las láminas con una pequeña palanca que llevaba en la bolsa. Luego sacaría el brazo y aflojaría los tornillos que sostenían la rejilla. Esto, sabía, sería laborioso y lento. Si se le caía el destornillador, o incluso uno de los tornillos, el ruido podría alertar a Karch.

Su esperanza de éxito se basaba en la creencia de que probablemente Karch mantendría a Jodie en la habitación de la suite mientras él permanecía en la sala de estar. Pero si se equivocaba, y Karch se hallaba junto a la niña, entonces las posibilidades de Cassie de rescatar a su hija eran infinitesimales.

A pesar de todo, ella siguió adelante. Se metió en aquel angosto lugar y volvió a colocar el panel en su sitio. Una vez más, se puso la linterna en la boca y la enfocó hacia el conducto principal de aire hasta que encontró la unión de dos segmentos. Avanzó en esa dirección, poniendo mucho cuidado en mantener su peso en el armazón del falso techo.

Cassie empezó a sacar las tuercas de la abrazadera que mantenía unidos los dos segmentos. El trabajo era difícil porque cada una de las ocho tuercas había sido soldada, al parecer como medida de seguridad. Habían pasado casi siete años desde que Cassie estuvo en ese mismo espacio –cuando preparó el trabajo que luego Max no le dejó llevar a cabo–, pero todavía lo recordaba y sabía que las soldaduras eran nuevas. Necesitó todas sus fuerzas para romper la primera soldadura y medio minuto para sacar la tuerca. El proceso le insufló una sensación de pánico. Estaba tardando demasiado.

Cassie se había puesto manos a la obra con la última tuerca cuando oyó el repiqueteo del montacargas en el cuarto de mantenimiento. Dejó la llave inglesa y rápidamente avanzó a gatas hasta el panel por el que había trepado. Abrió una rendija y miró justo cuando el montacargas se abría y un camarero del servicio de habitaciones empujaba una mesita al descansillo.

Cuando el camarín se cerró tras él, el hombre sacó una carpeta de piel del bolsillo interior de su chaquetilla roja y la abrió para comprobar su destino. Cassie estaba un metro por encima de él y no tuvo problemas para leer la nota del interior de la carpeta:

2001
Dejar en el pasillo
V. Grimaldi

La nota era una confirmación más de la implicación de Vincent Grimaldi, lo que también brindó a Cassie la idea de un nuevo plan.

La llamada a la puerta sacó a Karch de su ensoñación junto a la ventana.

–Servicio de habitaciones –dijo una voz desde el pasillo.

Se volvió, miró a la puerta y esperó, pero no hubo una segunda llamada. Agarró la veinticinco de la mesa y se aproximó cuidadosamente a la entrada. Antes de poner el ojo en la mirilla colocó la oreja en la jamba para escuchar. No oyó nada.

Miró a través de la lente convexa de la mirilla y vio un carrito del servicio de habitaciones en el pasillo. Estaba cubierto con un mantel blanco y preparado para dos. Un jarroncito con flores ocupaba el centro de la mesa. No vio a nadie en el pasillo. Continuó observando y aguardó, por si el camarero del servicio de habitaciones estaba esperando junto a los ascensores. Karch no tenía ni idea de las instrucciones que Grimaldi le había dado ni de si estas habían despertado la curiosidad del empleado.

Transcurridos treinta segundos, abrió la puerta, miró a ambos lados del pasillo vacío y luego a la mesa. Advirtió que no había platos. Levantó el mantel y miró debajo. Había un horno incorporado a la mesa para mantener caliente la comida. Satisfecho, Karch tiró del carrito hacia la suite. Costaba moverlo y pensó en decirle a Grimaldi que la moqueta de las habitaciones era demasiado espesa. Cerró la puerta de una patada y empujó el carrito hacia la habitación. Al pasar, dejó la pistola en la mesa de la entrada.

Después de abrir las puertas del dormitorio, empujó el carrito hasta dejarlo junto a la cama.

–Ven a comer –le dijo a la niña.

–No tengo hambre –replicó ella.

Karch le lanzó una mirada y dijo:

–Haz lo que quieras; yo tengo hambre.

Levantó el mantel y abrió el calientaplatos. Lo recibió una ráfaga de aire caliente. Había dos platos tapados con aluminio en una bandeja. Sacó el primero y mientras lo sostenía con las dos manos se dio cuenta de que se quemaba. Lo sacó deprisa y lo puso en la mesa.

–¡Joder!, ¡cómo quema!

Sacudió las manos y se inclinó para mirar debajo del estante. Había tres hornillos encendidos justo debajo del estante de aluminio en el que se hallaba el plato.

–¡Capullos!

Miró a la niña para asegurarse de que no se estaba riendo de la situación. Jodie se limitaba a mirarlo, con una nota de miedo en su carita.

–Ya sé que hablo muy mal. Voy a ponerme agua.

En cuanto Cassie oyó correr el agua en el cuarto de baño, salió del otro extremo del carrito de servicio. Arrodillada en el suelo, junto a la mesa, echó un buen vistazo a la habitación para ver si Karch había dejado un arma cerca. No lo había hecho.

–¡Eh!

Se volvió hacia Jodie y rápidamente se inclinó sobre la cama. La puerta del cuarto de baño estaba abierta y vio el reflejo de la espalda de Karch en un espejo. Sabía que en cuanto el agua dejara de correr tenía que estar escondida.

—Jodie, estoy aquí para llevarte lejos de este hombre —susurró a toda prisa.

—Bueno, quiero...

Cassie puso un dedo sobre los labios de la niña.

—Habla en susurros para que no nos oiga. ¿Quieres venir conmigo?

La niña aprendía pronto. Asintió.

—Muy bien, entonces tienes que hacer todo lo que yo te diga, ¿vale?

Jodie volvió a asentir.

Karch sacó las manos de debajo del grifo y se las miró. Los dedos pulgar e índice de ambas manos tenían marcas rojas. Soltó otro exabrupto. Tenía ganas de bajar a la cocina del hotel, agarrar al responsable y meterle la cabeza en un horno caliente. Se sumió en una ensoñación en la que se veía haciendo eso, y luego se dio cuenta de que la persona cuya cabeza mantenía en el horno era Vincent Grimaldi. Karch se contempló en el espejo y sonrió. Estaba seguro de que haría las delicias de un psiquiatra.

Cerró el grifo y volvió a la habitación. La niña estaba de pie, al otro lado de la mesa, mirando debajo del mantel. Karch se apresuró, y al recordar que la veinticinco estaba en la otra habitación metió la mano en la chaqueta en busca de la Sig Sauer. No quería sacarla delante de la niña, si podía evitarlo.

—¿Qué estás mirando?

—Nada.

La apartó y luego levantó el mantel, con la otra mano preparada para sacar el arma. No había nada debajo en ese lado.

—Buscas un sitio para esconderte, ¿eh?

—No, solo miraba.

Karch agarró el segundo plato con una de las servilletas de encima.

—Bueno, veamos qué tenemos aquí —dijo.

Sin dejar la servilleta, levantó la tapa del primer plato. Contenía un filete Nueva York en un charco de mantequilla chisporroteante junto a una pila de puré de patata. El bistec estaba crudo y la sangre se mezclaba con la mantequilla caliente.

—¡Qué asco! —dijo Jodie.

—¿De qué estás hablando? Esto es fabuloso. Bueno, a ver qué hay para ti.

Levantó la otra tapa y vio un bol de *rigatoni* con salsa boloñesa.

—Esto no son SpaghettiOs.

—Tienes razón, pero qué más te da. ¿No habías dicho que no tenías hambre?

Se acercó a la cama y sacó la funda de una de las almohadas. La dobló en cuatro y se la puso sobre la palma de la mano. Empujó el plato del bistec caliente en la funda de la almohada utilizando la servilleta y luego se metió un juego de cubiertos en el bolsillo de la camisa.

—Sabes qué te digo, voy a ir a comer allí y tú te quedas aquí, viendo los dibujos animados. Si quieres comer, come, y si no, no comas, a mí me da igual.

—Muy bien, entonces no comeré.

—Bueno, solo ten cuidado de no quemarte con el plato.

Se llevó la comida al escritorio y luego volvió al dormitorio a por la Coca-Cola y el salero. Al salir cerró de nuevo la puerta con el cable telefónico. Recogió la veinticinco de la mesa de la entrada y la dejó en el escritorio. Empezó a cortar el bistec y a meterse grandes trozos en la boca.

—Esto está de puta madre —dijo con la boca llena.

44

Cassie salió rodando de debajo de la cama, se llevó un dedo a los labios para recordarle a Jodie que se mantuviera callada y cogió el mando a distancia de la tele. Subió poco a poco el volumen para que cubriera mejor los susurros y cualquier otro eventual ruido. Entonces rodeó la cama hasta donde Jodie estaba sentada y le dio un sentido abrazo a su hija, pero notó que la niña mantenía los brazos pegados al cuerpo. Jodie no tenía ni idea de quién era la mujer que la estaba abrazando. Cassie se apartó y colocó las manos sobre los hombros de la niña.

–Jodie, ¿estás bien? –susurró.

–Quiero ver a mamá y papá.

Cassie había pensado en ese momento muchas veces. No en esas circunstancias, pero sí en el momento de estar cerca de su hija y en lo que le diría y trataría de explicarle.

–Jodie, yo soy... –empezó, pero no terminó. Decidió que no era el momento adecuado. La niña ya estaba confundida y asustada–. Jodie, me llamo Cassie y voy a sacarte de aquí. ¿Te ha hecho daño ese hombre?

–Me ha...

Cassie rápidamente puso un dedo en los labios de Jodie para recordarle que hablara en susurros. La niña volvió a empezar.

—Me obligó a ir en el coche con él. Me dijo que era un mago y que mi padre iba a dar una fiesta aquí para mamá.

—Bueno, es un mentiroso, Jodie. Voy a sacarte de aquí, pero tenemos que ser muy...

Cassie se detuvo al oír un ruido procedente de las puertas.

Karch desenredó el cable de teléfono de los pomos y abrió las puertas del dormitorio. Al entrar vio a la niña tumbada en la cama, con la cara entre las manos. Dio un par de pasos y escrutó la habitación, pero no apreció nada extraño.

—¿Está bastante alto? –preguntó.

—¿Qué?

—He dicho que si está...

Se detuvo cuando vio que la niña sonreía y captó la broma. La apuntó con un dedo amenazador y se acercó a las cortinas. Las abrió, revelando otra pared de cristal de suelo a techo. Se aproximó lo suficiente para ver su aliento en el cristal y miró hacia abajo. A través del atrio se divisaban las mesas de juego llenas.

—Son todos unos capullos –dijo–. Nadie gana a la banca.

—¿Qué? –dijo Jodie tras él.

Él se volvió a mirarla. Entonces sus ojos se fijaron en el carrito del servicio de habitaciones y el plato de pasta sin tocar.

—Será mejor que te tomes la cena, niña. No vas a tener otra.

—Comeré cuando llegue papá.

—Como tú quieras. –Karch salió del dormitorio y cerró la puerta, aunque esta vez decidió que el cable de teléfono no era necesario.

«¿Adónde va a ir?», dijo para sus adentros cuando regresó a su bistec.

Después de oír las puertas del dormitorio, Cassie cerró la navaja suiza y bajó del inodoro, donde estaba presta a saltar sobre Karch si este entraba a registrar el cuarto de baño. Se metió de nuevo en el dormitorio y susurró al oído de Jodie que había hecho un fantástico trabajo al manejar la visita de Karch a la habitación.

—Ahora tengo que volver al cuarto de baño, cerrar la puerta y hacer una llamada. Esta vez quiero que me acompañes. Así, si él vuelve a entrar puedes decirle que estás en el baño y que no puede entrar.

—No tengo que ir al baño.

—Ya lo sé, cariño, pero puedes decírselo.

—Vale.

—Buena chica.

Cassie la besó en la cabeza y se dio cuenta de que la última vez que lo había hecho había sido en la sala de hospital de High Desert. Había una enfermera impaciente junto a su cama, esperando a la niña con los brazos extendidos.

El pelo de Jodie olía como el champú Johnson's para niños y por alguna razón la identificación le sirvió a Cassie para recordarle todo lo que se había perdido. Se tambaleó un instante mientras se inclinaba en la cama, sobre la niña.

—¿Estás bien? —susurró Jodie.

Cassie sonrió y dijo que sí con la cabeza. A continuación, llevó a la niña al cuarto de baño y cerró la puerta con el pestillo sin hacer ruido. Sacó una de las toallas de baño de un estante situado sobre la bañera, la puso en el suelo y la apretó contra la rendija de la puerta.

—Mi papá hace eso cuando fuma en el baño —susurró Jodie.

Cassie la miró y asintió.

—A mamá no le gusta que lo haga, porque huele mal.

Cassie se levantó y sentó a Jodie en el inodoro. La bolsa negra estaba en el depósito, detrás de la niña.

373

—Ahora, si intenta abrir la puerta o llama le dices que no puede entrar porque estás usando el baño. Luego tiras de la cadena y sales, ¿vale? Pero antes de salir acuérdate de coger la toalla del suelo y ponerla en la bañera, para que él no la vea, ¿de acuerdo?

—Sí.

—Buena chica. Quédate aquí; yo me voy a meter en la ducha para hacer una llamada de teléfono.

—¿Vas a llamar a papá?

Cassie esbozó una sonrisa triste.

—No, pequeña, todavía no.

—No soy pequeña.

—Ya lo sé, lo siento.

—Él me llamaba así.

—¿Quién?

—El mago, dijo que era pequeña.

—Está equivocado. Eres una niña grande.

La dejó allí, agarró la bolsa y otra toalla y se metió en la ducha. Cerró cuidadosamente la mampara antes de sacar el móvil del bolsillo y abrirlo. Tenía una hoja que había arrancado de un bloc en el dormitorio del hotel. El número gratuito del Cleopatra estaba impreso en la parte inferior. Se enrolló la toalla alrededor de la cabeza para ahogar todavía más el ruido y marcó el número. En voz baja, preguntó a la operadora por Vincent Grimaldi. La llamada fue transferida y alguien que no era el director de operaciones del casino le dijo a Cassie que Grimaldi estaba demasiado ocupado para atender una llamada en ese momento y que dejara el mensaje.

—Él querrá hablar conmigo.

—¿Cómo es eso, señora?

—Solo dígale que tiene dos millones y medio de razones para hablar conmigo.

—Espere un momento, por favor.

Cassie aguardó durante un tenso minuto, preguntándose cuánto tardaría Karch en regresar a controlar a Jodie, ver la cama vacía y acercarse a la puerta del cuarto de baño. Finalmente, otra voz ocupó la línea. Era una voz calmada, suave y profunda.

—¿Quién es?

—¿Señor Grimaldi? ¿Vincent Grimaldi?

—Sí, ¿quién es?

—Solo quería darle las gracias.

—¿Por qué? No sé de qué está hablando. ¿Dos millones y medio de razones? ¿De qué razones está hablando?

—Bueno, supongo que Jack todavía no se lo ha entregado.

La frase fue recibida con un largo silencio. Cassie levantó la toalla y miró a través del cristal de la mampara. Jodie seguía donde la había dejado. Estaba desenrollando todo el papel higiénico.

—¿Dice que Jack Karch tiene el dinero?

Cassie volvió a bajar la toalla. Advirtió que Grimaldi utilizaba por primera vez en la conversación la palabra «dinero» y el nombre de Karch. Estaba mordiendo el anzuelo.

—Bueno, sí, yo se lo he dado tal y como acordamos. Solo llamaba para darle las gracias, porque me dijo que usted había dado el visto bueno al trato.

La voz de Grimaldi adoptó un tono urgente. Cassie se estaba animando, porque veía que su plan funcionaba.

—No entiendo muy bien ¿Qué...? ¿Puede hablar más alto? Apenas la oigo.

—Lo siento, estoy en el coche con el móvil y mi hija está durmiendo. No quiero despertarla. Además, aquí en el desierto..., creo que estoy perdiendo la conexión.

—¿Qué dijo exactamente Karch que aprobaba yo? ¿Qué trato?

–Ya sabe, el trato. Mi hija y yo a cambio del dinero. Ya le dije que no sabíamos nada del soborno, ni de Miami, ni de nada de eso. No queríamos ser avariciosas. En cuanto abrimos el maletín y vimos todo ese dinero supimos que habíamos cometido un error. Queríamos devolverlo y estoy contenta de que hayamos podido...

–¿Está diciendo que Karch tiene el dinero?

Cassie cerró los ojos. Ya lo tenía.

–Bueno, creo que iba a bajárselo. Pero dijo que tenía que hacer algunos arreglos antes. Estaba al teléfono cuando nosotras nos fuimos. Estaba en...

La línea quedó muda. Grimaldi había colgado.

Cassie cerró el teléfono y lo deslizó en el bolsillo. Dejó caer la toalla y salió de la ducha. Fue directamente a Jodie y se arrodilló delante de ella para empezar a desatarle las zapatillas de deporte.

–Nos vamos, Jodie. Tienes que quitarte las zapatillas para no hacer ruido.

–¿Cómo?

–Vamos a subir por la pared y nos meteremos en un túnel que nos llevará hasta el ascensor.

–Me dan miedo los túneles.

–No tienes que asustarte, Jodie. Yo estaré justo detrás de ti todo el rato. Te lo prometo.

–No, no quiero hacerlo.

La niña bajó la mirada hacia el regazo: parecía a punto de romper a llorar. Cassie le puso un dedo debajo de la barbilla y le levantó la cara.

–Jodie, no pasa nada. No hay motivo para tener miedo.

–No...

La niña negó con la cabeza. Cassie no sabía cómo convencerla. Si la amenazaba solo conseguiría asustarla, y tampoco quería mentirle.

Se agachó y colocó su frente contra la de su hija.

–Jodie, no puedo quedarme aquí. Si ese hombre entra y me encuentra aquí, se enfadará mucho. Así que tengo que irme. Me gustaría que me acompañaras, porque quiero que estés conmigo, pero ahora tengo que irme.

Besó a Jodie en la frente y se levantó.

–No, no me dejes –protestó la niña.

–Lo siento, Jodie, tengo que irme.

Cassie agarró la bolsa de deporte y se dirigió hacia la puerta del cuarto de baño. Apartó la toalla con el pie y puso la mano en el pomo. Jodie susurró tras ella:

–¿Si te acompaño no tendré que volver a ver a ese hombre?

Cassie se volvió y miró a la niña.

–Nunca más.

45

El bistec chorreaba sangre, como le gustaba a Karch. Tenía tanta hambre y el trozo de carne era tan sabroso que estaba a punto de tener una experiencia religiosa mientras se lo comía, untando cada trozo en el puré de patata antes de metérselo en la boca. Se hallaba tan enfrascado en este proceso que cuando la puerta se abrió le pilló desprevenido. Levantó la cabeza, con un tenedor lleno de carne y patata suspendido en el aire delante de su boca, y vio a un hombre que reconoció vagamente entrando en la sala de estar seguido de Vincent Grimaldi y del matón principal de este, Romero. El nuevo y Romero llevaban armas al costado.

Karch dejó el tenedor en el plato.

–¿Está bueno, Jack? –preguntó Grimaldi.

–Es excelente, Vincent. Llegas un poco pronto, ¿sabes?

–No lo creo, más bien un poco tarde.

Karch arqueó las cejas y se levantó. Instintivamente supo que algo iba mal y que tenía problemas. Levantó la servilleta y se limpió la boca. Luego dejó caer las manos a los costados, con la servilleta todavía en la mano derecha. Muy natural. El *David* de Miguel Ángel.

–Está a punto de llamar –dijo–, pero será mejor que no estés aquí cuando todo...

–¿De veras? –lo interrumpió Grimaldi–. Un pajarito me ha dicho que ya ha estado aquí. De hecho, ha venido y se ha ido.

Grimaldi hizo una señal al hombre que había encabezado la procesión.

–Regístrale.

El hombre se acercó a Karch, quien levantó los brazos. Conservó la servilleta colgando suelta de la mano derecha. El guardaespaldas mantenía la pistola en su izquierda y apuntada a la tripa de Karch cuando su mano se metió bajo la chaqueta de este y sacó la Sig Sauer de la pistolera. Luego cacheó a Karch y encontró el silenciador en el bolsillo. Sus manos le palparon la entrepierna sin vacilar y terminó levantando los bajos del pantalón en busca de una pistolera de tobillo. Un trabajo muy profesional y concienzudo, pero no lo suficiente. Durante todo el proceso, Karch lo miró y trató de recordar dónde lo había visto antes. Concluido el registro, el tipo se guardó la Sig Sauer de Karch en el cinturón y se colocó en silencio al lado de Grimaldi.

–¿Qué pasa, Vincent? –preguntó Karch.

–Lo que pasa es que la has cagado, Jack. Dejarla ir de ese modo es un problema para mi plan. Ahora voy a tener que ir a por ella.

–¿De qué plan hablas?

Después de quitar los tres primeros, Cassie aflojó el último tornillo de la rejilla de entrada de aire. Tiró cuidadosamente de esta hacia adelante y la hizo girar sobre ese único tornillo restante hasta dejar el hueco abierto y la rejilla colgando. Entonces miró hacia abajo desde el carrito del servicio de habitaciones e hizo una señal a Jodie para que subiera con ella. La niña se subió a una silla y luego al carrito. Cassie la levantó, con cuidado de no perder el equilibrio, y la empujó hacia el sistema de ventilación. Jodie se debatió y apoyó una mano en la pared, evitando así que Cassie la empujara al interior.

–Todo irá bien, Jodie –susurró Cassie–. Métete y yo te seguiré.

–Nooo –replicó la niña con un hilo de voz.

Cassie la bajó para abrazarla y le dijo al oído:

–¿Recuerdas que me has dicho que ya no eras pequeña, que eras una niña mayor? Bueno, esto es algo que haría una niña mayor. Tienes que ir, Jodie, o tendré que dejarte aquí. –Cassie cerró los ojos, porque la amenaza la hizo sentir fatal.

La niña no dijo nada. Cassie la levantó otra vez y en esta ocasión Jodie se metió dentro. Las rodillas de la niña golpearon en el lateral de aluminio y Cassie se quedó inmóvil. Por fortuna, las voces severas de la otra habitación no se interrumpieron. Después de que Jodie se introdujera por completo, Cassie le pasó la linterna y le susurró que se adentrara. Luego fue ella quien se impulsó y se metió en el conducto. Una vez estuvieron dentro de aquel angosto lugar, se desabrochó la bolsa de herramientas y la empujó por delante de ella.

El espacio era tan limitado que no podía darse la vuelta para colocar de nuevo la rejilla de la ventilación en la pared del dormitorio. Instó a Jodie a seguir adelante hasta el conducto principal del aire de retorno, con la esperanza de tener espacio para darse la vuelta y reptar hacia atrás para colocar la rejilla de nuevo en su sitio.

Después de solo cuatro metros había un cruce en el que se unía una vía de similar tamaño. Cassie miró por ese ramal y vio luz y escuchó voces. Se dio cuenta de que era Karch, que preguntaba: «¿Qué pasa, Vincent?».

Pasó ese túnel en silencio y luego retrocedió, se metió en él y salió en sentido contrario hacia el dormitorio. Al llegar allí, agarró la rejilla, la hizo resbalar por la pared hasta colocarla de nuevo en su lugar y empezó a retroceder por el túnel sin perder más tiempo.

Karch trataba de asimilar con rapidez la situación y hacerse una idea de lo sucedido. Pronto dio con la única explicación posible.

—Ella te ha llamado, ¿verdad, Vincent?

Grimaldi no contestó, del mismo modo que no lo había hecho acerca de su así llamado plan. Se limitó a mirar a Karch con ojos que parecían negros a causa de la ansiedad y el odio.

—Mira, Vincent, no sé lo que te ha dicho, pero todo es mentira. No ha estado aquí todavía, y yo no tengo el dinero. Estoy esperando, Vincent. Va a llamar y yo haré que suba aquí. Me dará el dinero y ella y la niña saltaran por la ventana. Como te he dicho, sincronía.

Mientras decía la última palabra, Karch reparó en un error. Recordó que había dejado escapar la palabra cuando Cassidy Black la había llamado. Se preguntó si eso había bastado, si con esa palabra le había proporcionado la suficiente información para interpretar su plan y urdir uno que lo contrarrestara.

—Vincent, por favor, dime qué está pasando aquí.

Los ojos de Grimaldi examinaron la suite.

—¿Qué hay en el dormitorio, Jack?

—No es qué, es quién. La niña está en el dormitorio.

Grimaldi hizo una señal al hombre que había registrado a Karch y el gorila se encaminó hacia la habitación. Desapareció en el interior y Karch y Grimaldi se limitaron a mirarse el uno al otro mientras esperaban. Romero dio dos pasos hacia su izquierda. Karch supuso que eso lo situaba en mejor posición en caso de tener que hacer un movimiento hacia la habitación.

–Te digo que está jugando contigo, Vincent –dijo Karch–. Está...

Se detuvo cuando vio al hombre surgir del dormitorio con una bolsa de deporte negra. La cremallera estaba abierta y Karch vio el rostro de Benjamin Franklin en el interior. Muchas veces. La bolsa estaba llena de fajos de billetes de cien dólares. La boca de Karch se abrió. Cassidy Black, pensó. De algún modo había hecho el cambio. Empezó a caminar hacia el dormitorio, pero el hombre con la bolsa y Romero levantaron las armas y le ordenaron que no se moviera.

–Había una niña –dijo Karch.

–Claro –dijo el de la bolsa–, pero ya no está.

Se acercó a Grimaldi y separó las dos correas de la bolsa, abriendo esta por completo y exponiendo muchos de los fajos de billetes envueltos en plástico.

–Vincent esto no es lo...

No terminó. No sabía qué decir y advirtió que el interés de Grimaldi estaba puesto en el dinero, no en él. Grimaldi puso una mano en la bolsa y la apoyó sobre uno de los fajos, como si tocara el hombro de un viejo amigo. Luego hizo una señal al hombre que sostenía la bolsa.

–Muy bien, Martin, acaba con esto.

Karch observó cómo se cerraba la bolsa y luego levantó la mirada hacia el hombre que la sostenía. ¿Martin? Recordó la cinta de vídeo. Hidalgo subiendo en el ascensor junto con su escolta de seguridad. Martin. El que se suponía que estaba muerto. Martin, a quien Grimaldi le había pedido que enterrara en el desierto.

–¿Martin? –dijo.

Paseó la mirada de Martin a Grimaldi, como si de pronto lo entendiera todo. Todo era un engaño, parte de un plan más elaborado.

–Tú –le dijo a Grimaldi–. Tú pusiste todo esto en marcha. Todo era un montaje.

Entonces miró a Martin, que sostenía la bolsa en la derecha y el arma en la izquierda. Recordó el cadáver de Hidalgo en la cama. La bala en el ojo derecho, disparada por una pistola empuñada con la zurda.

–Y tú –le dijo a Martin–. Tú mataste a Hidalgo.

Martin levantó un lado de la boca en algo parecido a una sonrisa de orgullo.

–No fue la chica –dijo Karch, mirando nuevamente a Grimaldi–. Lo único que hizo ella fue llevarse el dinero que tú querías que se llevara.

Cuando Cassie dio la vuelta en la intersección oyó intensas voces procedentes de la sala de estar. No se detuvo a escuchar. Se dirigió hacia el conducto principal y cubrió el terreno en unos diez segundos. Vio la luz que Jodie sostenía y se dio cuenta de que la niña seguía en el conducto secundario y que no había entrado en el principal.

Al acercarse se dio cuenta de la razón. Jodie había llegado a un callejón sin salida. La abertura al túnel principal estaba cerrada por una rejilla de barras de metal. Cassie rodeó a la niña para palpar el extremo de las barras y determinar cómo estaban unidas a la pared del tubo. Sintió la suavidad metálica de una soldadura. No podían seguir adelante.

–¿Qué...? –empezó a decir Jodie antes de que Cassie le tapara la boca. Le hizo la señal de silencio y la niña continuó en un susurro–. ¿Qué vamos a hacer?

Cassie agarró uno de los barrotes y lo sacudió. Luego apoyó la espalda contra la pared superior del tubo y tiró del barrote con todas sus fuerzas, pero este no se movió ni mostró la menor señal de debilidad en las soldaduras. Cassie negó con la cabeza. Los gerentes del hotel habían puesto barrotes en los conductos de aire acondicionado, pero no se habían preocupado por reemplazar los engranajes de media vuelta de las cerraduras. No tenía sentido gastar dinero en un lado y descuidar el otro. Por eso, llegar a ese callejón sin salida le resultaba tan sorprendente y desalentador.

–¿Qué hacemos? –susurró Jodie de nuevo.

Cassie miró la cara hermosa e inocente de la niña a la luz de la linterna. Entonces observó las barras y se le ocurrió algo.

–Jodie, tú puedes pasar por ahí.

–¿Y tú?

–No te preocupes por mí. Tú pasa. Yo daré la vuelta y te iré a buscar por el otro lado.

–No, quiero ir contigo.

–No, no puedes. Este es el único camino. Cuélate por ahí y espera a que yo dé la vuelta.

Cassie empujó a la niña por entre los barrotes. Jodie introdujo la cabeza a regañadientes hacia el conducto principal, luego pasó el torso y las piernas y miró hacia atrás, a Cassie.

–Buena chica –susurró Cassie–. Ahora espera allí. Vendré lo antes posible, pero tengo que esperar hasta que esos hombres salgan de la habitación, ¿de acuerdo?

–¿Cuánto tardarás?

–No lo sé, cariño. Tienes que esperar. ¿Sabes ver la hora en un reloj?

–Claro, tengo casi seis años.

Cassie se sacó el reloj y se lo pasó entre los barrotes. Le enseñó cuál era el botón que iluminaba la esfera. Luego le tendió a la niña su teléfono móvil y le mostró cómo se abría.

Jodie dijo que su papá tenía uno, pero que nunca le dejaba jugar con él.

—Si no vengo a buscarte a las doce en punto, abre el teléfono y llama a Emergencias, al novecientos once. ¿Sabes cómo hacerlo?

La niña no contestó de inmediato. Cassie volvió a coger el móvil y le mostró cómo hacerlo.

—Marcas nueve uno uno y luego aprietas este botón, el botón de llamada. Le dices al que conteste que estás atrapada en los conductos de aire acondicionado de la última planta del Cleopatra. ¿Lo recordarás?

—Claro.

—¿Dónde estamos?

—En el Cleo-pa-tra. Última planta.

—Buena chica. Ahora me voy a marchar a esperar a que se vayan esos hombres. Luego iré a buscarte. Ven aquí.

La niña se inclinó hacia adelante y Cassie metió la cara entre los barrotes y la besó en la frente. Pudo olerle el cabello una vez más. Dudó un momento y luego empezó a retroceder hacia el cruce, desde donde podría controlar lo que sucedía en la habitación.

Cassie vio a Jodie saludarla entre los barrotes y tuvo la premonición de que esa sería la última vez que vería a su hija. Ella le saludó con la mano y le lanzó un beso.

Grimaldi sonreía abiertamente mientras contemplaba cómo Karch comprendía su plan.

—Yo era como Leo y la chica, una pieza más que tú usaste —dijo Karch.

—Una pieza que usé a la perfección y que actuó con brillantez —respondió Grimaldi.

—¿Y Chicago tenía algo que ver en esto?

–Eso es lo mejor. Utilicé a Chicago y ellos ni siquiera se enteraron. Pero sabía que con solo mencionarlos te herviría la sangre y saldrías como una pistola cargada. Leo Renfro tenía contactos con gente que yo conocía. Compré su deuda y envié a Romero y a Longo a Los Ángeles para que le explicaran que había un sheriff nuevo en la ciudad. Le dijeron que eran de Chicago y que trabajaban para Tony Turcello. Él se lo tragó y empezó a cagarse en los pantalones. Entonces le ofrecieron una salida: si robaba a Hidalgo su deuda quedaría saldada. Mordió el anzuelo, igual que tú, Jack.

Karch asintió.

–Sí, piqué. Mi trabajo era seguir la pista, eliminar a todos los participantes y recoger el dinero.

–Y has hecho un buen trabajo, salvo dejar escapar a la chica. Ahora ella es un cabo suelto, pero ya nos encargaremos de eso. Esto es lo importante.

Levantó la bolsa de deporte llena de dinero. Karch trató de contener cualquier muestra física de ira.

–Estás cometiendo un error, Vincent. Yo no...

–No lo creo, Jack, no lo creo en absoluto.

Ambos se miraron un largo instante, con un odio capaz de calentar la habitación.

–Bueno, ¿qué pasa ahora? –preguntó Karch por fin.

–Lo que va a pasar ahora es que todavía necesitamos que alguien desaparezca con el dinero. Alguien, para que Miami envíe a su gente detrás.

–Y ese seré yo.

–Siempre has sido muy listo, Jack.

Karch negó con la cabeza. La falta de visión del plan de Grimaldi era asombrosa.

–Y tú siempre has pensado poco, Vincent. A corto plazo. Deberías haber seguido adelante con el plan. Esa bolsa de dinero solo habría sido un grano de arena en el desierto una vez que Miami consiguiera la licencia y llegara aquí. Has vendido el futuro por una bolsa de dinero. Eso fue estúpido.

En lugar de enfadarse, como Karch esperaba, Grimaldi se rio en voz alta y negó con la cabeza, como si le hiciera gracia la ingenuidad de un niño.

–Todavía no lo entiendes, ¿verdad, Jack?

–¿El qué? ¿Porque no me lo explicas, Vincent?

–Miami nunca conseguirá la licencia. ¿No lo ves? Nunca iba a haber un soborno. Esto es el nuevo Las Vegas, Jack. Miami nunca llegará aquí. Yo lo preparé todo desde el primer día. Yo, Jack. Llamé a Miami y les dije que tenían un problema y que les costaría cinco millones solucionarlo y llegar aquí. La mitad por adelantado y la otra mitad después de que se aprobara la licencia. Son avariciosos y mordieron el anzuelo. Igual que tú.

Esta vez Karch lo entendió todo. Era un plan perfecto. Grimaldi se quedaría dos millones y medio y Miami perseguiría eternamente a Karch, aunque nunca lo encontrarían, porque lo escoltarían al desierto en un viaje sin retorno. Karch bajó la mirada. Ya no quería continuar viendo a Grimaldi.

–¿Sabes cuál es tu problema, Jack? –dijo Grimaldi. Estaba tan orgulloso de sí mismo y de su éxito que no pudo evitar hundir más el cuchillo–. Tu problema es que pensabas demasiado a largo plazo. Lo sé todo sobre ti. Las miraditas, los comentarios a mi espalda, toda esa mierda. Querías joderme y pensaste que esta era la manera de conseguirlo. Yo lo sabía y lo utilicé. Te he utilizado como a un puto piano, y ahora la canción se ha terminado. Así que, jódete, Jack. Esta noche dormirás en la arena. Vamos a bajar en el montacargas y usaremos tu propio coche, que seguramente ya conoce el camino. Siempre llevas la pala en el maletero, ¿verdad, Jack?

Grimaldi esperó una respuesta de Karch, pero solo hubo silencio en la sala. Entonces Grimaldi dio el último giro al cuchillo.

–Encontraremos un bonito lugar para ti, cerca de tu madre.

Karch volvió a mirar a Grimaldi y el viejo asintió.

–Sí, lo sé todo. Tú y el viejo, vuestro lugar favorito. Pero apuesto a que hay algo que tú no sabes. Era yo, Jack. Yo se la quité. Estuve diez años con ella a sus espaldas. Pero ella no quería dejarlo por ti. Yo la quería y entonces él... Dime, ¿qué clase de chico ayuda a su padre a enterrar a su madre? Tú, cabrón. Voy a disfrutar de esto. Vamos.

Martin y Romero dieron dos pasos atrás y mantuvieron una distancia de seguridad mientras escoltaban a Karch fuera de la suite. Mientras Karch caminaba, su mente se oscureció a causa del dolor y la rabia. Concentró la mirada en el hombre que lo precedía. Vincent Grimaldi. Por fin, Karch conocía hasta el último secreto.

Los cuatro hombres caminaron pasillo abajo hasta que Grimaldi los dirigió hacia las puertas que conducían al cuarto de mantenimiento. Martin pulsó el botón y todos esperaron la llegada del montacargas. Karch tenía la cabeza baja y aún mantenía la servilleta en su mano derecha, como una bandera blanca. Grimaldi lo vio y sonrió.

–¿Qué tal la última cena, Jack?

Karch lo miró, pero no contestó. Cuando llegó el montacargas, Romero fue el primero en dar un paso para pulsar el botón de apertura de las puertas. Mantenía el agujero negro del cañón del arma apuntado al cuerpo de Karch. Grimaldi entró después, pasando por un instante entre Karch y Romero. Era la ocasión que Karch había estado esperando. Levantó la mano derecha hacia Martin, que estaba de pie a su lado. Este vio que la mano que sostenía la servilleta se levantaba hasta su cara.

Se produjo una explosión en el instante en que Karch disparó con la veinticinco, oculta en la servilleta. La cabeza de Martin cayó instantáneamente hacia atrás cuando la bala penetró en su cerebro a través del ojo izquierdo. Al mismo tiempo que el cuerpo sin vida caía al suelo del cuarto de mantenimiento, Karch lanzó su brazo sobre el hombro de Grimaldi. Disparó a Romero demasiado pronto. La bala se incrustó en la pared del ascensor, treinta centímetros a la derecha de la cara de Romero.

Romero estiró el brazo con el que empuñaba el arma, pero dudó al ver a Grimaldi en su línea de tiro. El retraso era todo lo que Karch necesitaba para corregir su propio error. Su segundo disparo alcanzó a Romero en la mejilla izquierda, el tercero en la frente, echándole la cabeza hacia atrás. La cuarta bala entró por la barbilla y se incrustó en el cerebro. Romero cayó al suelo del montacargas sin opción de disparar ni un solo tiro.

Karch agarró a Grimaldi por la corbata y tiró de él hacia la puerta del montacargas. Karch tenía los pies firmemente apoyados en la entrada para que la puerta no se cerrara. Colocó la veinticinco bajo la barbilla de Grimaldi, de manera que su rostro quedó torcido hacia arriba mientras que los ojos miraron hacia abajo y hacia atrás, a Karch.

Una sonrisa de maldad se dibujó lentamente en el rostro de Karch.

—Bueno, Vincent, ¿qué te parece ahora mi cortedad de miras?

—Jack..., por favor...

—Asegúrate de saludar a mamá de mi parte.

Karch esperó una réplica, pero no se produjo.

—No lo sabes, ¿verdad?

–¿El qué, Jack?

–Deja que te cuente una pequeña historia. Hace unos diez años el viejo enfermó. Cáncer. Estaba muy extendido y la única oportunidad que tenía de salvarse era un trasplante de médula. Yo quería hacerlo y me hicieron un análisis de compatibilidad. –Karch negó con la cabeza–. No era compatible, Vincent. Les pedí que repitieran las pruebas y lo hicieron. No era compatible porque no era mi padre.

Karch se limitó a mirar a los ojos de Vincent.

–Gracias, Vincent. En la habitación me has aclarado la última parte de la historia.

–Quieres decir que...

Karch apretó dos veces el gatillo y observó cómo el cuerpo de Grimaldi caía sobre el cadáver de Romero. Luego se miró la mano y vio que la servilleta y sus dedos estaban bañados en sangre. Se sintió tremendamente excitado. Tres contra uno y había salido airoso. Miró en torno a sí, casi esperando que alguien hubiera visto el truco de magia que acababa de ejecutar y prorrumpiera en aplausos.

Y más estimulante incluso que la inyección de adrenalina de haber sobrevivido era el alivio de saber que estaba saliendo de una de las salas de la vida para pasar a la siguiente.

Dejó caer la servilleta y se agachó para frotarse la sangre de la mano y la pistola en la camisa blanca de Grimaldi, hasta que estuvieron razonablemente limpias. Entonces se metió la pistola en el bolsillo del pantalón y arrancó la bolsa de deporte de la mano derecha exánime de Grimaldi.

Karch retrocedió, agarró una de las piernas de Romero y arrastró su cadáver hasta el umbral del montacargas, para que la puerta no se cerrara. Entonces pasó de un cuerpo a otro comprobando el pulso y sacando la Sig Sauer de la cinturilla del pantalón de Martin. Comprobó el arma para asegurarse de que no tenía sangre y se la enfundó. Cacheó el cadáver de Martin hasta que encontró el silenciador y lo sacó de uno de los bolsillos delanteros del pantalón.

Finalmente, examinó el cuarto de mantenimiento y vio que en el armario empotrado había un gran carro de ropa sucia con ruedas. Trató de abrir la puerta, pero estaba cerrada con llave. Dio un paso atrás y pegó una patada. Su talón impactó en el armario justo por encima de la cerradura y la puerta se abrió y quedó ligeramente hundida. Karch fue a sacar la canasta, la volcó y tiró varias pilas de toallas limpias en el suelo.

Tuvo que utilizar toda su fuerza para meter los tres cadáveres en el carrito de la lavandería. A continuación, utilizó algunas toallas para limpiar el suelo. Cuando terminó, sacó una manta de un estante y la usó para cubrir el carro. Lo empujó al armario empotrado y cerró la puerta.

46

Cassie oyó una serie de detonaciones y supo que se trataba de disparos. Sintió que una descarga eléctrica descendía por los músculos de su espalda.

–¿Cassie?

Era el susurro urgente de Jodie. Cassie miró hacia el brillo reflejado de la linterna, unos metros más adelante. Jodie estaba aterrorizada. Era imposible determinar el origen de los disparos. Cassie gateó hacia la luz.

Jodie estaba acurrucada contra los barrotes. Enfocó la luz hacia Cassie a medida que ella se acercaba.

–Cassie, he escuchado ruidos muy fuertes.

–No te preocupes, Jodie. No pasa nada. Ahora voy a dar la vuelta y te iré a buscar. Tú espérate aquí, ¿de acuerdo? Espérame.

–¡No! No...

Cassie tuvo que taparle la boca y cuando lo hizo sintió lágrimas en las mejillas de la niña.

–No pasa nada, Jodie. Ya casi lo hemos conseguido. Tienes que esperar aquí. Es la única manera. Vendré a buscarte dentro de cinco minutos, te lo prometo. Mira ese reloj y verás lo cortos que son cinco minutos, ¿vale?

–Vale –dijo ella con un hilo de voz–. Me quedaré aquí.

Esta vez Cassie se limitó a pasar una mano entre los barrotes y tocarle la mejilla a la niña. Luego empezó a retroceder por el tubo hasta la suite 2001.

Cuando llegó a la rejilla, la empujó con los pies para desencajarla del marco, y esta se balanceó, colgada del único tornillo que todavía la sostenía. Cassie bajó con los pies por delante y cayó sobre la mesilla del servicio de habitaciones, cargada con la riñonera de las herramientas. El hecho de que la mesa siguiera en el mismo sitio le pareció una buena señal. Se acercó a la televisión, y estaba a punto de apagarla para oír mejor cuando una voz a su espalda la detuvo.

–Tu entrada ha estado bien.

Al volverse, Cassie vio a Karch de pie en el distribuidor que conducía al cuarto de baño, cuya puerta quedaba tapada por el carrito situado bajo la rejilla. En una mano sostenía la bolsa de deporte y con la otra empuñaba una pistola apuntada hacia ella. Vio que el arma llevaba el silenciador puesto. Karch empujó con un pie el carrito y entró en el dormitorio. Cassie retrocedió hasta la televisión, que emitía otro episodio del Correcaminos.

Karch sonrió, pero sin calidez ni humor.

–El caballo de Troya –dijo–. El enemigo estaba dentro y entró sobre ruedas. Uno de los mejores trucos de magia de la historia.

Cassie siguió sin decir palabra. Se quedó de pie perfectamente quieta y solo deseó que el ruido de la televisión fuera lo bastante alto para que Jodie no oyera lo que iba a suceder.

–¿Conocías esos barrotes? –preguntó Karch–. Los pusieron después de tus hazañas con Max hace siete años. En todos los hoteles. Supongo que puedes decir que es tu pequeña contribución a hacer de Las Vegas lo que es hoy. Un lugar se-

393

guro para el jugador y su familia. –Sonrió de nuevo–. ¿Dónde está la niña?

Cassie señaló la bolsa que llevaba en la mano.

–Tienes el dinero, Karch. Y me tienes a mí. Déjala marchar.

Karch frunció el ceño como si de verdad estuviera considerando la proposición. Luego negó con la cabeza.

–No puedo. Detesto los cabos sueltos.

–Ella no es un cabo suelto. No tiene ni seis años. No supone ningún peligro para ti.

Karch no hizo caso de Cassie.

–Vamos a la otra habitación. Me gusta más aquella ventana. Es cuestión de simetría. Era la ventana de Max.

Cassie empezó a obedecer mientras consideraba sus opciones. Decidió que su única oportunidad estaba en la puerta. Tenía que actuar ahí, aunque Karch lo estaría esperando. Agarró con más fuerza la cinta de la bolsa de herramientas y estaba a unos pasos de la puerta cuando de nuevo una voz la detuvo. Pero esta vez no era la de Karch.

–¡No le hagas daño!

Al volverse, Cassie advirtió que la voz también había sorprendido a Karch. Se estaba girando instintivamente, moviendo la mano que empuñaba la pistola hacia la rejilla del aire acondicionado. Los ojos de Cassie siguieron el movimiento y vio a Jodie en cuclillas en el conducto, mirándolos.

Cassie también actuó por puro instinto. Avanzó hacia Karch y lanzó la bolsa de herramientas en un amplio arco al tiempo que gritaba.

–¡Atrás, Jodie!

La bolsa de herramientas golpeó la nuca de Karch, las herramientas de acero impactaron pesadamente y lo derribaron. Disparó –sonó con fuerza, pese al silenciador–, pero la mira estaba demasiado baja y el proyectil dibujó una telaraña en el espejo de la antesala del cuarto de baño.

Cassie se movió con rapidez hacia él mientras seguía doblado y tiró de la chaqueta hacia arriba y por encima de la cabeza. Luego levantó la rodilla y esta impactó sólidamente en el rostro de Karch.

Karch empezó a revolverse a la desesperada. Un antebrazo golpeó a Cassie en la cara y la apartó. Karch empezó a disparar a ciegas en la dirección del impacto. Cassie, aturdida por el bofetón, consiguió de todos modos saltar a la cama y rodar por ella para volver a caer al suelo agachada detrás de Karch.

Karch continuó disparando al tiempo que movía el brazo de derecha a izquierda. Las balas acribillaron las paredes e impactaron dos veces en el cristal de suelo a techo, provocando dos telarañas gemelas que agrietaban los cristales. Finalmente consiguió enderezarse y hacer caer la chaqueta. Soltó la bolsa del dinero para lograrlo.

Cuando se quitó la chaqueta de la cara y su visión se aclaró, Karch se sintió confundido por su posición. Estaba mirando hacia la noche de Las Vegas a través de un cristal resquebrajado. No había ninguna señal de Cassidy Black. Se dio cuenta de lo vulnerable de su posición y justo empezó a darse la vuelta cuando algo sólido y duro impactó contra la parte posterior de sus muslos y lo impulsó hacia la pared de cristal.

El cristal debilitado cedió fácilmente y él lo atravesó. Al hacerlo soltó la pistola y pugnó con ambas manos por aferrarse a algo. Su mano izquierda encontró la cortina y se agarró a ella mientras su cuerpo cruzaba el cristal hacia el frío aire de la noche.

Karch se vio momentáneamente suspendido en el precipicio como un escalador que hace rápel en una pared escarpada, en medio de una lluvia de cristal. Aferrado con ambas manos a la cortina dorada, su cuerpo colgó en la noche y logró reafirmarse con los pies en la repisa de la ventana.

Su peso lo hizo oscilar suavemente hacia la izquierda y la cortina empezó a cerrarse. Rápidamente separó los pies para equilibrarse y la cortina se detuvo a mitad del riel. Miró de nuevo a la habitación y vio a Cassidy Black observándolo, con las dos manos en el carrito del servicio de habitaciones con el que lo había golpeado. Bajó la mirada al suelo y vio la bolsa del dinero y la pistola. Levantó una mano y empezó a subir de nuevo hacia la suite.

Con el primer tirón oyó una rasgadura y la cortina cedió unos centímetros. Se detuvo y esperó. No ocurrió nada más. Miró a la mujer que lo había dejado en esa posición y sus ojos se encontraron. Karch sonrió y levantó otro brazo.

Esta vez el cambio de presión y peso en la cortina originó una larga serie de desgarrones a medida que, uno a uno, los ganchos de la cortina fueron cediendo. La cortina empezó a soltarse y Karch comenzó a caer. Conservó la sonrisa y siguió mirando a Cassidy Black hasta que la cortina se soltó por completo y él inició una caída en la oscuridad de la noche.

Karch no gritó. No cerró los ojos. Para él la caída a plomo sucedió en cámara lenta. Encima de él vio la cortina dorada ondeando como una bandera. Las ventanas fueron pasando, algunas iluminadas, otras no. Sobre el edificio vio la luna en medio del cielo azul oscuro.

La luna vacía de curso, comprendió.

Su último pensamiento fue para el truco. La saca de correos y la jaula. La cremallera secreta y el doble fondo. Cómo tenía que estirarse y colocar la carta –la jota de picas– en el lugar correcto. Recordó lo orgulloso que estaba su padre. Y los aplausos del público.

El aplauso era atronador en sus oídos cuando golpeó el atrio de cristal. Su cuerpo lo atravesó y aterrizó en la atalaya vacía. Tenía los ojos abiertos y su rostro continuaba mostrando una sonrisa.

El cristal se hizo añicos en el casino y desencadenó gritos de pánico. Pero cuando los jugadores miraron hacia arriba vieron un agujero en el cristal y nada más. El cuerpo de Karch no podía verse desde abajo. La cortina dorada cayó a través del atrio roto como un paracaídas fallido. Pareció abrirse en el último instante, cuando se deslizó por la atalaya y cubrió el cuerpo de Karch como una mortaja.

El silencio se apoderó del casino y todas las miradas permanecieron fijas en el agujero inexplicable que tenían encima. Entonces, del oscuro cielo nocturno empezó a caer dinero flotando hacia el casino. Miles y miles de dólares en billetes de cien. Pronto el griterío empezó de nuevo y la gente comenzó a correr a por el dinero con las manos abiertas, saltando y agarrando billetes de cien dólares en el aire. Una mesa de blackjack acabó patas arriba. Hombres con blazer azul corrieron hacia la melé, pero no pudieron hacer nada para contener a la multitud. Algunos de ellos se unieron a la lucha por el dinero.

Cassie rasgó el celofán de otro fajo de billetes de cien y lo lanzó al aire. Los quinientos billetes se separaron y empezaron a flotar lánguidamente hacia abajo. Oyó gritos procedentes de muy abajo y vio que algunos billetes eran empujados por el viento hacia las fuentes, la entrada e incluso al Strip. Los coches se detenían y hacían sonar las bocinas. La gente corría entre el tráfico y las piscinas. Todo el mundo se peleaba por el dinero. Cassie necesitaba una distracción para huir y vaya si la tenía.

Se volvió y empujó el carrito del servicio de habitaciones de nuevo junto a la rejilla de la ventilación. Se subió y miró a la oscuridad.

–Jodie. Está bien, soy yo, Cassie. Ya podemos irnos.

Ella esperó y entonces la niña gateó desde las sombras de su escondite y salió a la luz. Cassie metió las manos en el agujero y agarró a la niña por los sobacos. Tiró de ella hacia afuera y la dejó en la mesa. Luego saltó al suelo y ayudó a Jodie a bajar. La abrazó un momento.

–Tenemos que irnos, Jodie.

–¿Dónde está ese hombre?

–Se ha ido. Ya no podrá hacernos daño.

Al volverse, para salir de la habitación con la niña, vio en el suelo dos pasaportes de color verde. Los recogió y se dio cuenta de que seguramente se habían caído de la chaqueta de Karch cuando se la había puesto por encima de la cabeza. Abrió uno y vio que su propia imagen le devolvía la mirada. Jane Davis. Había un carnet de conducir de Illinois con el mismo nombre, sujeto con clip.

–¿Qué es eso? –preguntó Jodie.

–Unas cosas que se me habían caído.

Abrió el otro pasaporte y miró la foto de Jodie durante un instante, luego lo cerró y se guardó ambos documentos en el bolsillo trasero de los vaqueros. Cogió a Jodie de la mano y ambas se dirigieron hacia la salida. Por el camino se agachó y agarró la bolsa de deporte con la otra mano. No había llevado la cuenta, pero estaba segura de que aún quedaban más de veinte fajos. Más de un millón de dólares.

La pistola había quedado en el suelo, junto a la ventana. Se lo pensó un momento, pero decidió dejarla. Nada de pistolas.

–Vamos –dijo, más para sí misma que para Jodie.

Al cruzar el dormitorio, Cassie miró por encima del hombro. En el espejo resquebrajado por las balas captó una imagen partida de la televisión. Era el cerdito Porky, quitándose el sombrero. Dijo: «Esto es todo, amigos».

El alboroto en el casino seguía en pleno apogeo cuando salieron al pasillo de los ascensores y se encaminaron hacia las puertas de salida. Cassie alzó a Jodie en brazos y pasaron junto a dos hombres que se habían caído al suelo peleando por un fajo de billetes que al parecer había caído sin separarse.

—¿Qué están haciendo? —preguntó Jodie.

—Muestran sus verdaderas almas —respondió Cassie.

Llegaron hasta las puertas de salida sin que Cassie viera ni un solo uniforme azul. Cassie se dio la vuelta para empujar las puertas con la espalda porque tenía las manos ocupadas con Jodie y la bolsa de deporte. Echó una última mirada al casino y sus ojos se elevaron desde la piña de hombres y mujeres hasta la atalaya. Divisó una esquina de la cortina dorada colgando del borde. Por lo demás, parecía vacía.

47

Toda la atención de Cassie se concentraba en llegar al coche y salir de Las Vegas. Por eso, ella y Jodie no hablaron hasta que el Boxster estuvo en la autovía, camino de Los Ángeles. Era como si Cassie no pudiera respirar hasta que estuviera lejos del brillo de neón del Strip. Cuando finalmente puso el Boxster en quinta y comenzó a circular a una velocidad constante de ciento veinte por hora, miró a la niña que estaba sentada a su lado, con el cinturón de seguridad puesto.

–¿Estás bien, Jodie?

–Sí, ¿y tú?

–Yo estoy bien.

–Tienes un morado en la mejilla, donde te ha pegado ese hombre. Yo lo vi; fue cuando me escondí en el túnel.

–Los morados se van. ¿Estás cansada?

–No.

Pero Cassie sabía que sí lo estaba. Estiró un brazo y reclinó al máximo el asiento de la niña para que pudiera dormir. Introdujo el cedé de Lucinda Williams en el reproductor y lo puso a bajo volumen. Estaba escuchando las letras y pensando en la decisión que debía tomar en algún punto del camino hasta Los Ángeles cuando Jodie habló otra vez.

–Sabía que vendrías a buscarme.

Cassie la miró. El brillo del salpicadero mostraba la cara de su hija devolviéndole la mirada.

–¿Y cómo es que lo sabías?

–Mi mamá me dijo que tenía un ángel guardador que me cuidaba. Creo que eres tú.

Cassie volvió a mirar a la carretera. Sentía que las lágrimas le ardían en los ojos.

–Un ángel de la guarda, pequeña.

–No soy pequeña.

–Ya lo sé, lo siento.

Circularon en silencio durante medio minuto. Cassie pensó en su decisión.

–Ya lo sé –repitió.

–¿Por qué lloras? –preguntó Jodie.

Cassie se enjugó las lágrimas con el dorso de la mano. Luego apretó con fuerza el volante y se prometió a sí misma no volver a verter ni una sola lágrima delante de la niña.

–Porque soy feliz –contestó.

–¿Por qué?

Cassie miró a Jodie y sonrió.

–Porque estoy contigo. Y porque hemos salido de ahí.

Una mirada de perplejidad cruzó el rostro de Jodie en la tenue luz.

–¿Me llevas a casa?

Cassie asintió lentamente.

–Jodie, yo soy... De ahora en adelante vas a estar con tu madre.

Jodie no tardó en quedarse dormida y soñó durante todo el camino hasta Los Ángeles. Cassie la miraba dormir y pensó que se parecía tanto a Max como a ella misma. Eso la hizo quererla más todavía.

—Te quiero, Jane —dijo, utilizando el nombre que a ella le hubiera gustado ponerle.

A las cinco, el oscuro túnel del desierto empezó a dar paso a un gris amanecer y el desolado paisaje fue sustituido por la gradual concentración urbana de la periferia de Los Ángeles. Cassie se tragó lo que quedaba de un café frío que había comprado en Barstow, en la ventanilla de un McDonald's abierto las veinticuatro horas. Iba por la autovía 10 en dirección al intercambiador de la Golden State, la ruta norte-sur que la llevaría a México en tres horas.

Puso la radio con el volumen bajo y sintonizó la KFWB, la cadena de noticias que repetía los titulares cada veinte minutos. Oyó el final de un reportaje sobre el acaparamiento de champán para el final del milenio y luego el presentador pasó a un informe del tráfico antes de empezar con las noticias.

La suya era la primera. Miró a Jodie, para asegurarse de que continuaba dormida, y se inclinó hacia el altavoz del salpicadero para escuchar mejor. El presentador tenía una voz suave y profunda.

Esta mañana las autoridades siguen buscando a la expresidiaria a la que se cree responsable de una ola de crímenes que incluyen dos asesinatos, un intento de asesinato y un secuestro. El portavoz del departamento de policía afirmó que se buscaba a Cassidy Black, una mujer de treinta y tres años que cumplió una condena de cinco años en una prisión de Nevada por homicidio, como principal sospechosa del doble asesinato de dos compañeros de trabajo ayer por la mañana. Los asesinatos en Hollywood Porsche, donde Black trabajó como vendedora durante menos de un año, fueron seguidos por un incidente en el domicilio de

405

Black en Hollywood, donde disparó a su agente de la condicional, identificada como Thelma Kibble, de cuarenta y dos años y residente en Hawthorne. Kibble, según las autoridades, había ido a casa de Black en una visita rutinaria. Al parecer, desconocía los hechos que se habían producido antes en el concesionario. Los investigadores creen que se produjo una confrontación, que Black desarmó a Kibble y que la disparó en el pecho con su propia arma. Anoche Kibble aún permanecía en estado crítico, aunque estable, en el centro médico Cedars-Sinaí. Los médicos confían en su recuperación.

Cassie se inclinó hacia adelante, cerró los ojos y dejó escapar un suspiro de alivio. Thelma Kibble lo había logrado. Abrió los ojos y se fijó una vez más en Jodie. La niña continuaba dormida. Cassie se concentró en el resto del informe de la radio.

Las autoridades aseguraron que Kibble todavía no había sido interrogada a causa de su estado. El viernes, a última hora, los investigadores confirmaron que Black también estaba relacionada con el secuestro de una niña de cinco años y medio que estaba jugando en el jardín delantero de su casa, en Laurel Canyon. Las autoridades dijeron que Black es la madre biológica de Jodie Shaw y que la dio en adopción poco después de darla a luz en la institución penitenciaria de High Desert, en Nevada. Se cree que Black secuestró a la niña con un coche Lincoln o un Chrysler modelo antiguo, de color negro y con vidrios tintados. Los detectives del Departamento de Policía de Los Ángeles inicialmente trataron el secuestro como una investigación separada, hasta que descubrieron que la niña desaparecida había sido adoptada y que la madre biológica era Black. Hoy se conocerán más datos de la evolución de las investigaciones.

Cassie apagó la radio. Ya divisaba los rascacielos del centro de la ciudad. Pensó en el informe de la radio. La policía estaba siguiendo el plan de Karch al pie de la letra. Se dio cuenta de que, incluso después de muerto, podía tener éxito.

–Thelma –dijo en voz alta.

Sabía que la clave era Thelma Kibble. Si se recuperaba contaría lo que sabía y se desvelaría la verdad.

De todos modos, eso no la absolvía, y ella lo sabía. Sus deseos habían causado muchas muertes.

Trató de apartar los pensamientos y el sentimiento de culpa. Sabía que iban a acecharla y que algún día tendría que dar una respuesta, pero por el momento debía apartarlos.

Buscó los pasaportes en el bolsillo trasero. Encendió la luz de encima del retrovisor y los abrió sobre el volante, de modo que su foto quedó junto a la de Jodie. Sus ojos se fijaron en la casilla marcada como empleo. Decía: «Ama de casa». Sonrió; una última broma de Leo.

Cerró los pasaportes, uno dentro del otro, y se los llevó al corazón. Pasó junto a un cartel que anunciaba el intercambiador de la autovía Golden State a tres kilómetros. Tres kilómetros, pensó. Dos minutos para decidir el futuro de dos vidas.

Miró la bolsa de deporte que estaba en el suelo, entre los pies descalzos de Jodie: las zapatillas se habían quedado en el lavabo de la habitación del Cleo. La bolsa contenía más dinero del que jamás había soñado. Más que para un nuevo comienzo. Sabía que podía abandonar el Boxster en el sur de la ciudad, donde en un día quedaría convertido en un esqueleto, coger un taxi hasta un concesionario del condado de Orange y pagar en efectivo, como Jane Davis. No habría ninguna conexión, ninguna pista. Luego cruzaría la frontera y tomaría un avión de Ensenada a Ciudad de México. Y desde allí ya podría elegir su destino.

–Al lugar donde el desierto es océano –dijo en voz alta.

Volvió a guardarse los pasaportes en el bolsillo y apagó la luz. Al hacerlo, su mano tocó las monedas del I Ching que colgaban del espejo. Las monedas de la buena fortuna de Leo. Se balancearon y captaron su mirada como el reloj de oro de un hipnotizador.

Finalmente, apartó la mirada y se fijó en su hija dormida. Los labios de Jodie estaban ligeramente separados y revelaban sus dientecitos blancos. Cassie sintió ganas de tocarlos. Quería conocer cada parte de su hija.

Estiró un brazo y le recogió un mechón de pelo detrás de la oreja. La niña no se despertó.

Cassie volvió a mirar a la carretera justo cuando el Porsche se aproximaba a un cartel con flechas que indicaban los carriles adecuados para el tráfico que se dirigía hacia el sur.

48

Jodie se despertó lentamente cuando Cassie la acarició con suavidad. Abrió los ojos y parecía preocupada cuando miró el coche, pero al ver el rostro de Cassie la preocupación dejó paso a la confianza. Era casi imperceptible, pero estaba allí y Cassie lo notó.

–Ya estás en casa, Jodie.

La niña se enderezó en el asiento y miró por la ventanilla. Estaban ascendiendo por Lookout Mountain Road, a punto de pasar junto a la escuela Wonderland.

–¿Están en casa mamá y papá?

–Estarán dentro, esperándote; estoy segura.

Cassie levantó la mano y desenredó del retrovisor el cordel con las monedas del I Ching. Se las entregó a la niña.

–Quédatelas. Dan buena suerte.

La niña aceptó las monedas, pero la preocupación asomó de nuevo a su rostro.

–¿Vas a entrar a conocer a mamá y papá?

–No, cariño.

–Bueno, y ¿adónde vas?

–Lejos, muy lejos.

Cassie esperó. Todo lo que la niña tenía que decir era «llévame contigo» y habría cambiado de opinión, y girado el coche. Pero estas palabras no salieron de la boca de la niña, y tampoco las había esperado.

–Pero quiero que recuerdes algo, Jodie. Aunque no me veas, yo estoy contigo. Siempre te estaré cuidando, te lo prometo.

–Vale.

–Te quiero.

La niña no dijo nada.

–Y, ¿puedes guardar un secreto?

–Claro, dime.

Estaban a solo unas manzanas de la casa.

–El secreto es que tengo a alguien más que me ayuda a cuidar de ti. Siempre, aunque no puedas verlo.

–¿Quién es?

–Se llama Max, y también te quiere mucho. –Cassie sonrió a la niña y se recordó que se había hecho la promesa de no llorar delante de ella–. Así que ahora tienes dos ángeles guardadores. Es mucha suerte para una sola niña, ¿no te parece?

–Ángeles de la guarda. Me lo has dicho antes.

–Sí, ángeles de la guarda.

Cassie levantó la mirada y vio que ya estaban allí. A pesar de que eran poco más de las cinco de la mañana, las luces estaban encendidas tanto dentro como fuera de la casa. No había vehículos de la policía en las inmediaciones, solo el Volvo familiar blanco en el sendero de entrada. Cassie suponía que el último sitio en el que la buscaría la policía sería en la casa de Jodie. Aparcó junto al bordillo y dejó el motor en marcha. Inmediatamente, se inclinó por encima de la niña y abrió la puerta de la derecha. Sabía que tenía que hacerlo deprisa, no porque pudiera haber policías ocultos en la casa, sino porque su decisión era tan frágil que en cinco segundos podía cambiar de opinión.

—Dame un abrazo, Jodie.

La niña hizo lo que le pidió y durante diez segundos Cassie la apretó con tanta fuerza que temió lastimarla. Luego se retiró y sostuvo la cara de su hija entre sus manos y la besó en ambas mejillas.

—Serás una buena niña, ¿verdad?

Jodie empezó a separarse.

—Quiero ver a mamá.

Cassie asintió y la dejó marchar. Observó mientras Jodie bajaba del Porsche, corría hacia la cerca y luego por el césped hacia la puerta iluminada.

—Te quiero —susurró mientras veía alejarse a la niña.

La puerta de entrada no estaba cerrada con llave. La niña la abrió y entró. Antes de que la puerta se cerrara, Cassie oyó que gritaban el nombre de Jodie con un grito desgarrador de alivio y dicha. Cassie se estiró para cerrar la portezuela del pasajero. Cuando se enderezó de nuevo miró hacia la casa y vio a Jodie en los brazos de la mujer a quien la niña creía su madre. La mujer estaba completamente vestida y Cassie supo que no había dormido ni un minuto en toda la noche. Acunó la cabeza de Jodie en el hueco de su cuello y la apretó con tanta fuerza como lo había hecho Cassie hacía solo un momento. A la luz del porche, Cassie vio que corrían lágrimas por las mejillas de la mujer. También vio que articulaba la palabra «Gracias» mientras miraba hacia el Porsche.

Cassie asintió, aunque sabía que, en la oscuridad del coche, el gesto probablemente no podría verse. Puso el coche en marcha, soltó el freno de mano y se alejó del bordillo.

49

Cortó por Laurel Canyon hacia Mulholland y luego condujo por la serpenteante carretera en dirección este. En un apartadero con vistas al valle de San Fernando observó que el sol trepaba por las montañas en el este e inundaba los valles con su luz. Bajó el techo del Boxster antes de salir de nuevo a la carretera. El aire del amanecer era gélido, pero la mantenía despierta y de algún modo la hacía sentirse bien. Descendió por Mulholland hasta la autovía de Hollywood y puso rumbo al norte.

Evocó una imagen de Max con su camisa hawaiana, en Tahití, la noche en que se hicieron promesas eternas, la noche que, Cassie estaba convencida de ello, su hija había sido concebida. Recordó cómo bailaron un lento, descalzos en la playa, al son de una música que cruzaba la ensenada desde un distante hotel de lujo. Sabía que lo que compartían estaba en su interior. Todo. Siempre había sido de ese modo. El lugar donde el desierto se convertía en océano era el corazón. Y eso, ella siempre lo tendría.

Cuando llegó al límite del condado de Ventura tuvo que ponerse las gafas de sol. El aire estaba calentándose y le levantaba el pelo en torno a las orejas. Sabía que tenía que abandonar el coche y conseguir otro, pero no podía detenerse. Pensó que si levantaba el pie del acelerador, o si reducía la velocidad, todo lo que había dejado atrás la atraparía y la superaría en un momento. Todas las muertes y la culpa rugirían tras ella en la carretera. Lo único que sabía era que no podía dejarse atrapar.

Siguió conduciendo.

Agradecimientos

El autor quiere agradecer la ayuda y los esfuerzos de muchas personas durante el proceso de redacción de este libro.

Gracias muy especialmente a Jerry Hooten, por sus conocimientos en equipos y sistemas de vigilancia y en su instalación subrepticia. Toda la tecnología de vigilancia descrita en este libro existe en realidad y está disponible en el mercado. Cualquier error en este sentido es responsabilidad exclusiva del autor.

También, gracias por su excelente aporte creativo a Bill Gerber y a Eric Newman, así como a Bryan Burk, Mark Ross, Courtenay Valenti, Steve Crystal, Linda Connelly y Mary Lavelle.

Gracias a Joel Gotler por su orientación y por el título del libro. También a Philip Spitzer, Betty Power, Dennis McMillan y Gene Griepentrog, que trabajaron en el Departamento de California de Correccional, Libertad Condicional y Servicios a la Comunidad.

El libro titulado *The New Modern Coin Magic* de J. B. Bobo, publicado por Magic, Inc., fue también una fuente de inestimable valor para el autor.

Gracias a Jane Davis, de See Jane Run, diseñadora y manager de www.michaelconnelly.com por mantener el sitio web al día e interesante.

Por último, gracias a Michael Pietsch, de Little, Brown and Company, por otra edición excelente.